HENCH

NATALIE ZINA WALSCHOTS

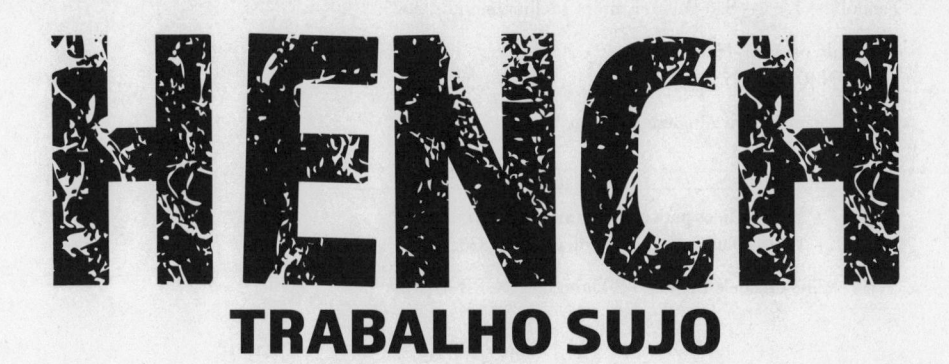

HENCH
TRABALHO SUJO

Tradução
HELEN PANDOLFI

Editora Melhoramentos

Dados Internacionais de Catalogação na Publicação (CIP)
(Câmara Brasileira do Livro, SP, Brasil)

Walschots, Natalie Zina
  Hench: trabalho sujo / Natalie Zina Walschots; tradução Helen Pandolfi. – 1. ed. – São Paulo: Editora Melhoramentos, 2023.

  Título original: Hench
  ISBN 978-65-5539-572-3

  1. Ficção científica inglesa I. Título.

23-142591   CDD-823.914

Índices para catálogo sistemático:
  1. Ficção científica: Literatura inglesa 823.914

Aline Graziele Benitez - Bibliotecária - CRB-1/3129

Copyright © 2020 Natalia Zina Walschots, mediante acordo com CookeMcDermid, The Cooke Agency International e Agência Riff. Publicado originalmente em inglês por HarperCollins Publishers LLC.
Título original: *Hench*

Tradução: Helen Pandolfi
Preparação: Laura Pohl
Revisão: Laila Guilherme e Vivian Miwa Matsushita
Projeto gráfico e diagramação: Bruna Parra
Capa e ilustração de capa: Sávio Araújo
Imagem do miolo: Юлия Гапеенко / Vecteezy.com (código binário)

Direitos de publicação:
© 2023 Editora Melhoramentos Ltda.
Todos os direitos reservados.

Toda marca registrada citada no decorrer do livro possui direitos reservados e protegidos pela de lei de Direitos Autorais 9.610/98 e outros direitos.

1ª edição, março de 2023
ISBN: 978-65-5539-572-3

Atendimento ao consumidor:
Caixa Postal 169 – CEP 01031-970
São Paulo – SP – Brasil
Tel.: (11) 3874-0880
sac@melhoramentos.com.br
www.editoramelhoramentos.com.br

Siga a Editora Melhoramentos nas redes sociais:
 /editoramelhoramentos

Impresso no Brasil

Para Jairus,
cujas mãos reconhecerei no céu

1

EU TENTAVA FAZER AS CONTAS BATEREM QUANDO A AGÊNCIA DE freelancers me ligou. Em uma janela, estava logada no banco; na outra, estava reduzindo o carrinho no site do supermercado até que minhas compras coubessem na migalha de cheque especial que me restava. Emburrada, tirava e colocava no carrinho diferentes combinações de macarrão e vegetais, tentando driblar a deficiência de vitamina C até que uma das minhas várias notas fiscais em aberto fosse paga.

O celular estava bem ao meu lado com o volume no máximo, então quase tive um ataque cardíaco quando tocou. Me atrapalhei na hora de atender, deixando marcas engorduradas de dedo na tela trincada.

— Anna Tromedlov — atendi meio rouca.
— Estou falando com… a Palíndromo?
— Mas que merda — xinguei antes que pudesse pensar melhor.
— Hum.

Pigarreei.
— Desculpe. Isso mesmo. É ela quem fala.
— Prefere seu nome civil?

A antipatia na voz do outro lado da linha era palpável. Alguns recrutadores levavam o trabalho a sério demais.

— Se não for um problema.

Tentei soar descontraída, mas minha voz ainda estava rouca e ansiosa.

— Anotado — mentiu o recrutador da Agência.

Fechei os olhos por um longo momento, me arrependendo pela milésima vez de ter preenchido a seção de "codinomes" no meu perfil de capanga. Dois anos depois e o erro de principiante ainda me perseguia, com todos os recrutadores se referindo a mim pela concepção nerd do que eu imaginava ser um bom nome de vilão. Pelo menos o castigo era proporcional à petulância.

– Senhorita Trauma-Mor, essa é uma ligação de cortesia para avisá-la de que haverá um processo seletivo na filial da Agência na rua Luthor, com oportunidades compatíveis com suas habilidades. Tem disponibilidade para comparecer?

– Quando vai ser?

Passei um instante revirando minha mesa atrás do celular para olhar a agenda, até perceber que ele estava na minha mão. Abri o aplicativo do calendário.

– Às onze da manhã, senhorita Trauma-Mor.

– Hoje?

Faltava menos de uma hora.

– Isso será um problema?

– Não, de jeito nenhum, está ótimo.

Não estava.

– Com certeza estarei lá – respondi.

Não daria tempo de tomar banho. Decidi que aparecer coberta de xampu a seco e desespero era melhor do que perder a chance de fechar um contrato. Já fazia algumas semanas desde o meu último trabalho; a maior base aquática do vilão para quem eu estava prestando serviços de capanga de maneira quase regular foi invadida, e depois disso quase todos os capangas terceirizados tiveram seus contratos cancelados para cobrir os custos da reconstrução. Nada muito fora do normal, mas já passara tempo suficiente entre um trabalho e outro para que eu começasse a me sentir meio apreensiva. Não dá pra comer miojo pra sempre.

– Esperamos vê-la pessoalmente em breve, senhorita Trauma-Mor – mentiu novamente o recrutador antes de desligar.

No minúsculo retângulo de azulejos que eu chamava de banheiro, descobri que o delineador de gatinho da noite passada ainda dava para o gasto se eu desse uma ajeitada. Depois de usar litros de enxaguante bucal, passar uma camada de batom e prender o cabelo em um coque sério e ao mesmo tempo despojado, fiquei quase apresentável. Me espremi dentro do meu terninho mais apertado (de tweed) e chamei meu táxi.

O motorista, Oscar, era novato. Não eram muitos os taxistas dispostos a trabalhar conosco, então os vilões que não podiam contratar motoristas particulares tinham dificuldade para arranjar corridas na cidade. Aparentemente, um babaca de calça apertada pegar seu carro e virá-lo de ponta-cabeça como uma tartaruga desnorteada é motivo para uma avaliação de apenas uma estrela. Alguns taxistas, porém, decidiram que ganhar o dobro valia o risco de ter o carro partido ao meio por um otário fantasiado. Eu tive que cortar laços com meu último motorista quando ele começou a gostar de mim além da conta, dizendo que eu era "bacana demais pra levar essa vida". Quando eles começam a se apegar, é hora de dar o fora, senão, quando menos se espera, eles desenvolvem uma Síndrome de Cavaleiro Branco e entregam você para a polícia "para o seu próprio bem". Eu tinha começado a fazer compras no meio da madrugada depois que a moça do caixa me viu comprando um único pacote de Doritos mais de uma vez e começou a me dar uns conselhos motivacionais. Também já estava me preparando emocionalmente para abrir mão da minha pizzaria favorita se o entregador continuasse sendo muito amigável.

Por enquanto eu gostava do Oscar. Ele mal falou meia dúzia de palavras desde que comecei a chamá-lo. Sua maneira de se comunicar com movimentos curtos de cabeça era uma constante confortável, e eu sempre podia contar com um trajeto silencioso para onde quer que ele estivesse me levando; também passei a admirar pelo retrovisor a espessura impressionante das sobrancelhas dele.

No meio do caminho até a Agência, meu celular começou a vibrar descontrolado. Era June.

> Acha que está com sorte?

> Espero que sim, porque tô me sentindo uma merda

> Já tá vindo?

> Anda logo, porra, tô congelando aqui

> Você vai trazer café

Não respondi, mas pedi a Oscar que saísse um pouco do caminho e entrasse em um drive-thru, onde comprei dois lattes caros demais.

Avistei June a um quarteirão da Agência, escondida na esquina para não ser vista por ninguém que estivesse no prédio. Pedi a Oscar que me deixasse por ali. June estava encolhida para se proteger do frio intenso de fevereiro, o rosto virado para a parede de tijolos à sua frente. Seu casaco azul-marinho era leve demais para aquela temperatura, e seus dedos, segurando uma cigarrilha, tremiam de frio.

June trabalhava como capanga havia mais tempo do que eu; ela experimentara o lado vil do mundo freelance pela primeira vez havia quase três anos e foi de ajuda inestimável quando segui pelo mesmo caminho. Foi a primeira pessoa a me contar que trabalhava nesse ramo e me surpreendeu com sua generosidade ao me auxiliar com a minha inscrição na Agência. Eu estava em pânico antes da minha primeira entrevista, esperava encontrar um bando de malfeitores durões e caras cheios de cicatrizes. Porém, quando cheguei, dei de cara com uma impressionante ausência de lycra preta e máscaras de metal. Éramos apenas freelancers aflitos que pareciam ter tanta experiência em digitação quanto em demolições. Ela tirou muito sarro da minha cara por ter ficado tão assustada, e foi assim que rapidamente nos tornamos inseparáveis.

Vinha passando por maus bocados ultimamente, muito piores e mais duradouros do que as minhas semanas sem trabalho pós-invasão. June tinha poderes, e suas habilidades eram extremamente singulares; o que significava que ela custava caro e atendia a um nicho específico, oito ou oitenta. As coisas estavam pendendo menos para o oitenta e mais para o oito ultimamente. Seus ombros, mesmo encolhidos no frio, aparentavam estar muito tensos.

Desci do táxi e caminhei até ela, pigarreando para anunciar minha chegada e não assustá-la. Com um peteleco, ela arremessou a cigarrilha em um monte de neve suja, e eu ouvi o chiado do fogo se apagando. June estendeu as mãos afoitas para pegar o café.

Os olhos dela estavam um pouco vermelhos.

– Você tá com uma cara horrível – disse, dando um gole no café e deixando marcas de batom na tampa do copo descartável.

– Provavelmente – concordei, alegre demais.

– Te deram alguma pista do que esperar?

– Não, só disseram que algumas vagas se encaixam no meu perfil. Falaram alguma coisa pra você?

Ela balançou a cabeça.

– O mesmo.

Ela tomou outro gole e estremeceu.

– Parece que estou pagando um boquete pra uma fava de baunilha.

– Pedi pra pegarem leve no xarope, foi mal.

– Tranquilo.

A voz de June parecia esgotada. Seu paladar e seu olfato eram muito apurados, o que algumas vezes era um diferencial para ela enquanto capanga, mas geralmente só trazia dor de cabeça, sobretudo na cidade. A pele abaixo do seu nariz brilhava; ela passara Vick Vaporub para bloquear alguns dos odores ao seu redor – um truque que médicos e legistas costumam usar sob as máscaras cirúrgicas.

– Ninguém fala sobre como dói ter supersentidos – dissera ela uma vez. – É uma agonia do caralho. Acredita que alguns imbecis sortudos não sentem dor? Tipo, não como uma habilidade. Os receptores de dor não funcionam, então tem uns bebês que fraturam os dedos dos pés e mastigam a língua antes que possam aprender a parar de ferrar o próprio corpo. Acontece que, se você não sente dor, também não consegue sentir cheiros. Pensa num cheiro ruim, em como você recua diante dele como se doesse. É tipo isso, o tempo inteiro.

Nós duas já tínhamos virado o caneco, e eu balbuciei alguma coisa sobre como eu sentia muito, então ela jogou o resto da bebida na minha cara. Ela era ainda pior com sentimentos do que eu. Naquela noite no bar, ela estava usando um clipe nasal, como uma nadadora.

June nunca tinha me dito isso, mas eu suspeitava que a razão pela qual tinha virado capanga para começo de conversa era que o trabalho vil tendia a ser menos desagradável. Ela trabalhou para a guarda de fronteira por um tempo, farejando explosivos no aeroporto (mas na maioria das vezes só encontrava cocaína e carne contrabandeada). Era infeliz nesse trabalho, cercada pelos odores de corpos e respiração, de pessoas saindo de longos voos, de roupas sujas, de comida de avião. Havia também o aroma de pânico e de exaustão. Porém, o grande problema era que ela odiava a interação com os policiais no geral. Agora ajudava vilões a desenvolver embalagens que seu olfato não conseguia penetrar, ou farejava seus drinques em festas para garantir que a bebida não havia sido batizada. Quando não estava trabalhando, fumava feito uma chaminé, reprimindo seu olfato e seu paladar lenta e compassivamente.

– Vamos entrar – sugeri, bebendo meu café enquanto a via tremer.

Ela deu de ombros.

– Vamos acabar logo com isso.

Empurrei as portas pesadas e entramos juntas, os saltos dos nossos sapatos emitindo um claque-claque sincronizado no piso molhado. A mesa de recepção da Agência ficava em um espaço comprido e lúgubre. Pequenas salas de reuniões se ramificavam de lá, o que me fazia pensar em celas de prisão. Uma das fracas luzes fluorescentes piscou. Meu olho tremeu.

Não tinha muita gente lá naquela manhã, éramos menos de uma dúzia e usávamos casacos excêntricos, óculos de sol desnecessários e ternos com ombreiras, unhas de esmalte lascado e sobrancelhas delineadas, todos fazendo o possível para vender a ilusão de que éramos intimidadores. Ninguém estava sentado. Dois recrutadores da Agência estavam atrás de uma mesa: um homem com um terno azul que não lhe caía bem e que havia deixado crescer uma fina barba loira num esforço para tornar o rosto menos infantil, e uma mulher assustadoramente asseada de cabelo preto e brilhante que cutucava um tablet de maneira irritadiça.

June e eu abrimos caminho em meio ao grupo para ficarmos mais à frente, em uma tentativa de evidenciar nossa presença sem deixar óbvio que estávamos ávidas demais. Sorri para um homem que parecia um cosplay de Sherlock Holmes do mal quando ele me encarou.

– Acha que vai ser muito ruim? – perguntei baixinho para June.

– Acho que vai ser catastrófico.

– Metade de nós vai sair daqui sem trabalho?

Ela fez um gesto de cabeça em direção aos capangas esperançosos atrás de nós.

– No mínimo. Chuto que dois terços vão embora de mãos abanando.

O homem de terno azul ficou em pé, e o vozerio na sala silenciou. Endireitei um pouquinho a postura.

– Onde estão os motoristas? – perguntou ele.

Três pessoas deram um passo à frente: uma loira de cabelo raspado e ombros largos e dois homens que se entreolharam com cara de poucos amigos, ambos usando jaqueta de couro e camiseta branca. Seus topetes, idênticos e perfeitamente modelados, lembraram a crista de um galo ao gingarem quando trocaram olhares ameaçadores.

– Olha só, um par de vasos – disse June em meu ouvido, e eu quase me engasguei com o café.

A mulher desviou a atenção do tablet; seus olhos eram pretos como piche.

– Precisamos de um piloto de fuga de primeira classe. Quem aqui tem experiência com manobras?

A loira ergueu a mão.

– Sou certificada.

Ela baixou o braço. Sua camisa estava dobrada até o antebraço, e os músculos esticavam o tecido na altura do bíceps. Meu estômago estremeceu.

– Trabalhei para vários estúdios, fazendo comerciais, na maioria das vezes.

– Você tem referências?

– Claro.

– Vamos para a pista.

O homem do terno azul se dirigiu para a saída, fazendo um gesto para que ela o seguisse. Ele se deteve e se virou para os dois homens, que pareciam ainda mais desanimados do que antes.

– Foi mal, gente. Fica para a próxima.

Os dois motoristas, frustrados, viraram-se para ir embora ao mesmo tempo e tiveram que passar pela situação constrangedora de se trombarem na porta, ambos se recusando a dar passagem para o outro.

– Eles vão se casar em um fim de tarde na praia – profetizei.

Dessa vez foi June que engasgou com o café.

A loira seguiu o terno azul até os fundos da Agência; eu a observei fechar as portas pesadas atrás de si com cuidado para não fazer muito barulho. Eu a imaginei sendo levada até o supercarro que passaria o dia dirigindo. Se fosse boa, aquele provavelmente se tornaria um trabalho fixo. Bons motoristas eram contratados em um piscar de olhos e eram relativamente escassos. Percebi que torcia para não voltar a vê-la, para que ela conseguisse algo legal e tivesse uma longa expectativa de vida (embora eu tenha percebido que isso significaria que eu também não voltaria a ver seus braços musculosos). Sempre achei triste quando alguém acabava voltando semana após semana para a Agência em busca de mais trabalho. Como era o meu caso.

A outra funcionária da Agência anunciava vagas como uma metralhadora. A maioria exigia habilidades específicas: uma oportunidade para um arrombador de cofres, outra para um especialista em segurança de rede. Essa última me fez dar uma espiada no amontoado de gente, tentando encontrar um rosto conhecido.

– Onde foi que o Greg se meteu? – perguntei, um pouco mais alto do que pretendia. – É um trabalho perfeito pra ele.

Quando June abriu a boca para responder, a mulher do tablet disse estar procurando alguém com "excelente percepção sensorial", e sua atenção se desviou de mim e se voltou para a promessa de trabalho.

Elas discutiram detalhes que não consegui ouvir, e depois de alguns minutos June assinou algo no tablet com a ponta do dedo. Ela voltou até onde eu estava parecendo genuinamente animada.

– Seis semanas trabalhando presencial, possibilidade de prorrogação – contou ela, jogando as tranças box braids para trás do ombro e massageando a nuca para aliviar a tensão.

– Mas é presencial.

– Acontece que eu não sou medrosa como você.

– Desculpe por ainda ter apego ao meu bem-estar mortal.

— Ainda, hein?

— Anna Trauma-Mor? — chamou a funcionária da Agência.

Lancei um olhar fatal para June em vez de responder e me dirigi até o balcão para receber o trabalho. Era tarde demais para corrigir a maneira como a recrutadora dizia meu nome, mas ainda me irritava até o último fio de cabelo. Forcei um sorriso amarelo.

— Temos uma oportunidade remota para entrada de dados, caso esteja interessada.

Seu tom de voz dava a entender que não esperava que eu tivesse interesse, mas ela estava errada. Eu estava disposta a me rebaixar a todo e qualquer tipo de trabalho deprimente, contanto que não tivesse que tirar o pijama.

— Exatamente o que procuro.

Felizmente ela não se deu ao trabalho de fazer contato visual.

— Assine aqui. Vai receber as informações do login por e-mail. Sessenta horas iniciais, com possibilidade de prorrogação indefinida.

Algo na forma como ela disse isso indicava que sentia que havia declarado uma sentença.

— Mal posso esperar pra começar!

Ela revirou os olhos.

Eu me encolhi.

Voltei para perto de June, que agarrou meu braço quando falei sobre o trabalho; dava para sentir suas unhas mesmo por cima da jaqueta. Ela trabalharia presencialmente para o mesmo vilão que tinha me contratado para o trabalho remoto.

— Vamos tomar café da manhã — sibilou ela. — Mas eu escolho o lugar. Já tô cansada dos seus *bronsch* de burguês branquelo.

Quando estávamos indo em direção às portas, a recrutadora anunciou que havia três outras vagas disponíveis que seriam disputadas pelo resto; agradeci por não estar no lugar dos pobres coitados que passariam por inúmeras microentrevistas.

Assim que pus a mão na maçaneta de metal pesada, alguém a puxou com força. Perdi o equilíbrio, e Greg, o administrador de redes desempregado que agora estava diante de mim, precisou frear bruscamente para não nos atropelar em sua pressa para entrar no prédio.

— Se está aqui pelo trampo de segurança de rede — disse June em tom descontraído —, algum mané com um terço do seu talento já ficou com ele.

Ela nitidamente se divertiu com a frustração aterradora que tomou conta do rosto dele.

Ele recuou e deixou que a porta batesse atrás de nós.

– Merda! – Ele correu a mão pelo cabelo preto bagunçado. – Que merda.

– Foi um dos primeiros que eles anunciaram – explicou ela.

Eu não soube dizer se a intenção era consolá-lo ou torcer um pouquinho mais a faca. Provavelmente a segunda opção. June seguiu pela calçada, alegre, e eu fui atrás dela. Greg nos acompanhou.

Ele permaneceu em silêncio por um longo e desagradável momento, emburrado.

– Estava no telefone com o Capuz Escarlate – contou ele por fim. – Ele é pior do que a porra da minha mãe.

– Ah, é? – perguntei por cima do ombro.

Greg apertou o passo para nos alcançar.

– Ele me ligou ontem porque esqueceu como se ejeta um CD do drive. E hoje de manhã? Juro por tudo nesse mundo, ele não conseguia ligar o notebook porque estava sem bateria.

June soltou uma gargalhada. Arranjar trabalho depois de um período de seca e agora presenciar o infortúnio de Greg melhorara muito seu humor.

Dei uma cotovelada nele, que soltou um gritinho.

– Vem com a gente tomar café – falei.

– Argh. Tá bom.

Ele enfiou as mãos no fundo dos bolsos do casaco comprido e encolheu os ombros.

– Tipo, fico feliz por ele me manter empregado. Mas isso já está me custando trabalhos melhores.

Assenti, concordando.

– Ele devia contratar você. Como capanga.

Greg ergueu a cabeça em um movimento brusco.

– Nem fodendo. Ele já me liga às três da manhã. Se eu fosse capanga dele, minha vida seria oficialmente um inferno.

O telefone de Greg tocou quando chegamos à lanchonete. Ele xingou baixinho e revirou o bolso atrás do aparelho enquanto eu e June fugimos do frio e seguimos a garçonete sonolenta até uma mesa. O banco macio de vinil estava grudento e rangeu quando me sentei. Pedi um chá para Greg e aceitei com avidez o café que foi colocado na minha frente.

– Assistência de TI para supervilões – disse ela. De olhos semicerrados, June observava Greg do outro lado da janela enquanto ele andava no frio de um lado para o outro. – Imagina o porre que deve ser?

– Como se entrada de dados fosse muito mais glamoroso.

Consegui ouvir Greg perguntar "Já tentou ligar e desligar?". Ele estremeceu e afastou o telefone do ouvido ao ouvir a resposta.

– Entrada de dados é menos arriscado – disse June, dando uma olhada no cardápio.

– Talvez eu não me importasse de correr algum risco.

Ela levantou o olhar para mim. Eu estava tão surpresa quanto ela.

– Isso é novidade. Está deixando de ser bunda-mole?

– Não, só estou ficando entediada.

Ela emitiu um ruído evasivo. Virei o olhar para o rosto impaciente e suplicante de Greg. Ele me encarou de volta e fingiu estar atirando na própria cabeça, os dois dedos apontados para a têmpora.

– Mas você gosta de tédio – disse June. – Acho que ficaria estressada pra caralho.

– Provavelmente – concordei, me sentindo murchar.

Ela ergueu um dedo em riste.

– Mas, se estiver a fim de trabalho presencial, posso indicar você.

– Ah.

– Pensa nisso.

– Tudo bem.

– Quer tirar sarro de uns caras no Tinder até o Greg voltar?

Abri um sorriso.

– Quero.

Cheguei mais perto de June, e ela pegou o celular.

– Ele tem cara de quem acabou de ser preso por cagar na calça numa lanchonete.

– Ele parece um urso de programa infantil que também é policial.

– Ele parece um Muppet que vai me explicar como é importante saber dividir.

Estávamos rachando o bico quando Capuz finalmente liberou Greg e ele entrou, desajeitado, batendo os pés para se esquentar.

– O furão dele roeu a porra do cabo, pelo amor de Jesus Cristo – resmungou Greg, atirando-se no assento.

Meu café desceu pelo lugar errado, e June teve que bater nas minhas costas para que eu não me engasgasse.

Horas depois, vestindo a calça do pijama e aconchegada em uma manta, loguei no site das Indústrias Eletroforese e comecei a trabalhar.

Entrei no ritmo tranquilo do processo de atualização das planilhas na tela, ordenando e arrumando as células. Havia algo satisfatório, até parecido com um transe, em organizar todas aquelas colunas e linhas. Porém, eu não consegui chegar a esse estágio meditativo; tentei me concentrar, mas minha mente acabava voltando para a surpreendente declaração de que eu estava entediada e para a oferta de June de me ajudar a migrar para trabalhos presenciais. Tentei entender se eu tinha falado aquilo a sério, mas era como se houvesse um zumbido moroso e irritante em meu cérebro abafando o zunido dos dados.

Levantei para me alongar, e em seguida levei meu notebook e a manta até a mesa, torcendo para que a mudança de lugar ajudasse meu foco.

Eu raramente sabia no que estava trabalhando quando recebia as tarefas, mas algumas vezes conseguia inferir ou ter uma ideia com base nos dados. O que estava diante de mim era mais fácil de desvendar do que a maioria: um cache imenso de notícias, recortes de vídeos, fotos, posts de redes sociais e arquivos em vídeo e áudio, todos selecionados por conterem algum detalhe específico sobre a descrição de um herói. Havia menções de ferimentos, fotos de cicatrizes, vídeos granulados de câmeras de segurança com vislumbres de marcas de nascença, entrevistas que citavam tatuagens aparecendo por baixo de trajes. Eu as separava por herói e adicionava a informação a uma planilha com todos os detalhes, construindo a base do que era obviamente um repositório de dados de identificação.

Assim que as informações se tornaram um quebra-cabeça a ser solucionado, não consegui mais tirar os olhos dali. Em questão de dias, reconstruí as planilhas para serem mais eficientes e abrangentes, e tentei adivinhar a identidade civil dos heróis. Esgotei as minhas horas e solicitei mais; a Agência me comunicou que minha solicitação havia sido aprovada. Era um bom sinal.

Era bobagem acreditar que eu tinha encontrado um padrão de estabilidade que poderia me servir. Um estado fixo satisfatório. Durou três semanas. Quando recebi a notícia de que o vilão que tinha me contratado queria me entrevistar para uma vaga a longo prazo, liguei para June. O eczema causado por estresse já surgindo nas minhas mãos.

– Como é seu trampo de agora?

Tentei parecer relaxada. Sentada sobre o balcão da cozinha esperando o forno elétrico esquentar, não conseguia não sacudir as pernas.

June deu uma mordida em algo crocante do outro lado da linha.

– Eletroforese? É de boa.

– Mas *como é*.
– Normal. Chato. Trabalho de escritório. A iluminação é um horror.
– Mas é... você sabe.
– O quê?
– Esquisito. – Hesitei. – Ou maligno.
Ela riu com a boca cheia de... pipoca?
– Não. A vibe é muito mais start-up chinfrim do que covil.
– Ah.
– Você pensou que fosse uma porra de um fosso de lava?
– Cala a boca.
– Pensou, né?
– *Cala a boca.*
Quando June parou de rir, disse:
– Por que quer saber?
Troquei o telefone de orelha.
– A Eletroforese quer estender meu contrato, mas teria que ser presencial.
– Cacete! Isso é ótimo.
– Obrigada!
– O bônus pela indicação vem aí.
– Fico feliz por você.
– Nós duas saímos ganhando.
– Então eu deveria aceitar?
– Tá bom. Escuta. Tem algumas coisas que você precisa saber.
Senti um aperto no peito.
– Que coisas?
Saltei do balcão e fiquei parada na minha minúscula cozinha, entre a geladeira e a pia, me sentindo estranha.
– A maioria é sobre o chefe. O Enguia Elétrica.
– Ele dá medo?
– Não! Nem um pouco.
Estremeci, me sentindo muito idiota. O forno apitou. Cento e oitenta graus – perfeito para o nugget de marca desconhecida ou qualquer outro alimento deprimente que eu fosse encontrar no meu congelador.
June parecia ter dificuldade com as palavras.
– Ele... caramba. Ele não é... Hum.
Apoiei a mão na porta da geladeira.
– Ele é tarado? Ele vai tocar em mim?

– Não! Calma aí. Caramba. Ele é um supervilão, não o gerente de um restaurante fast-food.

– Eu nunca fiz isso antes, tá?

– Ah, eu sei bem. Olha, o escritório não é em uma porra de uma aeronave. Até tem um tanque cheio de piranhas, mas é decoração, não é onde atiramos os estagiários preguiçosos. Os computadores são ultrapassados, e tem uma assistente que esquenta peixe no micro-ondas todo santo dia. Me dá vontade de morrer. Você vai adorar.

– Tá bom. Desculpa. Mas me fala do Enguia.

– Ah, é. Bom, o chefe. Ele gosta que chamem ele de E. E quer saber como você se sente o tempo todo.

– Quê?

– É. Ele espera uma "resposta de verdade" quando pergunta como você está. É esquisito pra caralho. E ele provavelmente vai te dizer que tipo de "energia" ele "sente em você".

Relaxei um pouco e comecei a vasculhar o congelador. Encontrei uma caixa centenária de aperitivos de massa folhada. A caixa dizia: PERFEITO PARA OCASIÕES ESPECIAIS! Havia bolinhos, um tipo de quiche, enroladinhos de salsicha. Despejei os bloquinhos bege de formatos diferentes na bandeja do forno e fechei a porta.

– Ele vai querer conversar sobre os meus chacras?

– Com certeza. E durante a conversa vai fazer *muito* contato visual.

– Beleza. Eu aguento.

– Quando eles querem que você comece?

– Tenho uma entrevista rápida pra me apresentar na sexta-feira e, se eu não estragar tudo, começo na semana que vem.

– Boa sorte. Provavelmente não vou te ver se ficar no andar principal.

– Vou sobreviver.

– Provavelmente.

– O quê?

– É que... não se assuste com o escaneamento de retina. Está precisando de manutenção, então provavelmente vai dizer que você será incinerada. Mas isso com certeza não vai acontecer.

– Então tenho que impressionar eles com a minha tranquilidade diante de situações estressantes.

– Exatamente. Não faça merda.

Ela desligou antes que eu pudesse responder, me deixando com as palavras presas na garganta. Coloquei o celular sobre o balcão e, enquanto o forno zunia, revirei a gaveta de utensílios. Havia farelos por toda parte, e eu estava tentando encontrar os sachês de molho de ameixa que sobraram da última vez que pedi comida. Em vez disso, tirei a sorte grande:

Molho picante do Taco Bell.

Levei um susto quando uma mão segurou a borda do meu monitor. As unhas eram brilhantes, e um enorme anel azul-turquesa adornava o dedo médio. Enchi os pulmões de ar e tentei deixar meu rosto o mais sereno e acolhedor possível, apesar de ter despertado de uma profunda imersão em um processo de hackeamento.

– Oi, Anna – disse o Enguia Elétrica, devagar até demais.

– Oi, E.

Levantei o olhar, e ele sorriu para mim. As sobrancelhas delineadas se arquearam por cima dos óculos escuros. Torci para que aquela interação fosse suficiente e voltei os olhos para o monitor. Eu não estava na vibe de um sermão sobre "o medo da intimidade presente em nossa cultura" e não queria encorajá-lo.

– Como você está? – perguntei.

Ele soltou o monitor e flexionou a mão.

– Ultimamente tenho sentido muita saudade do litoral. Acho que vou para lá em breve, pegar uma praia. Meu companheiro e eu temos conversado sobre a possibilidade de abrir o relacionamento, e está indo muito bem.

Ele sentou na beirada da minha mesa e retribuí o olhar novamente, me conformando com o fato de que não me livraria dele tão cedo. Sua boca, emoldurada por um perfeito cavanhaque escuro, ficou mais séria.

– Mas, Anna, como você está?

– Ah, estou bem. Tendo a ficar bem imersa no trabalho.

– Hum...

Ele uniu as pontas dos dedos e levou as mãos à boca.

– Tem algo incomodando você?

Pareceu uma pergunta capciosa. Comecei a suar e de repente podia sentir o cheiro cítrico do meu desodorante de erva-doce.

– Não consigo pensar em nada!

Sabia que soara alegre demais, mas não consegui evitar. Ele suspirou.

– Anna, tem *alguém* incomodando você?

Aquilo me pegou de surpresa.

– Olha, me desculpa se o meu ex ligou procurando por mim. Prometo que não vai acontecer de novo.

– Acho que não estamos conseguindo nos comunicar – disse ele com pesar.

Eu me imaginei ateando fogo nele com a força da minha mente.

– Estou falando de alguém aqui do escritório.

Ah.

– Está falando da assistente do Peixe-Faca?

– Sim. Jessica.

– Achei que tivéssemos resolvido o problema.

– Ela abriu uma reclamação formal ontem, Anna.

– Consigo entender o motivo.

– E não acha que precisamos falar sobre isso?

Ponderei minhas palavras, erguendo o queixo.

– Se ela sentiu a necessidade de abrir uma reclamação formal, respeito a decisão dela. Mas sinto que me fiz entender.

– Você escondeu o celular dela dentro de uma abóbora.

Olhei de relance para Jessica, que estava sentada a algumas mesas de distância, digitando no celular usando apenas o dedo indicador. Tinha o hábito de sair e deixar o celular na mesa, algumas vezes por horas, fora do modo silencioso. Depois de passar semanas ouvindo aquele aparelho tocar uma música pop horrível várias e várias vezes, decidi resolver o problema por conta própria. Havia uma abóbora de plástico em cima de um dos armários, uma decoração de Halloween esquecida. Numa certa tarde, peguei o celular dela quando estava tocando e o escondi lá dentro. A abóbora distorceu tanto o som que ela só conseguiu encontrar o celular no outro dia à tarde. Eu atualizei June pelo chat por um dia e meio enquanto Jessica vasculhava o escritório com o celular que tinha pegado emprestado de uma colega de trabalho, a cabeça inclinada para ouvir o toque com atenção, como uma observadora de aves atenta ao canto de uma espécie rara.

Não consegui evitar um sorriso.

– Sim, escondi.

Enguia Elétrica pareceu confuso.

– Consegue enxergar um problema no que aconteceu?

– Bom, ela nunca mais deixou o celular com o som alto.

– Entendo.

Ele tirou os óculos e me lançou um olhar sério e demorado.

– Entendo que tenha ficado frustrada. Então o que acha de participar de uma oficina sobre resolução de conflitos? Jessica também participará, é claro. Só para melhorar o clima. Assim resolveríamos a questão da reclamação.

Olhei de novo para Jessica, que agora me encarava. Sorri e acenei, e ela voltou a atenção para o celular, franzindo os lábios.

– Não precisa, obrigada. Acho que o problema foi resolvido.

– Então vai levar uma advertência. – Ele parecia não saber como reagir.

– Tudo bem. Eu preciso estar envolvida em mais dois incidentes para ter que falar formalmente com o RH, e não acho que isso vá acontecer.

– Bom. Hum. OK, Anna, se essas são as consequências que você está disposta a aceitar.

Ele se levantou e desamarrotou a calça, suspirando.

Esbocei um sorriso genuíno para ele.

– Parece justo – falei.

Pensei que já era seguro voltar a atenção para o trabalho, mas o Enguia Elétrica continuou ali, contemplando o teto.

– Anna.

Fiz um esforço absurdo para não suspirar. Interagir com ele era como conversar com um robô que tinha acabado de aprender o que eram emoções.

– Sim, E.?

– O que acha de sair do escritório?

Meu estômago se contraiu.

– O problema é mais sério do que pensei?

– Não, não!

Ele pousou a mão morna no meu ombro, na tentativa de me tranquilizar; precisei me segurar para não me encolher.

– Nada disso. Só estava pensando em como você fica o tempo todo escondida aqui no escritório e em como isso deve ser frustrante. Pensei que um pouco de trabalho de campo, uma mudança de ares, poderia vir a calhar.

Meu silêncio foi desconfortável. Eu não sabia como responder àquela pergunta. Eu me sentia segura diante de um monitor e um teclado; em termos funcionais, não havia diferença entre meu trabalho e o de qualquer assistente administrativo. Se eu quisesse, poderia até mesmo fingir que não havia nada ilícito no que eu fazia enquanto preenchia planilhas tentando conectar cicatrizes com ferimentos conhecidos de super-heróis.

– Vamos nessa – respondi por fim. A certeza em minha voz assustou a nós dois. – Acho que vai ser legal.

Para minha surpresa, eu acreditava no que estava dizendo. A questão toda de passar a fazer o meu trabalho presencialmente era admitir que eu era, de fato, uma capanga. Se está na chuva, é para se molhar.

Ele sorriu e depois ergueu as mãos, exibindo as palmas.

— Nada perigoso, eu juro! Vamos fazer uma coletiva de imprensa, e uma ajuda seria bem-vinda.

— Estou dentro.

Ele deu uma palmada na própria coxa.

— Maravilha. Nos encontramos sexta-feira no saguão, às nove e quinze da manhã. Obrigado, Anna.

Ele foi embora assobiando. Podia jurar que era "Sandstorm".

— Namastê — sussurrei assim que ele estava fora do alcance da minha voz.

Respirei fundo algumas vezes e estava prestes a mergulhar de volta na planilha quando uma janela do software de chat apareceu na tela.

> Trabalho de campo!

Era June.

> Vc colocou escutas na minha mesa?

> Nem. Vi seu nome na papelada

> Muito presunçoso da parte do E

> Acho que ele só sentiu que vc aceitaria

> A coletiva é sobre o quê?

> Não sei direito, algum lançamento tecnológico. Nossa fachada é de startup, né. Provavelmente vou ter que assinar um bilhão de acordos de confidencialidade.

> Parece um mar de tédio

> E tbm significa que o E gosta de vc

> Bom, eu acabei de levar uma advertência por conta do lance da abóbora, então não vamos nos precipitar

Ha! Nada a ver, ele provavelmente acha que vc tá mostrando iniciativa

Quê?

Ah, vc sabe, fazendo coisa de vilão

Ah, tá

Karaokê pra comemorar?

Hj não posso

Como assim, porra?

Já tenho uma coisa marcada

Duvido

Tenho um encontro

COMO ASSIM

Não vai me zoar

É com alguém aqui do trabalho?

Deus me livre

Não tá saindo com aquela pessoa né

Fiz uma careta, embora ela não pudesse ver.

Deus me livre e guarde

É a Julie? Ela era legal

> Não...

> Matt?

> NÃO. É do Tinder, tá bom?

> Bom, acho que isso significa que tem menos chances de eles te matarem do que seus ex

> Vamos comer sushi

> Tbm é capanga?

> Não, é só um cara normal

> Ele sabe?

> Não, e quero que continue assim até que eu consiga transar pelo menos uma vez este ano pelo amor de deus

> Me avisa quando chegar em casa

> Tá bom, mãe

> Desculpa se não quero que um zé-mané arranque sua pele pra fazer um abajur

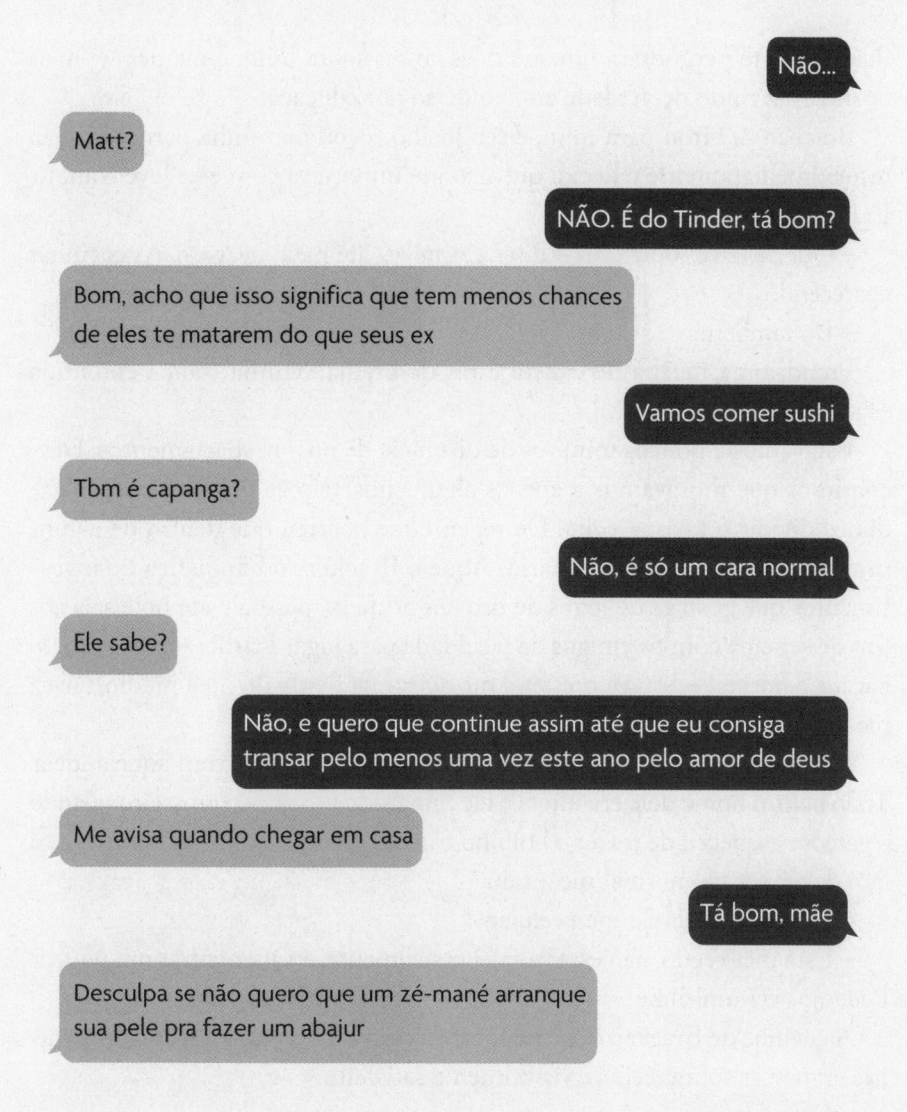

Bracken sorriu. Tinha um gergelim preto em seu dente.
– Foi muito legal – disse ele.
Dei um sorriso aberto demais; minhas bochechas começaram a doer. Levei as mãos à boca por reflexo, esperando que o gesto parecesse recatado em vez de ridiculamente esquisito.
– Também achei.
Eu não sabia dizer se realmente me sentia atraída pelo cara inquestionavelmente bonito sentado ao meu lado no banco de trás do táxi, ou se era só alívio por estar em um encontro que parecia correr bem. A conversa tinha

fluído, ele até perguntara uma ou duas coisas sobre mim, e me peguei mais de uma vez rindo de verdade em vez de só por educação.

Bracken se virou para mim, e seu joelho roçou na minha perna. Eu não recuei imediatamente e decidi que não me importava com esse leve contato. Era algo novo.

– Queria te ver outra vez – disse ele, talvez até meio nervoso. As covinhas aparecendo.

– Eu também.

Prendi uma mecha de cabelo atrás da orelha. Minha trança embutida estava desmanchando.

Estávamos a poucos minutos de distância de nossos apartamentos. Descobrimos que morávamos a apenas alguns quarteirões de distância e decidimos dividir o táxi na volta. De repente me ocorreu que dentro de alguns minutos minha noite terminaria. Aquele Bracken, o banqueiro de investimentos que gostava de jogos de tiro em primeira pessoa e até hoje saía aos fins de semana com os amigos da faculdade para jogar Frisbee – esse homem bacana e normal –, estava prestes a me deixar na frente do meu prédio, talvez me dar um beijo no rosto e então seguir a vida.

Para minha surpresa, percebi que estava decepcionada com aquela ideia. Tudo bem, o nome dele era idiota e ele tinha sido um pouco grosseiro quando o garçom esqueceu de trazer o bolinho frito de mandioca que pedimos, mas o fato de ele ser tão normal me atraiu.

Olhei para a tela do meu celular.

– Está meio cedo, não está? – falei casualmente. – Quer entrar um pouco? Podemos ver um filme.

A covinha de Bracken ficou mais funda com a surpresa, o que foi um alívio. Ele ergueu as sobrancelhas, visivelmente satisfeito.

– Eu gostaria, sim, Anna.

Dei uma risadinha quando ele disse o meu nome. De repente fiquei com calor, ruborizando do colo até a raiz do cabelo. Era como se eu tivesse me esquecido dos fundamentos básicos da interação humana nos seis meses de seca desde o fim do meu último relacionamento ruim. Torci para que a minha falta de jeito tornasse a situação pelo menos tão cativante quanto era atrapalhada.

Nervosa, dei uma olhada no retrovisor na tentativa de ver meu rosto, para saber quão vermelha eu estava, e acidentalmente fiz contato visual com Oscar. Por instinto, eu havia ligado para que ele fosse nos buscar no restaurante, embora provavelmente pudesse ter chamado um táxi comum. Ele ergueu as sobrancelhas para mim de forma divertida, e eu mordi o lábio com força.

– Não repare no lugar onde eu moro. É do tamanho de uma caixinha de sapatos.

Bracken se espreguiçou ligeiramente, a própria imagem da serenidade despreocupada.

– Sem problemas. Da próxima vez podemos ir para o meu apartamento.

Meu sorriso aumentou de tamanho. Eu estava feliz por saber que poderia haver uma próxima vez.

– Então. – Reuni o que restava da minha coragem e pousei a mão sobre o joelho dele. – O que quer assistir?

Ele retribuiu o sorriso.

– O que você quiser.

– Tenho muitos filmes de terror. De que tipo de terror você gosta? Histórias com fantasmas, clássicos *slashers*, esse tipo de coisa?

O sorriso dele diminuiu consideravelmente.

– Não assisto a filmes de terror.

– Ah, não tem problema!

– Eu fico com medo de verdade. – Ele colocou a mão por cima da minha. – Vou ficar a noite inteira acordado, achando que tem um assassino na cozinha.

– Com certeza tenho alguma coisa que você vai curtir.

Tentei lembrar se um dos meus ex tinha esquecido algum DVD de comédia pastelão ou qualquer coisa que ajudasse a convencer Bracken de que eu era um ser humano normal, com interesses normais. Não que eu achasse – ou esperasse – que nós fôssemos *assistir* a alguma coisa, considerando que eu estava extremamente consciente do peso da mão dele sobre a minha.

– Também tenho.

Era uma cantada tenebrosa, mas deixei passar mesmo assim. Olhei para ele, e ele abriu um sorrisinho. Tentei não olhar para o seu zíper.

Um som agudo e penetrante disparou dentro do carro, nos dando o maior susto; nós afastamos as mãos como se tivéssemos sido pegos no flagra. Atrapalhado, Oscar xingou e tateou o painel do carro, tentando desligar o alarme estridente.

– Tá de brincadeira, amigo? – disse Bracken olhando para Oscar.

Em seguida fez um gesto com as mãos em minha direção, como quem diz "dá pra acreditar nesse babaca?".

– Desculpem, desculpem. – Agitado, Oscar brigava com o tablet acoplado ao painel. – Chamada prioritária.

Fui atingida pela certeza doentia de que ligar para ele em vez de pedir um táxi normal tinha sido um erro gigantesco.

— Será que pode nos deixar em casa antes? – perguntei, hesitante.
— É o E. Seu chefe.
— Ah, meu Deus.

Senti que estava prestes a vomitar.

— Seu chefe? – Bracken franziu as sobrancelhas, confuso.
— Carro da empresa – explicou Oscar, vindo ao meu resgate. – Ela é importante.

Anotei mentalmente para dobrar a gorjeta dele.

Oscar tocou na tela outra vez e colocou a ligação no viva voz, para meu horror absoluto.

— Oi, Anna! Como você está?

Mil perdões, murmurei de maneira inaudível para Bracken, aflita.

Ele acenou com a mão, um gesto breve que dizia "imagina", mas nitidamente estava atordoado.

— Estou bem, E.
— Ouça, sei que não faz parte da sua função, mas estou com um abacaxi. Preciso fazer o transporte de alguns quilos de Músculo, e, dos motoristas que trabalham conosco, o seu é o que está mais perto. Você não se importaria de compartilhar o táxi e supervisionar o processo, se importaria?
— Bom, eu posso...
— Ótimo! Que maravilha. É coisa rápida. Tenha uma excelente noite!

A ligação foi encerrada.

— O que foi isso? – perguntou Bracken.
— Talvez a gente precise fazer uma parada rápida – respondi, sendo o mais vaga possível.

Olhei para Oscar no retrovisor mais uma vez.

— Sabe quão fora de mão é?

Eu não estava nem um pouco ansiosa para dividir o táxi por um minuto que fosse com um mercenário suado e sinistro.

Antes que Oscar pudesse responder ou que o carro parasse completamente, alguém abriu a porta traseira direita do táxi com um puxão.

— Merda – xinguei quando um homem corpulento se jogou dentro do carro e se esparramou pelo banco traseiro.

A cabeça dele bateu no vidro ao meu lado, e o ombro se enfiou bem no meio do meu peito. Um de seus cotovelos se enterrou dolorosamente na minha coxa, e o quadril e as pernas dele chocaram-se contra Bracken, que lançou os braços para cima em um gesto de repugnância.

— Vai! – vociferou o Músculo.

– Sai de cima de mim! – Bracken tentava empurrar o homem, cujas botas pingavam lama pela perna de sua calça jeans caríssima, para fora de seu colo e do táxi.

– Feche a porta! – gritei.

Bracken olhou para mim, incrédulo. Dei uma cotovelada nele.

– Agora!

– Porra.

Bracken puxou a porta e a fechou, furioso.

O táxi deu uma guinada, e Oscar ganhou velocidade. O homem no meu colo era mais jovem do que eu esperava e tinha um degradê imaculado no cabelo. Seus olhos estavam vidrados e aterrorizados, e sua pele se tornava cinzenta.

Bracken emitiu um barulho enojado.

– Porra, ele mijou em mim!

Ele empurrou o Músculo e tentou se espremer ainda mais contra o assento. De repente ficou paralisado; suas mãos estavam ensanguentadas.

Naquele momento, foi como se uma chave tivesse virado no meu cérebro; em vez de entrar em pânico, tudo dentro de mim se tornou muito sereno e focado.

– Onde está? – perguntei.

O Músculo apontou para a coxa, onde havia um rasgo no tecido da calça. O sangue acumulado fazia com que fosse difícil enxergar a laceração.

– Puta merda! – reclamei.

– Isso vai custar mais caro – resmungou Oscar. – Cobro uma taxa para sangrar no meu carro.

– Mande a conta para o E.

Comecei a procurar algo que pudesse usar como torniquete.

– Você me paga e depois pede reembolso – retrucou ele.

– Vai ter que aceitar cartão.

Tirei meu cachecol e o amarrei em volta da perna do Músculo, acima do talho, o mais forte que consegui. Em seguida, apertei o resto do tecido contra a ferida. O Músculo choramingou de dor.

Oscar bufou.

– Tá bom.

– Precisa fazer pressão – instruí.

Peguei uma das mãos do Músculo e a pressionei contra o tecido ensanguentado em sua perna. Ele arfou, mas concordou.

Uma voz débil e trêmula soou:

– Caralho.

Olhei para Bracken, cujo rosto agora estava úmido e esverdeado.

– Caralho.

– Vai ficar tudo bem com vocês dois – falei.

Torci para que não tivesse soado irritada demais. O Músculo piscava pesadamente, e eu dei um cutucão nele.

– Você. Fique acordado. O que aconteceu. Diga.

– A bosta de... uma daquelas estrelas voadoras.

Franzi os lábios.

– Dragão Barbado?

Um dos tipos metidos a justiceiro. Ele era propenso a usar lâminas que lembravam as franjas de um lagarto. O corte delas era fundo.

– Sim. Ele mesmo.

– Você arrancou?

– Hã?

Ele devia ser um novato.

– Você nunca pode tirar. Faz mais estrago.

– Não sabia.

– Tudo bem. Eles vão fazer um curativo em você. – Olhei para Oscar. – Estamos chegando?

– Desculpe. – O Músculo soava desorientado.

Dei umas palmadinhas desajeitadas nele.

– A perna é sua, não minha. Não tem que pedir desculpas.

– Vou vomitar – avisou Bracken.

Ele tentou abrir a janela, mas não foi rápido o bastante e acabou vomitando sushi semidigerido em uma rajada que escorreu pelo vidro, dentro e fora do carro.

Oscar estava prestes a ter um troço.

– Isso vai ser um inferno pra limpar!

Eu estava prestes a retrucar, mas ele estacionou o carro tão depressa que minha cabeça foi arremessada contra o vidro da janela. Paramos em frente à academia de artes marciais que servia como fachada para o Açougue, lugar aonde os vilões iam quando precisavam de alguém parrudo, da mesma maneira como procuravam a Agência quando precisavam de alguém para atender o telefone ou ficar algemado a uma mala ou resetar roteadores. Se precisa de uma bucha de canhão para atirar em cima de um herói ou de alguém para fraturar alguns ossos, você vai até o Açougue. A expectativa de vida para os mercenários não era exatamente longa, mas ao menos o Açougue tinha uma enfermaria que empregava remendadores – estudantes de medicina que abandonaram a graduação e "médicos" desiludidos com licenças questionáveis.

Um deles, um samoano grandalhão de avental preto e luvas de látex, estava esperando na calçada com uma cadeira de rodas. Quando o táxi parou, Bracken tateou debilmente pela porta para abri-la, e, assim que puxou o trinco, o Músculo a abriu com um chute.

O homem na calçada enfiou a cabeça no carro. A pele da cabeça recém-raspada brilhava sob a luz interna do táxi.

– Consegue ficar de pé?

– Não sei, não – respondeu o Músculo.

Ele balançava a cabeça em agonia.

– Tente.

O médico se esticou e, tão gentilmente quanto pôde, se pôs a puxar o jovem para fora do carro. O Músculo choramingava e sibilava, respirando por entre os dentes cerrados, enquanto o médico o posicionava na cadeira de rodas.

– Obrigado, Oscar – agradeceu o médico, dando uma palmadinha no teto do carro e em seguida fechando a porta.

Oscar emitiu um ruído enojado e partiu depressa com o carro. Dei uma última olhada para o samoano que empurrava o jovem na cadeira de rodas em direção ao prédio. Dois outros funcionários seguravam a porta, prontos para remendar o garoto e enchê-lo de analgésicos.

Houve um silêncio medonho no táxi fedido e arruinado.

– Para onde vamos? – perguntou Oscar por fim.

Olhei para Bracken, cuja camisa listrada estava visivelmente manchada de sangue e vômito; ele segurava um guardanapo sujo sobre a boca.

– Hum. Podemos levar você pra casa?

– Pare o carro – disse ele bem baixinho.

– Que foi? – Oscar torceu o pescoço para ouvir melhor.

– Pare agora – vociferou ele.

Oscar estacionou depressa no primeiro lugar que encontrou enquanto Bracken lutava para se desvencilhar de seu cinto de segurança.

– Eu vou andando – disse ele. – Só me deixe sair.

– Esse bairro não é dos melhores...

Ele saiu aos solavancos do carro e cambaleou um pouco quando ficou em pé. Estiquei o braço, assustada, mas recuei depressa; seu asco era evidente. Ele se apoiou contra o carro por um momento e deu o fora assim que se recompôs. Fiquei observando enquanto ele ia embora a passos rápidos. Eu também teria fugido de mim.

O carro voltou para o fluxo do trânsito, andando quase como se estivesse triste.

— Você... hum... quer ir pra casa? – perguntou Oscar com gentileza.

Assenti com a cabeça. Dentro da minha bolsa, meu celular começou a apitar; era June querendo saber se eu tinha sobrevivido à noite.

> Não quero falar sobre isso.

Cliquei em *enviar* e enfiei o celular de volta na bolsa, ignorando a vibração das várias mensagens. Pressionei meu rosto quente contra o vidro da janela, observando as luzes líquidas da cidade, derrotada.

— Aí meu cartão de crédito foi recusado duas vezes.

June estava sem ar, rindo tanto que já tinha parado de emitir qualquer som reconhecível e agora estava apenas chiando. Ela usava um clipe nasal de natação para se blindar dos odores de suor e desodorante e martínis de cranberry derramados pelo bar de karaokê.

— Oscar finalmente ficou com pena de mim e disse que mandaria a conta para E.

— Porra, cara – suspirou ela, abanando o rosto com a mão. – Que horrível. Muito horrível.

Ela tentou tomar um gole de Chardonnay, mas quase se engasgou. Comprimindo os lábios, olhei na direção do palco, onde Greg cantava os grandes clássicos a plenos pulmões.

— Sua empatia é comovente.

— Estou morrendo.

— Minha vida sexual também.

— Vai ligar pra ele de novo?

— Pro Oscar? Sim, ele é um bom motorista. Não foi culpa dele.

— Não, idiota, para o Bramble.

— Bracken.

— É, esse nome idiota aí.

— Óbvio que não.

Irritada, baixei o olhar para o meu gim-tônica, mexendo a bebida com o canudinho.

— Pode virar uma história engraçada um dia – falou June. – O drama do primeiro encontro.

— Ele levou um banho de vômito e sangue.

– O início de um romance turbulento. O filho de vocês vai se chamar Cerca Viva.

– Sabe muito bem que vou chamar meu primogênito de Worf.

Sorvi o resto do meu drinque e sacudi o gelo no fundo do copo enquanto ela gargalhava.

– Preciso de outro desse – falei, ficando em pé, cambaleante.

Passei por Greg no caminho até o bar; ele tinha cedido o microfone e tentava chamar a atenção do bartender para conseguir outro mate com vodca. Ele me viu e ergueu a mão, esperando um high five; mas eu passei direto, ignorando o gesto.

Ele fez uma careta e baixou o braço.

– Essa doeu, Anna.

Me apoiei no bar e pedi bebidas para nós dois, já que era evidente que o bartender tinha intenção de continuar ignorando Greg como castigo por ter cantado "Mr. Mistoffelees". Era um erro sair para beber na véspera da coletiva de imprensa, que seria meu primeiro trabalho de campo, mas um erro que eu precisava cometer. Eu me sentiria um pedaço de cocô na manhã seguinte, mas a ressaca e as piadinhas que meus amigos fariam comigo talvez amenizassem a energia de fracasso que emanava de mim desde que aquele homem de beleza inquestionável teve provavelmente o pior encontro da vida dele comigo.

Deslizei o drinque para Greg. Ele segurou o copo e acenou com a cabeça em agradecimento; tinha recebido uma ligação e estava tentando oferecer assistência tecnológica em meio ao ambiente barulhento, com música cheia de sintetizadores e canto desafinado como pano de fundo.

– Você tentou apertar *ctrl-alt-delete*? Isso, os botões. Isso.

Pousou o drinque e tapou o ouvido com um dedo para tentar ouvir melhor. Tomei um gole da minha bebida.

Ele desligou logo em seguida, e voltamos para a mesa juntos. De alguma forma, June tinha arranjado um martíni e estava pescando a cebola de dentro com as unhas em pinça. Ela atirou a cebolinha em mim. Ainda estava sorrindo.

– Pelo menos o trabalho parece estar indo bem – disse ela, contente até demais.

– Rindo da minha desgraça.

– Estou tentando te animar.

– Muito generoso da sua parte.

– Cala a boca. Mas é sério. O E. gosta de você, gosta do seu trabalho.

– É.

– Ele estava falando bem de você para o Eletrocutador – confessou ela.

Havia um resquício de ressentimento em sua voz, um toque de inveja. Isso fez com que eu acreditasse nela.

Me endireitei na cadeira.

– Isso é alguma coisa.

Greg estava assentindo positivamente com a cabeça.

– É mesmo – concordou ele. – Estar em público com um vilão é ser capanga real oficial. Você é parte da comitiva.

Sorri a contragosto.

– Vamos torcer para que minhas energias estejam alinhadas amanhã.

June ergueu um dedo de unha pontuda.

– Além disso, pare de sair com cidadãos comuns.

Meu sorriso se contorceu.

– Tá.

– Você só vai sujar eles de sangue. Comece a prestar atenção no banco de talentos.

– Outro capanga?

Ela deu de ombros.

– Ou um vilão.

– Tá. Eu já tenho um ex que me stalkeia. Estou de boa.

– Descobri que as pessoas que são malvadas profissionalmente acabam sendo muito mais razoáveis – declarou June, tomando seu drinque teatralmente e o derramando na blusa.

– Por isso você tá de namorico com aquele Músculo?

Ela me fuzilou com os olhos.

– Nós *não* estamos namorando. Ele é um pau amigo semirregular, na melhor das hipóteses. Além disso, não cuspa no prato em que ainda não comeu.

– Eu posso só avisar o pobre civil da próxima vez – sugeri.

June esfregou a frente de sua blusa furiosamente.

– Não adianta. Ou eles te entregam imediatamente, ou ficam com tesão ao imaginar você roubando bancos de fio dental e botas de couro.

– Então não é uma boa ideia ir vestida assim pro trabalho amanhã?

– Bom, siga seu coração.

– Anna! Como é que *você* está?

Estremeci e me virei, dando de cara com E. vindo em minha direção pelo saguão das Indústrias Eletroforese. Ele tinha um sorriso determinado e caminhava a passos largos e confiantes, vestindo um terno risca de giz azul-marinho. Os dentes dele eram tão brancos que pareciam reluzir, e o bronzeado estava especialmente caprichado. Em uma das mãos, segurava um aparelho que parecia um prato dourado fixado em um soco inglês. Duas pessoas do setor de pesquisa e desenvolvimento seguiam tensas atrás dele, os olhos fixos no aparelho e as mãos trêmulas, certos de que ele o derrubaria.

Engoli a saliva e sorri, torcendo para que minhas feições não estivessem muito cansadas. A animação dele estava piorando minha dor de cabeça.

– Mal posso esperar para descobrir o que nos aguarda no dia de hoje – respondi.

Tomei um gole do enorme café que trazia comigo.

– Ótimo! Ótimo.

Ele mexeu em um dos botões do aparato em sua mão, e um dos pesquisadores fez uma careta.

– Esse é o novo modelo? – perguntei.

Não precisei fingir minha curiosidade. O dispositivo parecia ser uma versão mais avançada de um protótipo que ele vinha desenvolvendo havia anos, algo chamado Anel do Humor. Ele supostamente deveria conseguir escanear estados emocionais ou "ler auras", se quisesse uma explicação particularmente pretensiosa. June tinha certeza de que não funcionava e de que E. inventava todas as análises do aparelho.

– Sim! Bom, mais ou menos.

Ele mexeu em outro botão, e o Anel do Humor começou a emitir um zunido grave que lembrava um diapasão.

– Sem spoilers antes da coletiva, mas tem novas funcionalidades – completou.

– Muito interessante – respondi, tentando soar intrigada.

E movimentou o Anel do Humor para cima e para baixo na minha frente e depois em volta do meu corpo. Era como se estivesse usando um detector de metal manual e me revistando em busca de armas. Ele aproximou demais o aparelho do meu rosto e quase arrancou meus óculos. Mantive o sorriso nos lábios, apesar da irritação e da náusea.

O Anel do Humor apitou, e o zumbido diminuiu em intensidade.

– A-ha!

E. aproximou a coisa do rosto para enxergar melhor a pequena tela digital que exibia a análise do Anel do Humor. Aquilo me fez pensar na tela de um relógio com calculadora.

– Hum. Aqui diz que você está estressada. – Ele olhou para mim, e seus olhos escuros estavam úmidos e preocupados. – Está estressada, Anna?

Tentei controlar meu coração com a força da mente.

– Estresse positivo ainda é estresse – disse por fim. – Estou agitada e ansiosa para a apresentação.

E. assentiu, solene.

– Verdade. Verdade. Preciso ajustar a calibração para considerar isso.

Ele mexeu no dispositivo por mais um instante, então deu de ombros e o arremessou para um dos rapazes de P&D que pairavam por ali. O desenvolvedor o apanhou com um pânico desesperado, como se E. lhe tivesse atirado um bebê.

Mais capangas haviam se agrupado no salão enquanto conversávamos. Vários engravatados zanzavam por ali, trazendo consigo tablets e papeladas, e havia também meia dúzia de Músculos demorando-se por ali, todos usando ternos e fones receptores, exibindo um modelito que eu gostava de chamar de *homicida semiformal*. Um deles, que tinha uma tatuagem de jaguar no pescoço, trabalhava com E. havia algum tempo. Fiz contato visual sem querer, e ele piscou para mim. Eu me virei depressa demais, e um pouco de café vazou pela tampa do copo para viagem que eu segurava, sujando minha blusa. Minha cabeça pulsava.

O celular de E. apitou, e ele ficou ainda mais empolgado.

– Nossas carruagens nos aguardam! – anunciou.

Ladeado por seus seguranças, ele marchou, atravessando as portas principais, e o restante de nós o seguiu.

Do lado de fora, um supercarro comprido e índigo nos aguardava, ronronando como um tigre satisfeito. E. entrou, seguido pelo cara de P&D que segurava o Anel do Humor e pelo Pescoço de Jaguar. O resto de nós se enfiou no par de vans estacionadas logo atrás. Escolhi o carro com o maior número de pessoas do escritório, torcendo para que fosse o mais silencioso, mas, assim que o veículo começou a se movimentar, seu interior se acendeu, dolorosamente iluminado. Um par de telas, um para cada fileira de bancos, ganhou vida, exibindo o rosto sorridente e ridiculamente alegre de E. O vídeo tremia; ele claramente estava gravando com o celular. Aquilo me deixou enjoada.

– E aí, time? É o grande dia!

O som no carro era metálico e alto demais. Soltei um gemido. Uma das pesquisadoras ao meu lado – uma mulher com os cabelos vermelhos presos num coque firme – deu uma risadinha discreta.

– Obrigado a todos vocês que fazem parte disso – ele falou. – As coisas vão ser bem objetivas quando chegarmos lá. É uma teleconferência que vai ser transmitida ao vivo, então não vai haver ninguém no espaço além de nós e da equipe de filmagem.

A imagem tremeu com violência; ele ergueu os braços e balançou as mãos, animado.

– Vai ser gigante!

Então as telas se apagaram, e eu suspirei aliviada. Passei o resto do trajeto bebendo meu café e esfregando em vão a manchinha na minha camisa.

A coletiva de imprensa aconteceria em uma das salas de reunião de um hotel próximo. Quando chegamos, as três pessoas da equipe de filmagem estavam fazendo os últimos ajustes. E. soltou um grito de felicidade assim que entrou pela porta, assustando todas elas.

A sala de reuniões era consideravelmente mais equipada e mais bem iluminada do que qualquer lugar no prédio da Eletroforese. Havia uma janela comprida em um dos lados da sala que deixou E. muito animado. Ele tagarelava sobre como sua pele ficaria bonita na luz natural enquanto uma pessoa da equipe, uma mulher indiana com uma trança que chegava à altura do quadril ajudava-o na instalação de um microfone sem fio. O cenário incluía uma longa mesa de madeira escura e uma poltrona verde-folha onde E. sentaria. Os braços da poltrona haviam sido esculpidos em curvas elaboradas e faziam com que o móvel parecesse um pequeno trono. E. se acomodou, dando gritinhos de alegria.

Além da mulher com o microfone, havia um operador de câmera troncudo que já estava pronto com o estabilizador de imagem e um homem – um cara irlandês mais velho que tinha um estilo punk e um sidecut – que mexia em um par de notebooks e em uma quantidade ridícula de cabos, que eu vagamente deduzi ser a pessoa responsável pela transmissão do que quer que estivesse prestes a acontecer. Pensei ter reconhecido o punk da Agência, mas não tinha confiança suficiente para dar um oi.

Assim que o som de E. ficou pronto, os dois caras de P&D instalaram o Anel do Humor na mesa em frente a ele, colocando-o em um suporte elaborado.

– Um pouquinho mais para a direita, pessoal – instruiu o homem parrudo que semicerrava os olhos para enxergar pela câmera.

Os pesquisadores pareceram zangados enquanto moviam cuidadosamente toda a instalação, uma peça de cada vez.

– Afinal, queremos ver seu chefe – acrescentou o operador, e um dos técnicos de laboratório fez uma careta.

E. sorria efusivamente.

– Não dá pra ter algo escondendo este *rostinho*, né? – disse, fazendo um gesto em direção às suas maçãs do rosto bem marcadas.

Tive a impressão de que ele estava usando um pouquinho de delineador nos olhos. Fui obrigada a admitir que ficava bem nele.

Enquanto o pessoal de P&D continuava a trabalhar diante de E. e os Músculos se acomodavam em volta da sala – dois deles perto da porta e os outros quatro atrás do chefe –, me senti ligeiramente inútil. Fui até a mulher do cabelo preso numa trança.

– Então, hum, onde é que eu devo ficar? – perguntei, torcendo para que ela tivesse a mínima ideia do que diabos estava prestes a acontecer.

Ela olhou para mim e depois para uma lista.

– Anna, certo?

– Isso mesmo.

– Ótimo. E. quer que você fique junto com os guarda-costas, como parte da escolta. Ele achou que haveria um desequilíbrio ao "aparecer apenas com homens atrás dele", já que ele "se considera um empregador progressista".

Ela usou um tom de voz que dizia "esse cara é o maior babaca" ao reproduzir as palavras exatas dele.

Eu me senti ingênua por ter achado que havia merecido estar ali.

– Vim só para decorar o cenário – falei.

A verdade amarga me atingiu em cheio.

Ela olhou para mim com empatia.

– É assim que as coisas funcionam.

Ela gesticulou para que eu me juntasse a E. e aos Músculos atrás da mesa; a dupla de P&D tinha terminado a instalação e já ocupava uma posição à esquerda de E., bem atrás do Anel do Humor. Ela me disse para ficar logo à direita do meu chefe.

Ocupei minha posição e me desloquei para a frente e para trás, conforme as instruções do operador de câmera, até que eu estivesse exatamente no lugar desejado. Tentei parecer engajada e atenta, mas eu já tinha murchado.

– Não é o máximo, Anna? – sussurrou E. Ele parecia vibrar de emoção.

Precisei reprimir a vontade de sussurrar de volta um *não*.

– Sim, é impressionante – respondi. – É um espaço excelente.

Ele assentiu com a cabeça.

– Fiz uma boa escolha.

De repente ele virou o pescoço e me encarou por um instante.

– Anna, obrigado por dar um jeito em Andre naquela noite.

– Imagina. Sem problemas.

Minha voz vinha carregada de gentileza e irritação.

E. ouviu apenas a parte boa. Ele sorriu e voltou a se acomodar na cadeira, olhando para a câmera. Eu me perguntava qual seria a sensação de ser tão medíocre e tão confiante ao mesmo tempo.

– Lidou bem com a situação – elogiou. – Segurou muito bem as pontas.

Ele fez um gesto encorajador de cabeça para si mesmo.

– Obrigada, E. – respondi. – Significa muito ouvir isso vindo de você.

Tentei controlar minha irritação e soar o mais sincera e verdadeira que conseguia. Considerando o elogio e a coletiva, eu estava começando a nutrir a frágil esperança de que talvez, e apenas talvez, a gratidão dele pudesse acabar resultando em uma efetivação. Talvez um dia eu voltasse a frequentar o dentista.

– Vai sonhando – eu disse sem querer em voz alta.

Por sorte, o punk dos notebooks ficou em pé naquele exato momento.

– Pessoal, silêncio rapidinho. Vamos entrar ao vivo daqui a alguns minutos. Senhor Enguia, consegui acessar o sinal municipal que está exibindo o debate sobre o trânsito; estamos prontos para começar a qualquer momento.

– Esplêndido. Quando você estiver pronto, também estaremos. E, por favor, me chame de E. Senhor Enguia é meu pai.

O Músculo atrás dele puxou uma obediente gargalhada coletiva que me fez soltar uma risada.

Tentei controlar meu rosto. Todos os guarda-costas atrás de mim exibiam caras fechadas ensaiadas, e até mesmo os nerds pesquisadores conseguiram esboçar expressões ameaçadoras. *Nerds malvados*. E como seria uma expressão vilanesca para uma dama? Tentei abrir um sorriso maldoso para ver se me caía bem.

– OK, pessoal – disse a mulher com a lista, batendo palmas para chamar a atenção de todos. – Lembrem-se de que estão aqui para enaltecer a imagem de seu chefe. Façam-se presentes, mas não exagerem. Tentem parecer intensos, mas saibam interpretar as dicas de E. e não passem dos limites. Vocês são... como damas de honra malignas. Estão aqui para fazê-lo brilhar ainda mais.

O Músculo atrás de mim grunhiu ao ouvir a comparação, e eu me segurei para não rir outra vez. Tentei emanar uma aura intimidante. Mentalizei algumas fantasias de vingança e rezei para que elas se projetassem em minha expressão.

– Ao vivo em dez! – gritou o operador de câmera, e em seguida continuou a contagem com os dedos.

E. se endireitou levemente em seu trono improvisado. Ele uniu as duas mãos pela ponta dos dedos teatralmente e sorriu de lado quase imperceptivelmente. De repente percebi que estava nervosa. Depois de um sinal positivo com o polegar, estávamos ao vivo.

– Senhor prefeito. Vereadores. Delegado Danczuk – E. começou. – Perdoem-me por interromper essa sessão municipal sobre... o que era mesmo? Trânsito?

E. fez uma pausa, contando os segundos mentalmente para dar espaço às exclamações de choque e ultraje que ele imaginava terem estourado do outro lado do canal invadido.

– Com licença – continuou. – Prometo não tomar muito tempo. Na extremidade inferior da tela, vocês verão as informações para uma carteira virtual. O preço do resgate é bastante simples: cinco milhões de dólares transferidos nos próximos cinco minutos. Nada absurdo, nada que vá levar os cofres públicos à falência, apenas um pezinho-de-meia para financiar meu próximo projeto.

E. olhou ameaçadoramente para a outra extremidade da sala, onde dois de seus guarda-costas estavam posicionados ao lado da porta. Um deles assentiu com a cabeça e levou a mão ao pequeno dispositivo em seu ouvido, repassando um breve comando. O outro segurava a porta aberta. Um terceiro homem entrou, maior do que todos os outros Músculos, arrastando um adolescente esguio. O garoto tinha os joelhos sujos de terra e usava uma camiseta com o logo de uma loja de donuts; aparentemente tinha sido tirado de um treino de futebol. Conforme o homem de pescoço atarracado o arrastava para mais perto da mesa, consegui sentir o cheiro de suor fresco que ele emanava e perceber seu pânico. Um de seus pés estava descalço, e ele parecia estar com a própria meia enfiada na boca.

Um dos Músculos me deu um pontapé, e eu percebi que estava boquiaberta. Precisei de esforço para me recompor.

– Naturalmente, sei que é necessário um incentivo para que sigamos em frente com a negociação, então permita-me apresentá-lo, seguido de uma demonstração do novo projeto no qual estou trabalhando – disse E. alegremente, gesticulando para que o Músculo se aproximasse.

O capanga arrastou o menino até que ele estivesse dentro do alcance da câmera. E. pausou por um instante, novamente aguardando uma reação que não podia ver do outro lado da transmissão, então arrancou a meia da boca do garoto, que sacudiu a cabeça e cuspiu no chão.

– Gostaria de agradecer ao Jeremy por ter se voluntariado para auxiliar nesta demonstração.

E. se pôs de pé, pegando o Anel do Humor e ativando seu zumbido, muito mais alto dessa vez; eu conseguia sentir meus dentes vibrando.

– Jeremy, seu pai está assistindo, então vamos causar uma boa impressão. Estou muito empolgado por você nos ajudar.

– Cadê o meu pai?

A voz de Jeremy era muito mais estridente do que eu tinha imaginado. E. apontou em direção à câmera.

– Seu pai está vendo você, Jeremy, mas lamento informar que você não pode vê-lo. Agora me diga: como está se sentindo, Jeremy? Qual diria ser seu estado emocional atual?

Jeremy tentou chutar o Músculo com o pé que ainda estava calçado com uma chuteira.

– Me solta! Me solta!

E. balançou a cabeça.

– Infeliz. Acha que essa é uma boa palavra para descrever?

A boca de Jeremy tremia. Ele era ainda mais jovem do que sua aparência demonstrava; o que eu achei que era um garoto magricela de catorze anos estava mais para um menino de doze. Ele estava perto o suficiente de mim para que eu pudesse ver machucados em seus joelhos e terra sob suas unhas. Repentinamente, me senti aterrorizada diante da vulnerabilidade do menino e do fato de eu estar ali, de pé bem atrás dele, enquanto transmitíamos seu sequestro. A sala começou a girar, e eu senti que ia vomitar.

– Está tudo bem, Jeremy – disse E. Seu tom sereno e apaziguador beirava o hipnótico. – Vamos tentar uma coisa juntos.

Ele fez pequenos ajustes nas configurações do Anel do Humor, e a vibração pareceu penetrar meu crânio. E. aproximou o Anel da cabeça de Jeremy, que gritava e esperneava sob as grandes mãos que seguravam seus braços.

– Agora me diga como se sente.

O zumbido que antes reverberava se transformou em uma pulsação grave. Minha mandíbula doía, mas algo dentro de mim relaxou. O pânico do instante anterior deu lugar a uma serenidade estranha e artificial.

Jeremy parou de se debater. Seus olhos, antes tomados pelo pânico, agora pareciam vidrados. Ele se aquietou sob as mãos contra as quais lutava segundos antes. Um pouco de saliva se acumulou no canto de sua boca, e ele distraidamente a enxugou com as costas da mão.

E. deu uma palmadinha no ombro do Músculo que prendia Jeremy, e o homem grandalhão lentamente o soltou. O garoto não fez menção de se mexer ou fugir, apenas redistribuiu o peso de seu corpo sobre os pés, olhando em volta com uma curiosidade distraída.

– Está se sentindo melhor? – A voz de E. era motivadora, quase gentil.

– Sim, estou, sim. – A voz de Jeremy soava arrastada e aérea.

Seu rosto estava relaxado; ele quase parecia estar sonolento.

– Bom saber disso, Jeremy.

E. fez um gesto para que o garoto se aproximasse da mesa. Obediente, Jeremy caminhou devagar e se posicionou ao lado do meu chefe.

E. apertou gentilmente o ombro do garoto.

– O que quer fazer agora, meu jovem?

Jeremy franziu o cenho, pensando.

– Bom. Depende do que você quer que eu faça, senhor.

E. abriu um sorriso predatório enorme, mostrando os dentes brancos.

– Excelente resposta, Jeremy. Você é um garoto muito inteligente. E, por favor, me chame só de E.

– Tudo bem, E.

– Perfeito. Agora ouça, quero que faça um pequeno favor para mim, Jeremy. Você gostaria de me ajudar?

O rosto de Jeremy se iluminou diante da possibilidade de receber uma instrução. Ele concordou fervorosamente com a cabeça.

– Lógico!

– Maravilha.

E. gesticulou para um de seus guarda-costas, que tirou da bolsa que trazia consigo uma comprida caixa retangular. Era uma caixa pesada, fechada com um ferrolho, e parecia com um porta-joias, só que maior. E. pegou a caixa, ávido, e a colocou sobre a mesa entre ele e Jeremy, que observava tranquilo e atento.

Então E. se dirigiu a mim.

– Segure isso – pediu ele casualmente, me entregando o Anel do Humor.

Ergui as mãos para recusá-lo, e ele calmamente segurou meu pulso e fechou meus dedos em volta da alça do dispositivo. Senti a estranha pulsação que o aparelho emitia amortecer, como uma corrente percorrendo meu corpo. Porém eu segurava firme agora, deixando que a sensação passasse.

– Segure perto da cabeça dele – disse E., continuando. – Funciona melhor assim.

Meu braço tremia, mas continuei segurando. Eu cerrei os dentes com o estranho som e me perguntei se aquilo significava que eu iria para a cadeia.

Gentilmente, E. pousou uma de suas mãos livres nas costas de Jeremy, entre suas escápulas. Ele levantou a cabeça e falou diretamente para as câmeras.

– Como podem ver, o jovem Jeremy aqui é extremamente obediente e complacente.

Jeremy olhava para ele com adoração. E. sorriu.

– Aposto que todo mundo vai querer um desses quando concluirmos a demonstração – disse ele, rindo da própria piada.

E. ergueu a outra mão como se estivesse prestes a fazer um juramento.

– Garanto a todos os telespectadores que Jeremy não sofrerá nenhuma consequência negativa proveniente do uso do Anel do Humor. Pelo menos não com essas configurações.

Ele inclinou a cabeça para o lado.

– No entanto, não posso prometer o mesmo em relação ao que ele pode fazer sob a influência do aparelho.

E. voltou a atenção para Jeremy.

– Você escreve com a mão direita ou com a esquerda?

– Com a esquerda, E.

– Um canhoto! Eu também. Certo, neste caso, coloque sua mão direita bem aberta sobre a mesa.

– Assim?

– Um pouquinho mais para lá, para que a câmera pegue um bom ângulo. Isso, perfeito, muito bem.

A mão de Jeremy parecia muito pequena e suja sobre a superfície polida da mesa.

E. abriu a caixa comprida diante deles e eu prendi a respiração, sugando o ar pela boca.

– Segure isto aqui. Cuidado, é mais pesado do que parece.

Ele colocou um cutelo na mão esquerda de Jeremy. O garoto balançou o cutelo, examinando seu peso.

– Pesado *mesmo*! – A voz de Jeremy soava tranquila e curiosa.

– Está segurando firme?

– Estou.

– Ótimo. Agora quero que corte a ponta do dedo mindinho da sua mão direita. Preste atenção, só a pontinha. Assim completaremos a demonstração. Isso seria de grande ajuda.

– Pode deixar, E.

Jeremy se endireitou e fincou os pés no chão, segurando o cutelo com mais firmeza. Ele afastou os dedos da mão espalmada e ergueu o cutelo um pouquinho mais, mexendo o corpo para a frente e para trás em concentração, como um gato prestes a dar um salto. Entorpecida, eu continuava segurando o Anel do Humor apontado para a cabeça dele.

Então ele parou, baixou o cutelo ligeiramente e olhou para E. outra vez. Senti uma onda de alívio. Não daria certo.

– Estou preocupado – disse Jeremy. – Talvez eu não consiga fazer direito.

– Como assim, campeão?

E. esticou o braço e puxou meu pulso, aproximando o Anel do Humor um pouco mais. Ele ainda soava alegre, mas agora havia um vestígio de preocupação em sua voz.

– Estou com medo de errar.

E. sorriu, relaxando.

– Não se preocupe, Jeremy! Você pode tentar várias vezes. Não vou ficar bravo.

Aliviado, Jeremy concordou com a cabeça e voltou a atenção para a própria mão. Ele ergueu de novo o cutelo.

E. olhou diretamente para a câmera. Seus olhos brilhavam. Notei uma gota de suor escorrendo por sua têmpora.

– Se o dinheiro chegar bem depressa, vamos limitar essa demonstração a um único dedo. Parece justo, senhor Prefeito? – Ele puxou o celular e inspecionou a tela. – Nenhuma transferência ainda.

E. balançou a cabeça.

Fechei os olhos.

Várias coisas aconteceram bem devagar e, ao mesmo tempo, de uma só vez. A janela enorme pela qual entrava uma bonita luz natural explodiu sala adentro. Senti cacos de vidro atingindo meu rosto e meus braços. Ergui a mão, espantada, e toquei minha bochecha. Meus dedos ficaram sujos de sangue. Tive tempo de pensar que tinha tido sorte por nenhum caco ter acertado meu olho.

E. avançou depressa até onde eu estava e arrancou o Anel do Humor da minha mão. Demorei um instante para soltar, e o puxão repentino fez com que eu me desequilibrasse. Segurei na beirada da mesa para me recompor, e minhas mãos ficaram a centímetros de distância da mão de Jeremy.

Enquanto todos na sala gritavam e tentavam se proteger, Jeremy continuava calmo e imerso em sua tarefa, ainda que estivesse coberto de cacos de vidro. Ele estava com a pontinha da língua para fora, no canto da boca, um sinal de concentração infantil. Senti um nó na garganta. Me aproximei dele, mas sabia que era tarde demais.

Ele baixou o cutelo.

A lâmina não completou seu trajeto. Houve um borrão, um cheiro que lembrava ozônio, e uma mão enluvada segurou a de Jeremy um segundo antes de o cutelo fazer contato com o dedo do garoto. Acelerador, o homem mais rápido do planeta, segurava a mão de Jeremy. O ajudante de super-herói gentilmente tirou o cutelo das mãos do garoto e arremessou o instrumento para longe. Dei um passo para trás, e de repente me vi sob uma imensa sombra.

Era Superimpacto, posicionado entre Jeremy e o Enguia Elétrica. Acelerador empurrou Jeremy para trás de si, afastando o garoto do Anel do Humor, na tentativa de interromper o transe. Em uma decisão pouco recomendável, um dos guarda-costas de E. lançou-se na direção dos dois, e acabou sendo arremessado para a outra extremidade da sala com um chute de Superimpacto. Ouviu-se um baque surdo no lugar onde ele aterrissou. Agora, protegido atrás das costas largas e impenetráveis do herói, Jeremy voltou a si, confuso, e sacudiu a cabeça como se tivesse acabado de acordar.

E. recuou, sibilando.

– Está cercado – advertiu o herói. Ele cerrava a mandíbula perfeitamente quadrada de um modelo de comercial de creme de barbear.

Conforme recobrava a consciência, Jeremy começou a tremer incontrolavelmente e se agarrou ao braço do Acelerador.

Eu já tinha encontrado um herói ou outro ao longo da minha vida profissional, mas quase nunca do alto escalão. Uma vez o Máscara de Safira sentou ao meu lado em um bar e tentou me passar um sermão sobre as minhas escolhas. Já o Nucleus esteve no prédio da Eletroforese em missão diplomática. Porém, eu só tinha visto o Superimpacto pela TV. Olhei para ele, fascinada com as ondas perfeitas de seu cabelo loiro e com a largura improvável de seus ombros. Em seu peito, dois aros dourados concêntricos pareciam resplandecer sob a luz do sol em contraste com o fundo azul-escuro. Tentei me afastar dele furtivamente, recuando devagar, arrastando os pés pelos cacos no chão.

– Dia parado? – perguntou E.

Enguia Elétrica tinha um olhar desvairado. Eu me perguntei se ele já tinha estado no mesmo ambiente que o Superimpacto antes. Normalmente, o grande herói estaria evitando um desastre natural ou impedindo a explosão de uma bomba nuclear, não intervindo para salvar o dedo mindinho do filho do prefeito.

– Por sorte eu estava na cidade – respondeu. – As notícias sobre sua perversidade chegaram até mim a tempo.

Superimpacto parecia estar profundamente enojado. Continuei a recuar devagarinho, dando espaço para que os dois se resolvessem e tentando me esgueirar para longe da linha de fogo.

– Renda-se – exigiu Superimpacto.

Espiei atrás de mim para verificar se havia por onde fugir. Os dois Músculos que cuidavam da porta estavam imóveis, completamente embasbacados. Eles não estavam recebendo bem o bastante para lidar com aquela situação. Acelerador os vigiava, movendo-se de um lado para o outro como um jogador de tênis na frente de Jeremy, incapaz de ficar parado.

Um zunido ressoou pela janela destruída, e, quase preguiçosamente, Ligação Quântica surgiu. A herói pairou alguns centímetros acima do chão por um momento, e então suas botas afundaram no carpete alto, esmagando delicadamente os cacos de vidro pelo chão. Ela entrou na sala como um vendaval, o cabelo platinado esvoaçando a seu redor. Como Superimpacto, eu nunca a tinha visto pessoalmente e, atônita, acabei parando para encará-la. Em seu queixo e lábios havia tatuagens lindas e complexas, traços que se cruzavam e definiam ainda mais seu rosto marcante.

Imaginei que o Enguia Elétrica ficaria paralisado de pânico como o resto de nós. Algo em mim esperava que ele entregasse o Anel do Humor, levasse as mãos à cabeça e se ajoelhasse. E. fitou o dispositivo em suas mãos por um instante e em seguida exibiu um sorriso exagerado. O ar ao meu redor pareceu crepitar, e meus cabelos se eriçaram, minha saia se agarrando em minhas pernas com a estática. Ele tinha ativado sua manopla de choque.

Estava mesmo determinado a lutar.

Um arco azul de eletricidade partiu das mãos de E. Não era exatamente poderoso, mas era luminoso e barulhento, o que alarmou o herói. Apesar de sua força e resistência, o tempo de reação e a capacidade mental de Superimpacto eram bastante humanos. Sobressaltado, ele recuou um passo e, por instinto, empurrou Jeremy ainda mais para trás de si para protegê-lo. Isso deu a E. a brecha da qual ele precisava... e o vilão bateu em retirada.

Ele passou correndo por mim, e vi que ele sorria com o que parecia ser uma fúria descontrolada e eufórica. De repente me dei conta de que ele estava gostando daquilo, de que atrair a atenção de um herói – um herói de verdade – era sua maior conquista enquanto vilão até agora.

– Cobertura! – gritou Enguia Elétrica, e, assim que falou aquilo, os Músculos pareceram ganhar vida.

Os dois que estavam na porta sacaram armas. Dentro da sala, mais longe da porta, um dos três sobreviventes, o que segurava a bolsa do cutelo, sacou um objeto estranho e circular que se parecia com uma grossa lâmina dentada. A arma lançou um arco disforme de luz vermelha e úmida, como se fosse um jato de lava. Os três heróis saltaram para fora do caminho, rolando pelo chão para sair da frente da luz que cortava uma faixa através da sala, corroendo agressivamente o chão. Uma das pessoas de P&D, a mulher risonha de cabelo vermelho que eu tinha visto no carro, não saiu da frente rápido o suficiente quando a luz ricocheteou perto dela. Vi um pedaço de seu corpo se desprender, um braço e um vislumbre de uma costela branca, seguido de um cheiro de carne chamuscada, e ela caiu.

Superimpacto usou seu corpo invulnerável para proteger Jeremy do respingo, mantendo o garoto cuidadosamente atrás de si. Como o herói estava ocupado, Enguia Elétrica usou esses valiosos segundos para chegar até a porta. Ele gargalhava ao fugir, correndo em direção ao seu supercarro e à sua fuga. Acelerador tentou intervir, mas o respingo da arma de lava era imprevisível, e ele precisou se jogar atrás da barreira formada por Superimpacto para não ser cauterizado. Embora fosse incrivelmente rápido, o ajudante era quase tão frágil quanto uma pessoa normal.

Com a partida de E., todos os capangas foram deixados sozinhos com os heróis. Ligação Quântica foi até Superimpacto, e os dois trocaram palavras apressadas. Ela criou um campo de força ao redor de si e de Jeremy e afastou a criança de seu parceiro. A herói pegou Jeremy no colo com facilidade, e o traumatizado garoto a envolveu com seus braços e suas pernas, como se fosse uma criança muito mais nova. Ele levou o polegar à boca.

Superimpacto acenou com a cabeça para ela, que se ergueu do chão com o garoto, atravessando a janela quebrada em direção a um lugar seguro. Havia barulho de sirenes lá embaixo; dentro de segundos Jeremy estaria em segurança sob os cuidados de algum socorrista. O restante de nós, no entanto, estava preso lá com Superimpacto e com o maluco da arma de lava. A expressão do herói era séria e impassível. Eu me abaixei, tentando ficar invisível.

Superimpacto se pôs a atravessar com certa dificuldade o respingo de calor líquido que jorrava sobre ele. Embora aquilo não lhe causasse nenhum ferimento, ele fazia uma careta enquanto avançava. O processo era lento e parecia dolorido. O carpete e a sola das botas de Superimpacto derretiam e se tornavam um só, e cada um de seus passos deixava para trás marcas de borracha escurecida. O jato que saía da arma se tornou mais errático conforme ele se aproximava, a bateria enfraquecendo ou um defeito surgindo. O esguicho de luz vermelha diminuía, como água saindo de uma mangueira entupida. Um pouco espirrou próximo ao lugar onde eu estava, e, atrapalhada, me pus de pé, tentando aumentar mais a distância entre o meu corpo e o chão violentamente quente que se desintegrava.

O Músculo reajustou sua mira, virando o jato intermitente em direção ao Acelerador, provavelmente concluindo que talvez tivesse mais sorte para ferir o ajudante, que estava usando sua velocidade para chegar cada vez mais perto. Superimpacto aproveitou a oportunidade para investir contra o Músculo, e, infelizmente, tentando não ser chamuscada, acabei entrando na frente do herói.

Ele distraidamente me empurrou para o lado, para fora do seu caminho, como se eu não passasse de um móvel. Talvez não fosse a intenção dele me machucar, mas foi como ser atropelada por um caminhão. Seu corpo parecia extremamente rígido, da mesma forma que pular de uma grande altura em direção à água causa o mesmo estrago que dar de cara com uma parede de cimento quando se está em certa velocidade. Senti meu corpo se encolher e ceder.

Fiquei suspensa no ar por um breve segundo e aterrissei de mau jeito. Então sentei como uma idiota onde havia caído, em choque e de pernas abertas, aturdida.

A arma de calor parou por completo. O Músculo que a segurava arremessou o instrumento inútil contra Superimpacto, que tinha uma expressão séria quando ela ricocheteou na lateral de seu rosto. O Músculo deu um soco, mas Superimpacto segurou a mão dele; o capanga gritou quando seu punho foi triturado. Sem precisar se preocupar em ser atingido por magma líquido, Acelerador se pôs a correr pela sala, desarmando os demais Músculos. Superimpacto o acompanhou – ainda segurando o Músculo pela mão, agora gelatinosa –, deixando-os inconscientes. Eles pareciam não ter ossos, como uma terrível pilha flácida. A posição de pescoços e membros parecia impossível. Ele distraidamente esmurrou mais uma vez o Músculo que segurava e o jogou sobre a pilha. De onde eu estava, não conseguia ver se o rosto dele estava inchado ou afundado para dentro do crânio.

A equipe de gravação estava encolhida em um canto. O homem que antes estava cuidando dos notebooks chorava, soluçando profundamente; a mulher mantinha silêncio. O operador de câmera tentou sair pela janela quebrada, mas se deteve quando percebeu a altura em que estávamos. Ele se feriu ao tentar se segurar na moldura da janela e caiu no chão com as mãos sangrando.

Tentei ficar de pé sem ajuda, mas minha perna esquerda não aguentou meu peso e cedeu. De alguma forma, ela não parecia pertencer a mim, parecia ser carne moída e porcelana despedaçada sobre a pele de outra pessoa. Olhei para minha perna, confusa. Havia algo de errado com o ângulo. Os traços familiares de meu corpo estavam deformados e estranhos. Então a dor finalmente se manifestou e me atingiu em cheio. Virei o rosto e vomitei, café e bile.

De repente a sala foi tomada por luzes e barulho; comecei a perder a noção dos acontecimentos. O ambiente parecia estar curiosamente estático por um momento, então pisquei, e havia policiais por toda parte, apontando armas e exigindo que levássemos as mãos à cabeça ou deitássemos no chão. Levantei os braços em vão, as mãos espalmadas. Um dos policiais me segurou e tentou me levantar. Eu gritei. Ele me examinou com mais atenção e notou a carne esquisita em minha perna, me soltando e se afastando. Uma policial se abaixou ao meu lado e perguntou meu nome. Instintivamente, perguntei se estava sendo detida. Ela respondeu alguma coisa, mas eu estava mais preocupada com o vômito grudado no meu cabelo. Percebi que o primeiro policial limpava a mão na calça, enojado. Pedi um lenço de papel.

Alguém começou a cobrir os cadáveres com lonas.

Assim que ficou claro que ninguém perigoso ainda estava vivo ou presente, a entrada dos socorristas foi permitida. Gritei quando me levantaram e me colocaram na maca. O menor dos movimentos me dilacerava. Uma paramédica, uma mulher jovem de cabelos verdes, ameaçou me amarrar caso eu continuasse a me debater; eu não tinha percebido que estava resistindo. Tentei me recompor. O outro socorrista se desculpou; tinha um bronzeado acentuado e olhos muito bondosos. Ele me arranjou uma sacolinha para vomitar e alguns lenços umedecidos para passar no rosto.

O trajeto na ambulância não passou de um borrão sombrio e ofuscante ao mesmo tempo. O paramédico gentil continuou a falar comigo na tentativa de me manter acordada, mas eu estava perdendo a consciência aos poucos. Quanto mais altas as sirenes se tornavam e mais vigorosas eram as tentativas de interação do socorrista, mais fácil ficava desaparecer dentro de mim mesma. Ceder ao choque era quase confortável, como pegar no sono, só que era gelado em vez de quente.

Não perdi a consciência, mas perdi a noção dos acontecimentos por um bom tempo. Percebi que o choque tinha começado a passar quando fiquei irritada. Não importava quantas vezes ou quão lentamente as enfermeiras ou os médicos explicassem as coisas para mim, era absurdamente difícil reter e processar qualquer informação. Estava tão cansada de me sentir confusa e frustrada que meu cérebro pegou no tranco outra vez.

Perguntaram meu nome um zilhão de vezes, se eu sabia onde estava, se eu me lembrava do que tinha acontecido. A enfermeira precisou fazer três tentativas até pegar minha veia para administrar a medicação, mas, assim que conseguiu, o gotejar contínuo de analgésicos foi de grande ajuda para que eu fosse capaz de me comunicar. Primeiro, eu só conseguia balbuciar palavras desconexas, mas conforme a dor se tornou mais suportável consegui aos poucos formular frasezinhas mequetrefes.

– Jogou. Ele me jogou. O herói me jogou. Superimpacto. Ele me jogou do outro lado da sala.

Eu repeti a mesma frase várias vezes, a simples explicação da causa do meu ferimento, e quase todos que ouviam minha resposta faziam uma careta e ficavam pálidos, mudando de assunto depressa. Apenas uma médica comprimiu os lábios em uma linha fina e assentiu com a cabeça, como se não estivesse surpresa. Ela não parecia muito mais velha do que eu; tinha a pele negra brilhante e mãos longas e hábeis. Demonstrava exaustão, mas exalava um ar de competência incrivelmente tranquilizador.

– Eu devia ter virado médica – brinquei.

Ela sorriu.

– Talvez. O que você faz parece perigoso. Ser médica talvez oferecesse uma expectativa de vida maior do que trabalhar com heróis.

– Acho que você errou o lado.

Ela balançou a cabeça.

– Não repita isso com frequência, nem em voz alta.

– Entendido.

– Mas isso explica seu estado – continuou ela. – Antes de ver seu prontuário, pensei que tivesse sofrido um acidente de carro.

– Me sinto como se tivesse sido atropelada por um caminhão.

– Seu fêmur também faz parecer que você foi atropelada por um caminhão.

Ela examinava um raio X com expressão séria.

– Minha perna?

– Sim. Ossos não sabem diferenciar entre caminhões e alguém que consegue levantar caminhões.

Colocaram uma tala na minha perna, e o processo foi tão doloroso que guinchei de dor, mesmo tendo tomado analgésicos. A radiografia confirmou o que já era visível na minha perna retorcida: que a fratura era ruim e complicada. A princípio, não consegui processar muita coisa além do clamor ininterrupto e horrendo do meu corpo, que dizia *há algo de errado com minha perna* como uma sirene interna.

Mais tarde eu ficaria profunda e obsessivamente familiarizada com tudo o que acontecia sob minha pele, que inchava rapidamente. Porém, naquele momento, não consegui entender o motivo de simplesmente não me enfiarem em um gesso e me mandarem para casa.

Eu quebrei o pulso uma vez, no Ensino Fundamental. Depois de uma rápida visita ao pronto-socorro, onde me botaram um gesso verde-limão, eu já estava em casa assistindo à TV e tomando um picolé. Faltei à escola por uns dias, de maneira muito cerimoniosa; não doía muito, para falar a verdade. A dor era estranha e distante, e mais tarde houve uma coceira horrorosa, quando começou a sarar. Naquele momento, deitada lá, eu inicialmente pensei que eles só precisariam de um gesso maior e que em breve eu estaria em casa com uma cartela de oxicodona fazendo maratona de filmes de terror coreanos.

– Quero um gesso preto – anunciei para ninguém em particular, imaginando que eu poderia escolher a cor, igual a quando era criança.

– É um pouco mais complicado do que isso – respondeu minha médica.

Olhei para ela, surpresa por alguém ter se dado ao trabalho de responder.

– Como assim?

– Você vai passar por uma cirurgia de manhã.

– Que cirurgia?

– Na perna.

O tom de sua voz deixava claro que estava se esforçando para ser paciente. Olhei para ela, desorientada e abalada. Ela tentou sorrir, mas conseguiu apenas retorcer os lábios de maneira esquisita.

Um pouco depois, um enfermeiro me ajudou a limpar o resto do vômito que ainda estava no meu pescoço e no meu colo, e arrisquei uma tentativa frustrada de limpar um pouco do que estava no meu cabelo. Como eu precisava ficar de estômago vazio para tomar a anestesia, ele também me deu um pouco de gelo, que mastiguei, inquieta. Isso ao menos trouxe uma certa sensação de higiene para minha boca, que estava com um gosto azedo e ácido, embora não tenha afastado o vazio incômodo que substituíra a fome.

Durante a madrugada, minha pressão arterial começou a cair. As coisas se tornaram indistintas novamente, mas dessa vez sem o fator entorpecente e gélido do choque. Dois médicos passaram alguns minutos conversando perto da minha cama. Não consegui compreender o que diziam, mas a urgência em suas vozes era quase reconfortante, um sussurro ligeiramente distante.

Minhas pálpebras se abriram em um sobressalto quando um deles tocou meu pé para chamar minha atenção. Minha médica, que de alguma forma parecia estar ao mesmo tempo mais esgotada e mais no comando toda vez que eu a via, me disse que eu precisaria de uma transfusão de sangue para ficar estável o suficiente para passar pela cirurgia. Minha artéria femoral estava intacta, então eu não iria me esvair em sangue, mas minha perna tinha sido esmagada até a medula, e o sangue estava se acumulando nos músculos.

Para tentar me distrair da perturbadora ideia de estar sofrendo uma hemorragia interna, foquei em detalhes estranhos. Me perguntei de quem seria o sangue que eu receberia. Parecia algo tão íntimo e extraordinário – e era estranho pensar que eu jamais saberia de quem eram as células vermelhas e brancas que estavam me mantendo em pé, deixando meu cérebro molhado o suficiente para funcionar.

O que ninguém diz sobre uma transfusão de sangue é que o sangue entra em você em temperatura quase glacial. A bolsa que eles penduram do seu lado vem direto da geladeira. Eu imaginava algo quente, arterial, algo revitalizante, mas o que entrou em meu corpo era frio e gosmento. A transfusão leva horas, e acabei precisando de duas bolsas para compensar o sangue que eu perdia pelo ralo que era o meu ferimento. Tremi de frio de uma maneira que nunca tinha acontecido antes, e o braço com o tubo intravenoso estava rígido e tinha um tom arroxeado. Não conseguia me esquentar, não importava quantos cobertorezinhos finos e horríveis os enfermeiros me trouxessem, e tremi de frio a noite toda.

Na manhã seguinte, quando o anestesista cobriu meu nariz e minha boca com uma máscara e me disse para contar de um a cem de trás para a frente, senti alívio diante da possibilidade de descansar um pouco e finalmente conseguir me esquentar.

Enquanto estava inconsciente, os cirurgiões inseriram uma haste de metal na cavidade medular do meu fêmur. O osso – mais firme do que concreto, o mais grosso e resistente do corpo humano – estava despedaçado. Não foi uma fratura simples; mais tarde conheci o termo "fratura cominutiva", que se refere à forma como pedaços do osso quebrado ficaram soltos pela carne da minha perna. Os médicos juntaram as partes quebradas e as colocaram de volta no lugar certo, torcendo para que se restabelecessem da melhor maneira possível. Depois, fizeram um segundo corte no meu joelho, alinhado ao corte no meu quadril, e conectaram a haste aos ossos nas duas extremidades, usando pinos de titânio.

Voltar da anestesia não é como despertar de uma noite de sono. O torpor de ficar inconsciente precisa se dissipar. É um retorno lento até a superfície da mente, uma batalha contra o peso da letargia. Eu tentei me apegar a pequenas sensações desconfortáveis, como o incômodo do acesso intravenoso ou o frio horripilante – que, diferentemente do que eu esperava, não passou –, ou o novo latejar em minha perna que os analgésicos não conseguiam fazer passar. Minha pele estava coberta por um suor gelado e meu corpo inteiro coçava. Na sala de recuperação, quase entrei em êxtase quando finalmente coloquei um pouco de água fresca na boca. Fiz uma piada sobre disparar o detector de metais em aeroportos para o resto da vida. Ninguém riu.

Quando a noite chegou, eu estava sentada com uma caneca de chá na mão (que, embora não estivesse quente, estava suficientemente morno para o meu gosto). Minha médica reapareceu com ares de quem tomou um banho e trocou de roupa em vez de descansar.

Ela me mostrou os novos raios X. A haste de metal e os pinos se destacavam, nítidos, da imagem fantasmagórica dos meus ossos.

– Tudo correu bem – disse ela, parecendo satisfeita. – Foi uma fratura feia, mas a cirurgia foi tão bem quanto possível. Talvez você consiga se apoiar na perna em alguns dias.

Aquilo parecia promissor. Tentei me lembrar do que eu sabia sobre ossos fraturados.

– Então volto ao normal mais ou menos em oito semanas?

– Seis meses.

– *O quê?*

– Já vi fraturas como essa melhorarem em menos tempo, e você é jovem, mas, pensando em fraturas espirais como essa, não me surpreenderia se demorasse mais tempo. Você vai precisar usar muletas por quase todo esse período, talvez uma bengala nas últimas semanas. Também vai receber um encaminhamento para fazer fisioterapia.

Pode ser que ela tenha falado outras coisas, mas minha mente desligou. Eu encarava seus pequenos brincos de diamante, que brilhavam violentamente, tentando não entrar em pânico.

Ela continuou, apesar da minha falta de resposta e expressão horrorizada:

– Você entendeu, Anna?

– O quê?

– Vamos mantê-la aqui por mais um ou dois dias, só para ter certeza de que não vai haver nenhuma complicação. Depois você pode ir pra casa.

Consegui concordar com a cabeça, e ela foi embora para dar más notícias a outras pessoas. Uma onda de solidão me atingiu, e pela primeira vez me ocorreu que talvez eu devesse tentar avisar a alguém onde eu estava.

Foi mais difícil do que eu esperava. Milagrosamente, minha bolsa tinha seguido comigo até o pronto-socorro e estava guardada em um pequeno armário ao lado da minha cama. Ela fora pisoteada, por policiais ou heróis, e meu celular estava sem bateria e com a tela ainda mais rachada. Percebi que nem sequer sabia o número de June de cor, então eu não podia ligar para ela do horrível e estranhamente pegajoso telefone fixo que havia no quarto.

Meu enfermeiro favorito, Nathan, que tinha braços musculosos cobertos de tatuagem de tentáculos e navios de guerra, arranjou um carregador para mim e colocou meu celular na tomada. Só consegui digitar minha senha depois de três tentativas e, no processo, cortei meu dedão na tela trincada, mas o aparelho funcionou mesmo assim. Dezenas de mensagens de June chegaram ao mesmo tempo em uma avalanche de notificações.

As mensagens começavam em um tom de zoação afetuosa (boa sorte hoje, fdp), mas se tornavam preocupadas rapidamente (o que tá rolando aí? caraca, vc tá aparecendo na tv!!). Havia uma sequência de mensagens apavoradas enviadas depois que a transmissão foi interrompida. Elas detalhavam como todo mundo que estava no escritório foi instruído a esvaziar a estação de trabalho e ir embora porque o prédio poderia ser invadido; alguém tinha arrancado o HD do computador de June enquanto ela ainda estava no escritório, vestindo o casaco. Por fim, as mensagens voltaram a variar entre ela me chamando de piranha, mandando o emoji de cocô ou de explosão e implorando para que eu ligasse para ela.

Consegui digitar a mensagem "oi, tô viva" e estava me preparando para mandar outra quando a tela do celular se acendeu com uma ligação de June. Deixei que ela gritasse comigo por tê-la assustado até ela perder a voz e ficar rouca e ofegante, depois contei devagar sobre os horrores das minhas últimas quarenta e oito horas. Ela sentiu pena de mim, ou desculpou meu sumiço o bastante para prometer levar algumas coisas para mim na manhã seguinte.

Passei por outra noite inquieta e tremendo de frio, sem conseguir me sentir confortável ou aquecida, e só peguei no sono quando a luz cinzenta do amanhecer começou a entrar no quarto. Acordei assustada depois de pouquíssimo tempo com o bom-dia cantarolado da enfermeira, que em seguida depositou uma cesta de café da manhã gigante na mesa ao lado da minha cama.

– Chegou pra você! Ficou feliz?

Ela olhava para mim com expectativa.

Eu me virei na cama, xingando. Toda vez que conseguia dormir um pouco, mesmo que fosse apenas um cochilo, acordava mais pegajosa, mais fedorenta, mais fisicamente deplorável do que estava antes. Havia manchas de iodo na minha perna de quando a pintaram na preparação para a cirurgia, a pele estava descamando em todos os lugares onde antes havia esparadrapo. Parecia que uma erupção cutânea tinha tomado um terço de todo o meu corpo. E o pior eram minhas mãos, que, além de estarem secretando linfa, doíam por causa do acesso intravenoso. Não havia cesta de café da manhã na face dessa maldita terra capaz de me deixar feliz.

Abri o papel celofane com cuidado para não esbarrar em nenhum dos tubos enfiados em mim, afastei as maçãs e a geleia de figo e uma caixinha de biscoitos salgados caseiros até encontrar um cartão espetado na coroa de um abacaxi. Ele trazia o familiar logo da Eletroforese, formado por uma enguia e um tridente, que me fez sentir uma repentina onda de afeto por E. Ele pode ter me colocado em apuros, mas pelo menos se importava. Talvez, ao voltar para o trabalho, eu pudesse negociar um plano odontológico. Abri o envelope.

Não era o "Estimamos melhoras!" que eu esperava, e sim um documento do RH profissionalmente impresso no papel timbrado da empresa. Eles me agradeciam pelo "bom" trabalho e diziam que eu tinha sido "de valiosa ajuda em situações desafiadoras". No entanto, já que minha lesão significava que precisaria repousar por tempo "indeterminado", e uma vez que meu empregador se encontrava em um "momento de transição", "infelizmente" a empresa interromperia meu contrato.

> Uma carta de recomendação padrão será adicionada a seu perfil na Agência em reconhecimento a seu trabalho e empenho enquanto esteve conosco. Assim que estiver apta a procurar uma nova colocação, sinta-se à vontade para se candidatar a uma vaga nas Indústrias Eletroforese.

Apática, continuei segurando a carta enquanto encarava a parede, e mal consegui expressar uma reação quando June entrou no quarto com uma pequena mochila pendurada nos ombros. Ela parou onde estava quando viu minha expressão, e eu estiquei o braço, entregando a carta a ela, sem saber o que dizer.

Era raro ver June sem palavras – seu humor ácido e perspicaz era uma de suas maiores qualidades. Porém, naquele momento, olhando para a cesta de frutas enorme na mesa ao lado de minha cama de hospital, suas habilidades evaporaram.

Usando um canudinho, tomei um gole de refrigerante quente enquanto desfrutava do choque e da indignação na expressão dela. Ela abriu a boca para dizer algo, mas a fechou logo em seguida.

Esbocei um sorriso torto.

– Pois é.

– Não acredito.

Ela sacudiu a cabeça violentamente.

– Pode acreditar – respondi, fazendo um gesto teatral.

– Uma cesta de café da manhã.

– Coisa fina.

Ela deu as costas para a cesta, se afastou e subitamente voltou-se para a cesta de novo, como se o presente fosse desaparecer se ela desviasse o olhar por um minuto.

– Aqueles filhos da puta! Vou enfiar a mão na cara de alguém – exclamou.

Sua indignação era mais acolhedora do que um abraço. Consegui dar o primeiro sorriso verdadeiro em algum tempo, e juntei forças para pegar a bolsa que ela tinha trazido.

June estava usando clipes nasais, mas mesmo assim era nítido quão desconfortável se sentia. O odor de desinfetante, feridas novas e velhas, doença e merda devia ser horrível para ela (e, para ser muito sincera, eu também não estava cheirando a rosas). Porém, ela tinha trazido meias quentinhas e meu moletom favorito, itens de higiene pessoal e até um batom e um delineador. Era exatamente o que eu precisava para voltar a me sentir como um ser humano.

Mas é claro que a generosidade dela tinha limites.

– Nisso aí eu não vou te ajudar – disse ela, categórica.

No entanto, ela chamou uma enfermeira para me ajudar a mancar até o banheiro a fim de fazer uma tentativa deplorável de me limpar. Depois de escovar os dentes, passar alguns lencinhos umedecidos com aroma cítrico e prender o cabelo sujo e gorduroso com um elástico, fiquei verdadeiramente animada. Enquanto eu lentamente percorria o trajeto de volta à cama, June lia a carta do RH repetidas vezes, o cenho franzido de raiva.

– É esse clichê da cesta de café da manhã que eu acho particularmente ofensivo – disse ela por fim. – De todos os jeitos desgraçados de dar essa notícia, eles escolheram o pior.

Dei uma olhada na cesta.

– Gostaria de uma ameixa?

Os sedativos e a devastação emocional estavam me deixando engraçadinha.

– Não.

Dei de ombros e mordi a fruta. O sumo formou uma poça na palma da minha mão e escorreu pelo meu braço.

– Greg veio.

Lambi um dos meus dedos.

– Que legal da parte dele. Tá no telefone?

– Sim, lá na frente. Deve estar chegando.

June me examinou com um olhar crítico, analisando minha perna inchada na tala, minha mobilidade limitada, minha tez cinzenta.

– Quando vão liberar você?

– Amanhã, talvez depois. Assim que tiverem certeza de que não há coágulos ou infecção.

– Nossa, achei que ficaria aqui por um mês.

– Até parece. Se você não está correndo risco de partir dessa tortura terrena para uma melhor, eles se livram de você bem rapidinho pra liberar o leito. Vou precisar voltar para tirar os pontos e para uma consulta de retorno. Mas logo mais vou ter que me virar sozinha.

– Se virar sozinha? Você não consegue nem mijar sozinha. E pra pegar o delivery de tacos na portaria? Vai se arrastar escada abaixo parecendo um pirata com uma porra de uma perna de pau?

– Não.

– Então o que vai fazer?

Senti um nó na garganta. Dei uma mordida na ameixa para enrolar, mas não consegui engolir e precisei cuspir. Limpei a boca e encarei meus joelhos.

– Não sei.

A expressão dela se suavizou.

– Talvez seus pais possam ajudar.

– Fora de cogitação.

– Certo, tudo bem. Eles sabem?

– Espero que não, mas provavelmente.

– Quer que eu ligue pra eles?

– Não. Eu vou ligar, mais cedo ou mais tarde. Só pra avisar que eles não precisam preparar um velório.

Ela ficou em silêncio por um longo momento. Pensei que estivesse me dando um momento para me recompor, me poupando do constrangimento de chorar, mas na verdade June estava pensando.

– Você devia ficar comigo – disse ela de repente. – Tenho um sofá-cama e banheira; você só tem aquele chuveiro pequeno. Não teria que se mexer muito.

– Tem certeza?

Queria dar a ela uma oportunidade de voltar atrás, ainda que eu fosse me ferrar caso ela fizesse isso.

Ela sentou na cama. Eu ainda conseguia sentir meu mau cheiro sob o aroma de erva-doce; era surpreendente que ela conseguisse ficar tão perto de mim.

– Podemos fazer umas maquiagens e tudo.

Como uma bênção dos céus, Greg entrou no quarto e fui poupada de ter que lidar com minhas próprias emoções. Ele estava ainda mais afobado que o normal, atrapalhado com seus longos braços e pernas.

– Foi mal, foi mal, devia ter recusado a ligação e subido logo, mas você sabe como ele...

Greg parou de falar subitamente, me olhando dos pés à cabeça.

– Caramba, Anna.

– Obrigada por vir, Greg. Estava morrendo de tédio.

– Você está toda quebrada.

Ele puxou uma cadeira para perto da minha cama e sentou nela, soltando seu peso de uma vez. O que quer que estivesse esperando, eu provavelmente estava pior do que ele imaginara.

– É, eles me ferraram – falei.

Dei uma batidinha de leve no quadril com a minha mão roxa e cheia de tubos.

– Tive que colocar uma haste de metal e tudo.

– A gente viu você na TV segurando aquele negócio – ele falou. – Você parecia prestes a mijar nas calças.

– Pode acreditar que quando entrei lá eu não imaginava que teria que segurar um dispositivo para controlar a mente da porra do filho do prefeito.

– Lógico – ele falou. Então olhou para June e disse, cauteloso: – Como foi? Como foi conhecer *ele*?

– "Conhecer" é uma palavra muito forte.

Ele olhou para mim, confuso. Dei um suspiro.

– A gente imagina que sabe a sensação de levar uma pancada. A gente já tomou um soco. Mas aquilo foi algo completamente diferente. Ele mal encostou em mim e fiquei destruída.

Greg se inclinou para mais perto. Seus olhos castanhos brilhavam, e ele segurava os joelhos com as mãos. O celular dele tocou; ele o tirou do bolso e recusou a ligação. Fiquei comovida.

– Anna – disse ele. – Sabe o que isso significa?

– Que talvez eu nunca mais volte a andar como antes?

– Que você lutou contra o Superimpacto! Você é, tipo, uma supervilã de verdade!

– Greg – disse June. A voz dela tinha um tom de alerta.

Sinalizei que estava tudo bem.

– Se com "lutar" você quer dizer "ter uma hemorragia interna", então, sim, foi uma luta longa e corajosa – respondi.

– Isso é grandioso!

Ele ficou de pé e começou a gesticular desenfreadamente.

– Tem, tipo, vilões sérios que nem mesmo estiveram no mesmo ambiente que ele, muito menos lutaram contra ele! Isso é coisa da elite, Anna!

– Cala essa boca, Greg! – repreendeu June.

Ele se encolheu na cadeira, contrariado.

— É algo impressionante — respondeu ele, na defensiva.

Eu me esforcei para dar um sorrisinho. Estava sem forças para me sentir entusiasmada, mas também não tinha coragem de jogar um balde de água fria em Greg. June, no entanto, não parecia ter problema nenhum com isso.

— Tenho certeza de que Anna não está nem aí pra quão maneira você acha que a lesão dela é, seu otário — disse ela, cruzando os braços.

Greg olhou para os próprios pés. De repente me ocorreu que ele poderia, na verdade, estar com um pouquinho de inveja.

Os dois ficaram comigo por mais ou menos uma hora. Greg instalou alguns jogos no meu celular quebrado e June prometeu que me ligaria para saber quando eu seria liberada, assim ela voltaria para me buscar. Depois de um tempo, Greg não conseguiu mais ignorar a constante vibração em seu bolso, que indicava que a arma de destruição em massa de alguém não estava funcionando como deveria, e saiu do quarto para atender.

Parada ao lado dos pés da minha cama, June deu um apertão nos dedos sujos do meu pé que estavam para fora da atadura.

— É que ninguém viu a porrada que você deu no outro cara, né?

Mais tarde, depois que ela foi embora, percebi que em algum momento enquanto conversávamos ela tinha escrito SUPERIMPACTO ESTEVE AQUI no meu gesso com caneta permanente prateada.

Cochilei novamente. Dormir profundamente era difícil, mas eu pegava no sono com frequência e sempre acordava com alguém tirando uma amostra de sangue, cutucando minha perna ou fazendo pequenos testes cognitivos para ter certeza de que eu não tinha sofrido uma concussão.

Finalmente voltei a sentir fome, mas não durou muito depois que o jantar chegou. O frango estava molenga demais e parecia coberto de uma fina serragem, e o milho empapado tinha se misturado com o purê de batatas de uma maneira nojenta. Pelo menos o pudim de potinho estava comestível. Eu estava pegando o restinho da calda no fundo do pote com o dedo quando percebi uma movimentação do lado de fora da porta do meu quarto.

Reconheci a voz da minha médica, que soava extremamente irritada, mas não as várias vozes masculinas com quem ela falava.

— Não deve levar mais do que alguns minutos — disse alguém. — Faz parte do procedimento-padrão. É a última entrevista que precisamos fazer.

— Tecnicamente, o horário de visitas já acabou, então, por favor, sejam breves. Ela precisa repousar.

– Seremos gentis – prometeu outro homem.

– Quando ela vai ser liberada?

A terceira voz soava estranha, como se alguém estivesse propositalmente tentando fazer a própria voz soar um oitavo mais aguda do que realmente era.

Houve uma pausa.

– Ainda não sabemos. Se tudo der certo, amanhã.

– Obrigada, senhora.

A porta foi escancarada e três policiais entraram no quarto. Na verdade, eram dois policiais e Superimpacto. O herói estava usando óculos espelhados de estilo aviador (mesmo à noite), um bigode falso mal colocado e um uniforme que claramente não era dele e ficava muitíssimo justo. Eu teria achado hilário se vê-lo ali não me deixasse enfurecida.

Superimpacto ficou parado à porta enquanto os dois policiais de verdade se aproximaram de minha cama com uma combinação de expressões solícitas e linguagem corporal ameaçadora.

– Como está se sentindo, senhorita Termodoll?

O primeiro policial a falar era o mais baixo dos dois. Tinha o porte físico de um hidrante e barba por fazer. O outro era mais alto e mais magro e tinha cabelo grisalho e uma boquinha de disquete.

– Tudo bem – respondi.

Meu coração estava disparado. Parte de mim estava morrendo de medo, certa de que eu seria algemada com um dispositivo eletrônico e arrastada para uma prisão de segurança máxima para vilões, onde seria liofilizada para a eternidade. Além do medo, no entanto, havia a calma absoluta de uma fúria surpreendente. Me peguei encarando Superimpacto. Torci para que o ódio puro que eu lhe direcionava fosse a razão pela qual ele parecia tão desconfortável sob seu disfarce, e não o fato de a calça do uniforme provavelmente estar cortando a circulação de suas pernas.

– Fico feliz em saber, senhorita – disse o primeiro policial.

O parceiro tirou um caderninho do bolso traseiro e o abriu em uma página em branco, depois pegou uma caneta prateada no bolso da camisa.

– E meu sobrenome é *Tro-MED-lov*.

– Certo, senhorita – respondeu o primeiro policial em um tom que indicava que não tinha intenção de mudar coisa alguma no seu procedimento. – Não queremos incomodá-la, temos apenas algumas perguntas sobre o que aconteceu no Hotel Giller.

Eu não disse nada. Apenas continuei a encarar o bigode falso idiota.

O segundo policial suspirou profundamente.

– Ouça, apenas os Músculos e os executivos serão acusados criminalmente. Caso queira um advogado, pode telefonar para alguém e voltaremos amanhã, mas isso aqui só vai levar cinco minutos.

Ele falava no tom resignado de uma pessoa que espera que um dia horrível fique ainda pior.

– Tudo bem – respondi.

Ele ficou visivelmente aliviado.

– Pode nos dizer o que estava fazendo lá, senhorita Termodoll?

– Era trabalho. Eu estava trabalhando.

– Entendo. Nós não encontramos nenhum registro de que trabalhava para o hotel ou qualquer vínculo empregatício com o Enguia Elétrica. Para quem estava trabalhando?

– Para uma Agência de freelancers.

– Ah, compreendo. Então você estava, o quê? Responsável pelo café, pelos sanduíches, coisas assim?

– É – respondi, ainda encarando Superimpacto.

Ele havia cruzado os braços sobre o peito, forçando o tecido e os botões da camisa emprestada.

– Por que estava ao lado do Enguia Elétrica?

– Porque me disseram para ficar – respondi.

– Tinha alguma ideia do que aconteceria na coletiva de imprensa?

– Do que aconteceria?

– Sabia da arma, do sequestro ou dos planos do Enguia?

– Ah, não. Claro que não.

Aquilo soava como algo que eles deveriam ter perguntado antes de decidir não me indiciar, mas longe de mim querer fazer o trabalho de outra pessoa. O policial que tomava notas levantou o olhar do caderninho e examinou meu rosto com seriedade por um momento. Em seguida, satisfeito, voltou sua atenção para o caderno.

– Só mais algumas perguntas, senhorita – continuou o policial. – Como o vilão machucou você?

– Bom, pra começo de conversa, ele me mandou essa porra de cesta de café da manhã.

– Perdão. Como é?

– Desculpe, eu que fiquei confusa. Ele não machucou. Não foi o Enguia. Foi Superimpacto.

O policial mais alto parou de tomar notas no mesmo instante e voltou a olhar para mim, o olhar endurecido. O parceiro ergueu as mãos.

– Vamos devagar. Tem certeza disso, senhorita?
– Tenho.

Levantei o cobertor, e, bem no começo da atadura em minha perna, via-se um hematoma gigantesco no formato inconfundível de uma mão. Não havia a menor chance de o Enguia ter me deixado aquela marca. Apenas alguém com superforça poderia ter feito aquilo ao me afastar para o lado. Superimpacto se mexeu de maneira quase imperceptível.

O policial alto guardou o caderno.

– Eu entendo como você pode ter se confundido, senhorita.

– Confundido?

– Em relação a tudo o que aconteceu. Tinha muita coisa acontecendo.

Não respondi, mas apertei a mandíbula.

– Agradecemos pelo seu tempo, senhorita – disse o primeiro policial, de repente soando amistoso e casual. – Estimo melhoras. E um emprego melhor.

Eles acenaram para mim com a cabeça e saíram do quarto fazendo muito barulho. Superimpacto deu passagem para os dois e então se pôs a segui-los.

– Belo bigode – falei em voz baixa.

Ele se deteve por um momento, depois saiu do quarto depressa.

Apertei o botão para chamar a enfermeira e me deixei ser tomada por uma fúria silenciosa até que alguém finalmente veio me ajudar a ir ao banheiro outra vez.

2

NAS SEMANAS QUE SE SEGUIRAM, TUDO TINHA CHEIRO DE LAVANDA.
Era um dos poucos cheiros que June conseguia tolerar de maneira consistente e até mesmo achava agradável, por isso, tudo no apartamento dela tinha um quê da fragrância tranquilizante. Alguns de seus travesseiros e cobertores tinham sachês de flores secas costurados, e havia buquês pendurados no teto.

– Estou gostando da aromaterapia – comentei.

– Você está zoando com a minha cara.

June espremeu os lábios. Ela não gostava de ser contrariada.

– De jeito nenhum, é tipo um spa aqui – falei.

– É relaxante, piranha.

– Não estou tirando onda!

Convalescer foi horrível. Eu estava impaciente com meus novos limites físicos e constantemente tornava as coisas ainda piores, encontrando um milhão de pequenos jeitos diferentes de me machucar mais um pouco. A única coisa que poderia ajudar na melhora era a passagem do tempo, que era assombrosamente lenta, e eu parecia determinada a, sempre que possível, sabotar esse processo. Eu me mexia rápido demais e estourava os pontos, me esforçava demais em um determinado dia e ficava cansada e com dor demais pra fazer qualquer coisa no dia seguinte. Por longas semanas, não passei de uma bolota azeda de frustração, com constantes dores de cabeça por tensionar demais a mandíbula.

Eu estava tão machucada que o trajeto de ida e volta para o hospital ou para as consultas com o especialista transformava o acompanhamento médico em um pesadelo. Eu cancelava o máximo de consultas que podia, e até tirei meus pontos com um cortador de unhas e uma pinça, torcendo para que esfregar álcool me impedisse de morrer de infecção generalizada. Nos momentos mais sombrios, eu sentia que a vida não podia ficar pior, mas o espírito pessimista e pragmático que havia em mim sabia que com certeza podia.

Eu precisava constantemente escolher entre sofrer com o raciocínio nebuloso causado pela ingestão de uma tonelada de analgésicos ou com a própria dor. Odiava me sentir grogue e entupida e ter minhas percepções e reações abafadas e amortecidas, mas não tomar nada era um horror. Acabei por fazer o desmame da oxicodona assim que pude, optando por me sentir mal, o que ao menos era tão desconfortável para June quanto era para mim, porque sentir aquele nível de dor me transformava em uma cuzona mal-humorada.

Uma cuzona ainda *mais* mal-humorada.

Para ser justa, June era tão paciente e cuidadosa quanto sua personalidade permitia. Ela montou um tipo de cantinho permanente no sofá-cama da sala para mim, que era um amontoado de travesseiros e guloseimas. Ela e Greg trouxeram mais coisas do meu apartamento; June até mesmo recrutou seu não namorado de peito largo para servir de ajuda extra. Ela deu tudo de si para fazer com que minha presença em sua casa parecesse mais com uma infinita festa do pijama do que uma imposição. Alguns dias depois de eu ter me mudado para lá, ela pintou minhas unhas de roxo. Era sua cor favorita e ficava muito melhor nela do que em mim. Em June, o roxo realçava o tom vivo e quente de sua pele negra; em mim, acentuava os hematomas amarelados em torno dos pinos nos meus tornozelos. Nós ríamos de como meus dedos do pé estavam inchados, como salsichinhas em conserva surgindo da tala. Ela prendia o cabelo e nós fazíamos skin care como se isso fosse curar tudo.

Só que não consegui manter o bom humor por muito tempo. June arranjou outro emprego bem depressa, dessa vez auxiliando uma "empresa de pesquisa" a desenvolver embalagens à prova de farejamento para "envio seguro" (contrabando). Embora ela trabalhar significasse que poderia continuar a me abrigar e a me alimentar, também significava que eu ficava sozinha muitas horas por dia sem nada para fazer a não ser pensar.

Eu estava o tempo todo fazendo cálculos na minha cabeça. Os gastos aumentavam todos os dias. Cada dia que eu não podia trabalhar ou me mexer; cada dia que eu passava em um torpor de dor e autotortura era somado ao total. Assim que eu ficava sozinha com a porcaria do meu cérebro, a calculadora na minha mente começava a funcionar, pensando quanto Superimpacto tinha me custado naquele dia, naquela hora, naquele minuto. Toda vez que minhas entranhas se retorciam em uma agonia que chegava aos ossos ao me mexer de um jeito errado, ou ao derrubar o controle remoto e não conseguir pegá-lo durante horas, aquele número disparava.

Poderia ser pior, eu disse a mim mesma num certo dia, zapeando na Netflix atrás de algo que eu não tinha começado e abandonado e que contivesse pelo menos um assassinato. Eu podia estar no lugar daquela mulher ruiva de P&D que foi cortada ao meio. Pensei no pedaço de costelas expostas que vi de relance quando ela caiu.

Mas é claro que racionalizar a situação acabava tornando tudo pior. Eu estava sofrendo; já o sofrimento dela tinha acabado – para sempre. Qualquer que pudesse vir a ser o futuro dela, o que quer que ela pudesse vir a descobrir, qualquer amor fervoroso ou desastre pelo qual ela pudesse passar – todas aquelas possibilidades deixaram de existir. Ela talvez tivesse vivido por mais sessenta anos, feito coisas maravilhosas ou malignas, e tudo deixou de existir...

Meu cérebro pisou no freio diante daquele último pensamento. Era tão chocante que me endireitei para sentar e acabei me machucando. Puxando meu notebook, comecei a procurar uma forma de descobrir exatamente quanto ele havia custado para todos nós. Devia existir uma maneira de calcular aquilo.

Não demorou tanto quanto eu imaginava. Depois de pesquisar por variações de "cálculo estimativa desastre" e "como mensurar danos colaterais" em um mecanismo de busca, acabei encontrando um artigo acadêmico com o título "Uma análise sobre o impacto direto de um desastre natural na estimativa de vida saudável", de Ilan Noy. Descobri que estava vendo Superimpacto da maneira errada. Estava pensando nele como uma pessoa – uma pessoa imensamente destrutiva, mas ainda assim um ser humano. Porém, ele tinha mais coisas em comum com um furacão do que com uma pessoa, e, assim que ajustei meu raciocínio, percebi que havia todo um sistema dedicado a descrever tais forças e também quanto custavam. A análise era feita com base em anos de vida humana.

> Os anos de vida perdidos por mortalidade são calculados com base na diferença entre a idade da morte de alguém e a expectativa de vida atual. O custo em anos de vida associado a indivíduos feridos (ou afetados/incapacitados pelo desastre) é definido como uma função do grau de incapacidade resultante do impacto, multiplicado pela duração da incapacidade (o tempo que o indivíduo afetado demora para voltar à normalidade), multiplicada pelo número de indivíduos afetados. O coeficiente de incapacidade é a "ponderação de redução de bem-estar" associada à exposição a um desastre.

O último item do índice procura contabilizar o número de anos humanos perdidos como consequência dos danos aos bens de capital e infraestrutura – incluindo edifícios residenciais e comerciais, edifícios públicos e outros tipos de infraestrutura, como rodovias e sistemas hidráulicos. Utilizamos o valor monetário dos danos financeiros e o dividimos pelo valor monetário resultante de um ano de esforço humano. Para representar este último fator, usamos a renda *per capita* como indicador do custo do trabalho humano a cada ano. No entanto, a medida é descontada em 75%, visto que grande parte da atividade humana não é despendida em empregos remunerados.*

Eu me remexi pelo sofá, tentando achar qualquer coisa ao meu alcance na qual eu pudesse escrever. Encontrei guardanapos de papel, algumas notinhas de compra e uma caneta enfiados no meio das almofadas. Com o raciocínio ainda turvo por causa dos analgésicos, tentei fazer as contas.

Comecei pelo Músculo que Superimpacto chutou pela sala sem pensar duas vezes e pousou com um baque tão pesado que ainda consigo escutá-lo quando estou tentando dormir. Se ele tivesse vinte e cinco anos e fosse um cidadão médio, isso significaria que ainda teria cinquenta e dois anos de vida pela frente. Tentei considerar o fato de que ele estava no que chamaríamos de "emprego de alto risco", então cortei esse número pela metade. Ainda eram vinte e cinco anos perdidos.

A mulher de P&D era outra história. Ela tinha mais ou menos trinta anos, pela minha estimativa, e um emprego administrativo seguro, o que significava que viveria mais uns cinquenta e três anos. Mesmo que eu decidisse subtrair vinte e cinco por cento por causa do seu empregador, ela ainda teria mais quarenta anos de vida para criar novas armas ou novas técnicas de microcirurgia.

Eram sessenta e cinco anos perdidos, considerando somente aquelas duas pessoas, apenas naquele dia. Eu nem sequer estava contando minhas próprias lesões, os outros dois Músculos que morreram ou os que saíram feridos (pelo menos uma lesão na coluna, duas concussões severas, uma série de costelas e dedos quebrados) ou os danos materiais. Olhando para tudo aquilo no papel, vendo a soma dos números, pareceu um preço alto a pagar por um dedinho de criança e algumas criptomoedas.

Quando June chegou em casa, eu estava fazendo cálculos para entender como trabalhar como capanga se comparava a pescar caranguejos no Alasca

---

* Noy, Ilan. "A DALY Measure of the Direct Impact of Natural Disasters." VOX, CEPR Policy Portal. VOX, 13 de março de 2015. Disponível em: https://voxeu.org/article/daly-measure-direct-impact-natural-disasters.

em termos de profissões de alto risco e expectativa de vida. Contei a ela o que estava fazendo, mas June pareceu menos entusiasmada do que eu em relação à importância dos meus cálculos.

– Então hoje foi o dia em que você pegou a carteirinha do clube das teorias de conspiração – disse ela, franzindo os lábios. – Pra ser sincera, demorou mais do que eu imaginava.

Eu estava pilhada demais para me deixar abater pela piadinha sarcástica dela.

– Nesse mato tem coelho.

Era difícil desviar a atenção do que surgia na tela: um panorama do verdadeiro preço, pago em vidas humanas, de meros minutos da presença de Superimpacto. Era estarrecedor.

June estava dizendo alguma coisa.

– O quê? – perguntei, tentando prestar atenção dessa vez.

– Falei que você ficou biruta.

– Esses números significam alguma coisa.

Ela jogou a bolsa e o casaco sobre uma poltrona e tirou o clipe nasal com um sonoro suspiro de alívio.

– Se eu chegar em casa e encontrar um quadro com um monte de linhas vermelhas e post-its sobre o Superimpacto ser um espião infiltrado, vou te botar pra fora.

– E se forem só os post-its? Pode ser?

Ela desapareceu cozinha adentro.

Durante a madrugada e ao longo da semana seguinte, eu me dediquei a descrever e quantificar os desastres causados por Superimpacto. Havia muito a ser considerado, e precisei inventar ou supor alguns números. Quase arranquei os cabelos tentando descobrir números relacionados a hospitalizações e renda perdida de pessoas que eu mal sabia quem eram. Vasculhei infinitas páginas de crowdfunding, lentamente me anestesiando diante dos horrores de incêndios e tornados, para calibrar com precisão o valor que desastres como esses tinham no bolso das pessoas. Depois de alguns dias de cálculos lentos e nebulosos, cheguei em um número que parecia confiável.

Somando tudo, aqueles breves minutos no hotel custaram cento e cinquenta e dois anos de nossas vidas. Superimpacto decidira que o dedo mindinho de um garoto e o valor do resgate do Enguia eram mais valiosos do que cento e cinquenta e dois anos da vida dos capangas. É possível que muitos desses anos de vida não viessem a ser maravilhosos, que envolvessem muitos fracassos e comportamentos imprudentes no trânsito e serviços prestados para vilões. No entanto, eram nossos anos de vida, ainda que fossem medíocres, e fomos privados deles por um babaca usando capa que se acha o justiceiro dono da verdade.

Apesar das piadinhas, June pareceu aliviada por eu estar fazendo alguma coisa. Acho que estava torcendo para que eu perdesse o interesse e voltasse a ser uma pessoa racional quando encontrasse um número que fizesse sentido. Para a decepção dela, eu logo comecei a examinar mais amplamente as consequências das ações do Superimpacto no mundo como um todo. Se apenas aquela manhã nos custou tanto, quantos danos ele estaria causando todos os dias?

O projeto seguinte exigiu mais tempo e um raciocínio muito mais complexo; eu progredia lentamente e algumas vezes precisava parar por causa da dor de cabeça e ficar de olhos fechados por horas. Estava sempre esperando que o efeito dos remédios passasse o suficiente para que eu pudesse pensar um pouco, mas não tanto a ponto de as dores tornarem meu trabalho impossível. O fato de conseguir manter o foco por um minuto sequer no estado em que eu estava me deixava convencida de que fazia algo importante. E, naquelas breves janelas de tempo, comecei a construir algo real.

Para começar, voltei somente seis semanas e encontrei quatro incidentes (incluindo a coletiva) que eu poderia analisar. Apenas alguns dias antes de esmagar minha perna, Superimpacto estava perseguindo o Agente Nervoso e golpeou com as costas da mão um dos carros de fuga, que se chocou contra um veículo que estava estacionado. Um dos capangas voou pelo para-brisa e caiu em frangalhos no asfalto. Superimpacto arrastou os outros dois para fora do carro e os prendeu, amarrando-os com o para-choque e o eixo dianteiro do carro. Embora não tenha sido mencionado nos jornais, não havia chances de eles não terem sido feridos no processo, já que a carne humana é mole e ele os amarrou com enormes pedaços de aço. Contei um morto, dois feridos e dois carros destruídos.

Duas semanas antes, Alkalina conseguiu controlar a mente de Dendrita, a herói psiônica, e as coisas saíram de controle em uma cobertura no centro da cidade. Superimpacto teve um probleminha com o fogão a gás, e, na explosão que se seguiu, o prédio ficou severamente danificado e tanto Alkalina quanto sua capanga sofreram sérios ferimentos (Dendrita ficou bem). Mais de duzentos moradores foram evacuados do prédio naquela noite. A vilã foi mandada para o hospital em estado crítico, com queimaduras no rosto e em quarenta por cento do corpo; a capanga teve mais sorte, as queimaduras atingiram apenas vinte por cento de seu corpo. A saúde de Alkalina não se estabilizou e ela morreu dez dias depois, em decorrência das complicações de seus ferimentos. Contabilizei um morto, um ferido e duzentos desalojados, o que resultou em quatrocentos mil dólares em danos.

Um mês e meio atrás, Superimpacto e Acelerador destroçaram o armazém de operações d'O Talho e o prédio pegou fogo. Três Músculos morreram no local e três bombeiros quase perderam a vida quando uma parede caiu sobre eles. De acordo com uma notícia que saiu semana passada, eles ainda estavam "lidando com as consequências dos ferimentos". O fiasco resultou em três mortos, três feridos e um milhão e duzentos mil dólares em danos.

E depois veio a coletiva de imprensa. O número de mortos era o maior: quatro, e muitos feridos, mas somente setenta mil dólares em danos materiais.

Fiz as contas. Em apenas seis semanas, Superimpacto tinha sido responsável por quatrocentos e sessenta e oito anos de vida perdidos. Esses anos serviram para salvar um dedo mindinho, para que Dendrita recuperasse suas faculdades mentais, para prender o Agente Nervoso e um punhado de Músculos depois de um assalto fracassado e, por fim, para que O Talho perdesse um monte de cocaína. Era esse o valor de quatrocentos e sessenta e oito anos de nossas vidas para ele. Aquilo representava quão insignificante eu era. Um buraco se abriu em meu estômago, e eu não sabia dizer se fúria e desespero sairiam de dentro dele.

Sendo justa, June tentou. Ela agiu como se o que eu estava fazendo fosse um hobby novo esquisito, como se eu de repente tivesse ficado obcecada por crochê ou maquetes de trem. Ela até mesmo me dava ouvidos quando eu compartilhava um breve resumo do meu dia e falava sobre uma lesão na coluna ou uma trágica lesão cerebral que tinha descoberto, sobre prédios desmoronados e carros destruídos. Eu aprendi a parar de falar antes que ela deixasse de prestar atenção ou ficasse irritada, e a permitir que ela me tirasse da frente das planilhas para me entreter com um novo filme de terror ou com as histórias sobre seus intragáveis colegas de trabalho. Porém, durante todo esse tempo, eu fazia cálculos mentalmente.

Quando terminei de analisar aquelas seis semanas, deixei os dados descansarem por um tempo. Precisava tirar um tempo do trabalho, mas ele nunca saía da minha cabeça. Passei alguns dias mais focada em comer e dormir e menos em rabiscar equações horrorosas, mas não conseguia ficar longe por muito tempo – Superimpacto estava na ativa desde a adolescência, e eu tinha tanto a descobrir. Pretendia investigar de trás para a frente e analisar seu histórico de tragédias, mas, antes disso, precisava olhar adiante.

Se as seis semanas que analisei fossem mesmo uma amostra precisa do custo médio do Superimpacto como super-herói, aquilo significava algumas coisas terríveis. Para cada dia que estava vivo, ele custava mais de dez anos de vida de outras pessoas; ele arruinava uma média de setenta a oitenta anos de vida por semana. Se continuasse nesse ritmo pelos próximos quarenta anos, custaria o total absurdo de cento e sessenta e dois mil, duzentos e quarenta anos de vida humana para o mundo.

Ele só poderia ser comparado a eventos catastróficos. Há alguns anos, um terremoto de magnitude 6.2 atingiu a Nova Zelândia; cento e oitenta e duas pessoas morreram, milhares ficaram feridas e os danos somaram bilhões de dólares. O centro da cidade de Christchurch foi completamente arrasado. Não havia dúvidas de que aquilo fora um desastre. O desastre custou, de acordo com os pesquisadores que escreveram o artigo, cento e oitenta mil, oitocentos e vinte e um anos de vida.

Superimpacto era tão nocivo para o mundo quanto um terremoto.

Eu estava completamente convencida de que precisava fazer alguma coisa com os dados assustadores que me torturavam havia semanas. Eu precisava que alguém soubesse, ou ao menos que alguém tivesse a chance de saber, além de mim e June (e Greg às vezes, embora ele não tivesse capacidade de concentração suficiente para prestar atenção por muito tempo). Decidi seguir a famosa rota doido-varrido-com-uma-teoria-da-conspiração e criar um blog.

Eu o chamei de Dossiê do Estrago.

Imaginei que falaria com a parede para o resto da vida, ou só até ficar entediada e de saco cheio. Eu atualizava regularmente o site solitário com as atividades do Superimpacto, atuais ou antigas, e algumas vezes, quando outros heróis acabavam causando um grau significativo de prejuízos, escrevia análises. Criei algumas contas anônimas nas redes sociais para divulgar os links do blog sempre que havia um novo post. Eram pequenas garrafas digitais em um mar virtual, e eu não esperava que ninguém as lesse. Apenas lançá-las na água já fazia com que me sentisse menos solitária, menos isolada. Mas um dia uma das garrafas apareceu na praia de um jornalista que estava bisbilhotando as hashtags de um super-herói em busca de material, e ele acabou cavando fundo o bastante para me encontrar.

A matéria que ele escreveu não foi lisonjeira. Ele me pintou como uma espécie de maluca obcecada rabiscando devaneios diretamente de um porão, quando na verdade meus rabiscos eram feitos em um predinho sem elevador. Um paralelo com a fábula d'A raposa e as uvas foi o melhor que ele conseguiu fazer, deduzindo com desdém (embora corretamente) que eu não passava de um capanga largado para escanteio que agora queria vingança. Grande parte dos leitores dele concordou.

No entanto, alguém decidiu conferir meus cálculos, possivelmente para caçoar de mim com mais propriedade. E, quando fizeram isso, descobriram que eles faziam sentido. Verificaram a pesquisa pelo link que deixei disponível no blog, e ela era legítima, e assim surgiu um contraponto de que eu talvez tivesse descoberto algo.

E foi dessa maneira que o Dossiê do Estrago tomou forma. Embora meu foco principal fosse o Superimpacto, também comecei a analisar os números de outros heróis, e quase todos eram péssimos. Passei a receber pedidos para investigar incidentes específicos, e levantava informações tenebrosas. Todas indicavam a mesma coisa: super-heróis, embora tivessem uma ótima imagem pública, eram péssimos para o mundo. Eram como ilhas de plástico obstruindo os oceanos, um desastre global em câmera lenta. Eles não valiam nem o valor das próprias capas; qualquer benefício que pudessem ter trazido um dia já fora superado pelo prejuízo.

Não demorou muito para que minhas mensagens não fossem mais solitárias. Cada um de meus posts era impulsionado e compartilhado. Eu recebia informações todos os dias sobre devastação e morte e danos, relatos sobre negócios familiares agora afundados em dívidas e sobre jovens cheios de vida que de repente se transformaram em pessoas completamente diferentes devido a lesões na cabeça ou transtorno de estresse pós-traumático. O funcionário de um necrotério alegou que meus números estavam abaixo da realidade; para a morte de cada capanga reportada pela mídia, havia mais três Músculos em uma maca de metal.

Eu agradecia a todos e acrescentava ao relatório os dados recebidos, com os devidos créditos (se a pessoa assim desejasse). Alguns comentários ainda eram ofensivos e cheios de desdém, porém cada vez mais as pessoas admitiam, com cautela, que meu ponto era válido. De qualquer modo, as pessoas liam e ficavam fascinadas pelo show de horrores. Algumas informações válidas e alguns intrometidos sempre apareciam, e todos os dias o total aumentava.

O apoio de June evaporou assim que eu passei a ter uma audiência. Desenvolver minhas teorias sozinha parecia inofensivo, mas, quando as pessoas começaram a prestar atenção, ela entrou em pânico.

– Por que você faz essa merda? – vociferou ela certa noite enquanto eu respondia a um amontoado de mensagens atrasadas.

– Eu... o quê?

– Por que diabos você faz essa coisa horrorosa todos os dias? Parece que essa é a coisa mais importante da sua vida agora.

Fechei meu notebook de maneira brusca, alarmando-a.

– Porque é a coisa mais importante da minha vida.

Eu gesticulei em direção ao meu corpo, tentando indicar seu estado abjeto.

– Mas por que chafurdar nisso? – insistiu ela. – Você podia fazer qualquer outra coisa. Escrever resenhas das séries a que assiste, aprender a tricotar, porra, sei lá. Você podia fazer qualquer coisa.

Balancei a cabeça.

– Não posso fazer outra coisa.

Abri meu notebook e tentei voltar para o trabalho e para os cálculos sombrios que consumiam meu cérebro.

Uma mão se agitou diante de meu rosto. Olhei para cima, surpresa, e June estava de pé bem na minha frente.

– Não estou feliz com isso – falou.

– Tá bom. Você não precisa gostar, e eu posso parar de falar disso.

– Não, quis dizer que não gosto que isso aconteça aqui. Neste apartamento. Não é seguro.

Olhei para ela com uma expressão que dizia "você está sendo boba".

– Ninguém sabe que estou aqui – falei. – Greg me ajudou a configurar uma VPN. Está tudo bem.

– Não, Anna. *Não está* tudo bem. Você está apontando o dedo na cara deles morando na porra da minha casa.

– Não vai acontecer nada!

– Diz ela enquanto conta quantas vidas humanas e propriedades essa gente destrói diariamente.

– Você vai me mandar embora?

– H-hã?

Minha pergunta a pegou de surpresa.

– É um ultimato?

Ela jogou as mãos para o alto.

– Que absurdo... não! Eu só não gosto disso e queria que você parasse.

Assenti com a cabeça.

– Eu sinto muito – disse, e estava sendo sincera.

E então voltei ao trabalho.

Depois disso, eu a via cada vez menos. O contrato dela terminou e ela pegou outro trabalho na Agência, algo com uma carga horária maior; ela não me disse o que era. Por mais que ela tentasse ser uma boa anfitriã – e, quando estava em casa, nós duas tentávamos aproveitar a companhia uma da outra –, ficou claro que estava profundamente desconfortável com o Dossiê do Estrago. Ela passou a voltar para casa cada vez mais tarde, e algumas vezes nem sequer voltava. Eu sentia muita saudade dela, e também sentia uma culpa tremenda, como se a tivesse expulsado do próprio apartamento. Considerei mais de uma vez acatar ao pedido dela e encerrar a coisa toda. Só que, toda vez que eu chegava perto de fazer isso, um capanga era ferido ou uma padaria era pulverizada, então não continuar só porque eu estava triste e porque ela estava infeliz era uma conta que, para mim, não fechava.

No entanto, era difícil me sentir sozinha, já que comecei a receber um tipo diferente de atenção. Capangas e vilões menores dos quais eu nunca tinha ouvido falar entravam em contato comigo, mandando mensagens de números desconhecidos ou nas redes sociais. Ser a vítima mais recente de Superimpacto me dava um tipo esquisito de notoriedade: conheci o herói e sobrevivi. Havia muitas pessoas profissionalmente malignas que queriam tirar proveito disso, e por essa razão me procuravam.

O prazer que tive com o aumento repentino do meu capital social vilanesco foi manchado pelos bons momentos que o Enguia Elétrica estava tendo. Ele desaparecera depois da coletiva, mas, mesmo escondido, surfava em uma enorme onda de carisma e notoriedade; sua reputação pública nunca estivera tão em alta. Algumas vezes eu me torturava procurando notícias e posts nas redes sociais com o nome dele. Toda vez que encontrava algo novo, era como levar um soco no estômago.

Enquanto isso, estava ficando sem dinheiro. Meus cartões já estavam estourados havia muito tempo e eu estava torrando minha poupança. Os trocados de doações que pingavam de vez em quando e a renda um pouco mais regular do Patreon não cobriam meus gastos com compras básicas, nem o valor do plano mais rápido de internet, nem meus gastos nada irrisórios com provisões médicas e remédios. Por mais que fossem lisonjeiros, nenhum dos vilões se comovia o suficiente para me contratar. Eu até podia ser uma pessoa interessante, mas também vinha com bagagem. Tentei me candidatar para receber o Seguro Super-Heroico – o orçamento público destinado a ajudar aqueles que tiveram corpo e/ou propriedade danificados por "atividade heroica" –, mas fui prontamente indeferida. Foi preciso enviar uma cópia do relatório policial sobre o incidente da coletiva, no qual, descobri, não havia qualquer menção ao meu ferimento. A causa de todas as mortes e ferimentos foi descrita como "atividades nefastas"; o lado mau levou a culpa. Eu provavelmente tinha ficado "confusa com toda a algazarra e violência", dizia minha carta de rejeição.

Pensei na audácia de Superimpacto ao aparecer no hospital usando um bigode falso ridículo e óculos aviador espelhados. Adicionei aquele não à pilha de injustiças cometidas contra mim e usei minha indignação como combustível. Em breve seria apenas mais um número a ser adicionado aos meus cálculos.

Certo dia, June e seu Namorúsculo foram até meu apartamento para buscar o resto das minhas roupas e voltaram com uma ordem de despejo que encontraram pregada na minha porta. June respeitou meu espaço enquanto eu chorava de maneira descontrolada, e então sussurrou conselhos e gesticulou com fervor enquanto eu conduzia a conversa desagradável e incrivelmente sucinta com o proprietário do apartamento. No fim das contas, ele ameaçou vender todas as minhas coisas se eu não fosse embora o mais rápido possível; soltei uma risada debochada em resposta e disse que ele estaria me fazendo um favor. Comemoramos com um high-five quando desliguei, e June, muito educadamente, se absteve de mencionar que agora eu não poderia liberar o sofá dela e voltar para aquela espelunca de apartamento nem se ela quisesse.

No dia seguinte, recebi um buquê de flores.

Era um arranjo barato e genérico, o tipo de coisa vendida em supermercado. Havia várias flores brancas pequenininhas, alguns cravos e uma única rosa anêmica. Mas a empresa responsável pela entrega era chique e o cartão que acompanhava o buquê era de um papel de qualidade e de gramatura alta.

June pegou o cartão antes que eu pudesse abri-lo, tirando vantagem dos meus reflexos ainda lentos.

— Isso não me cheira bem — disse ela.

Ela abriu o envelope grosso e aveludado com a unha comprida.

— Não deve ser nada — respondi.

Friccionei uma das pétalas da rosa entre os dedos até que se desmanchasse, sentindo a sutil lufada de aroma que liberou no ar.

De repente, June pensou em algo que nitidamente a tranquilizou.

— Talvez seja daquele cara. Bustle? Brindle.

— Bracken. Meu Deus...

Eu tinha quase conseguido suprimir todas as lembranças em relação a ele. Estremeci de constrangimento, me lembrando do vômito no queixo dele e da forma enfurecida como ele bateu a porta do carro de Oscar.

— Provavelmente o último encontro que terei na vida — falei.

June abriu o envelope e congelou. O cabelo havia caído sobre seu rosto, então não consegui ver sua expressão, mas seus dedos esmagaram o papel e eu percebi um leve tremor nas mãos.

– Cara, o que foi? – perguntei.

Ela não respondeu de imediato.

– June! – chamei mais alto do que pretendia, em um grasnado nervoso.

Ela se virou e atirou o envelope em mim, furiosa.

– Merda, como ele conseguiu o meu endereço?

O cartão, enfiado pela metade no envelope e agora meio amassado, tinha gravados os aros do logo do Superimpacto. Eu soltei um palavrão.

– Ele sabe que você está aqui! – falou June, o semblante aterrorizado, os lábios roxos como se ela tivesse acabado de sair de uma piscina gelada no inverno. – Merda! Eu avisei!

– É claro que ele sabe que eu estou aqui, ele é a porra do Superimpacto. Ele provavelmente sabe quantos enrolados de presunto e queijo eu comi este mês.

– Quer dizer que ele sabe onde *eu moro*, significa que...

– Não significa porcaria nenhuma.

– E isso aqui? O que significa?

Ela arrancou o buquê de mim e segurou as flores pelo caule com as duas mãos, como se fosse um pescoço que ela quisesse torcer.

– Não sei – respondi.

– O que está escrito na porra do cartão?

– Nada.

– *Como assim?*

– Está em branco.

Tirei o cartão do envelope e o virei para ela; não havia nada escrito.

– Por que ele te mandou essas porcarias de flores? – disse ela, o tom acusatório transbordando na voz.

– Não é minha culpa.

– Como não? – Ela me encarou por um momento. – É bom não chegar mais nada.

– Da próxima vez que formos tomar um café, vou pedir pra ele não mandar mais nenhum presentinho afetuoso para o meu endereço.

Ela jogou o buquê estrangulado no meu colo e saiu da sala batendo os pés. Em seguida, fechou com força a porta do quarto.

Continuei sentada, em choque, por alguns instantes, encarando as flores esmagadas e tentando controlar a respiração e as mãos, que tremiam. Quando levantei o olhar, percebi que havia algo no chão, onde June estivera, um pequeno pedaço de papel. Me apoiando em uma muleta e na mesinha de centro, dolorosamente me pus de pé e peguei um cartão de visita que tinha caído do envelope do Superimpacto.

Na frente do cartão lia-se MUDANÇAS & DEPÓSITO SHERMAN, uma empresa que ficava nos subúrbios da cidade. No verso, escrito em letras firmes e angulares: "Seus pertences estão no galpão 311", seguido da inicial "S".

Senti uma inquietação no peito. Por um lado, isso significava que Superimpacto se sentia culpado pelo golpe que seu empurrãozinho distraído causara em minha vida. Por outro lado, foda-se ele.

Fiquei acordada até bem tarde naquela noite. Eu me perguntava até quando seria bem-vinda na casa de June, e fui listando o minúsculo número de pessoas para as quais eu poderia ligar caso precisasse ir embora de uma hora pra outra. E, quando uma entrega inesperada chegou no dia seguinte, tive certeza absoluta de que ficaria sem teto. O entregador não sabia como reagir diante da ira ardente nos olhos de June quando minha amiga recebeu o pacote, mas ela ficou um pouco mais tranquila ao ver que o remetente não era um herói.

Só *um pouco*.

– Quero que me explique – disse ela, visivelmente se esforçando para soar calma –, por que o Sindicato dos Vilões também tem meu endereço.

O Sindicato era motivo de chacota. A sociedade chinfrim de malvadões de segunda e capangas ambiciosos acreditava que organizar reuniões, redigir atas e participar de painéis de discussão sobre os assuntos vilanescos do momento eram as melhores formas de progredirem com suas carreiras; no geral, todo mundo os achava terrivelmente cafonas.

Peguei com cuidado o pacote retangular pesado enviado pelo Sindicato, me perguntando a mesma coisa que June. De repente, uma ficha caiu.

– Quais são as chances – comecei lentamente –, de isso ser coisa do Greg?

June comprimiu os lábios. Um pouco mais da raiva que sentia por mim pareceu evaporar.

– Grandes – respondeu ela. – Grandes pra caralho.

Rasguei o papel e confirmei minhas suspeitas: dentro do pacote havia um certificado emoldurado e decorado com o brasão extravagante do Sindicato dos Vilões. Em uma caligrafia exagerada, o certificado dizia: PARABÉNS, VOCÊ FOI SUPERIMPACTADA! Havia também o horário, a data e as circunstâncias do meu encontro com o herói. Era uma condecoração concedida a todos os vilões ou capangas pelo primeiro encontro confirmado com o maior herói do mundo. E, dito e feito, o nome de Greg estava listado como meu padrinho no Sindicato.

June telefonou para Greg e gritou com ele por divulgar seu endereço, enquanto eu mandava uma mensagem emocionada agradecendo pelo certificado. A moldura tinha um pezinho, e eu a posicionei orgulhosamente na mesinha ao lado do sofá. Em toda e qualquer oportunidade, June fazia questão de usar o certificado como bandeja para jantar em frente à TV ou como apoio para a caneca de café, e todas as vezes eu a desafiava e o colocava de volta no lugar. O logo idiota do Sindicato dos Vilões – uma cobra, um morcego e uma caveira – me arrancava um sorriso toda vez que eu olhava para ele.

As coisas continuaram tensas entre mim e June. Era evidente que ela sentia que estava em perigo com minha presença em sua casa; e eu estava desesperadoramente ciente de que não poderia voltar para meu apartamento nem se quisesse. Estava me sentindo insegura, e a ansiedade que vinha por tabela se emaranhava em meu cérebro e em todas as nossas interações. Eu já não sentia que podia levar o tempo que precisasse para me recuperar. Comecei a cortar os analgésicos de maneira drástica para aliviar a confusão mental causada pelo opiáceo e peguei firme na busca por um novo emprego. Era difícil me obrigar a deixar o Dossiê do Estrago de lado, mas concluí que não poderia continuar a desenvolver o projeto se não tivesse um lugar de onde pudesse fazer isso.

Quase exatamente dois meses depois do incidente, encontrei um trabalho de entrada de dados e criação de conteúdo para uma corporação secreta relativamente normal que parecia ser a propriedade complementar de um supervilão em vez de sua base de operações oficial. Parecia algo entediante e seguro, o que eu acreditava ser o melhor dos mundos. Em vez de quebrar a cabeça com cálculos, passei o dia refazendo meu currículo e consegui uma entrevista presencial bem depressa. Isso significava que eu precisaria sair da casa de June, algo que eu não fazia desde a cirurgia. A ideia me deixava muito nervosa, mas pareceu ser minha melhor chance de tomar as rédeas da minha vida de novo.

Naquela noite, sonhei que alguém tomava minhas medidas.

Eu era uma criança e estava encostada no batente da porta como se um adulto estivesse prestes a verificar quanto eu tinha crescido. Em vez disso, havia ao meu redor silhuetas altas vestindo jalecos brancos e segurando pranchetas, paquímetros e fitas métricas.

Eu conseguia ouvir o ranger das luvas de látex perto do meu ouvido quando um deles colocou a fita em volta da minha cabeça. Outro apertou meu crânio com o paquímetro, e um calafrio percorreu as laterais do meu corpo.
– Devia ter algo aqui – disse um deles, irritado –, mas não consigo detectar.
– Ela tem alguns dos indicadores.
– Não acha que vale a pena executar mais testes?

Naquele instante, meu alarme tocou. A violência do despertar súbito paralisou o sonho, congelando a imagem como uma fotografia instantânea. Não foi exatamente um pesadelo, mas acordei trêmula e suada de alívio ao perceber que o sonho não era real.

Eu me programei para ter horas de sobra para me arrumar, iniciando o longo e penoso processo de me tornar apresentável enquanto June dormia. Estava quase acostumada a usar a banheira, cuidadosamente pendurando minha perna para fora de modo que não se molhasse. Na tentativa de me acalmar, fiquei na água até que esfriasse. Tinha total consciência de quais eram minhas limitações físicas, e a ideia de atravessar a cidade de muletas era extremamente assustadora. Em dado momento, ouvi barulhos de June em seu quarto e saí da banheira, deixando a água e o meu chororô para trás.

Escolher a roupa para a entrevista também foi muito estressante, já que eu simplesmente não conseguia usar nada feito sob medida por estar com uma tala ortopédica volumosa que ia do quadril ao tornozelo. Ainda que conseguisse vesti-las, me mexer naquelas roupas e usar muletas era algo que beirava o impossível. Acabei escolhendo algo muito mais básico do que eu teria preferido: um vestido cinza de algodão, longo e solto, de mangas compridas e gola drapeada. Vesti também uma meia-calça na minha perna boa e uma meinha discreta na outra. Eu me sentia prestes a entrar no campo de batalha sem minha armadura, e tentei compensar concentrando toda a energia imponente no meu delineador.

Dei uma olhada em mim mesma diante do espelho de corpo inteiro, me examinando com olhar crítico da cabeça aos pés enquanto June corria de um lado para o outro, prestes a ir para o trabalho.

– Vai se sair bem – disse ela, colocando os brincos na orelha e depois apalpando os bolsos à procura das chaves. – Talvez eles até já tenham ouvido falar de você nessa altura do campeonato. Vai ajudar.

Minha garganta se contraiu. Para minha surpresa, percebi meus olhos marejados; aquela tinha sido a coisa mais gentil que ela me dissera em semanas. Não respondi, com receio de que minha voz falhasse. Assenti com a cabeça e ela saiu. Tentei afastar o sentimento não solicitado. Depois de uma última olhada cuidadosa no espelho, respirei fundo e chamei Oscar. Curiosa para saber se ele estaria aborrecido por eu não o ter chamado por meses, iniciei o lento e doloroso processo de descer até o térreo.

Eu me deparei com a calçada gelada e aproveitei para desfrutar do cheiro intenso e congelante de geada iminente que pairava no ar de uma forma que só é possível para uma pessoa que ficou semanas trancada em casa. Demorei um segundo extra para perceber que quem esperava por mim não era Oscar com seu carro de calotas enferrujadas. No lugar dele, havia um supercarro. O motor estava ligado, e seu formato marcante e cheio de curvas lembrava um predador de músculos contraídos, pronto para atacar. O exterior do carro era de um preto fosco curioso que parecia deslizar como escamas, e as janelas tinham uma aparência estranhamente líquida. Uma mulher vestida com o que parecia um meio-termo entre roupas táticas militares e um smoking aguardava ao lado da porta traseira. Ela estava mais musculosa e mais confiante do que estivera meses atrás, mas reconheci seu cabelo loiro e curto, seu rosto e sua postura como sendo os da motorista que eu vira ser contratada na Agência.

Ela me olhou, cheia de expectativa, eliminando qualquer ideia errada de que ela pudesse estar esperando outra pessoa.

Acenei para ela com a cabeça.

– Posso ajudar?

– Seu carro, senhora – disse ela, abrindo a porta para mim.

– Eu já chamei um carro.

Era o equivalente a *Eu tenho namorado* quando se tratava de caronas com estranhos.

– Oscar está ciente – respondeu ela.

Isso me incomodou e me impressionou ao mesmo tempo. Ela se aproximou e ofereceu o braço para me ajudar a entrar no veículo. Mesmo relaxados, seus músculos ainda pareciam ameaçadores. O calor que emanava de dentro do carro me atingiu em cheio como um afago.

Me apoiei no braço que ela oferecia. Ela sorriu para mim por trás de seus óculos escuros, que não eram óculos de sol, como notei, e sim lentes fumê que obscureciam os detalhes de um visor interno. O perigo em potencial daquela situação não diminuiu (e talvez até tenha aumentado) meu frio na barriga. Ela carregou minha muleta, e juntas seguimos lentamente até o carro.

– Eu tinha uma entrevista – disse.

Eu não sabia dizer se estava protestando ou não.

– Você ainda tem. Só que é uma entrevista diferente da que você esperava.

Ela se abaixou para me ajudar a sentar no banco. Assim que minhas pernas estavam acomodadas e as muletas ajeitadas no chão do carro, fechou a porta com um movimento autoritário.

Senti uma breve onda de pânico subir e descer no meu peito. Permiti que ela se espalhasse, sustentei essa sensação por um instante, e depois deixei que se dissipasse. Em seguida, uma estranha calma e determinação tomaram conta de mim. Era possível que algo horrível estivesse prestes a acontecer comigo, mas pelo menos não era o futuro vazio que eu tinha diante de mim até então. Algo iria acontecer, e isso me deixava mais empolgada e menos assustada do que era de esperar. Provavelmente seria melhor do que a bagunça da minha vida atual. Eu me endireitei no banco de couro, que praticamente me deu um abraço.

Abri o painel que separava os bancos traseiros dos dianteiros assim que a motorista ocupou sua posição na direção.

– Lembro de você – eu disse. – Lá da Agência.

Ela riu.

– Tempos sombrios.

– Você voltou pra lá? – perguntei.

– Porra, ainda bem que não. Fui efetivada.

– A vaga deu certo?

– Incrivelmente certo.

Ela conduzia o carro com uma tranquilidade que era sensual e habilidosa.

– Meu nome é Anna.

Ela provavelmente já sabia dessa informação, mas pareceu a coisa educada a fazer. Ela estabeleceu contato visual pelo espelho retrovisor, e rezei aos céus para que eu não tivesse ficado vermelha.

– Melinda – ela respondeu.

Dava pra ver luzes verdes piscando nas laterais das lentes de seus óculos. Parecia ser algum tipo de visor digital.

– Posso perguntar uma coisa idiota?

– Manda ver.

– Estou prestes a morrer?

– Ha! Não é nada idiota. Mas não, definitivamente não. Você tem mesmo uma entrevista. Essa parte é verdade.

Eu me recostei de volta no banco. Mesmo que ela estivesse mentindo, decidi aproveitar o luxo do que poderia ser minha última corrida em um supercarro. Havia uma máquina portátil de espresso no banco de trás, e, depois de um simples apertar de botões, desfrutei de um café com leite muito aceitável.

Foi um longo trajeto. Atravessamos a cidade, passamos por parques industriais e pelas extremidades de vários subúrbios. Depois disso, houve vários minutos de vazio, apenas a rodovia e os campos cobertos pela geada. Por fim, paramos diante dos portões de uma extensa propriedade cercada por muros. Uma luz escaneou o exterior do carro, e Melinda tocou em um botão no painel. Os portões se ergueram de maneira semelhante ao rastrilho de um castelo.

Dentro da propriedade, avançamos lentamente por uma estrada parecida com as que se encontra em um campus universitário, e por fim paramos em frente a um resplandecente prédio feito de vidro e aço. O dia estava ensolarado e brilhante, e uma luz fria iluminava a rotatória onde estacionamos o carro. Havia pessoas pelos caminhos entre os prédios, pelas calçadas e também nas pequenas áreas verdes ao nosso redor. Todas se dirigiam para dentro dos prédios, apressadas; estava muito frio, e a respiração delas se transformava em vapor no ar enquanto caminhavam e conversavam.

– Chegamos – anunciou Melinda.

Ela saiu do carro e deu a volta até a minha porta para me ajudar. Com muito cuidado, me auxiliou a ficar de pé e me entregou a muleta.

– Vou levar você até lá dentro.

No saguão majestoso e bem iluminado do prédio havia uma recepção, onde precisei dar meu nome e fazer um registro. Recebi um "passe de visitante", que era, na verdade, uma pequena pílula que eu tinha de engolir e uma lente de contato descartável a ser colocada em meu olho direito para escaneamento de retina. De olhos lacrimejando (nunca fui muito boa em colocar lentes de contato), sobrevivi à luz ofuscante que escaneou meus olhos para autorizar a abertura das portas do elevador e a um escaneamento de corpo inteiro para autorizar o elevador a funcionar.

Não havia um painel com botões a serem pressionados; o elevador funcionava apenas por reconhecimento de voz. Melinda levou uma mão à boca, sinalizando para que eu ficasse em silêncio, enquanto as portas atrás de nós deslizavam suavemente até se fecharem. Em seguida, ela proferiu uma única palavra:

– Leviatã.

Eu ri quando o elevador já estava em movimento, e ela sorriu de volta.

– Também não acreditei na primeira vez que estive aqui – admitiu ela.

Eu vinha quebrando a cabeça para tentar descobrir qual vilão poderia ter decidido me oferecer essa entrevista. Firewall pareceu uma resposta óbvia, porque valorizava informações. Eu já me imaginava trabalhando silenciosamente com dados; parecia tranquilo. Se eu tivesse escolha, torceria para que fosse Casuar, que era conhecida por ser brutal com os heróis, mas tinha uma ótima reputação como uma empregadora de capangas justa, que oferecia mais apoio, benefícios e estrutura do que a maioria dos vilões. Até me ocorreu que poderia ser Megalodon, que, segundo boatos, estava trabalhando em uma superarma chamada Garra e por isso estava com vagas abertas, mas não quis exagerar na autoestima, acreditando que alguém tão famoso tivesse algum interesse em mim.

Só que Leviatã? Leviatã era um monstro que se escondia nos esgotos do mundo. A maioria dos heróis torcia para nunca precisar estar no mesmo ambiente que ele, e agora estávamos prestes a respirar o mesmo ar. Quando o elevador parou, Melinda me conduziu por um longo corredor até uma sala onde havia várias portas duplas feitas de bronze e madeira escura. Apesar do peso, elas se abriram com suavidade quando ela girou a maçaneta oxidada.

O espaço diante de nós tinha o zunido característico de um conjunto de máquinas funcionando em uníssono, a vibração inaudível mas palpável de uma sala de servidores. Era amplo, mas não cavernoso. Em um dos cantos estavam posicionadas algumas poltronas de couro para conversas íntimas e uma longa mesa elegante que claramente era usada para trabalhar. Uma das paredes era ocupada por uma enorme tela, que naquele momento estava dividida em quatro quadrantes e exibia quatro telejornais diferentes, todos sem som.

Em pé atrás da mesa, atento à tela, estava Leviatã. Sua postura de formalidade refinada causava certo estranhamento, como se tivesse algo de lúgubre e reptiliano. Ele vestia sua armadura; ninguém nunca o vira sem ela. Tinha ouvido dizer que parecia um robô mecha, mas de perto lembrava mais a pele de uma cobra do que metal: era densa, luzidia e estranhamente orgânica. De certos ângulos, a armadura brilhava, como a casca de um besouro. Rumores diziam que a tecnologia usada naquele traje era tão avançada que, do ponto de vista funcional, em nada se diferenciava de magia.

Também havia o boato de que Leviatã era absurdamente horrendo e não humano sem a armadura, embora ninguém nunca tenha apresentado evidências de sua aparência real. Dentre todos os vilões e heróis, a identidade dele era a mais obscura. Seu aspecto naquele momento anulava completamente o que ou quem quer que ele tivesse sido.

Melinda me cutucou, e eu tive um sobressalto; não tinha percebido que não só estava paralisada, como também o encarava diretamente. Sacudi a cabeça em um movimento sutil e entrei na sala, caminhando com o auxílio de Melinda.

Leviatã não se mexeu enquanto atravessávamos o escritório em direção à mesa. Quando nos aproximamos, Melinda cuidadosamente me ajudou a sentar em uma das cadeiras de frente para a de Leviatã (uma monstruosidade hiperergonômica que mais parecia uma coluna vertebral alienígena com excelente apoio para lombar). Quando sentei, ele se virou ligeiramente e acenou com a cabeça coberta pela armadura em direção a Melinda, em um estranho gesto de validação e agradecimento.

– Aguarde lá fora por um momento – disse ele. – Sua voz era aveludada e harmônica, mas ao mesmo tempo soava metálica, como que distorcida por interferências digitais. – Não vamos demorar, e a senhorita Tromedlov precisará da sua ajuda novamente.

Melinda assentiu com a cabeça.

– Sim, senhor – respondeu ela, dando um apertão solidário praticamente imperceptível em meu braço antes de sair.

Leviatã não sentou; continuou imóvel atrás da mesa. Quando as portas se fecharam com um som abafado, ele finalmente dedicou toda a sua atenção a mim. Não teve pressa para falar e neutralizar a tensão no ambiente. Em vez disso, passou um bom tempo me analisando, examinando meu rosto, minha perna e minha tala. Endireitei os ombros com o que eu esperava ser um pouco de dignidade maltrapilha e aguardei.

– Soube que talvez precise de um novo emprego, senhorita Tromedlov – disse ele.

O mundo estremeceu ao meu redor por um momento, mas mantive a calma.

– Preciso, sim.

– Aparentemente seu último contrato foi encerrado de forma um tanto prematura.

– Sim. Certamente limitou bastante minhas opções.

– Embora eu tenha um interesse específico por qualquer pessoa que tenha sido vitimizada como foi, você também possui outras qualidades que chamaram minha atenção.

– Fico lisonjeada.

Eu mal conseguia acreditar que aquilo estava acontecendo. Era como se outra pessoa estivesse falando através da minha boca.

Ele emitiu um som discreto vindo da garganta.

– Sua ficha da Agência é uma mistura fascinante de trabalho exemplar e monotonia.

Não pude conter uma risada genuína, o que pareceu surpreendê-lo, mas não de um jeito ruim.

– Acho que nunca ouvi minha carreira resumida de maneira tão precisa – comentei.

Ele voltou a me analisar por um momento. Seus olhos eram escuros, e a armadura chegava somente até as extremidades da cavidade ocular.

– O que mais despertou meu interesse foi sua pesquisa sobre o custo do heroísmo, à qual você deu o nome de "Dossiê do Estrago" – disse ele.

Pela maneira como usou o termo "interesse", não consegui discernir imediatamente se era algo bom ou ruim. Decidi que um "obrigada" era a coisa mais segura a dizer.

Ele respondeu com um curto aceno de cabeça.

– Fez muita coisa com poucos recursos, fiou palha e a transformou em ouro, ainda que a palha fosse escassa. Gostaria de ver o que consegue fazer com as informações que posso oferecer.

Deixei escapar um riso esganiçado. Aquele monstro tinha acabado de fazer uma referência a um conto de fadas?

– Está ameaçando cortar minha cabeça ou tomar meu primogênito caso eu não consiga repetir o bom resultado? – perguntei.

Ele emitiu um ruído indecifrável.

– Sua cabeça sem um corpo não tem utilidade para mim.

Percebi que talvez tivesse cometido um erro.

– Quer dizer, é claro que não. Não achei que fosse me decapitar. Quer dizer, você poderia, mas não vai! Hum.

Consegui me obrigar a fechar a boca e me perguntei se combustão espontânea humana poderia acontecer de forma voluntária.

A postura do Leviatã permaneceu a mesma, mas tive a sensação de que ergueu a sobrancelha. Depois de um instante, ele decidiu se apiedar de mim e continuar:

– Estou curioso para saber o que é capaz de fazer com recursos muito menos finitos. Você continuaria a desenvolver o Dossiê do Estrago sob essas circunstâncias?

– Com certeza. Se essas circunstâncias fossem possíveis.

– Elas são.

Não havia indecisão na voz dele.

– O que exatamente está me oferecendo, senhor? – perguntei.

– Depende. Gostaria de fazer mais uma pergunta.

– Claro.

– Agora você os odeia?

A intensidade da minha reação me pegou de surpresa. Senti meu peito se comprimir e uma bile ácida subir pela minha garganta. Era uma pergunta vaga, mas o ódio que eu sentia era muito específico e estava na ponta da língua.

Havia a deslealdade mesquinha de vilões de meia-tigela com o Enguia. A brutalidade inútil e as ações enviesadas da polícia. As máquinas ignorantes de destruição que eram os heróis, alheios ao custo humano e material de cada um de seus atos estúpidos e impetuosos.

E havia Superimpacto, o desastre que arruinou minha vidinha medíocre, escancarando quão precária e desprovida de amor ela vinha sendo até então.

– Sim.

A resposta parecia ter vindo de outro lugar, do abismo mais profundo do meu ser.

Leviatã assentiu.

– Ótimo.

Ele tocou o painel de comunicação sobre a mesa e aumentou ligeiramente o tom de voz.

– Melinda, pode se juntar a nós novamente.

Ele voltou a olhar para mim.

– Os requisitos para a função são negociáveis – disse ele. – Tenho certeza de que podemos oferecer um pacote que esteja de acordo com suas necessidades.

Ouvi quando as portas se abriram e Melinda voltou a entrar na sala.

– Isso tudo parece fácil demais – confessei.

Ele emitiu o som gutural e indecifrável outra vez, e me dei conta de que poderia ser um riso contido.

– Para mim, parece que as coisas de fato têm sido bastante difíceis para você.

Fiquei pálida. Ele se virou para Melinda.

– Por favor, acompanhe a senhorita Tromedlov até seu novo apartamento e, assim que ela estiver instalada, certifique-se de que a orientação dela prossiga conforme o programado.

– Certamente, senhor – respondeu Melinda.

Ela se curvou para me ajudar a levantar, e eu me dei conta de que estava surpreendentemente cambaleante. Estivera a sós com Leviatã por apenas alguns minutos, mas me sentia incrivelmente esgotada. Melinda me deu alguns instantes para me recompor.

– Obrigada – falei para os dois.

Leviatã acenou com a cabeça e logo em seguida voltou a atenção para as telas. Melinda, que me segurava pelo braço, me deu mais um apertão de leve, e então, com cuidado, me ajudou a caminhar até a porta.

Ela agiu de maneira contida e profissional até a porta se fechar atrás de nós. Então se aproximou e abriu um sorriso.

– Acho que vai gostar muito daqui – disse ela.

– Espera, eu aceitei o trabalho? E ele acabou de dizer "novo apartamento"?

O restante do dia não passou de um borrão. Depois que saímos do escritório, Melinda me levou até um pequeno apartamento em um prédio residencial, um estúdio de estilo sóbrio e espartano, que recebia muita luz do sol. Eu estava atônita com a perspectiva de um emprego, mas um lugar para morar que não era o sofá de June era informação demais para processar. Melinda pareceu perceber que meu cérebro estava entrando em curto-circuito e me deixou a sós em vez de me encaminhar para o RH. Estava me sentindo tão exausta que imediatamente peguei no sono no sofá aveludado que aparentemente passara a ser meu, ao menos até segunda ordem.

Despertei com alguém batendo à porta. A luz do dia estava diferente – horas haviam se passado, e me levantei em um pulo, alarmada. Eu me arrastei até a porta, moída e dolorida, e dei de cara com dois ajudantes de mudança de rosto vermelho e personalidade excessivamente alegre que traziam meus poucos bens materiais. Havia várias mensagens não lidas de June, provavelmente sobre minha partida repentina. Decidi ignorá-las enquanto os homens, gentis mas barulhentos, depositavam cestos e sacos de lixo cheios de roupas em todo espaço livre que conseguiam encontrar.

Quando eles foram embora, perambulei pelos três pequenos cômodos, pendurando algumas roupas no armário, encontrando um lugar para o meu notebook, organizando os livros na prateleira. A vista dava para uma pequena área verde, e, embora naquele momento o gramado estivesse marrom e irregular, trilhas alternativas de grama pisada pareciam uma promessa de que em breve voltaria a estar cheio de pessoas curtindo um dia de sol.

Eu me dei conta de que nem sequer precisaria buscar meus poucos móveis detonados no depósito que, por culpa ou pena, Superimpacto alugara para mim. E me perguntei por quanto tempo eu poderia deixá-los lá, por quantos meses ele continuaria pagando aquele boleto antes de os móveis serem leiloados. Muito me divertia a ideia de ele acabar se esquecendo e assim continuar pagando por anos o armazenamento do meu estrado de cama quebrado.

No fim da tarde, um representante agitado e extremamente educado do RH me visitou para que eu preenchesse a papelada e desse detalhes da minha lesão, tratamento e recuperação. Fiquei com medo de que meu histórico médico fizesse com que mudassem de ideia sobre minha contratação, mas o RH me garantiu que a visão deles era de "longo prazo" e que, pelas semanas seguintes, meu trabalho poderia até mesmo ser descansar, caso os médicos corporativos assim determinassem. Depois da conversa, ele me indicou um bistrô bonitinho que ficava atrás da área verde. Quando fiquei sozinha outra vez, enfrentei o frio e me dei uma refeição com espaguete à carbonara e uma garrafa de vinho para celebrar.

Sentada em uma das mesinhas do bistrô, verifiquei meu celular pela primeira vez em doze horas. Foi quando caiu a ficha de que June não fazia ideia do meu paradeiro e do meu estado. O número de mensagens preocupadas em meu celular, em ordem decrescente de coerência, confirmou minhas suspeitas.

Entendi que, na visão dela, o que tinha acontecido era que eu estava me arrumando para uma entrevista quando ela saiu de manhã. Ao chegar em casa no fim do dia, ela percebeu que, além de eu não ter voltado, todas as minhas coisas haviam igualmente desaparecido, como se eu nunca tivesse estado lá. A porta estava trancada como ela deixara de manhã e nada estava fora do lugar, então era como se minha existência tivesse sido cuidadosamente apagada.

Assim, é claro que ela deduziu que eu tinha desaparecido. Ela concluiu, com razão, que o Projeto, ou algum herói não identificado, ou até mesmo o próprio Superimpacto, finalmente tivesse ficado de saco cheio de mim constantemente expondo o fato de que eles só pioravam as coisas para todo mundo e por isso decidira simplesmente me tirar de cena em vez de aguentar minha irritante e insistente presença nesta terra.

Fiquei encarando as mensagens e pensando em uma forma de me desculpar por tê-la deixado tão preocupada. E também aproveitar para me desculpar de novo por tê-la feito se sentir em perigo e por ter sido tão resistente à ideia de mudar minimamente o que eu estava fazendo para tranquilizá-la.

Eu fiz a pior coisa possível, é claro. Ela atendeu imediatamente quando liguei.

– Oi – eu disse –, passei na entrevista.

3

DEMOROU MAIS OU MENOS UM MÊS PARA QUE EU CONSEGUISSE UM aval médico para começar a trabalhar. Descobri que, a princípio, minhas responsabilidades envolviam basicamente consultas médicas, exames e um plano de tratamento muito proativo. Minha medicação foi ajustada aos poucos, em alguns casos, todos os dias, e fui encaminhada para um fisioterapeuta atencioso, porém sádico. Eu odiava cada segundo da fisioterapia, mas precisava admitir, ainda que a contragosto, que estava dando certo.

Uma coisa que não se recuperou foi minha relação com a June. Primeiro ela acabou comigo por ter deixado que pensasse que eu estava morta ou algo pior por um dia inteiro, e depois desligou o telefone antes que eu pudesse fazer qualquer pedido de desculpas. Mandei mensagens e e-mails; até mesmo liguei duas vezes, deixando dar três toques antes de desligar, como uma covarde. Com o tempo, minha enxurrada de arrependimento se reduziu a um gotejar. Eu estava me sentindo absurdamente solitária, mas acabei aceitando que ela precisava de espaço e de tempo.

Quando meu fisioterapeuta, um médico, um psiquiatra (cada membro da equipe precisava fazer uma extensa avaliação) e um cirurgião ortopédico entraram em consenso sobre minha recuperação, tive minha primeira experiência de trabalho, uma reunião com um indivíduo feito de dados com óculos fundo de garrafa de nome Molly. Suas mãos haviam sido inteiramente substituídas por equivalentes robóticos que terminavam em dezesseis dedos estreitos, todos com pontas texturizadas para melhor aderência. Os óculos de Molly não serviam apenas para corrigir miopia; as lentes também serviam como um pequeno display secundário de informações. Molly era responsável por diversos departamentos pequenos, um dos quais se chamava Informações & Identidades, o qual avaliaram que seria o lugar ideal para mim.

Imaginei que receberia algumas tarefas, que descobriria quais seriam minhas responsabilidades. Em vez disso, Molly e eu analisamos minha ficha em conjunto, praticamente *construindo do zero* a função que eu iria desempenhar. Mostrei o Dossiê do Estrago e expliquei toda a pesquisa feita para descobrir aqueles dados, assim como meus métodos (por mais limitados que fossem).

– Excelente. Muito bom.

Molly assentiu com entusiasmo enquanto linhas de texto pipocavam em uma de suas lentes.

– Gosto de como você trabalha as informações todas – disse. – Vou apresentá-la à equipe de Informações & Identidades, acho que será um encaixe perfeito.

Recebi uma mesa no I&I e, depois de uma rodada de apresentações, consegui ficar sozinha. Para começar, eu deveria continuar trabalhando no Dossiê do Estrago além de buscar oportunidades para aprofundá-lo, agora com os recursos do Leviatã.

Aos poucos, percebi que o que eu estava incumbida de fazer era pensar em algo que pudesse ser feito com toda a minha pesquisa.

Por duas semanas bebi muito café e circulei desajeitadamente com minhas muletas debaixo do braço, constantemente aflita com a possibilidade de ser demitida a qualquer momento por não fazer nada que fosse particularmente revolucionário. No entanto, não recebi nenhum feedback negativo – as pessoas apenas me davam espaço e me observavam de longe. Passei um tempo considerável alternando entre revirar as informações e gastar tempo nas minhas redes sociais, até que encontrei algo. Tinha certeza de que era uma péssima ideia, mas era minha primeira e única ideia, então marquei uma reunião com Molly e passei dois dias preparando uma apresentação.

É claro que, quando de fato nos encontramos, eu nem sequer me dei ao trabalho de exibir o primeiro slide antes de me inclinar sobre a mesa e dizer, com mais empolgação do que esperava ouvir em minha voz:

– E se a gente foder com a vida deles?

Molly estava recolhendo dados quando entrei; era raro que alguém conseguisse sua atenção plena, mas o que eu disse pareceu causar surpresa e atraiu seu olhar. A testa e as sobrancelhas de Molly pareciam estar prestes a dar pane quando tentou erguer as sobrancelhas e franzir o cenho ao mesmo tempo.

Percebi a oportunidade que tinha e tirei proveito.

– Expor identidades secretas se tornou algo ultrapassado, certo? – perguntei.

– Certo.

– A identidade da maioria dos heróis já é conhecida, e temos um bom palpite sobre os que faltam. Mesmo que estejamos certos, não ganhamos muita coisa expondo quem eles realmente são. Mas nós temos *todos* aqueles dados.

Molly assentiu.

– Cerca de quinze anos de monitoramento de carreiras, poderes, atividade e inatividade, batalhas, derrotas, acidentes, alianças – respondeu.

– Além do que nós mesmos levantamos, temos acesso a muito mais.

Quando aceitei o trabalho, eu não fazia ideia da extensão absurda do conjunto de dados disponível. Depois de descobrir algumas informações muito específicas, perguntei ao cientista de dados quais eram as bases às quais tínhamos acesso. Redes sociais, distribuidoras, redes publicitárias – não importava. Ele me respondeu, de maneira casual: "Se está em um HD corporativo, conseguimos acesso. Se está em um HD governamental, temos cinquenta por cento de chance de conseguir".

Quase dei um pulinho ao ouvir aquilo.

– E se – continuei dizendo a Molly –, em vez de focarmos em quem são e no que já fizeram, passássemos a usar todas essas informações para antecipar o que vão fazer?

O vinco no cenho franzido de Molly se intensificou, mas não de maneira negativa.

– Está falando de modelagem preditiva de dados.

Assenti, empolgada.

– Exatamente! Pegamos os quinze anos de monitoramento do comportamento de super-heróis diferentes e estabelecemos uma conexão entre essas ações e os dados de consumidores aos quais temos acesso. Integramos as duas bases. Depois contratamos um batalhão de cientistas de dados e começamos a fazer simulações. Nós sabemos o que eles fizeram no passado e sabemos a extensão do prejuízo que causaram; podemos começar a modelar o que achamos que ainda vão fazer. Quando obtivermos um modelo que funcione, podemos conduzir experimentos mais diretos.

– Experimentos?

– Vamos expor os heróis a estressores.

– Que tipo de estressores você tem em mente?

– Como eu disse, nós vamos foder com a vida deles – repeti. – Quando encaramos os super-heróis de frente, quase sempre perdemos. Mas se atacarmos pelas beiradas...

– Desenvolva sua ideia.

– Vamos tornar a vida deles, tanto pública quanto privada, o mais horrível possível. Vamos fazer com que se atrasem, fazer com que as coisas ao redor deles comecem a dar errado; vamos estragar as roupas deles na lavanderia, arruinar jantares e casamentos. Vamos invadir redes sociais e foder com a percepção pública deles.

Molly me observava.

– Entendo.

Seu tom de voz era moderado, mas ainda demonstrava bastante interesse.

– Não se trata unicamente de rancor – esclareci, descascando o esmalte das unhas.

– Bom, rancor também tem seu valor.

– Ah, eu concordo. Mas acho que podemos fazer disso algo ativamente estratégico. Uma pessoa cuja vida está caindo aos pedaços tem mais dificuldade para desempenhar atividades heroicas. Só precisamos achar as brechas e escancará-las – falei. – Vamos encontrar os estressores capazes de deixá-los com o máximo potencial de ineficiência. E isso nos dará mais oportunidades para expor suas condutas negativas, que são muito menos aceitas pela sociedade do que pulverizar um Músculo. Nós daremos toda a corda do mundo para que sejam desprezíveis e mesquinhos e cruéis.

– E o que faremos quando eles de fato fizerem merda e agredirem uma idosa ou chutarem um gatinho?

– Faremos tudo o que pudermos para garantir que o máximo possível de pessoas fique sabendo.

– É uma ideia muito nefasta – disse Molly, sorrindo.

Senti um sorriso idêntico tomando conta do meu rosto.

– Afinal, nós somos vilões – respondi.

Molly me ajudou a montar uma apresentação de verdade. Para ser sincera, não achei que fosse vingar, mas depois de uma semana Leviatã já tinha revisado e aprovado a proposta, e de repente as coisas passaram a acontecer muito depressa. Fiquei encarregada de reunir uma equipe e, um pouco em pânico, entrei em contato com praticamente todo mundo que eu conhecia e que eu lembrava de ter sido competente ou solícito na minha presença. Contratei Javier Khan, que me apresentaram como "O Maníaco do Excel", para criar lindas planilhas elaboradas para armazenar e direcionar o fluxo de dados. Nour estava lidando com o público em um trabalho na área administrativa, mas seu charme extraordinário e sua postura fizeram com que eu a escalasse para trabalhar com engenharia social. Darla começou na área de Tecnologia, mas, depois de ter me ajudado a hackear sistemas que não conseguíamos acessar na lábia ou na malandragem, fiz uma proposta para que ficasse integralmente em I&I. Respeitando certos limites, conseguíamos acessar a rede de agentes secretos e infiltrados de Leviatã.

Em poucas semanas, eu tinha conquistado um emprego extremamente desafiador e muito satisfatório, arruinando o dia de heróis de uma forma nunca antes vista pela humanidade. Imediatamente, aquele se tornou o melhor emprego da minha vida.

Continuei a usar serviços criptografados para mandar mensagens para June todos os dias. No começo, a única resposta que recebia era o silêncio, e acho que eu merecia. Aguentei estoicamente, sabendo que, se ela realmente não quisesse receber mensagens minhas, teria me mandado pra casa do caralho sem qualquer cerimônia. Em vez disso, ela passou semanas lendo minhas mensagens sem responder. Comecei a considerar o tique de mensagem lida como uma forma de resposta; eu sabia que ela estava visualizando e lendo as mensagens com base na velocidade com que a confirmação aparecia na tela.

Então, em um dado momento, ela não conseguiu se segurar. Eu mandava para ela as fofocas mais quentes que encontrava no arquivo, e esta foi a isca que ela mordeu.

> Da formação original do Quatro Cantos – Dr. Próton, Neutrino, Quebra-Muralhas e Frente Fria –, qual deles você acha que estava no armário?

Meu plano era esperar um segundo para causar um efeito dramático e depois contar, mas assim que a confirmação de mensagem lida apareceu ela começou a digitar. Meu coração quase saiu pela boca, me lembrando mais uma vez de quanto eu sentia falta dela.

> Dr

Quase derrubei o celular. Minhas mãos estavam desajeitadas e tremendo.

> Não. Todo mundo sabe que ele come qualquer coisa que se mexe

> Então o Neutrino

> Quebra-Muralhas

> Nem fodendo

> Juro. Era o grande segredo dele. Ele tinha até um lance de longa data com um policial

> POLICIAL? É melhor você não estar mentindo

Depois disso, começamos aos pouquinhos a fazer brincadeiras uma com a outra em intervalos regulares. Eu mandava fotos das minhas olheiras ou das cicatrizes onde os pinos foram colocados na minha perna. Ela respondia dizendo que estava horrível e que se eu quisesse transar outra vez na vida "só se fosse de calça". Ela me contava coisas sobre o Músculo que ainda não era seu namorado, e eu criticava as decisões dela até ela ameaçar parar de falar comigo. Então eu recuava, não querendo arriscar caso June estivesse falando sério. Porém, depois de uma hora ou no dia seguinte, ela me enviava prints de conversas no Slack do trabalho e as coisas pareciam bem de novo.

Nossa relação não era a única coisa que estava melhorando. Em pouco tempo, eu estava me locomovendo apenas com uma bengala, como minha primeira médica tinha prometido. Ainda que eu ficasse cansada com mais facilidade e que me movimentar fosse algo doloroso no começo, a liberdade garantida pela bengala foi um gigantesco incentivo moral. Passei a me orgulhar da forma como eu mancava, e meu corpo parecia pertencer a mim novamente.

Uma coisa que logo aprendi sobre usar uma bengala, além de ser uma necessidade, é que ela imediatamente triplicava minha teatralidade. Cada gesto meu ganhava camadas extras de afetação. Entrar no escritório da equipe todos os dias de manhã era uma verdadeira performance.

– O que temos para hoje? – perguntei, sorrindo para a equipe enquanto coxeava com a bengala.

Nour colocou o headset no mudo, me deu bom-dia rapidinho e voltou para sua conversa animada; ela parecia estar se passando por uma representante do atendimento ao cliente de uma empresa de voos fretados.

Jav, cercado de monitores, ergueu a mão para dar bom-dia. Sua mão era tudo o que eu conseguia ver, mas podia ouvi-lo muito bem.

— Estamos nesse momento trabalhando para causar o máximo de inconvenientes possíveis nos voos que Pneumático e Tifoide fretaram para Austin — ele falou.

Nour tinha um talento impressionante para se passar por representantes de atendimento ao cliente de qualquer empresa. Grosseira ou atenciosa, tapada ou de língua afiada, ela sabia como dizer exatamente o que a pessoa queria ouvir e como ser um verdadeiro empecilho. Também havia algo nela que inspirava confiança, algo em sua voz que fazia com que você acreditasse que tudo ficaria bem. Ela era uma aliada de valor inestimável. Ouvi quando sua voz adquiriu um tom de quem sente muito ao transmitir pelo telefone a má notícia de que havia previsão de atraso. Muitos atrasos.

Meu coraçãozinho nefasto ficou mais quente.

— Excelente — respondi. — O que mais?

— A Eclipse Informática vai anunciar um produto na semana que vem, então estamos floodando o servidor para irritar os clientes.

O diretor de operações da Eclipse Total Informática era o alter ego de Zero Absoluto, um herói com poderes de absorção de calor.

Eu me aproximei de Jav, para ver o que ele examinava nas telas.

— Parece ótimo — falei. — Enquanto vinha pra cá, ouvi que a imprensa vai fazer um tour em Dovecote, a nova megaprisão. Bem ao norte da cidade.

— É mesmo. A substituta para a Kensington, aquela prisão de segurança máxima.

Em três telas diferentes, Jav abriu outra planilha, acessou alguns endereços no navegador e procurou um comunicado para a imprensa no Google.

— Isso aí — confirmou ele. — Vai começar daqui a umas duas horas: "A imprensa foi convidada para um tour aprofundado e interativo pela nova prisão; devem também participar de uma demo dos novos procedimentos especiais de confinamento".

— Excelente.

Nour desligou depois de garantir que a bagagem do herói em questão seria extraviada pela companhia aérea fretada e que ele tomaria horas de chá de cadeira na escala entre os voos. Com um sorriso iluminando seu lindo rosto, ela arrastou a cadeira de rodinhas até onde estávamos.

— Acho que ouvi algo sobre isso — ela falou. — Uma das salas de confinamento a ser apresentada é um freezer de congelamento supersônico que supostamente não danifica a carne humana.

Ela estava nitidamente empolgada.

Ergui uma sobrancelha.

– Funciona? – perguntei.

– Parece que sim.

– Mas...

– Há relatos de que o descongelamento pode ser lento, doloroso e causar incontinência temporária. Mas até parece que eles vão descongelar prisioneiros com frequência.

– Perfeito – comentei. – Quem a gente sabe que vai estar lá?

Jav começou a pesquisa; deixei que ele fizesse seu trabalho. Nour segurava uma caneca de algo que tinha um aroma delicioso.

– O que é? Que cheiro gostoso.

– Ah, agora temos chai na cozinha.

– Vou pegar um daqui a pouquinho.

Jav emitiu um grunhido de entusiasmo; tinha encontrado alguma coisa.

– Está vendo essa jornalista tuitando sobre estar presente? – perguntou ele, abrindo a página de uma mulher. – Tenho quase certeza de que ela é a Tardigrada.

Franzi o cenho.

– Essa eu não conheço.

– Antes ela era a parceira do Vidreiro, a Chapa-Quente.

A ficha caiu.

– Ah, tá, sei quem ela é – falei. – Eles terminaram, foi uma verdadeira guerra nuclear.

– E como foi – disse Jav. – Ela começou a trabalhar sozinha tem uns seis meses, mas o nome é ainda mais recente do que isso. Tem a ver com a habilidade dela de suportar circunstâncias extremas e tolerar níveis sobre-humanos de punição. Ou algo assim. Ela é praticamente indestrutível.

Concordei com a cabeça. Meus brincos balançaram, pendendo dos lóbulos. Eram machadinhos com sangue pingando da lâmina.

– Ela mesma – falei.

– O que tá rolando, galerinha do mal? – Darla apareceu na porta, segurando um tablet e alguns papéis. Tinha acabado de sair de uma reunião.

– Acho que vamos supercongelar a antiga parceira do Vidreiro – comentei, tomando a liberdade de soar tão animada quanto eu de fato estava.

Jav sacudiu a cabeça.

– Isso lembra muito aquele filme dos anos noventa com o Stallone e o Wesley Snipes.

Não era uma crítica.

– A chefinha arrasa – disse Darla.

Sorri ao ouvir o elogio.

– Darla, veja se consegue registrar Tardigrada como presidiária. Acho que temos o DNA e as digitais dela. São informações antigas da época do Vidreiro, mas devem funcionar. Jav, puxe tudo o que sabemos dela.

– É pra já – respondeu ele.

Darla ergueu dois dedos na altura da têmpora em saudação, deixou na bagunça que chamava de mesa as coisas que carregava e se pôs a trabalhar.

– Escolha um trabalho que você ame e não trabalhará um dia sequer! – recitou Nour docemente.

Depois de dar um pulinho na cozinha para pegar uma caneca de chai – que estava ainda mais delicioso e saboroso do que eu esperava –, me acomodei na minha mesa, liguei meu próprio paredão de monitores e comecei a abrir todas as transmissões, posts em redes sociais e notícias on-line relacionados à inauguração de Dovecote que consegui encontrar. Nour estava me ajudando a monitorar as redes sociais e estávamos trocando links.

Algumas horas depois, a equipe estava amontoada atrás de mim e nós assistíamos juntos ao tour da imprensa em Dovecote. O que começou com ares de eficiência penal séria e organizada estava prestes a degringolar e se tornar um caos. Ficamos todos um pouco sem fôlego quando a imprensa foi convidada a visitar o freezer supersônico a fim de verificar como era completamente seguro para todos que não estavam registrados como prisioneiros daquela unidade. Quando o freezer subitamente entrou em atividade e se fechou em torno de Tardigrada, comemoramos como se fosse um gol aos quarenta e cinco minutos do segundo tempo.

A transmissão continuou rolando enquanto os seguranças tentavam tirar da sala toda a imprensa e desligar as câmeras mais óbvias. Um grupo de pessoas usando jaleco corria de um lado para o outro em volta do freezer em estado de completo pânico, folheando manuais e apertando desesperadamente botões aleatórios no painel de controle. Um dos pesquisadores tentou até um pontapé.

Pouco antes de o celular que ainda transmitia as imagens ser finalmente desligado, consegui ver a mulher de relance, presa na área de confinamento. Deu tempo de tirar prints da tela.

– Isso vai para o próximo relatório trimestral, hein? – Era possível ouvir a alegria na voz de Darla.

Eu assenti.

– Excelente trabalho, time.

– Tardigrada-também-conhecida-como-Chapa-Quente não tinha confirmado presença em um evento em um hospital infantil amanhã? – perguntou Nour com alegria.

– Acho que vão acabar levando um gelo – disse Jav.

– Será que ela vai ter descongelado até lá? – perguntou-se Darla, em tom reflexivo.

– Queria saber quanto tempo dura a incontinência temporária – acrescentou Nour com uma pontinha de prazer, e Jav soltou uma risadinha esquisita que parecia um soluço.

Fui tomada por um arroubo de orgulho por minha equipe; eles deram um show naquela manhã. Os três estavam me olhando com expectativa e euforia.

– Beleza – falei. – Quem mais a gente vai congelar ou fazer cagar nas calças antes de irmos almoçar?

O problema de arruinar o dia de um herói era que frequentemente fazíamos isso bem demais. Por sermos da área de humilhação pública, nossas atividades acabavam competindo pela atenção da mídia com as missões policiais mais violentas e sanguinolentas. Pancadaria entre ajudantes e capangas ainda virava notícia, claro, mas Tardigrada viralizou ao ser transformada em picolé. Fizemos com que ela tivesse uma experiência extremamente desagradável e causamos enorme constrangimento à equipe de segurança inteira de uma prisão de segurança máxima, o que poderia ser considerado um grande sucesso por si só, mas havia algo na desventura dela que parecia atrair a atenção das pessoas. Os compartilhamentos aconteciam com um divertimento com requintes de crueldade que não previmos nem antecipamos, e a saturação da mídia foi além de qualquer coisa que poderíamos ter imaginado.

Por mais espetacular que fosse ver um de nossos inimigos virando meme, não esperávamos pela reação do Vidreiro a tudo aquilo. Sabíamos que ele não ficaria feliz ao ver sua ex-parceira e ex-companheira dominando a internet ao ser transformada em um bloco de gelo (embora, convenhamos, ela tenha sido descongelada em tempo recorde e apresentado apenas um caso leve de diarreia descontrolada). Imaginamos que ele fosse divulgar uma nota pública expressando seu descontentamento com qualquer que fosse a negligência ou má conduta que pudesse ter causado o incidente (Jav brincou que devíamos mudar o nome do departamento para Negligência & Má Conduta, levando em conta quantas vezes nossas atividades eram descritas dessa forma pela imprensa).

Não imaginávamos que ele divulgaria um vídeo sem sentido, beirando o incoerente, jurando vingança contra quem ofendeu sua amada. Por coincidência, Jav, que estava trabalhando até mais tarde naquele dia, viu o vídeo no momento em que foi postado e, em um raciocínio rápido, baixou uma cópia. Quando o vídeo foi deletado na manhã seguinte pelo Vidreiro ou um de seus funcionários ou agentes, tínhamos uma cópia do arquivo, que mantivemos em circulação. Nós o repostávamos em um provedor novo toda vez que era derrubado, e assim garantíamos que o vídeo sempre estivesse hospedado em algum lugar.

Nem em nossos sonhos mais ousados imaginamos que nossa maré de sorte continuaria, mas continuou. Nos dias seguintes, Vidreiro se manteve de guarda do lado de fora do quarto de Tardigrada, apesar de ela se recusar a vê-lo. Pagamos mais de um funcionário do hospital para fotografá-lo à espreita. Ele frequentemente falava com a imprensa por horas, apesar da clara desaprovação (e ocasional horror) de sua equipe, exigindo que qualquer um que soubesse o que aconteceu com Tardigrada fosse até ele e contasse tudo ou, do contrário, que "se preparasse para encarar sua fúria".

Era nítido que ele estava à beira de um colapso ou coisa do tipo. Se sua equipe ou seus agentes interviessem para valer, talvez isso pudesse ser evitado. Talvez eles o acalmassem, talvez ele caísse em si e sua conduta pouco comum se atenuasse quando outro se tornasse o foco das notícias.

Mas é claro que nós não permitiríamos que isso acontecesse.

– Este homem – falei para o meu time – está à beira de um ataque de nervos. O que precisamos fazer é garantir que isso de fato aconteça, e que o incidente seja tão grandioso e público quanto possível.

Estávamos assistindo ao vídeo pela vigésima vez; eu estava raspando o que restava de um pote de sorvete de morango para limpar meu paladar depois de comer muitos salgadinhos de queijo.

– Qual é o primeiro passo? – perguntou Nour.

Lambi a colher, pensativa.

– Precisamos saber o que aconteceu com os dois, porque claramente foi algo além da tensão entre parceiro e herói que já conhecemos – falei.

– A gente sabe que eles estavam transando – lembrou Jav.

– Tá, mas precisamos dos detalhes sórdidos. Precisamos entender a cronologia. Precisamos de *provas*. Assim o caminho até a ruína ficará mais evidente.

Começamos a investigar.

Os heróis tinham feito um serviço bem mequetrefe no que dizia respeito à discrição, para ser sincera. Teria sido o bastante para alguém que estivesse propositalmente fazendo vista grossa, como suas respectivas equipes ou as entidades legais, por exemplo, ou até mesmo os menos brilhantes de seus aliados ou agentes. No entanto, qualquer um que decidisse fazer uma pesquisa de verdade como nós fizemos teria conseguido estabelecer uma conexão entre as reservas em restaurantes (usando nomes falsos lamentáveis) e hotéis na cidade onde os dois tinham apartamento. Isso bastava para resolver o mistério.

Eles começaram um relacionamento cerca de dois anos atrás, quando Vidreiro ainda tentava resolver as coisas com a atual ex-mulher (sorte dela; Debra parecia ser uma pessoa bacana e não merecia toda essa palhaçada) e Tardigrada ainda era conhecida como Chapa-Quente e trabalhava como sua ajudante. Começaram a sair juntos debaixo dos panos e nunca mais pararam. Mesmo depois que o casamento de Vidreiro acabou de verdade, eles continuaram se encontrando às escondidas por costume. (Ou talvez essa fosse a graça da coisa para eles. Não estou aqui para julgar as preferências sexuais de ninguém.)

A certa altura, o casinho foi encerrado pela então chamada Chapa-Quente. Ela fez uma proposta para se tornar membro efetivo do time de super-heróis intermediários, mas Vidreiro a barrou, sob o ridículo pretexto de que "ela não estava pronta", típica atitude de um mentor bundão. Mas a verdade é que Vidreiro estava frustrado; ele queria que o relacionamento entre os dois fosse sério e se tornasse público, mas ela recusou. Ele tentou colocá-la em seu devido lugar, e ela não apenas saiu da equipe para iniciar sua trajetória solo, como também mudara de nome, distanciando-se ainda mais dele.

O que começou a vir à tona conforme seguíamos as migalhas que o relacionamento deixou para trás, recolhidas principalmente de comunicados à imprensa feitos às pressas sobre a partida de Tardigrada e alguns prints dos posts mais catastróficos nas redes sociais do Vidreiro, foi que ele ficou muito, muito mal com o término. Sua equipe estava tendo muita dificuldade, e falhando cada vez mais, para encobrir o comportamento dele.

Não demorou muito, nem demandou muita pesquisa até nosso time estar outra vez amontoado atrás de um monitor, dessa vez o de Nour, para assistir às filmagens de um incidente na Prime Tower que ela conseguira de uma câmera de segurança. O prédio de nome pavoroso servia de endereço para os escritórios de mais de uma equipe de super-heróis, inclusive da Aliança da Justiça, da qual Vidreiro ainda era membro e Tardigrada havia saído.

Aparentemente, cerca de um mês atrás, ela tinha se juntado a antigos aliados para ajudar a combater um assalto a carro blindado organizado com maestria por Sebo nas Canelas, e depois disso a equipe agendara uma reunião para discutir se deveriam convidá-la para trabalhar com a Aliança outra vez. O Vidreiro decidiu adotar uma postura madura, o que significava que ele apareceu na reunião fedendo a bebida e deu um showzinho tão constrangedor que sua equipe precisou retirá-lo do prédio. Uma câmera de segurança gravou o momento em que o pobre do herói chorava de soluçar no lobby com o Menino Lambda, seu antigo colega de equipe e, segundo registros, melhor amigo, parado a seu lado sem saber o que fazer.

– Isso aqui é melhor que as séries da HBO – falei, passando adiante os docinhos de Dia dos Namorados que eu tinha guardado na gaveta da minha mesa.

– E essa nem é a melhor parte – disse Nour.

Ela deu play em mais um vídeo, dessa vez de uma câmera exterior da boate fetichista Corrente & Couro.

– Não!

– Pois é.

– Jav, acho que você não tem idade pra ver isso – falei.

– Que audácia – ele retrucou.

– Aqui ele está seguindo ela lá para dentro... – Nour narra.

– Inacreditável.

– Acha que ela estava sendo seguida desde que saiu de casa?

– Provavelmente. Esquisitão do caralho.

– Nossa, ex-namorados, né? Piores do que nós.

– Cala a boca, vai perder a parte importante.

– Desculpe.

– Ah, e aqui os seguranças chutam ele pra fora.

– Coisa linda de ver.

– Aquele cara tá usando uma máscara de sadomasoquismo?

– Coloca de novo! Coloca de novo!

– Ele pega até certa altura, quando arremessam ele pra fora. Olha só.

Aquele pequeno incidente ainda não tinha se tornado público, já que a Aliança tinha conseguido a duras penas ameaçar e persuadir o clube a ficar de boca fechada. Além disso, realmente não é do feitio de uma boate onde as pessoas apanham amarradas a uma cruz expor sua clientela. Ainda assim, descobrimos duas coisas cruciais:

» Tardigrada era dominadora e frequentava uma casa de BDSM (bom, tudo bem, talvez fosse parte do meu trabalho julgar o que os outros faziam entre quatro paredes).

» Vidreiro já estava com um pezinho no colapso nervoso, e o acidente de Tardigrada pareceu ter deixado as coisas ainda piores.

– Ele se controla aqui. Não derrete ninguém até virar uma gosma, ele só engole. O Vidreiro ainda não está exatamente no fundo do poço. Tudo que ele precisa – expliquei para a equipe – é de um empurrãozinho. E com isso nós podemos ajudar.

– Muito me surpreende que ele tenha se recuperado dessa – observou Darla, fazendo um gesto em direção ao monitor.

Nour e Jav ainda davam gostosas risadinhas enquanto assistiam a Vidreiro levando um cacete de dois homens usando cintas de couro no peito e tanguinhas que deixavam as nádegas à mostra.

Balancei a cabeça.

– Não fico surpresa. É ruim. É constrangedor. Mas só isso. Duvido que alguém no Corrente & Couro fique chocado com um submisso choramingando no portão.

– Então acha que dá pra ficar pior?

– Acho – confirmei. – E, quando isso acontecer, quero que ele esteja cercado de pessoas com celulares na mão, que o cenário tenha escombros soltando fumaça e uma iluminação ótima.

A proposta que enviamos era, sem dúvida, a mais ousada até então. Vidreiro estava enfraquecido, vulnerável e bem perto de um colapso nervoso. Ele já causava problemas, mandando flores que Tardigrada se recusava a receber, primeiro para o quarto do hospital e depois para o apartamento dela. Sua equipe estava tentando pintar a situação como se não passasse de uma manifestação da extrema preocupação de um antigo colega de equipe, mas ele era o estereótipo completo do apaixonado rejeitado prestes a endoidecer. Percebemos que a hora de agir era aquela.

O que significava que precisávamos contratar uma força tática. Eu nem sequer tinha certeza de que podia fazer aquilo, mas enviei a solicitação assim mesmo. Minha ideia era arranjar um grupo de vilões dos mais genéricos para levar a culpa pelo infeliz acidente de Tardigrada. Eles postariam um vídeo se vangloriando do sucesso obtido e depois fariam uma aparição pública muito evidente. Quando Vidreiro atacasse, nós daríamos cobertura para que os vilões pudessem se mandar com toda a segurança possível; eles ficariam com a fama (que resultaria em vilania com mais visibilidade) e nós, com o Vidreiro atropelando todas as normas de conduta profissional heroica para partir direto para o homicídio daqueles que ele acreditava serem os culpados – ao menos, era o que esperávamos. Nós garantiríamos que aquilo acontecesse em um lugar público, cheio de gente e vigilância.

Eu estava tão certa de que ouviria uma recusa que, quando Molly me chamou até seu escritório algumas horas depois, meu primeiro impulso foi achar que eu seria demitida.

— Muito ruim? — perguntei, sentando.

A mesa, um desastre de papelada e memorandos ignorados, estendia-se entre nós.

— O quê? — Molly sentou sem pressa, buscando espaço para cruzar as longas pernas em meio à bagunça.

— Estou muito encrencada?

— Ah, não, nem um pouco. Só tenho boas notícias.

— Vão me dar permissão para seguir em frente?

Um novo tipo de pânico substituiu o anterior. Se as notícias eram boas, talvez eu tivesse mesmo que colocar aquele plano ridículo em ação.

— Boas notícias que você vai amar e boas notícias que vai detestar.

— Manda bala.

— Começando com a boa, você arrancou uma gargalhada de Leviatã quando ele viu e aprovou sua proposta. E esse era um som que eu não ouvia fazia muito tempo.

Sem conseguir controlar minha expressão, de repente me dei conta de que estava sorrindo.

— Mentira!

— Não, é verdade. Ele ficou impressionado.

— Então qual é a parte que vou odiar? Porque, nesse momento, sinto que nada seria capaz de estragar meu bom humor.

— A missão foi aprovada com a condição de que você esteja presente.

Meu sorriso se apagou como se alguém o tivesse arrancado da tomada.

— Desculpe — falei. — Como é?

— Querem que você esteja lá. *Ele* quer que você esteja lá.

— Molly, eu não faço trabalho de campo.

— Eu sei.

— Eu sou tipo uma flor delicada.

— Culpe o Keller.

— Ah, mas que caralho.

Bob Keller era o chefe de Execução & Abordagens Táticas, nosso departamento interno de Músculos, e eu tinha a impressão de que ele me odiava. Ele parecia ter decidido que, já que não conseguia entender qual era o meu cargo (para ser sincera, eu mesma ainda estava descobrindo minhas funções), eu era um desperdício de espaço. Eu estava convencida de que ele queria me testar. Meu corpo não conseguia decidir se eu estava furiosa ou entrando em pânico.

A expressão de Molly era tão solidária quanto seu rosto elegante e robótico permitia.

— Como essa é uma missão sua, Keller disse que você precisa estar presente para fins de "controle" e "responsabilização". Ele quer garantir que sua "visão estratégica" seja seguida à risca.

— Porra nenhuma. Ele acha que não vou ter coragem de ir e que por isso a missão vai pro saco.

— Então você vai?

Minha boca ficou seca.

— Leviatã aprovou?

— Aprovou. E concordou com as condições do Keller.

Fiquei em silêncio por um longo momento, ponderando.

— Será que dá pra, sei lá, colocar um botão de pânico na minha bengala?

Ela estendeu a mão em direção à bengala.

— Que tal uma arma de choque? Posso esconder o botão; assim você sai ilesa caso acabem detidos.

Funguei.

— Isso parece uma boa ideia.

Os dias se passaram horrivelmente rápido, e logo eu estava prestes a ter um ataque de pânico no banco traseiro de um carro.

— Vai dar tudo certo — disse Melinda, tentando me tranquilizar.

Seu semblante e sua voz estavam serenos, mas ela me olhava com preocupação pelo retrovisor. Eu estava nervosa demais para agir de forma constrangedora perto dela.

Tentei reclinar o assento no banco de trás do carro tático na tentativa de relaxar meus ombros, mas desisti bem depressa. Esfreguei a testa.

— Tá tudo bem. Não é nada de mais.

Era, sim. E não estava nada bem.

— Você não vai sair do carro, não existe uma viatura policial sequer capaz de nos alcançar, e, se alcançassem, seríamos soltas de qualquer forma.

— Já repassamos essa informação — falei, um pouco ríspida demais. Então continuei: — Me desculpa. Eu sei. Só estou ansiosa.

— Não se preocupe. Todos sabem qual é o plano, talvez nem precisem falar com você. O rádio ainda está mudo.

Eu concordei com a cabeça e desviei o rosto, olhando pela fresta da janela lateral do carro. Esse veículo era bem diferente do que ela tinha usado para me buscar no dia da entrevista. O formato daquele carro me fizera pensar nos músculos e na graça de um puma, mas este carro de fuga era mais parecido com um sapo: pequeno e robusto. O que o carro deixava a desejar em apelo estético era compensado por uma lataria resistente e capacidade de evasão, além dos controles de fricção precisos e de uma aceleração impressionante. Se precisássemos sair depressa de uma situação que deu errado, esse era o carro certo.

Tentei usar esse pensamento – de como eu estava segura naquele carro, naquele momento – para me acalmar e manter os pés no chão. Uma frágil sementinha de autoconfiança e equilíbrio começou a brotar em mim ao longo dos meses, e eu tentava extrair daquilo toda a força que podia.

Eu me agarrei a essa pequena ilha de serenidade enquanto ao meu redor um vasto oceano de ansiedade se agitava. Superimpacto não tinha machucado apenas meu corpo; a ideia de passar por outra interação arriscada com um herói me trazia tanta agonia que era como se um peso físico estivesse esmagando meu peito.

Disse a mim mesma que aquela vez seria diferente. Eu estava em segurança no carro e era valorizada pelo meu empregador. O time tático criado para fisgar o Vidreiro tinha sido especificamente instruído a garantir a minha segurança. Eu tinha minha própria estratégia de fuga e uma piloto. Meu papel era quase simbólico. Ainda assim, a certeza de que algo terrível estava prestes a acontecer me dava náusea e calafrios.

– Estão ocupando as posições – informou Melinda.

Meu coração disparou e meu foco se estreitou. Arrastei o dedo sobre a tela do console traseiro para ativá-la. A duas quadras de distância, o time tático estava ocupando posições nos prédios próximos enquanto Mecanismo de Defesa e Negação, os dois supervilões com quem Leviatã estava "colaborando" (um termo usado para apaziguar os superegos; Leviatã os contratara por uma quantia de dinheiro nada irrisória), faziam uma cena extremamente teatral ao sentarem juntos à mesa ao lado da janela em uma pequena cafeteria. Os disfarces que usavam eram terríveis: casacos bege e barbas falsas. Finos como guardanapo de lanchonete; exatamente o que precisávamos.

Os membros do nosso próprio time tático, os Músculos de primeira categoria de Leviatã (que se autodenominavam Filé-Mignon) eram tranquilos e profissionais, mas os três grandões que Negação insistia em trazer estavam pilhados e irrequietos, congestionando a transmissão de áudio com falatório.

– Vai ser doido.

– Vou quebrar uns pescoços, mermão.

– Bora pra cima.

– Calem a boca e parem de ocupar a linha – ralhou um deles, que era zoado pelos outros dois por ocasionalmente demonstrar bom senso e disciplina.

Por mais irritantes que fossem aqueles Músculos, eu os entendia: energia e nervosismo acumulado, nada para fazer além de curtir a tensão até que o herói de fato aparecesse. *Se* ele aparecesse. Por mais que eu estivesse com medo do que poderia acontecer, a espera era exponencialmente pior. Fechei os olhos e pressionei os dedos nas têmporas.

– Aposto que não vai dar em nada.

Era a voz de barítono de Keller. Ele não escondia que estava furioso, afinal eu tinha mordido a isca e me tornado, ainda que de forma temporária, parte dessa missão tática.

Alguma coisa na fala dele fez com que eu recuperasse a concentração. Liguei meu microfone.

– Seu microfone está ligado, Keller.

Minha voz soou muito mais alegre do que eu realmente me sentia.

Ouvi um barulho atrapalhado e uma tosse enquanto um dos Músculos, desajeitado, tentava mutar a própria voz antes de rir.

– Sei que está ligado, Tromedlov. Isso aqui é perda de tempo. Como sabe que o Idioteiro sequer vai aparecer?

– Idioteiro! Que sagacidade.

Eu estava genuinamente impressionada com o apelido.

Ele grunhiu alto e bom som. Percebi que eu estava sorrindo. Senti uma fagulha de esperança de que as coisas não sairiam tão mal quanto o esperado.

– Ele vai aparecer – respondi.

– Como é que você sabe?

– Migalhas.

– O quê?

– Confia em mim.

O que eu queria dizer era que tínhamos deixado um rastro expressivo de migalhas a serem seguidas pelo Vidreiro. O rastro foi planejado usando tudo o que sabíamos sobre ele. Mecanismo de Defesa e Negação aceitaram arcar com as consequências com prazer ("Cold as Ice" do Foreigner como trilha sonora do vídeo de Tardigrada sendo congelada foi a cereja do bolo), e foram "flagrados" se reunindo em locais próximos vários dias seguidos. Nossas investigações indicavam que o estado mental de Vidreiro estava se deteriorando e que ele estava ávido por uma briga que pudesse servir como uma grande demonstração de amor. Eu me senti muitíssimo confiante quando propus a missão; tentei desenterrar essa sensação de certeza outra vez, ao menos para usá-la como escudo.

Keller estava começando a ficar impaciente.

– Tromedlov, confiança tem limites...

De repente, Melinda abriu seu próprio microfone com um tapa no painel.

– Lá vem ele – disse ela.

Olhei para a tela e dito e feito: lá estava Vidreiro, oscilando um pouco ao andar, mas com uma postura extremamente agressiva e determinada. Ele marchou em direção à cafeteria onde Negação e Mecanismo de Defesa estavam sentados tranquilamente, visíveis para qualquer um, desempenhando seus respectivos papéis de vigaristas que planejam terríveis atos.

Senti um arroubo incrível de adrenalina. Uma coisa era apostar que Vidreiro seria imprudente e tolo o suficiente para tentar reconquistar a ex-companheira com violência descabida; ter apostado certo era outra completamente diferente. Eu estava em êxtase.

Abri o microfone mais uma vez.

– Vamos dar espaço para que o Vidreiro tenha uma interação completa com M&N antes de intervirmos. Quero ver danos materiais antes que ele seja confrontado.

– A equipe está ciente dos parâmetros da missão, Tromedlov – rosnou Keller.

Precisei conter uma risada; a irritação dele era música para meus ouvidos.

– Vai começar – falei para mim mesma quando os clientes começaram a sair rapidamente do restaurante.

Vidreiro estava parado ao lado da mesa dos vilões, gesticulando freneticamente e cambaleando só um pouquinho.

– Atenção – ordenou Keller.

Vidreiro ergueu Mecanismo de Defesa pelo colarinho, tirando os pés do homem magricela do chão enquanto Negação dava passos para trás, tentando alcançar as soqueiras de impacto.

Não consegui ver exatamente quem arremessou quem, mas de repente a janela da frente explodiu e os três rolaram pela calçada, desviando por um triz de uma garota que passeava com um schnauzer.

– Vamos, vamos, vamos! – rugiu Keller.

Nosso esquadrão tático de quatro pessoas e o trio de Músculos de Negação entraram em ação. Dois do nosso time eram super-humanos com habilidades termais de nível brando e, usando sua respiração e seus poderes psíquicos, respectivamente, começaram a diminuir a temperatura ambiente ao redor da batalha o máximo possível. Manter uma temperatura baixa era essencial, e não apenas para aliviar o mormaço da tarde primaveril. Parte dos poderes de Vidreiro era criar minúsculas bolsas superaquecidas em toda substância que tocava. Ele costumava levar areia consigo, que podia ser manipulada e transformada em armas de vidro em um instante, mas qualquer coisa servia em caso de necessidade. Então, ao se levantar da calçada, ele começou a juntar pedaços de asfalto soltos e a arremessar na direção dos Músculos projéteis derretidos que eram como bolas de piche ardente.

Um dos lacaios de Negação foi acertado bem no rosto por um pedaço de calçada derretida. Os gritos foram pavorosos. Os níveis habituais de moderação heroica de Vidreiro tinham sido modificados por seu descontrole alcoólico, sua fúria e seu desejo cego de vingança. No entanto, aquilo não fez com que fosse menos horrível de assistir.

Ao ver um de seus companheiros feridos, outro dos Músculos de Negação guinchou:

– Seu filho da puta!

Impulsionado, ele desferiu um soco na direção do Vidreiro. O herói, por mais enraivecido e distraído que estivesse, conseguiu se desviar do golpe.

Abri meu microfone com uma pancada.

– Sem ataques aparentes! – gritei. – Vamos fazê-lo parecer a porra de um monstro. Apenas movimentos de defesa.

Parecia fácil quando se estava em segurança dentro do carro, mas era algo crucial para que o plano funcionasse. Ganhar a briga ou não era completamente secundário.

Os dois membros sem poderes de nosso time tático estavam dando cobertura para Negação e Mecanismo de Defesa, tentando ajudar os dois vilões a fugir em segurança. Vidreiro percebeu que os alvos de sua fúria estavam tentando escapar e começou a juntar os cacos de vidro que estavam espalhados pela calçada. Ele jogou o vidro superaquecido e inesperadamente liquefeito nos pés do Músculo mais próximo, que uivou de dor e perdeu o equilíbrio, enquanto os dois que possuíam habilidades termais também estavam fazendo o possível para se proteger dos piores ataques. Essa era a lacuna da qual Vidreiro precisava, e ele se lançou na direção do par de supervilões que batiam em retirada. A situação estava começando a fugir do controle.

– Hora do choque! – ordenou Keller.

– Minha visão está impedida!

– Mas que merda – eu disse, e mutei meu microfone.

– Vou dar ré – disse Melinda, ligando o carro de fuga. – Estão chegando muito perto de nós.

– Não. Fique.

Nossos olhares se encontraram no espelho retrovisor.

– Talvez a gente seja a única coisa capaz de impedir esse idiota de nos derrotar – falei.

Melinda não respondeu, mas o ronco grave do motor diminuiu.

Vidreiro conduzia o par de vilões cada vez mais aterrorizados e dois de nossos Músculos para mais perto do beco onde meu carro estava estacionado, tentando com todas as suas forças reduzi-los a montinhos de carne chamuscada. Os membros de nossa equipe que não tinham poderes carregavam armas de longo alcance – armas de cola e de rede destinadas a retardar em vez de matar –, mas Vidreiro era mais astuto e estava mais enfurecido. O time era forçado a se esquivar mais do que conseguia atacar, e o herói dominado pela ira estava perigosamente perto de colocar as mãos em um dos vilões. No estado em que estava, Vidreiro poderia muito bem enfiar uma bola de concreto superaquecido goela abaixo de Negação. Seria uma vantagem registrar em vídeo outra agressão horripilante como aquela, mas era um nível de violência para o qual eu ainda não tinha estômago.

Saí do carro.

– Anna!... – Melinda tentou falar, mas gesticulei energicamente para que ela ficasse quieta.

Eu conseguia ouvir os sons da batalha do outro lado do prédio. Negação e Mecanismo de Defesa já não estavam servindo de isca, e sim lutando por suas próprias vidas enquanto nosso time tentava, de maneira precária, deter Vidreiro.

Bem perto da calçada, me encostei na parede do beco e senti a umidade dos tijolos nas minhas costas. A briga passaria por mim em questão de instantes. Abri um pequeno painel que recentemente fora instalado em minha bengala. No painel havia vários botões; eu apertei o maior deles com o polegar.

De repente, Vidreiro estava a menos passos de distância. Ele estava de costas para a saída do beco, um dos pés na rua enquanto mudava de posição. Ele arrancava tijolos diretamente das paredes e os atirava, incandescentes e fumegantes, em direção às presas. Eu conseguia sentir seu cheiro azedo de suor, o odor rançoso e fétido do seu desespero. O uniforme tinha manchas na região das axilas e o cabelo estava grudado no suor da nuca.

Levantei minha bengala de maneira que a empunhadura ficasse na altura dos ombros dele e apertei o botão. Os dois eletrodos ligados a fios de cobre dispararam de minha bengala e fincaram-se nas costas do herói. Ele se arqueou para trás, contorcendo-se com o choque elétrico, e caiu pesadamente sobre os próprios joelhos com um uivo rouco. As duas pessoas do time que portavam armas brancas e não tinham conseguido se aproximar aproveitaram a oportunidade para avançar. Uma delas colocou uma cápsula de gás na boca escancarada do herói, enquanto a outra cobriu sua cabeça com um capuz para impedir o gás de escapar. O corpo de Vidreiro ficou molenga e foi ao chão sem cerimônias.

Assim que se certificaram de que ele estava incapacitado, um dos membros do time tático imediatamente voltou a atenção para mim.

– A senhora está machucada ou foi atingida de alguma forma? – perguntou.

– Não – respondi, engasgando. – Estou bem.

– Certo, senhora. Acho que pode desativar a arma – sugeriu ele gentilmente.

– O quê? Ah.

Percebi que o corpo de Vidreiro ainda se contorcia sob o efeito da eletricidade, e que eu ainda segurava o botão com tanta força que meu dedão estava dolorido. Forcei minha mão a soltar o botão, e a arma foi desligada. Os pinos se soltaram e os fios imediatamente se recolheram de volta à bengala com um movimento surpreendentemente cinético.

– Obrigado, senhora.

Ele estava prestes a se virar para a cena violenta, mas antes que fizesse isso toquei seu braço e ele voltou a olhar para mim.

– Sim?

– Poderia me fazer um favor e me ajudar a sentar por um momento? – pedi.

– É claro.

Com uma gentileza inesperada, ele me conduziu até o meio-fio e me ajudou a descer meu corpo até que eu estivesse sentada.

Eu estava agitada demais para agradecer.

Enquanto duas pessoas do time tático cuidavam de Vidreiro e uma terceira pedia a evacuação do Músculo machucado de Negação, o homem foi buscar uma garrafa de água para mim. A alguns passos de distância, eu conseguia enxergar as marcas ainda fumegantes na rua de onde o herói arrancara pedaços de asfalto. Coloquei a cabeça entre os joelhos.

Quando consegui voltar a uma posição normal sem sentir que estava prestes a vomitar ou desmaiar, todos ao meu redor estavam focados na evacuação. Dois dos Músculos de Negação estavam machucados. O homem cujo pé tinha ficado preso na calçada sob vidro derretido já havia sido solto; um dos nossos super-humanos conseguira esfriar o vidro relativamente depressa e depois quebrá-lo, libertando o homem com cuidado. Ainda assim, mesmo com as botas de proteção, ele ficara com queimaduras graves e não conseguia andar sem ajuda. No entanto, o pior dos casos era o do Músculo que fora atingido no rosto com asfalto em brasa. Era difícil até mesmo olhar para ele, que sibilava e gorgolejava.

Ilesa, um dos Músculos trazidos por Negação balançava a cabeça enquanto via seus colegas feridos serem levados. Depois de me entregar a garrafa de água, o membro de nosso time tático foi até ela e, depois de um soquinho amigável em seu ombro, disse:

– Você é boa demais para eles.

Ele fez um gesto vago. Negação e Mecanismo de Defesa deram no pé assim que a oportunidade surgiu, deixando-a para trás para que se virasse sozinha, como era típico dos vilões.

Ela franziu o cenho, processando o abandono que sofrera, mas claramente irritada.

– Gentileza sua.

– É sério – respondeu ele. – Ei, eu me lembro de você. Você treina na Porco de Ferro, não treina?

– Sim!

– Foi o que pensei. Crossfit?

– Isso mesmo.

– Fique com isso. – Ele estendeu um de nossos cartões. – Estamos com alguns processos seletivos abertos.

– Obrigada.

– Até mais.

Foi como assistir à cena de uma comédia romântica da sessão da tarde. Senti meu coração aquecer. Bebi um pouco de água morna e fechei a garrafa, rosqueando a tampa com dificuldade.

Melinda apareceu naquele instante, saindo do beco. Ela olhava de um lado para o outro, ansiosa, enquanto vinha em minha direção no meio-fio, onde eu continuava sentada.

– Precisamos ir, Anna. O radar policial diz que temos menos de três minutos antes de as viaturas chegarem.

Assenti. Ela me ajudou a ficar em pé; minha cabeça girava, mas me recompus depressa, endireitando minha postura e a posição da minha bengala.

Ali perto, duas pessoas da equipe de Keller estavam de olho em Vidreiro, que começava a gemer no chão. Um deles percebeu meu olhar e se dirigiu a mim.

– O que fazemos com ele?

– Podem deixá-lo aí e ir embora. Vamos deixar que ele seja encontrado no meio de toda essa bagunça.

Gesticulei em direção aos escombros fumegantes ao nosso redor – ao vidro e à rua destruída. Uma placa de "Pare" tinha sido tirada do chão, parcialmente derretida, e depois arremessada como se fosse um dardo, perfurando uma caixa de correspondência.

Eu me virei na direção dos dois Músculos feridos que eram inutilmente amparados por seus colegas.

– Deixem eles aí também.

– O quê? – disse Keller, aparecendo repentinamente atrás de mim. – Nossa assistência médica está chegando para cuidar disso.

Fiz um gesto negativo de cabeça.

– Peça para que interceptem as ambulâncias ou busquem os dois no hospital depois.

– Que porra. Por quê?

– Quero que alguém tenha a oportunidade de ver o que Vidreiro fez com eles. É possível que a imprensa chegue antes das ambulâncias, e os curiosos estarão aqui a qualquer momento.

Keller parecia estar prestes a discordar, mas não conseguiu formular a frase. Então, a distância, ouvimos o inconfundível som de uma sirene.

– Todos dando o fora daqui! – vociferou Keller, indo depressa em direção ao veículo.

A única sobrevivente dos recrutas de Negação hesitou por um segundo, então correu atrás deles e intrepidamente subiu na van. Decidi que gostava dela.

Então Melinda me levou também, me ajudando a entrar no carro e depois praticamente correndo até a porta do motorista. Enquanto nos afastávamos, sacolejando pelas ruas estreitas mais silenciosamente do que uma bicicleta, não consegui parar de sorrir. Girei a bengala nas mãos, sentindo seu peso.

– As coisas saíram como você queria? – perguntou Melinda quando já tínhamos tomado uma distância segura.

Ela relaxou um pouco as mãos no volante.

– Acho que melhor, pra falar a verdade. Embora minha intenção não fosse abandonar ninguém – respondi de maneira desajeitada e falando alto demais.

– Os Músculos?

– Sim, os outros capangas.

– Mas, como você mesma disse, não abandonamos ninguém. A equipe vai buscá-los.

– Sim. Mas a *sensação* é de que abandonamos eles.

A culpa tomou meu peito quando imaginei os longos minutos de terror que aqueles capangas sentiriam, solitários na ambulância, antes que nossa equipe pudesse interceptar o caminho.

Um terror que eu também já havia sentido.

– Prometo que não foram abandonados. Só estamos garantindo que a situação pareça ainda pior para o Idioteiro.

— Hum.

— Anna, nós somos os vilões.

— Não quer dizer que a gente tenha que ser um bando de babacas.

— Vamos cuidar deles. Eu prometo. Nenhum capanga fica para trás.

Fiquei em silêncio por muito tempo.

— Ei – disse ela, chamando minha atenção. – Somos melhores do que eles. Vamos ser melhores do que todos eles. Eu prometo.

— Eu sei como é estar ferida e ser deixada para trás. Não quero fazer isso com ninguém. – Eu me recostei no banco. – Mas preciso que todos vejam a magnitude do estrago causado por esses imbecis.

Consegui perceber um ligeiro movimento em minha visão periférica; acho que ela estava concordando com a cabeça. Comecei a ficar mais desanimada, mas então olhei para minha bengala e me lembrei da sensação de eletrocutar Vidreiro, e o sorriso voltou para meu rosto. Apesar de tudo, soltei uma risada.

— Bom, não foi exatamente uma gargalhada – admiti alguns dias depois, com uma taça de vinho na mão. – Mas foi definitivamente uma risada maligna.

Greg ergueu seu copo de sidra.

— À primeira risada maligna da Anna!

Eu sorri e encostei minha taça contra o copo dele com força até demais. Darla, Nour, Jav e Melinda levantaram os próprios copos, brindando e celebrando. Naquela noite, comemorávamos por dois motivos: a missão de Vidreiro tinha dado mais certo do que qualquer um de nós imaginara, e, depois de algumas semanas de insistência, consegui fazer Greg ser contratado para a área de TI. Ele estava radiante, andando nas nuvens por poder deixar os horários malucos de freelancer de lado e substituí-los por algo mais razoável. Fiquei meses sem vê-lo, e, por baixo de toda a animação que demonstrava pelo novo emprego, ele parecia exausto; estava mais magro e sua pele não estava com uma aparência boa. Eu não via a hora de proporcionar a ele um bom descanso, uma pele mais saudável e almoços pagos pela empresa.

— Anna, você mandou bem demais – disse Jav.

Meu rosto ficou vermelho, mas resisti ao impulso de recusar o elogio e agradeci. Eu sabia que tinha mandado bem e estava orgulhosa disso. Tentei processar aquilo.

— Nós pegamos – continuou ele – o segredo que um herói guardava a sete chaves e o transformamos em uma completa catástrofe.

— Ele nunca mais vai arranjar emprego — previu Nour.

— Foi um desastre — concordei, bem-humorada.

Alguém tinha conseguido filmar o Vidreiro jogando calçada líquida bem nos olhos daquele Músculo; o dono do café, que teve o estabelecimento completamente destruído, decidiu entrar com um processo em vez de acionar o Seguro Super-Heroico. A equipe de Vidreiro estava fazendo o possível e o impossível para tomar distância dele, atirando o herói aos abutres. Tardigrada emitiu um comunicado oficial condenando suas ações e divulgou stories ainda mais cruéis no Instagram. Eu fiquei especialmente comovida com a parte em que ela disse "eu cuspiria nele, mas ele provavelmente gostaria disso".

— Então vamos continuar fazendo isso? — Jav estava empolgado.

Olhei para ele com uma expressão tranquilizadora.

— Este é só o começo — respondi.

Todos na mesa riram.

Molly voltou-se na direção do som de nossa risada e sorriu; estava dançando como um macarrão molenga na pista de dança ali perto. Convidei Molly e os técnicos que fizeram os upgrades em minha bengala para virem conosco na intenção de pagar uma bebida a todos como agradecimento. Estavam todos se preservando, mas aceitaram timidamente meu comportamento efusivo e uma rodada de drinques.

Decidimos nos encontrar no bar do campus, um bar de estilo *trash polka*, meio urbano e meio caótico, cujo nome aparentemente era Bar Holístico Fantástico do Dr. Willicker, mas que todo mundo chamava afetuosamente de Buraco. Minha equipe merecia uns drinques, e eu achei que nosso encontro seria a melhor forma para Greg começar a experimentar a cultura da empresa como um todo e, assim, se sentir um pouco mais em casa.

Eu o observava atentamente; ele tinha sorrido praticamente a noite toda, empertigado na cadeira como um pássaro alvoroçado. Eu estava torcendo para ter tomado a decisão correta, trazendo-o para cá — torcia para não ter metido Greg em uma cilada. Ele percebeu meu olhar e sorriu para mim.

Constrangida, voltei o olhar para meu celular e vi uma mensagem de June.

> Como está a palhaçada aí

> Boa

> Lógico

> Me dá esse gostinho, vai.

> Por que eu faria isso?

Olhei para a tela, desconfiada. Algo naquela mensagem estava esquisito, o tom ácido demais até para ela.

> Tá brava comigo?

> Não.

> Cara...

> Você apareceu na TV de novo

> Teu cu

> Eu sei que foi você. O negócio com o Vidreiro.

> Ah tá. Claro que fui eu.

> Não gosto de ver você na merda do jornal

> Beleza, isso não tem nada a ver. "Aparecer na TV" não significa o mesmo que "ver qualquer coisa que eu tenha feito noticiado em qualquer lugar"

> Me deixa cabreira quando alguma coisa aparece na internet e eu sei que foi você

> Bom. Sinto muito. Mas se eu estiver fazendo meu trabalho direito, isso vai continuar acontecendo

> Você vai continuar nesse trampo?

> Sim, é ótimo

Ela não disse nada por um momento, depois me mandou uma selfie. Estava com cabelo enrolado e preso para cima. Ela fazia uma careta e seu cenho estava exageradamente franzido em uma expressão que dizia "você só pode ter perdido completamente o juízo". Eu não tinha percebido quanto sentia falta de June até vê-la e ficar com vontade de chorar com seus lábios comprimidos e suas sobrancelhas implacáveis. Fiquei de coração apertado.

Se é possível deixar algo escapar por mensagem, foi exatamente isso que eu fiz.

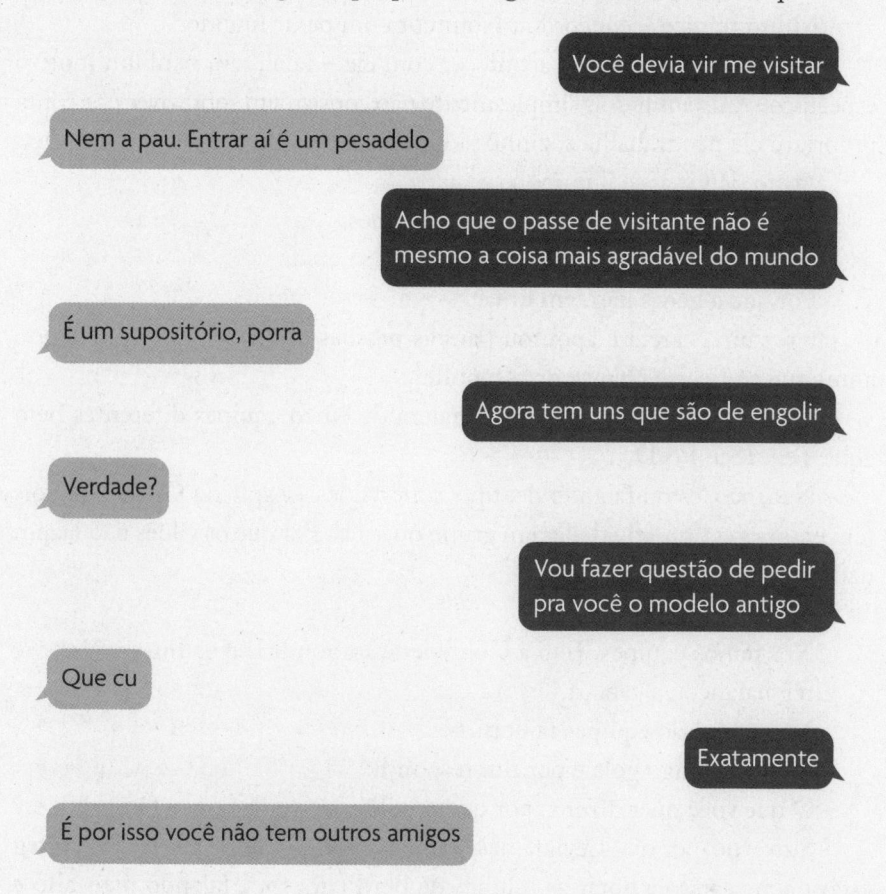

> Você devia vir me visitar

> Nem a pau. Entrar aí é um pesadelo

> Acho que o passe de visitante não é mesmo a coisa mais agradável do mundo

> É um supositório, porra

> Agora tem uns que são de engolir

> Verdade?

> Vou fazer questão de pedir pra você o modelo antigo

> Que cu

> Exatamente

> É por isso você não tem outros amigos

Alguém acenou a mão diante de meu rosto para chamar minha atenção. Levantei o olhar, sobressaltada.

– Anna, oi.

Darla, falando um pouco arrastado, me levou de volta para a conversa da rodinha. Coloquei meu celular sobre a mesa com a tela virada pra baixo e deixei June no vácuo enquanto ela me xingava.

– Você acha que a equipe do Vidreiro vai aceitá-lo de volta?

Eu sorri.

– Não. Ele já era. Vão se afastar dele o máximo possível.

– É. Ele cagou e sentou em cima – concordou Jav.

– Pois é, vão deixar que façam picadinho dele – falei.

– Que triste.

A expressão teatral de remorso de Darla era hilária, uma paródia exagerada de uma máscara clássica de teatro.

– Muito trágico – concordou Nour com um pesar fingido.

– Queria saber o que vai acontecer com ele – falei, sem nenhum motivo específico. – Alguns heróis simplesmente não conseguem sobreviver por conta própria, e ele não trabalha sozinho já tem mais de uma década.

O rosto de Greg se iluminou.

– Anna, tenho uma pergunta sobre equipes.

– Manda bala.

– Por que a gente não tem uma?

Jav fez uma careta e apontou para as pessoas ao redor, se intrometendo antes que eu tivesse chance de responder.

– Como assim? Tem, tipo, uma galera de cinco equipes diferentes bem aqui. Tem I&I, P&D…

– Não, não, estou falando de, tipo, supervilões – explicou Greg. – Heróis têm equipes e, tipo, atividades em grupo ou sei lá. Por que os vilões não fazem nada assim?

Nour franziu a sobrancelha.

– Nós temos equipes. Tem a Confederação Sombria e os Intocáveis…

Greg balançou a cabeça.

– Não, essas são equipes fajutas.

Tomei um longo gole e por fim respondi:

– O que você quer dizer é: por que os vilões de verdade não têm equipes?

– Sim, tipo, por que Leviatã não tem uma equipe? Seria tão legal! – Greg estava começando a botar as asinhas de nerd para fora, falando mais alto e gesticulando com as mãos. – Comparsas do mal para missões conjuntas e…

– De jeito nenhum – falei.

– Mas ele poderia, e…

– Os vilões de verdade não costumam ser adeptos ao trabalho em equipe.

– Mas me parece que…

– Vamos imaginar juntos – interrompi. – Vilões trabalhando com colegas. O que você está imaginando? Jantares? Almoços e treinamentos? Espaços de coworking?

Ele pareceu desconfortável.

– Bom, eles precisam de colegas. Olha só para nós agora. Talvez vilões precisem disso também.

– Sabe quando foi a última vez que Leviatã tirou uma folga ou mesmo saiu do complexo?

– Hum... – Greg hesitou.

Eu sabia que estava pegando pesado, mas algo havia me incomodado naquela pergunta. Eu me inclinei para mais perto.

– Eu também não sei. Ele mora aqui. Ele vive *disto* aqui. Ele usa uma armadura tão escura quanto quitina em todos os segundos que passa acordado. Ele não sai. Ele não descansa. O que ele entende por "relaxar" é construir um novo raio de calor que derrete carne humana de maneira mais eficiente.

De repente a conversa na mesa silenciou. A ansiedade geral me deixou constrangida e me fez segurar a onda do meu discurso emocionado.

– Acho que não se pode vencer se não estiver corrompido – falei por fim. Encarei meu copo por um instante antes de levantar o rosto outra vez.

– Por isso Leviatã é uma ameaça real. Ele leva consigo toda a "maldade" da qual precisa. – Eu pausei, formulando um pensamento. – Eu acho... acho que é assim que precisamos ser para ao menos termos uma chance contra os heróis.

Fez-se um silêncio incômodo.

– Caramba, Anna, de vez em quando você fala como eles – disse Jav.

Eu me senti um pouco desconfortável e quase pedi desculpas. No entanto, me policiei e, em vez disso, disse "obrigada" em um tom seco, depois acenei para um garçom para pedir asinhas de frango.

Era impossível me acostumar com o som do escritório de Leviatã. "Som" nem mesmo era a palavra para descrever, era algo mais parecido com uma reverberação, um tipo de barulho que era mais sentido fisicamente do que ouvido. Vinha da trepidação sinistra de todos os equipamentos e dispositivos, visíveis ou não, acoplados em todas as superfícies possíveis do ambiente. Aquilo me deixava desconfortavelmente consciente de meu próprio corpo de uma maneira quase atroz. Eu conseguia sentir cada dente fincado em minha mandíbula e envolto por minhas gengivas; estava profundamente consciente da curva de meu esterno e da curvatura de minhas costelas.

Mais do que isso, estar naquele ambiente me deixava ainda mais consciente da dor persistente na minha perna, embora ao longo dos meses eu tivesse me recuperado da melhor forma possível. Os médicos que trabalhavam para

Leviatã eram bons e tinham muita experiência tratando lesões catastróficas causadas por vigilantes com superpoderes; uma fratura exposta era simples para eles. Enquanto estava no processo de recuperação, fiz um monte de fisioterapia intensiva para impedir que meus músculos endurecessem e atrofiassem. Aos poucos, comecei a me locomover sem a bengala, e na maioria dos dias não sentia incômodo nenhum. Eu mancava apenas se precisasse caminhar por uma distância considerável, ou se estivesse frio ou chovendo, ou se eu estivesse muito cansada. Eu mal me lembrava da minha lesão até aqueles raros momentos em que colocava o pé no escritório de Leviatã, quando repentinamente a fragilidade do meu corpo físico era colocada sob os holofotes em meio a todo aquele barulho.

Joguei um pouco mais de peso sobre a bengala em busca de conforto; acabei me apegando à sensação de segurança que ela me trazia. Depois do encontro com o Vidreiro, pedi que ela fosse ainda mais turbinada, e agora havia até mesmo um painel com algumas funções de comunicação. A bengala me trazia sentimentos tanto de equilíbrio quanto de proteção.

Eu segurava o punho da bengala com as duas mãos enquanto Leviatã passava seus dedos encouraçados pela tela touch screen acoplada à mesa, analisando alguns dos meus arquivos e registros mais recentes.

– Nada mau – reconheceu ele, me fazendo sentir uma onda de calor no peito. Elogios não eram uma coisa que Leviatã distribuía generosamente. – Nada mau mesmo.

– Obrigada, senhor.

Ele ficou em silêncio por mais um tempo, e eu aproveitei para dar uma olhada pelo escritório. Meus olhos pousaram, como costumava acontecer, em uma máscara. O objeto ficava atrás da mesa de Leviatã, em um nicho projetado especialmente para exibi-lo; era levemente iluminado por uma fonte de luz posicionada acima do suporte e estava colocado sobre a cabeça de manequim de cor preta e de acabamento fosco. A máscara também era preta, mas tinha um certo brilho, e uma das extremidades, a que ficava próximo à órbita do olho esquerdo, estava com algumas avarias. Uma vez ele me explicou que ela pertencera a seu mentor, Entropia; a maneira como compartilhou essa informação deixava claro que não toleraria mais perguntas sobre o assunto, e eu respeitei a ordem implícita.

Por fim, ele voltou a falar:

– Quando pedi que conquistasse um espaço, já esperava grandes feitos, e mesmo assim você me surpreendeu – disse, examinando documentos na tela. – Quanto tempo faz, quase um ano?

— Muito em breve.

Leviatã assentiu.

— E ao longo desse tempo você se tornou alguém que ajuda a definir e conduzir nossas operações.

Ele finalmente levantou o olhar.

— Você arruinou o Vidreiro. É um êxito que eu gostaria de ver acontecer novamente. Acredita ter os recursos e a cooperação necessários para conduzir suas diretrizes adequadamente?

— Sim. Agora tenho, sim — respondi. — Para ser sincera, Keller e seu departamento foram relutantes no início, mas depois do sucesso na operação do Vidreiro eles se tornaram muito mais amigáveis.

Leviatã assentiu.

— Keller tem histórico militar. É resistente a mudanças, mas capaz de reconhecer competência e iniciativa estratégica.

Também concordei com a cabeça. Para ser justa com Keller, ele passara a me respeitar mais nas últimas semanas, ainda que com certa relutância, e parecia disposto a dispensar mais tempo, atenção e mão de obra para minhas sugestões e pedidos.

— Você também se provou em campo. Isso é algo que ele respeita.

Reconheci a observação com movimentos sutis; ainda preferia imensamente trabalhar dentro da propriedade de Leviatã, mas acabei fazendo trabalho de campo mais de uma vez nas últimas semanas, para ajudar a coordenar as operações mais delicadas. Ainda ficava nervosa, mas a cada trabalho o peso em meu peito se tornava mais leve e minhas mãos se tornavam mais firmes.

Felizmente, Leviatã mudou de assunto.

— Como vai o seu time?

— Maravilhosamente bem. Mas eu gostaria que Javier Khan tivesse ajuda. O fluxo de dados tem aumentado consideravelmente com as missões adicionais que estamos conduzindo. Apesar de estar lidando com a carga de trabalho de maneira satisfatória, não quero criar uma situação em que haja uma queda em sua eficiência ou que ele acabe sofrendo um burnout.

— Bem pensado. Será providenciado. Entrarei em contato com o RH para que forneçam uma lista de candidatos para sua seleção.

— Perfeito.

Leviatã inclinou um pouquinho a cabeça, tal qual um pássaro predatório faria para ouvir o som de sua presa.

— Você já foi testada para super-habilidades?

A pergunta me pegou de surpresa, mas respondi depressa:

– Claro. Apenas os testes pré e pós-puberdade na escola. Minhas competências de interpretação estavam um pouco acima da média e minha agilidade física um pouco abaixo. Havia alguns indicadores, mas nada se manifestou.

Ouvi um ruído discreto vindo de trás da pequena grade que cobria sua boca.

– Gostaria que fosse examinada com mais atenção. Aqueles amadores trabalham com pressa e perdem muita coisa. Atribuirei um especialista em habilidades para você.

– O que você achar melhor, senhor – consenti.

Preencher formulários e fazer alguns exames não eram solicitações exatamente custosas, e Leviatã era conhecido por ser um tanto obstinado quando se tratava de avaliar com precisão as habilidades de seus funcionários. Eu sabia que os médicos não encontrariam nada, mas não me importava em satisfazer a curiosidade dele.

Ele fechou os aplicativos abertos na tela em sua mesa com um movimento teatral e se acomodou na cadeira, olhando para mim com atenção.

– Em breve solicitarei sua ajuda em algumas missões complementares, Anna. Não será exatamente um trabalho em campo, e sim algo parecido com diplomacia.

Meu rosto se contorceu em uma expressão autodepreciativa.

– Diplomacia não é exatamente o meu forte.

– Acho que está enganada.

O senso de humor de Leviatã era estranho, quase exótico, e com frequência equivocado.

– Não será necessário agir diplomaticamente. Na verdade, com o crescimento de nossas operações, tenho achado a aparência externa amigável cada vez mais vantajosa. O conflito direto com os heróis é caro e incômodo. Grande parte de nosso orçamento precisa ser destinado a reconstruções e reparos.

Inclinei o corpo para a frente, curiosa para saber onde ele queria chegar.

– A maneira como lidou com o Vidreiro inspirou muitas ideias – explicou ele. – Você o atacou quando ele estava mais fraco, como ensina Sun Tzu. Permitiu que outros vilões levassem o crédito direto e público, assim como a culpa e as repercussões, renunciando a qualquer gratificação que alimentasse seu ego em troca de receber resultados. Com isso, fez com que ele se enforcasse na própria corda e envergonhasse a si mesmo, e ele acabou fazendo a parte principal do nosso trabalho.

– Puxa-saco – respondi, finalmente conquistando um ranger metálico que podia ser encarado como uma risada.

– Gostaria de aplicar essa estratégia com mais frequência em vez de confronto direto – disse ele. – E em maior escala. Para isso, acredito que você precisará passar mais tempo na companhia desagradável de alguns heróis a fim de observá-los e de coletar informações sobre eles.

Franzi o nariz.

– Quer que eu comece a farejar os peixes grandes.

– Exatamente. E para isso precisamos ir pescar.

– Vou preparar o equipamento de mergulho.

Comecei a me virar para sair, mas então me detive.

– Não espera que eu seja legal com eles, certo?

Consegui ver indícios de um sorriso em seus olhos insólitos.

– Quero que seja detestável.

Acontece que eu *realmente* tive que começar a fazer as malas quase no mesmo instante. Quando voltei para meu apartamento depois da avaliação de desempenho, descobri que as informações sobre um voo que partiria na manhã seguinte já estavam no meu e-mail. Na área norte do complexo, havia uma pequena pista particular de decolagem com alguns helicópteros e aviões comerciais aprimorados, até mesmo jatinhos para emergências. A grande maioria da frota de Leviatã estava espalhada e armazenada em outros lugares.

Estávamos partindo no que era, supostamente, uma missão diplomática. Tinham se passado anos desde a última vez que o maior supervilão da história tinha se metido em conflitos diretos frequentes com heróis de qualquer calibre, exceto pelo ocasional confronto teatral e troca de tiros perdidos com Superimpacto. A certa altura, a agressão constante estava atrapalhando os outros planos: acúmulo de poder, influência, aquisição de riquezas e P&D.

(Eu também suspeitava, embora jamais fosse dizer isso na presença dele, que a violência comum que permeava a vida dos supervilões tinha começado a entediar Leviatã. Por mais divertido que fosse desenvolver armas extraordinárias, as consequências de ser visto utilizando tais armas eram frequentemente mais irritantes do que prazerosas. Ele tinha chegado a um ponto em que era muito mais conveniente contratar um vilão mediano para levar o crédito e também assumir as consequências; então simplesmente colocava toda aquela munição nas mãos de outras pessoas e tirava o plano do papel. As coisas continuavam acontecendo como ele desejava, a culpa recaía sobre outra pessoa e seu império prosperava. Ele encontrava ainda mais prazer em cada pequeno êxito, cada projeto tecnológico ou operação secreta bem-sucedida, porque considerava cada uma como um fracasso do Superimpacto em detê-lo.)

Então, de vez em quando, ele fazia algo que perturbava muitíssimo a comunidade heroica: agendava uma reunião para um diálogo sensato. Poucas coisas deixavam heróis mais em pânico do que uma conversa pacífica com o supervilão, e eu desconfiava que aquilo era motivo de deleite para Leviatã. O fato de que ele tinha decidido me dar uma nova oportunidade de ferrar com alguns heróis sob o disfarce de uma conversa amigável era apenas um bônus.

E, parando para pensar, era algo excepcional de ouvir em minha primeira avaliação de desempenho.

Todas as pessoas que faziam parte da missão receberam instruções para estar bem cedo na pista de decolagem – o dia ainda estava cinzento e havia orvalho sobre a grama baixa que crescia às margens da longa passarela de concreto. O ar estava tão fresco que trazia uma sensação refrescante e gelada aos meus pulmões quando eu respirava fundo. Por estar nervosa, acabei me adiantando e fui a primeira a chegar.

Nosso piloto já havia sido ajudante de um herói. Anteriormente conhecido como Trevoso, tinha visão noturna natural e uma percepção espacial quase tão boa quanto a de um morcego. No entanto, o herói com quem ele costumava trabalhar – o Gorgon – não o tratava bem, e, depois de um conflito com alguns vilões que terminou mal, especialmente para Trevoso, ele acabou mudando de lado. Como funcionário de Leviatã, se voluntariou para receber upgrades cibernéticos, e agora era meio máquina. Seus olhos, orelhas e mãos haviam sido substituídos por aparelhos complexos.

Ele estava revisando rotas de voo em um tablet, e, por mais que eu hesitasse em interrompê-lo, sentia que tinha uma certa afinidade com alguém que também estivera do lado errado da arrogância de um herói. Fiquei zanzando por perto até que ele percebeu minha presença e me reconheceu.

– Você é a Anna, certo?

– Eu mesma. – Sorri e apoiei meu peso sobre minha bengala, meio acanhada. – Me desculpe se isso soar rude, mas não sei do que te chamar agora.

– Imagina! Pode me chamar de Vespa.

Ele pareceu satisfeito por eu perguntar seu nome, em vez de cometer a gafe de chamá-lo pelo antigo nome de herói.

– Tipo o inseto ou tipo a moto?

Ele deu risada.

– Tipo o inseto. Bem que Leviatã disse que você era afiada.

Eu não fico vermelha de uma forma bonitinha, só fico da cor de um pimentão, com manchas vermelhas espalhadas do colo à raiz do cabelo. Senti meu rosto ficar quente e me atrapalhei.

— Esse meliante está te incomodando?

O grunhido veio de Keller. Ele e Molly vinham caminhando juntos pela pista. Keller tinha o porte físico de um jogador de futebol americano que, embora mais velho, com certeza ainda era capaz de se garantir em campo, fazendo com que a estrutura delgada de Molly e suas pernas compridas ficassem ainda mais evidentes por contraste.

— Eu estava sendo educado com minha mais nova passageira — chiou Vespa.

— Ele estava sendo um perfeito cavalheiro — complementei, fuzilando Keller com o olhar e fazendo questão de sugerir com minha expressão que sabia que ele não fazia ideia do que aquilo significava.

Eu ainda estava extremamente irritada por Keller ter mexido os pauzinhos para me arrastar para as missões em campo, mesmo que as coisas tivessem ido bem e que ele tivesse sido gentil desde o primeiro ocorrido. Meu olhar rancoroso passou completamente despercebido por Keller.

Preciso praticar mais.

Uma dupla de representantes de P&D apareceu pouco depois: Rosalind Fife, prodígio da física assustadoramente jovem e extremamente neurodivergente, e Ben Lao, expert em nanotecnologia. Leviatã foi o último a chegar, como era de esperar, as botas fazendo um som muito esquisito contra o asfalto — não era oco como borracha nem metálico, e sim um estranho e suave clique. Apenas uma guarda-costas, Ludmilla Illyushkin, o acompanhava; ela ainda não falava o idioma muito bem, mas não era algo que Leviatã cobrasse dela. Tinha comportamento afável e um pouco antiquado que me fazia pensar em um cavaleiro medieval, mas me sentia desconfortável com o jeito como ela olhava para uma pessoa e imediatamente calculava as maneiras mais fáceis de matá-la ou incapacitá-la. Keller era seu fã número um.

— Bom dia, senhor. Todos os sistemas estão funcionando; estamos prontos para decolar assim que der a ordem — disse Vespa.

Leviatã assentiu com a cabeça e fez um gesto para que embarcássemos.

Quando passei por ele, Vespa sussurrou:

— Ele não gosta muito de acordar cedo.

Eu quase engasguei.

O pequeno avião chacoalhou alegremente durante o voo. Leviatã bebericava café puro, escuro e de aparência viscosa. Ele bebia de olhos fechados, e o filtro que cobria sua boca rodeava a borda da garrafa de viagem em movimentos precisos e delicados.

Depois de alguns momentos, quando ele já era capaz de manter os olhos abertos e já se mostrava mais receptivo à interação social, começamos uma breve reunião. Ele se referia a nós como "consultores" – o que muito me envaideceu – responsáveis por representá-lo em alguns eventos e dar apoio em reuniões importantes. Nessa excursão em específico, parte do time (Molly, Ros e Lao) iria sozinha para participar de diálogos "benevolentes" sobre tecnologia. Eu ficaria com Keller, Ludmilla e Leviatã. Primeiro, encontraríamos os heróis, já que eles preferiam o horário comercial enquanto os vilões preferiam trabalhar durante a noite, por mais clichê e bobos que fossem esses caprichos.

– Vamos encontrar os Quatro Mares – explicou Leviatã. – Maremoto se feriu gravemente no ano passado, e Abissal tem ficado cada vez mais apreensiva agora que sua prole de crustaceozinhos está começando a manifestar poderes e talvez possa um dia se juntar ao time da família.

Ele fez uma pausa e tomou mais um gole de sua garrafa.

– Devem ser favoráveis à ideia de cessar hostilidades públicas conosco e nossos aliados – completou.

– Abissal está no fim do terceiro trimestre de uma nova gravidez – acrescentei.

Fiquei em silêncio logo em seguida, sem saber se meu adendo tinha sido apropriado.

Porém, Leviatã olhava para mim, sereno e interessado, então prossegui:

– Acredito que isso também seja um incentivo para querer uma trégua.

– Ela será sua prioridade – disse Leviatã para mim.

Eu assenti.

– E os capas-pretas? – questionou Keller.

– Cronos e Hiperião.

Aquilo era interessante; eles eram importantes, ex-traficantes que tinham mudado de narcóticos para aprimoramento médico. Rapidamente estavam se tornando uma das principais fontes para upgrades físicos baratos e clandestinos para bandidos e aspirantes a vilões que não tinham poderes.

– É estranho que estejam dispostos a dialogar conosco – observou Keller. – Todos dizem que eles têm seu público-alvo já estabelecido.

– Um dos médicos falhou seriamente em vários procedimentos consecutivos – explicou Leviatã. – Aparentemente, adquiriu um vício desagradável que afetou sua habilidade de segurar o bisturi. A situação foi... resolvida, os erros foram encobertos, mas ficaram com um cirurgião a menos na equipe e a demanda nunca foi tão alta.

– Querem um dos nossos – adivinhou Molly.

Leviatã ergueu um dedo.

– E também alguém da tecnologia. Estamos na frente em termos de inovações tecnológicas, mas, por mais que seus métodos sejam crus e toscos, sempre há muito a ser aprendido quando se trata de medicina de combate. Podemos oferecer algumas migalhas se parecer vantajoso.

A reunião terminou, e me acomodei em meu assento para olhar pela janela. O sol acima das nuvens estava espetacularmente radiante, e a condensação do lado de fora da janela tinha virado gelo havia muito tempo. Prestando atenção no chacoalhar reconfortante e no ronco grave do motor, comecei a refletir sobre o projeto, tentando pensar em um lugar onde eu pudesse encontrar uma barriga falsa quando pousássemos. Meus relatórios de despesas já eram famosos na empresa, e eu imaginava que o pessoal de Finanças ficaria maluco com mais esse custo. Também não tinha dúvida de que seria aprovado.

Graças a umas pesquisas extensas no Google e um serviço de entrega excepcional, pude comparecer à reunião com os Quatro Mares parecendo estar grávida de seis ou sete meses. Quando entrei na sala – um espaço circular na base de operações dos Quatro Mares iluminada por uma luz azul serena e dominada por um aquário imenso de peixes tropicais –, fingi andar com um pouco de dificuldade. Todos estavam sabendo do meu plano, mas, quando apareci usando roupas de gestante, Molly precisou dar um pontapé discreto na canela de Keller para que ele disfarçasse sua expressão.

Não aconteceu nada extraordinário durante quase toda a reunião. Os heróis estavam em seus trajes completos e não economizaram na pompa e no exibicionismo, especialmente Maremoto, Tsunami e Correnteza. Abissal, no entanto, era mais quieta, e eu espelhei seu comportamento, oferecendo uma opinião certeira de vez em quando, mas, na maior parte do tempo, aparentando estar feliz em apenas ficar ouvindo.

Quando houve um rápido intervalo, me levantei e, seguindo um palpite, fui até o banheiro. Dito e feito: enquanto eu ainda estava dentro da cabine, Abissal entrou. Cronometrei minha saída para que estivéssemos na pia lavando as mãos ao mesmo tempo. Nos entreolhamos pelo espelho, e ela abriu um sorriso.

– De quanto tempo você está? – Ela tinha uma voz doce e gentil.

– Ah, ainda tenho alguns meses pela frente.

Eu sorri de volta, colocando uma mão sobre a lombar e alongando as costas.

– Deve estar muito contente.

– É meu primeiro; estou superansiosa.

– Sei como é. – Ela se deteve por um instante, como se estivesse ponderando. – Este será meu terceiro.

Na mosca.

– É mesmo? Parabéns! Ainda nem dá pra perceber.

Ela levou a mão em concha à barriga.

– Está bem no começo. Começamos a contar para as pessoas só agora.

– Você fica preocupada? – perguntei.

– Com o quê?

Fiz um gesto amplo em direção ao teto, dando a entender que me referia à totalidade da base de operações.

– Com tudo isso, acho.

Os lábios dela se comprimiram de maneira enigmática.

– É claro que fico.

Abissal tentava decidir se ficaria irritada comigo ou não; ela emanava uma energia de mulher branca burguesa que era de outro mundo. Fingi não ter notado seu desconforto e cheguei mais perto, cautelosa.

– Não sei se vou continuar – confessei, em fingimento.

– Vai pedir demissão?

– Estou pensando no assunto. Ou em pelo menos me afastar dos confrontos. Tenho me sentido muito frágil.

O semblante dela se tornou choroso.

– Vai piorar.

Tentei parecer devastada.

– Bom. Ao menos meus instintos estão corretos.

– Espere até o bebezinho chegar. É menino ou menina?

Deduzi que ela era do tipo que curtia um chá revelação.

– Vai soar bobo, mas não sei. Sou meio supersticiosa.

Ela sorriu, gentil.

– Não soa nada bobo. Ter um bebê é ainda mais esquisito do que usar um uniforme, por incrível que pareça. Acredite em todas as superstições que precisar.

Eu concordei com a cabeça.

– Sem dúvida vou pedir para ser transferida para uma função administrativa depois daqui.

Saímos do banheiro juntas.

– Dependendo de como isso terminar, vou ficar esperando um convite para o chá de bebê! – brinquei.

Ela riu.

Ao voltar para meu lugar à mesa, percebi que aquela era uma oportunidade valiosa para fazer um experimento crucial – uma espécie de teste A/B. Ali estavam quatro heróis que eram muito próximos uns dos outros e tinham níveis de poder semelhantes. Todos causavam mais ou menos a mesma magnitude de danos ao mundo em cada uma de suas missões ridículas. Se nós "inteviéssemos" (se resolvêssemos foder a vida deles), teríamos a rara chance de monitorá-los de perto e observar nos mínimos detalhes como reagiam ao estresse e como seria o impacto em suas carreiras. Talvez acabassem causando menos danos ao planeta, ou talvez se tornassem ainda piores. De qualquer forma, poderíamos obter informações excelentes com uma única ação (e, possivelmente, reduzir os danos causados pelos quatro heróis de uma vez só).

Para colocar minha ideia em ação, precisava fazer com que alguma coisa acontecesse com Abissal. Preferencialmente perto dela e de pelo menos um de seus filhos. Nada horrível ou que causasse danos permanentes, mas algo que fosse assustador o suficiente para que o resto da equipe acabasse não vendo alternativa a não ser adotar a mesma cautela de Abissal. Era assim que eu iria desarmá-los.

Comecei a tramar e acabei por decidir pelas vantagens de um breve e pacífico sequestro. Assim que Abissal se despediu, digitei meu direcionamento para garantir que seu filho mais velho fosse mantido em cativeiro por pelo menos algumas horas em algum momento entre hoje e o dia em que ela faria seu parto.

Trabalhar para Leviatã significava que todas as missões e oportunidades que me eram oferecidas também funcionavam como uma espécie de teste. Eu precisava provar meu valor para receber tarefas e responsabilidades adicionais, e a maneira como eu lidava com essas tarefas quando as recebia tinha efeito imediato no que aconteceria no futuro. Leviatã gostou da minha proposta, e em pouco tempo agendamos um sequestro rotineiro não violento para o filho mais velho dos Quatro Mares. (A maioria dos sequestros era não violenta; quase sempre havia mais a ganhar com o drama vivido pelo alvo que perdia um ente querido e o recuperava. Nesse caso, o resgate tinha muito menos importância do que o trauma deixado no alvo ao passar por aquela experiência, assim como seu alívio arrasador com a sensação de ter escapado por pouco de uma tragédia.) Para Leviatã, cada partícula de confiança depositada em alguém representava risco, e eu estava provando ser um investimento valioso.

O resto da viagem foi um sucesso com os capas-pretas; descolamos uma supervisão médica lucrativa no acordo (o time de tecnologia decidiu que incluir funcionários nas operações de Cronos e Hiperião permitiria que monitorássemos de perto as modificações cibernéticas que eram feitas por baixo dos panos). Depois dessa primeira viagem, passei a ser convidada com mais e mais frequência para acompanhar Leviatã quando ele viajava para reuniões.

Nas semanas seguintes, passei mais tempo com meu misterioso chefe do que tinha passado durante os oito primeiros meses. Eu não diria que estávamos nos aproximando; era impossível conhecer Leviatã, da mesma maneira que é impossível prever uma erupção vulcânica. Era possível estudar o fenômeno, ter um conhecimento prático e embasado sobre como funcionava, mas sua força e sua capacidade destrutiva não deixavam de ser estarrecedoras ou surpreendentes toda vez que eram observadas de perto. Acabei me familiarizando com algumas coisas relacionadas a meu chefe, mas nunca deixei de me espantar.

Descobri que ele achava boa parte dos heróis muito irritante. Em vez de cultivar qualquer tipo de animosidade em relação à maioria dos benfeitores que dificultavam a vida de vilões em todo o mundo, ele na verdade os via com incômoda repugnância.

O foco de Leviatã – um dos alicerces de sua psique e também o combustível para a fúria inabalável que o movia – era Superimpacto. Embora os detalhes fossem difíceis de desvendar até mesmo para aqueles que o conheciam melhor, a tensão entre os dois era monolítica. O conflito entre ambos tinha se transformado em uma guerra fria nos anos mais recentes, mas a determinação de Leviatã em acabar com o herói não oscilou nem por um momento; ele agarrava com unhas e dentes toda e qualquer oportunidade de causar mesmo que fosse o mínimo dano ou inconveniente a Superimpacto.

Já que causar dor e frustração em super-heróis rapidamente se tornava minha especialidade, Leviatã me deu a tarefa de elaborar e distribuir pequenos aborrecimentos a qualquer coisa e qualquer um que entrasse em contato com Superimpacto, ampliando assim o alcance dos problemas que causávamos também a seus associados. A ideia de um apagão em uma cerimônia de inauguração à qual o herói compareceria, ou pensar em Ligação Quântica encontrando percevejos na cama do hotel, era o suficiente para que Leviatã beirasse a euforia.

— É muito melhor estar do nosso lado – eu disse a Molly, Vespa e Keller em um bar de hotel certa noite.

Nessa ocasião em particular, tínhamos acabado de garantir um novo contrato para fornecer armas para Praga, um vilão cujos poderes envolviam liberar uma substância química que causava uma resposta aracnídea.

— Ah, é? – Keller estava alegrinho e se inclinou em minha direção.

Eu esperava que uma rivalidade de longo prazo fosse se estabelecer entre nós, mas o que surgia era um afeto áspero. Toda vez que eu tinha uma ideia ridícula, ele se tornava mais carinhoso.

– É sério. O que um herói vai fazer? Prender a gente? Congelar a gente e guardar numa fazenda de formigas até que alguém nos tire de lá?

– Causar uma lesão permanente ao nosso fêmur? – lembrou Molly, e eu respondi com um tapinha em seu braço.

– O que quero dizer é: é um saco. Direto e reto. Sem graça.

Vespa concordava com a cabeça.

– Não pensam fora da caixa.

– Exatamente – concordei, usando meu copo quase vazio para enfatizar meus gestos. – Por outro lado, a gente parece muito legal em comparação com aqueles babacas arrogantes, mas ninguém tem ideia do que a gente é capaz de fazer.

Keller soltou uma risada curta.

– Está nos confundindo com você, Tromedlov.

– Hã?

– Quando tenho um problema, apenas solto os cachorros. Eu mesmo sou muito direto e reto. É com você que eles têm que se preocupar.

Pousei a mão sobre meu peito em um gesto teatral.

– Keller! Que lisonjeiro! Você é um amor.

O coroa teve a audácia de balançar as sobrancelhas para mim. Eu ri.

Uma grande desvantagem da minha agenda de viagens cada vez mais absurda e todas as responsabilidades que tinha como acompanhante de Leviatã era que eu me afastava com mais e mais frequência do meu time. Em vez de me sentar ao lado de Jav e deixar que ele me guiasse pelo labirinto genial de suas planilhas, ele me enviava breves relatórios. Em vez de planejar encenações meticulosas e bancar Policial Durão e Policial Mais Durão Ainda com Nour, eu mandava para ela orientações e instruções. Em vez de me perder em túneis de dados com Darla, estava deixando que trabalhasse por conta própria. Não que meu time não conseguisse dar conta, muito pelo contrário, mas eu adorava colocar a mão na massa com todos eles. Percebi que sentia falta disso.

Se a rabugice da equipe pudesse ser considerada como um sinal de alguma coisa, eles também sentiam a minha falta.

– A gente nunca mais viu você – reclamou Jav de maneira petulante.

Olhei para trás. Eu tinha dado um pulo rápido no escritório para tentar encontrar um documento no lixão esquecido que era minha mesa. Jav estava sentado de braços cruzados, olhando para mim como se estivesse prestes a me perguntar se aquilo era hora de chegar em casa.

Eu me permiti parecer culpada.

– Eu sei. Desculpe. Tenho sido uma péssima líder – respondi.

Ele fez um bico e eu voltei minha atenção para minha mesa, procurando por um e-mail que eu tinha certeza de que havia imprimido.

– Você é quem sempre tem as melhores ideias – disse ele, meio amuado.

– Vocês estão se saindo muito bem sem mim.

– Ontem Nour e Jav apelaram e passaram um trote, mandando, tipo, cinquenta pizzas para a base de operações do Estalactite – interrompeu Darla.

Nour, sem abandonar a chamada em que estava, rabiscou alguma coisa furiosamente enquanto segurava o telefone entre o rosto e o ombro. Quando terminou de escrever, levantou um papel com a palavra FOFOQUINHA.

– Depois dessa reunião, prometo que volto livre para atormentar e pentelhar com vocês por pelo menos algumas semanas. A-ha!!

Encontrei o documento que estava procurando. Aparentemente fora usado como apoio de copo em algum momento, mas ainda estava legível.

– O que essa reunião tem de tão importante?

Jav estava criando caso demais, mas decidi relevar seu comportamento.

Suspirei e, usando minha bengala como apoio, me abaixei até sentar em minha cadeira. Peguei meu pó compacto e comecei a passar no nariz e depois a retocar o delineador.

– O Lança-Chamas está velho, é um herói de mais de cinquenta anos. Seus poderes incendiários fizeram com que ficasse na ativa por mais tempo do que o esperado, mas ele vai se aposentar em breve e um de seus ajudantes idiotas deve substituí-lo. Ninguém sabe qual deles vai ficar com o cargo.

Com cuidado, puxei meu delineado gatinho, deixando-o mais pontudo.

– Ele é completamente contra qualquer tipo de acordo amigável com Leviatã, ainda que isso signifique ignorar um ao outro. A Faísca e o Maçarico, no entanto, são um tantinho mais amistosos, e nós queremos "acabar com as inimizades, cultivar uma nova era de compreensão" com eles, blá-blá-blá.

– Qual é o plano de verdade? – perguntou ele.

– Temos uma amostra de DNA do Lança-Chamas. É de conhecimento geral que o Maçarico e a Faísca são gêmeos. O que queremos descobrir de uma vez por todas é se também são filhos de Lança-Chamas.

O chororô de Jav imediatamente deu lugar à curiosidade.

– Eita.

– Ele foi mulherengo na juventude. E eu acho que, quando duas das crianças que ele teve por aí começaram a manifestar poderes, ele decidiu transformá-las em suas ajudantes. Por que esconder a relação entre eles se não fosse esse o caso?

– Mas ele ainda quer que um deles assuma os negócios de família, mesmo sendo um babaca que não quis pagar pensão.

– Exato. Só que, se resolvermos contar para o velho que os filhos dele concordaram em trabalhar conosco, ainda que apenas em um pacto de não agressão... – Mesmo com pressa, aquela ideia me fez sorrir. Abri as mãos em um gesto animado. – Eu acho que o almoço em família no domingo vai ser um pouco desagradável. Pode até mesmo resultar em um golpe de Estado familiar.

– Que saudade de você – disse Darla, completamente escondida atrás de uma montanha de armários.

Passei uma camada nova de batom, esfreguei os lábios para espalhar e depois fechei o batom com um baque surdo.

– Mamãe volta logo, crianças – prometi.

Enfiei os documentos em uma pasta, peguei minha bengala e fui para a reunião.

Ninguém estava na sala ainda, mas Maçarico e Faísca estavam plantados perto da porta, parecendo desconfortáveis em trajes sociais (era considerado falta de educação usar uniformes dentro do complexo; os heróis normalmente demonstravam estar dispostos a cooperar para um diálogo pacífico usando roupas comuns). Jana do RH se afastava deles e vinha em minha direção parecendo apressada; pela expressão de gentileza engessada eu seu rosto, pude perceber que ela estava furiosa.

Ela me parou e segurou meu braço.

– Eu atualizei o briefing, mas só por via das dúvidas: desde a transição, o nome dela é Faísca.

– Sincronizei as atualizações em meu tablet – respondi.

– Maravilha. – Ela estava cerrando os dentes. Ergui uma sobrancelha, curiosa. – Ah, outra coisa: não chegue muito perto de Maçarico.

– Mão-boba?

Ela me lançou um olhar que parecia desejar boa sorte e foi embora, caminhando com autoridade. Comecei a analisar mentalmente como eu poderia usar aquela nova informação a meu favor.

– Olá, amigos – cumprimentei, fazendo um gesto em direção à porta aberta com minha bengala.

Maçarico me olhou dos pés à cabeça, gesto que escolhi ignorar.

– Que tal entrar enquanto esperamos pelos meus colegas?

Faísca assentiu e entrou, mas Maçarico deu uma enrolada, plantado à porta. Ele acenou para que eu entrasse primeiro e foi o que fiz, me certificando de manter uma distância extra entre nós.

Assim que tentei passar por ele, Maçarico avançou um passo de repente, fazendo com que eu parasse bruscamente para não topar de frente com ele.

– Então – disse ele com uma voz rouca. – O que você faz?

Respondi com um sorriso formal.

– Sou responsável pela gestão de dados e informações.

Recuei um passo e ergui minha bengala, repetindo o gesto para que ele entrasse na sala. Ele ergueu as mãos em um sinal de falsa rendição, deixando claro que não pararia por ali, e entrou. Seria extremamente custoso não hostilizá-lo antes que fosse seguro dentro de nossa estratégia.

Esperei até que ele estivesse quase sentado para entrar na sala. Bem no centro da mesa comprida havia um prato com bolinhos, um jarro de água, vários copos e alguns canudinhos. Faísca estava pegando um copo. Do outro lado da sala havia uma mesinha com uma garrafa de café; eu me servi antes de sentar do lado oposto de onde estavam os gêmeos. Conseguia sentir o olhar de Maçarico me acompanhando durante todo esse processo.

– Gestão de informações – repetiu Maçarico quando eu finalmente sentei. Ele inclinou a cadeira e apoiou os pés sobre a mesa. Ele usava sapatos de bico fino. – Quer dizer que você interroga pessoas? Enfia palitos de dente debaixo das unhas delas?

Tentei parecer chocada.

– De maneira alguma. Sou pesquisadora. Geralmente a única coisa que costumo torturar são bases de dados.

– Ah, uma nerd. Bacana.

Dei um sorriso forçado. Faísca pigarreou e o irmão olhou para ela, irritado.

– Acho que já nos vimos antes – disse Faísca, hesitante.

– Acho pouco provável. Estou sempre no escritório.

Tentei soar encorajadora. Para mim, falar com a Faísca seria mais agradável do que continuar a interagir com seu irmão levemente repulsivo.

– Hummm. Você já trabalhou para... Como era mesmo o nome dele? Para o Enguia Elétrica?

Eu me esforcei para não exibir nenhuma reação relevante.

– Brevemente, na época em que eu ainda trabalhava como freelancer.

O rosto dela se iluminou, e ela assentiu.

– Isso, isso. Agora eu me lembro. Você estava presente quando ele usou o Anel do Humor no filho do prefeito.

– Sim, eu estava – respondi de forma mecânica. – Era apenas um trabalho temporário.

– Bem impressionante – ironizou Maçarico.

– Na verdade, não. Fui parar no hospital. Superimpacto estilhaçou meu fêmur.

Eles não sabiam como responder àquela informação. Uma expressão aflita subitamente tomou conta do semblante de Faísca, e Maçarico emitiu uma espécie de ruído rouco. Percebi que eu gostava do clima de desconforto.

Exibi minha bengala.

– Esta é uma lembrancinha daquele dia – falei.

Maçarico foi o primeiro a se recompor.

– Você é bem durona pra uma nerd – disse, semicerrando os olhos em uma expressão sugestiva e oferecendo um sorrisinho. – Mulherão, hein?

Ele soltou algumas faíscas pela ponta de um de seus dedos para tentar impressionar. Foi muitíssimo constrangedor para todos os presentes.

Considerei aquilo como um sinal verde para humilhá-lo; tolerar Maçarico não era mais nem remotamente divertido. Exibi o sorriso ameaçador mais frio que consegui.

– Senhor Maçarico, nessa situação, qual papel você acha que é o meu?

– Quê?

– Vou reformular: por que acha que estou presente nesta reunião?

Ele não entendeu a pergunta.

– Para fazer anotações?

– Não, não estou aqui "para fazer anotações". Sou apenas muito pontual. Sou chefe do meu departamento e uma das representantes de Leviatã neste encontro. Para ser sincera, estou achando sua conduta bastante inapropriada até agora.

O rosto de Maçarico se retorceu em uma careta; ele olhou para a irmã e reclamou, apontando para mim com o polegar.

– Por que um supervilão contrataria uma piranha mal-humorada dessas pra ser sua fiscal, hein? Que chatice.

Ele pegou um bolinho, contrariado. Percebi que a água no jarro tinha começado a borbulhar.

– Desculpem pela demora – interrompeu Keller, ríspido.

Aliviada, fiquei de pé quando ele, Molly e mais dois executivos que eu não conhecia entraram na sala.

– Que bom, agora vamos conversar de verdade – resmungou Maçarico.

Ele estendeu uma mão e cumprimentou cada um deles. Não se deu ao trabalho de se levantar, mas pelo menos se endireitou na cadeira e tirou os pés da mesa. Keller olhou para mim tentando sondar minha expressão, e eu balancei a cabeça discretamente.

Depois da reunião, com todas as propostas feitas, antigas mágoas resolvidas e um plano mútuo para reduzir as tensões entre Leviatã e a marca Lança-Chamas (quando o bastão fosse oficialmente transferido para um dos irmãos), Jana voltou para acompanhar os heróis até a saída. Maçarico lançou um último olhar desagradável na minha direção enquanto Faísca continuava aparentando estar pouco à vontade. Assim que estavam a uma distância segura, um time de perícia forense pousou como urubus famintos na sala de reuniões, meticulosamente coletando e armazenando tudo o que os heróis haviam tocado com as mãos ou com a boca ou restos de comida que haviam deixado no prato com o objetivo de colher amostras de DNA. Certamente haveria saliva suficiente para um bom e velho teste de paternidade.

O resto da equipe tinha saído para jantar, então me fechei no meu escritório para alguns minutos de privacidade e silêncio. Massageei minhas têmporas por um momento, respirando fundo para aliviar a tensão da reunião. Comecei a relaxar e decidi verificar meu e-mail. Duas mensagens imediatamente chamaram minha atenção.

Havia um e-mail curto da Vigilância que dizia:

Anna,

Keller solicitou o vídeo de sua interação com os heróis
durante a reunião de hoje. Só para você saber.

Xinguei baixinho. Pensei que Keller poderia estar procurando por provas de que eu tinha sido desnecessariamente grossa com aqueles babacas e já estava me preparando para um pequeno confronto.

Um segundo depois, no entanto, o próprio Keller me mandou um e-mail.

A,

Mandou bem lidando com os irmãos bunda-mole,
Fiscal Piranha Mal-Humorada (FPMH).

Bjs,
Bob

Abri um sorriso. Eu tinha conquistado aquele filho da mãe, no fim das contas.

É SENHORA Fiscal Piranha Mal-Humorada para você.

Anna (Senhora FPMH)

Dois segundos depois:

RS

Em algum momento entre o horário em que eu finalmente voltei para meu apartamento bem tarde naquela noite e o em que apareci no escritório na manhã seguinte, alguém tinha arranjado tempo para colocar um aviso na minha porta que dizia: CUIDADO: FISCAL PIRANHA MAL-HUMORADA. Abri a porta devagar e fui recepcionada por toda a minha equipe, que me esperava, sorridente.
– Esse apelido vai pegar, né? – suspirei.
Nour riu.
A semana estava correndo bem até que percebi que Greg havia mudado a assinatura do meu e-mail de "Anna Tromedlov" para "A Fiscal". O apelido pegou.

Por sorte, consegui cumprir a promessa que tinha feito para o resto da minha equipe, e desfrutei de algumas semanas tranquilas no escritório depois do turbilhão de viagens e reuniões dos meses anteriores. Embora eu gostasse de viajar por aí com meu talento para infligir tragédias personalizadas a gosto do freguês, era divertido ficar na minha zona de conforto por um tempinho. A equipe tinha se saído muito bem sem mim, arruinando relacionamentos e desencadeando enxaquecas superpoderosas de maneira espetacular. Porém, não havia dúvidas de que, quando eu conseguia estar mais presente, nosso pequeno departamento de crueldades prosperava.
Eu também precisava cuidar da tarefa (havia muito negligenciada) de contratar uma ajuda muito necessária para tirar um pouco de peso das costas de Jav, e, depois de um processo seletivo que durou um século e uma série de entrevistas hilárias, contratamos uma ex-freelancer chamada Tamara Ng. Ela já tinha trabalhado em vários departamentos resolvendo problemas de fluxo

de dados, e eu não via razão para não trazê-la para trabalhar conosco em um cargo permanente. A chegada dela também causou um tipo de caos, já que nosso fluxo e todo o nosso pequeno departamento precisou ser reformulado para acomodá-la. Era uma mudança positiva, mas coisas boas com frequência também causam estresse, especialmente a curto prazo.

Já que uma das minhas principais estratégias para resolução de problemas era encharcar a situação de álcool até que a questão se resolvesse, convoquei uma "reunião de equipe" no Buraco para agradecer ao time por segurar as pontas enquanto eu viajava para plantar as sementes da discórdia e também para dar boas-vindas a Tamara.

Levou exatamente uma única rodada de drinques e vinte minutos de papo furado até a equipe decidir parar com as cerimônias e ter coragem para fazer um interrogatório sobre Leviatã. Acabei normalizando passar tanto tempo na presença do supervilão, ainda que isso fosse incomum para a maioria das pessoas, mesmo para aquelas que trabalhavam para ele.

– Eu nunca nem conheci ele – disse Tamara.

Seu rosto era sério e solene, como se ela nem pudesse imaginar a possibilidade.

– A gente nunca nem se falou – confessou Jav. – Já estive no mesmo lugar que ele algumas vezes, mas só isso.

– Ele me dá o maior cagaço – disse Nour quase em um sussurro, como se ele pudesse ouvir. – Já viu ele sem armadura?

Eu engoli em seco um pouco rápido demais.

– Hum... Não.

– Não te deixa incomodada ficar tanto tempo perto dele? – perguntou Nour, me encarando.

– Não, ele não me dá medo.

Isso não era exatamente verdade, mas a sensação que eu tinha perto de Leviatã era muito complicada, e eu fazia questão de não tentar decifrá-la. Eu precisava me preparar psicologicamente antes de entrar no escritório dele, mas, quando eu estava fisicamente em sua presença, algo no meu interior relaxava. Percebi que meus colegas ficavam visivelmente aliviados quando ele saía de um lugar onde estávamos, enquanto eu sentia algo que beirava a melancolia.

– As instruções dele são muito diretas, então fica fácil trabalhar com ele – respondi depois de uma pausa longa demais.

Darla riu pelo nariz.

– A gente não liga para as estratégias de liderança dele, Anna.

Jav assentiu.

– É, para com isso. A gente quer detalhes. Os detalhes mais sórdidos.

Pensei por um instante e depois disse, com um sorriso:
— Ele gosta de ver novela.
— Nem fodendo! — gritou Jav, dando um tapa na mesa.
— Juro por Deus. Tivemos uma conversa bem legal sobre a construção das vilãs.
— Estou passado.
— Fala mais — exigiu Nour.
— Eu sei que o celular dele está cheio de músicas dos Vengaboys.
— Você só pode estar tirando onda com a nossa cara.
— Ele escuta música?
— Acho que "We're Going to Ibiza!" é a favorita dele.
— É melhor você estar mentindo — disse Jav, cruzando os braços.
— Mais! — pediu Nour.

Eu pensei em algo que não contei para eles, mas a imagem que Leviatã usava de plano de fundo em todos os aparelhos pessoais era uma ilustração de Satã feita por Gustave Doré, com uma citação de *Paraíso Perdido*:

...o Inimigo jazia
Acorrentado ao lago em chamas, e dali
sequer elevaria ou alçaria a cabeça, sem que fosse a vontade
e permissão dos Céus altíssimos
em que cumprisse seus próprios desígnios sombrios,
para que ao insistir em transgressões contínuas pudesse
assolar a perdição sobre si

Certamente não era um segredo, mas algo naquela informação me pareceu profundamente pessoal, e a ideia de falar sobre isso me trouxe a sensação de trair um tipo diferente de confiança. Além disso, minha equipe não queria saber de questões íntimas; eles queriam ficar com medo.

Eles se aproximaram, a curiosidade estampada em seus rostos. Estalei os dedos um por um.
— Vocês sabem da iguana?
Nour franziu o cenho.
— O vilão?
— Não — interveio Jav. — Esse é o Iguadonon.
Darla parecia prestes a ter um aneurisma.
— Não, mas por favor diga que estamos prestes a ficar sabendo — falou.
— Ele tem uma iguana de estimação.
— Mentira!

– Juro. O nome dela é Mariana.

– A iguana Mariana.

– Ela é uma senhorinha muito fofa, tem mais ou menos um metro de comprimento. Todos os escritórios dele têm terrários, embora não fiquem à mostra quando ele recebe pessoas. Precisei visitar algumas vezes antes de sermos apresentadas.

– Eu... caramba.

– O que você fez para receber a honra de conhecer a Mariana?

A verdade era que eu estava entregando um relatório quando Leviatã, do nada, perguntou se eu estava interessada em conhecer "um de seus amigos mais próximos". Eu imediatamente aceitei, achando que ficaria sabendo de uma nova reunião ou de algum plano de viagem. Em vez disso, ele apertou um botão e um painel em uma das paredes se abriu, revelando um terrário luxuoso maior do que alguns apartamentos onde eu já tinha morado. Eu não consegui disfarçar minha surpresa, e de trás do visor consegui perceber que ele sorria para mim.

Eu dei de ombros.

– Foi um golpe de sorte – falei.

Dava pra ver na cara deles que minha resposta era completamente insatisfatória, então puxei outra história antes que alguém pudesse fazer mais perguntas.

– Cuidar de iguanas é difícil, e ele não para muito em casa e é muito ocupado, então ela tem funcionários próprios.

– Naturalmente.

Parei por um momento e enchi minha taça de vinho de maneira teatral, fazendo hora.

– O que mais? Desembucha, Anna.

Girei o vinho dentro da taça, cuidadosamente considerando seus tons e aromas.

– Isso é uma crueldade incomum – protestou Darla.

Dando risada, tomei um golinho e continuei:

– Então, umas semanas atrás, rolou um problema com um dos funcionários que estava trabalhando com Mariana pela primeira vez. Ele recebeu treinamento, mas das duas uma: ou não prestou atenção, ou achou que era besteira. O que aconteceu foi que ele deixou as lâmpadas aquecedoras apagadas por tempo demais enquanto limpava o viveiro, e ela ficou com um pouco de frio.

Todos da equipe ficaram em silêncio, prestando atenção, como crianças ouvindo uma história de terror.

– As iguanas precisam de luz UVA e UVB, e só se sentem bem em temperaturas entre vinte e seis e trinta e cinco graus Celsius. O funcionário em questão deixou que ela ficasse com frio por umas duas horas até que outra pessoa percebeu o erro. Mariana se recuperou, mas ficou meio lerdinha por um tempo.

— O que aconteceu com ele? — sussurrou Nour. — Ele foi... ele foi desintegrado? Ou decapitado ou algo assim?

— Não, não, nada desse tipo. — Tomei um longo gole. — Leviatã mandou sequestrar o filho do funcionário.

— Quê? — Jav quase derrubou sua cerveja, mas conseguiu segurar o copo pouco antes que ele fosse ao chão.

— O funcionário tinha um filho, um bebê. A criança desapareceu da escolinha no dia seguinte, quase no horário em que a mãe ia passar pra buscá-lo. Horas mais tarde, o bebê foi encontrado na porta da casa deles, sem nenhum arranhão, exceto por um leve grau de hipotermia.

Eles me encararam enquanto eu terminava minha bebida na maior tranquilidade do mundo.

— Vocês querem saber de mais alguma coisa?

Os quatro fizeram que não com a cabeça, sérios como crianças que acreditam no bicho-papão. Uma pequena onda de poder agradável tomou conta de mim ao perceber que, apenas por estar próxima de Leviatã, eles me achavam um pouco assustadora. Eu me perguntei se devia tranquilizá-los e contar que eu também achava o incidente muito perturbador, mas a verdade é que me incomodava muito menos do que era de esperar. A combinação de devoção e da vontade de vingar o desconforto de Mariana exibidas por Leviatã me deu um quentinho em alguma parte esquecida do meu coração. Então, em vez de tranquilizar minha equipe, deixei que a história alimentasse a apreensão deles.

Na manhã seguinte, enquanto caminhava meio sonolenta até o escritório, meu celular começou a vibrar. Eu quase o coloquei no silencioso, mas, quando estava prestes a fazer isso, vi que a ligação era de June.

Ela estava chorando tanto que levei alguns minutos para entender o que dizia, mas entre os soluços e as assoadas de nariz finalmente consegui entender que ela e o Músculo que não era seu namorado tinham terminado de vez.

Fiquei quase uma hora tentando acalmá-la antes de aceitar que aquela era uma emergência nível máximo, então decidi cumprir com meu papel de melhor amiga: tirei dois dias de folga (pela primeira vez desde que comecei a trabalhar para o Leviatã), solicitei transporte de volta para a cidade e fui encontrar June no apartamento dela.

Quando cheguei, já era fim de tarde. Eu subi até o apartamento e me detive na porta, abalada, não porque tinha sido difícil subir as escadas, mas porque o lugar estava completamente destruído. Havia porta-retratos e pratos estilhaçados, além de cacos de vidro espalhados pelo tapete. Uma de suas almofadas de aromaterapia tinha sido rasgada ao meio, e havia lavanda desidratada pelo chão. June estava sentada no sofá que tinha sido minha casa por meses, cercada de lencinhos de papel.

– Meu Deus, você está bem?

Achei melhor não ficar descalça e abri caminho até onde June estava, sentindo caquinhos de vidro serem despedaçados pela sola do meu sapato. Sentei ao lado dela, entrelaçando nossas mãos, tentando examinar seu rosto à procura de hematomas.

– Merda. Estou bem, estou bem – respondeu ela.

– Você não está bem. O que diabos aconteceu aqui?

O queixo dela tremia.

– A gente brigou, tipo, a noite inteira. Foi muito ruim. Jogamos coisas no fim.

– Estou vendo.

– Não devia ter mexido no celular dele.

– Ah, que merda...

– É, eu sei.

– Os tópicos sobre relacionamento no Reddit não te ensinaram nada?

– Pois é! Mas eu mexi e descobri que ele era um mentiroso do caralho, e joguei isso na cara dele, e aí...

– Entendi.

– Merda.

Mudei de posição no sofá.

– Ele foi embora hoje de manhã?

– Sim. Ele quebrou um porta-retrato e eu atirei minha caneca nele, e aí as coisas se despedaçaram e ele foi embora.

– Ah, amiga...

– Foi tudo muito idiota. Eu sabia que tinha alguma porra acontecendo, tive que ver e depois que vi sabia que precisava fazer alguma coisa. Não dava pra fingir que eu não sabia. – Ela fungou no lencinho. – E agora tudo está de ponta-cabeça, e eu não posso limpar nada porque aí estarei limpando a bagunça causada por uma briga, e tem vidro...

– Está sentada aí esse tempo todo?

– Preciso tanto ir ao banheiro.

Eu me levantei com certa dificuldade e fui buscar o aspirador de pó no armário. Dava para ouvir June começando a chorar de novo.

Limpei os cacos de vidro e os estilhaços de cerâmica do tapete e os que estavam espalhados pelo piso de madeira, repassando o aspirador de pó várias vezes no mesmo lugar até ter certeza de que não tinha ficado nada para trás. Então June levantou e se arrastou até o banheiro. Quando ouvi o chuveiro ligar, coloquei a cafeteira para funcionar.

June passou o começo da noite tirando cochilos e chorando, e de vez em quando dando uma risadinha quando eu listava todos os defeitos do seu ex nos mínimos detalhes.

– Eu não conseguia decidir se a foto do Tinder dele era segurando um peixe, fumando um charuto ou fazendo uma pose ao lado de um carro. Mas aí percebi: podiam ser as três.

– Era ao lado de uma moto.

Ela estava ofegante de tanto rir.

– Eu devia ter imaginado – falei, tomando um gole do rosé que eu estava bebendo em uma caneca. – Ele parecia metade Johnny Bravo, metade tartaruga assustada.

Parei um pouco para que ela pudesse respirar.

Dormi na cama de June, nós duas juntas como se fôssemos garotinhas em uma festa do pijama, sussurrando uma para a outra no escuro mesmo que não houvesse ninguém para nos mandar parar de conversar e dormir. Passei o dia seguinte com ela, ajudando-a a terminar de organizar o apartamento e guardando em caixas tudo o que o ex tinha esquecido por lá, ou objetos que a faziam lembrar dele. Depois, liguei para que ele viesse buscar as coisas e supervisionei a tarefa enquanto ele pegava a caixa no saguão do prédio. O Músculo foi esperto e não disse uma palavra.

Eu estava disposta a tirar mais um dia de folga, mas June insistiu que estava bem e que eu já tinha ajudado o suficiente. Quando a sala ficou imaculada e ela já estava confortável no sofá com uma mantinha, pedi comida por delivery e disse a ela que chamaria um carro depois que comêssemos, para que eu pudesse voltar a trabalhar na manhã seguinte. Sentei ao lado dela no sofá depois de ter feito o pedido, e June colocou os pés no meu colo.

– Vamos dar uma olhada no Tinder? – perguntei.

Ela fez uma careta.

– Como se eu precisasse disso nesse momento.

– Não é pra conversar com ninguém.

– Ah. Aaaah.

Ela tateou pela manta em busca do celular, rindo enquanto abria o aplicativo.

Ela passou por alguns perfis e depois virou a tela do celular para mim, mostrando o rosto mal diagramado de um homem.

– Ele parece uma baguete molhada.

Ela deu uma gargalhada e mostrou outro.

– Ele parece o Abraham Lincoln versão Transformers indo pra balada.

– Ele tem cara de quem dorme em um colchão no chão sem lençol.

– E esse aí tem cara de que tem uma coleção de espadas.

– Esse tem cara de risoles que dormiu fora da geladeira.

– Esse cara parece um aspargo esquecido no fundo do armário.

– A camiseta dele parece aquelas feitas para divulgar banquinha de cachorro-quente em quermesse de igreja.

– Parece que grudaram dois caras diferentes em um só, e esse foi o resultado.

– Ele parece uma gaivota que sentiu cheiro de peido.

Precisei parar por um tempo para que ela recuperasse o ar. Ela estava rindo tanto que dava soluços pequenos, enquanto lágrimas escorriam pelas bochechas. Fazê-la rir era um tipo específico de alegria que eu nunca encontrei em nenhum outro lugar; mesmo agora, quando ela estava mais triste do que eu lembrava de já tê-la visto um dia, eu ainda tinha esse poder. Ela segurou meu braço e tentou se acalmar, inspirando pelo nariz e expirando pela boca, e caindo na gargalhada segundos depois. De repente, senti um aperto no peito. Por meses a fio eu só tinha ouvido a voz dela em chamadas de vídeo ocasionais; com mais frequência ainda nosso contato tinha sido apenas por mensagem de texto. Desde aquela coletiva de imprensa, eu vinha priorizando todas as coisas antes dela: o Dossiê antes de sua paz de espírito, meu emprego novo antes da nossa amizade. Eu não tinha tratado June e sua risada como se fossem algo precioso para mim, e subitamente minha ficha caiu e eu percebi o erro terrível que eu tinha cometido. Aconchegada com ela no sofá, sussurrando e rindo e me sentindo próxima dela outra vez, decidi não deixar outro abismo se abrir entre nós.

Resolvi ficar mais uma noite.

4

A PORTA SE ABRIU COM UM RANGIDO, E EU DESPERTEI, SOBRESSALTADA. As dobradiças estavam enferrujadas e a porta estava mal encaixada, o que a tornava não só barulhenta, mas também difícil de abrir. Deduzi que aquela era uma escolha proposital para efeitos teatrais. Ainda assim, fiquei assustada; eu devo ter apagado, apesar dos meus esforços para continuar alerta.

Virei o rosto em direção à porta lentamente, cerrando os olhos sob as luzes fluorescentes e ofuscantes.

Eu conseguia ver apenas a silhueta de dois homens perto da entrada. Dava para sentir o desprezo que emanavam antes mesmo de ver seus rostos. No entanto, percebi que nenhum segurava uma arma, eles as traziam cuidadosamente presas ao cinto. Interessante.

Eu me endireitei e comecei a inclinar a cabeça de um lado para o outro, tentando aliviar o mau jeito que eu tinha dado no pescoço durante minha soneca indubitavelmente curta demais. Estava acorrentada a uma cadeira de metal no centro de uma sala vazia; o chão era de concreto, e havia ralos por todos os lados. Era até meio decepcionante que houvesse luzes fluorescentes em vez de uma única lâmpada.

Eu estava fedendo, e minhas pernas coçavam e formigavam. Minhas sentinelas tinham me deixado presa por tanto tempo que mijei nas calças, e estava fingindo que aquilo não me dava vontade de gritar. Eles pareciam achar divertido me deixar nadando em minha própria sujeira pelo máximo de tempo possível. Tinha um pouco de sangue no canto da minha boca, e eu sentia um gosto metálico quando passava a língua por dentro das bochechas. Além disso, uma dor de cabeça terrível começava a angariar forças contra meu cérebro.

Dito isso, poderia ser muito pior.

– Tem alguém querendo falar com você – anunciou um dos guardas.

Era um homem corpulento com uma barba escura e rente e olhos bem separados. Ele falava de maneira claramente relutante, como se discordasse de quaisquer que fossem as ordens que tinha recebido.

– Vá se limpar.

O segundo homem se aproximou. Pensei reconhecer seus cabelos ruivos e seus ombros curvados como pertencendo a um dos meus primeiros interrogadores, um dos três que me acorrentaram nessa sala quando cheguei, mas era difícil lembrar. Ele soltou as correntes dos meus pulsos; eu tinha ficado esfregando meu braço contra elas para não pegar no sono, o que resultara em hematomas vívidos na minha pele. No começo, foi difícil ficar de pé depois de tanto tempo presa a uma cadeira. Meus pés estavam dormentes, e, quando soltei meu peso sobre as pernas, senti uma onda de pontadas dolorosas. Todo o sangue no meu corpo parecia estar se realocando, e minha visão escureceu; cambaleei e me segurei na cadeira com medo de cair.

O primeiro guarda desprendeu o cassetete do cinto.

– Chega de gracinha.

Com as roupas ensopadas, endireitei minha postura com toda a dignidade que consegui reunir.

– Só queria que vocês tivessem a impressão de que estão fazendo um bom trabalho – falei. – Vamos? Não quero me atrasar para a festinha.

Ele retorceu a boca e me empurrou para a frente com o bastão preto de fibra de vidro. Fui conduzida por um corredor curto até um chuveiro comunitário que estava vazio. Eles não tiraram as correntes dos meus pés, o que fez com que me despir fosse muito difícil; acabei rasgando minha meia-calça na pressa de tirar logo o tecido nojento do corpo. Os guardas ficaram desconfortavelmente próximos enquanto eu me lavava debaixo de um jato deplorável de água gelada e arremessaram uma toalha áspera em meu rosto quando terminei. Eles tentavam projetar um ar de repulsa enquanto eu vestia desajeitadamente a camisola de hospital que haviam me dado.

– Está doendo? – perguntou o segundo guarda, dando um cutucão doloroso no único machucado de verdade que tinham feito: quando fui pega, os sequestradores imediatamente retiraram o implante subcutâneo do meu braço.

Todos os funcionários de Leviatã tinham um dispositivo de rastreamento e um sinalizador de emergência em algum lugar do corpo. Eles localizaram o meu com um escaneamento rápido e o arrancaram com o que parecia ser uma concha de feijão em miniatura assustadoramente afiada. O buraco aberto em meu braço já não sangrava, mas estava inchado, ameaçando infeccionar.

– Para ser sincera, eu não recusaria uma borrifada de antisséptico – respondi.

Tentei soar despreocupada, mas minha voz estava horrível e seca.

Meu cabelo estava gelado e pingando em minhas orelhas, e tive que me segurar para não ficar rangendo os dentes. Fui levada para outra sala de interrogatório no fim de um corredor comprido e vazio. Meus pés descalços mal faziam barulho no chão de concreto, em contraste com o ribombar das botas militares de solas emborrachadas dos soldados que me guiavam, um de cada lado. Havia uma cadeira de metal presa ao chão, mas, diferentemente da outra sala onde eu estivera, aquele não era o único objeto ali. Havia também uma mesa de aço parafusada ao chão e uma enorme poltrona de couro que aparentava ser muito confortável.

– Que gentileza de vocês – falei, fazendo questão de me dirigir até a poltrona sofisticada. – Querendo que eu em sinta confort...

Os guardas aproveitaram a brecha para pular sobre mim, e me jogaram com violência contra a cadeira de metal; caí sentada, e meu quadril recebeu todo o impacto. Não consegui conter um gemido de dor com a batida inesperada.

– Sentiria menos dor se calasse a boca, porra! – vociferou o mais baixo.

Eles me acorrentaram mais uma vez, mãos e pés, e saíram da sala batendo a porta.

As luzes eram mais fracas e estava um pouco mais quente; eu tremia menos de qualquer forma, o que já era alguma coisa. Alonguei os dedos dos pés e das mãos o máximo que eu conseguia para ativar a circulação e fiz a única coisa possível naquelas circunstâncias: esperei.

Era difícil ter uma noção exata do tempo. Eu sabia que estava lá havia mais de um dia e menos de três, mas meus cálculos paravam por aí. Concluí que minha ausência provavelmente já tinha sido notada. Mesmo sem meu dispositivo de rastreamento, eles saberiam que algo estava errado quando não voltei ao trabalho. Não fazia ideia do tipo de reação que aquilo provocaria, se é que teria alguma. Ser capanga, mesmo para um vilão tão poderoso quanto Leviatã, era um trabalho com riscos significativos, e eu sabia que havia entrado nessa por vontade própria. Depois da minha experiência com o Enguia Elétrica, por mais que minha situação atual parecesse diferente, só me restava deduzir que eu estava por conta própria.

Não fiquei sozinha por muito tempo antes de minha mente voltar a sintonizar meu canal favorito das últimas vinte e quatro ou setenta e duas horas: meu sequestro. Eu não parava de pensar naqueles momentos, tentando encontrar o que eu tinha feito de errado. Eu sabia que esse era apenas meu cérebro lidando com um trauma e tentando se proteger, descobrir meus erros para que não se repetissem. Não importava quantas vezes eu dissesse a mim mesma que não poderia ter mudado nada.

O entregador me ligara para dizer que não estava encontrando o endereço para deixar a comida tailandesa que eu tinha pedido. Depois de algumas tentativas de explicar o caminho, disse a June que ela não precisava sair de seu cafofo no sofá e desci até o térreo com minha bengala. Assim que apareci na porta do prédio, vi um homem parado nas sombras, longe do poste, parecendo confuso. Eu disse oi e dei alguns passos na direção dele.

Assim que me aproximei, a porta lateral da van branca encardida que estava estacionada se abriu. O entregador investiu contra mim e me segurou, e então dois homens saíram da van e agarraram meus braços. Eles usavam capuzes pretos, mas os olhos estavam expostos. Eu dei um grito e pressionei um botão oculto em minha bengala, conseguindo atingir um deles bem no rosto com um spray de pimenta em espuma de ardência máxima. Ele deu um grito agonizante e tombou para dentro da van, mas os outros dois conseguiram me colocar no carro à força. Eles arrancaram a bengala das minhas mãos e a jogaram na rua. Enquanto um brutamontes me segurava, aquele que eu tinha atingido com o spray de pimenta caiu ao meu lado, babando e arfando ao mesmo tempo que o veículo disparava pela rua.

Eu reagi. Mordi o agressor com força até sentir gosto de sangue, e desferi golpes com minhas unhas por cada centímetro de pele exposta que encontrei. Depois de xingar de dor, ele me imobilizou colocando o joelho em cima das minhas costas e espetou uma agulha hipodérmica na minha coxa. Minha mente se tornou um borrão, e toda a minha força evaporou aos poucos.

Quando acordei, estava acorrentada a uma cadeira. Durante os próximos dias, passei a maior parte do tempo alternando entre ser interrogada e infinitas horas de privação sensorial em um quarto frio e escuro. As estratégias que usavam não eram impressionantes nem muito violentas; claramente queriam me assustar e me desestabilizar, não causar danos permanentes. Leviatã fornecera um treinamento de resistência a interrogatórios como parte do pacote de integração aos novos funcionários, e eu percebi que estava surpreendentemente muito bem preparada para aquela situação. Toda a barulheira, os gritos e a violência extremamente teatral faziam parte do bê-á-bá do interrogatório, tanto que eram previsíveis. Eu estava exausta e queria arrancar minha pele de tanta repulsa, mas sabia que poderiam fazer muito pior.

A porta atrás de mim se abriu. Eles não tinham me deixado sozinha por muito tempo dessa vez, o que era diferente. Além disso, como a porta estava às minhas costas, eu não podia mais ver os guardas quando eles entravam, apenas ouvir seus passos quando se aproximavam. Eu conseguia ouvir as batidas aceleradas do meu coração, e minha garganta parecia prestes a se fechar em um nó. O momento de as coisas piorarem finalmente havia chegado.

Fiz questão de dar um suspiro sonoro.

– Muito chato isso aqui – falei.

– Peço desculpas.

A voz me surpreendeu, mas eu a reconheci imediatamente. Senti que era praticamente impossível continuar calma e tranquila pela primeira vez desde o instante em que tinha sido capturada. Superimpacto emergiu das sombras com seu porte físico extraordinário. Seus ombros largos e sua cintura estreita estavam dramaticamente iluminados pelas luzes vindas do corredor. Ele deu a volta na mesa e sentou tranquilamente na luxuosa poltrona posicionada à minha frente. O couro rangeu ao acomodá-lo.

Eu não podia fazer nada além de encará-lo por um momento. Ele olhava para mim com uma estranha mistura de curiosidade e seriedade; suas pálpebras estavam ligeiramente fechadas sobre os olhos escuros. Ele parecia ter acabado de se barbear e estava vestido de maneira impecável; consegui sentir o cheiro de sua colônia da Tom Ford quando ele se mexeu.

– Você está muito elegante – falei. – Suponho que eu deva me sentir honrada. – Ergui uma mão até a altura máxima que consegui. As algemas rangeram, impedindo meu movimento. – Espero que possa relevar minha aparência desleixada. A hospitalidade aqui deixa a desejar.

– Mais uma vez, peço desculpas – disse Superimpacto.

Ele apoiou as grandes mãos sobre a mesa entre nós, em um gesto que quase parecia suplicante.

Fez-se um silêncio longo e desconfortável. Meu coração ainda estava disparado; a intensidade da fúria cega que eu sentia na presença dele me impressionou, e estava acompanhada de uma boa e velha dose de medo e adrenalina.

– A que devo o prazer desse encontro? – perguntei por fim.

Ele não respondeu e continuou me observando. Imaginei meu rosto, meus lábios inchados e as olheiras escuras e fundas sob meus olhos. Eu me perguntei se era pena o que vi passar por seu rosto em uma fração de segundo. Eu me perguntei se ele ao menos era capaz de sentir emoções.

– As autoridades aqui – respondeu ele finalmente – querem prendê-la. Querem mexer os pauzinhos para fazer uma acusação, extrair todas as informações que você possa ter sobre Leviatã e trancafiá-la pelo máximo de tempo permitido pela lei.

Eu estava mesmo desconfiada de que estava presa em Dovecote, e as palavras dele apenas confirmaram minhas suspeitas. Eu não tinha visto nenhum logo ou qualquer indício evidente da marca do Projeto, mas todo aquele lugar praticamente fedia a Práticas Super-Heroicas.

– É uma proposta interessante – comentei, minha voz calma –, considerando o fato de que tenho um vínculo empregatício comprovado com uma corporação privada e nunca nem levei uma multa de estacionamento em toda a minha vida.

– Quer dizer que você mentiria sobre seu emprego?

– Não, tenho muito orgulho de meu emprego como especialista em gestão de informações. O pessoal do jurídico já passou um pente-fino em minhas funções, e não há nada suspeito. Eu sei o que você tem na manga para usar contra mim, que é exatamente... nadica de nada.

Ele concordou com a cabeça.

– Estamos cientes de seu histórico e da problemática em mantê-la aqui a longo prazo.

Virei as palmas das mãos para cima. As algemas de metal dançaram em meus pulsos.

– Pois bem. Você não tem que me conceder uma ligação?

Ele se levantou e começou a andar em círculos. A sala era pequena e seus passos eram largos, então ele ia de um lado a outro bem depressa, o que fez com que parecesse mais agitado.

– Você não entendeu. Você é um problema – disse ele. – Não queria que fosse, mas você é.

– Já me disseram isso muitas vezes.

– Eles acham que sou paranoico – disse, parando e colocando as mãos no quadril. Heróis não conseguiam passar muito tempo sem se exibir. – Eles acham que é desperdício de tempo e energia monitorar todos os vilões que encontro, todo capanga que sai ileso.

– "Sair ileso" é um termo meio inadequado para o meu caso, mas pode continuar.

O ritmo dos passos diminuiu até que ele parou de andar; seus olhos perderam o foco.

– Doutor Próton me deu o melhor conselho que já recebi. Foi bem quando eu estava começando. – Superimpacto tinha uma expressão nostálgica, encarando o nada. – Eu não dei ouvidos naquela época. Eu era atrevido e jovem. Inconsequente.

De repente ele voltou os olhos para mim, como se tivesse acabado de lembrar que eu estava lá.

– O conselho foi: "É você quem cria seu próprio arqui-inimigo". Naquela época, eu não entendi. Pensei que era uma daquelas abobrinhas que heróis mais velhos falam para parecerem sábios. Só que é verdade. Todo mal, todo poder grandioso que já surgiu como um desafio para mim, todo arquivilão que se torna uma ameaça real foi alguém cuja trajetória eu alterei. Todas as vezes, sou eu que dou início à animosidade. Uma minúscula ação pode causar uma avalanche.

– Muito poético – concordei.

Não conseguia dizer se ele ao menos tinha notado meu comentário. Superimpacto franziu o cenho, absorto em pensamentos. Seu olhar se perdeu de novo.

– Fui ingênuo no começo e permiti que meus inimigos prosperassem e se tornassem oponentes dignos de preocupação. Levava tempo demais para que eu os enxergasse como ameaças e os eliminasse. Leviatã é meu maior fracasso.

Ele parou, e uma expressão sombria passou por seu rosto enquanto eu pensava em quão furioso Leviatã ficaria se soubesse dessa informação. Superimpacto sacudiu a cabeça, como se para expulsar os próprios pensamentos.

– Ao longo do tempo, depois de mais vitórias por um triz do que gosto de admitir, acabei entendendo que não há benefício algum em deixar que seu oponente prospere, deixar que uma mudinha se torne uma árvore.

Respirei fundo. Superimpacto não apenas acabara de validar minha teoria de que os super-heróis eram, na verdade, péssimos para o mundo, mas havia igualmente provado que eu não tinha levado minha teoria às últimas consequências. Não apenas os heróis eram culpados por todos os estragos e ferimentos que causavam, mas eram também responsáveis por criar os vilões contra os quais lutavam.

Ele olhou para mim com uma expressão de profunda tristeza. Aquilo me fez estremecer mais do que qualquer ameaça de tortura.

– Quando vi você no hospital, soube o que tinha feito. Devia ter agido antes. No entanto, mais uma vez, minha piedade permitiu que outra semente do mal germinasse.

– Não precisa se colocar pra baixo – falei. Minha ousadia estava abalada, e minha voz soou trêmula.

– Eu soube naquele momento, mas permiti que se recuperasse. Permiti que fosse ainda mais para o lado da escuridão e acumulasse poderes contra as forças do bem. Torci para estar errado, mas você ascendeu nas sombras da minha fraqueza e da minha relutância.

Toda vez que eu achava que ele tinha atingido o fundo do poço de sua própria grandiosidade alucinante, ele arranjava um jeito de continuar cavando. Uma versão mais corajosa de mim mesma, ou talvez com menos instintos de sobrevivência, queria bater palmas lentamente (se minhas mãos estivessem livres). Queria revirar os olhos. Porém, eu sabia que aquele discurso acabaria em algo terrível, por isso cada um de meus insultos ficou preso na garganta.

– Eu não sou nem de longe tão importante assim – argumentei.

Ele torceu a boca.

– Eu vi seu trabalho pessoalmente. Lá fora.

– Não gosto de trabalhar lá fora. Prefiro minha cadeira no escritório.

– E dessa desimportante cadeira você está destruindo a vida dos heróis e permitindo que o mal floresça.

– Ah, por favor...

Ele voltou a andar de um lado para o outro.

– Pegar o Enguia Elétrica novamente me fez pensar em você – murmurou ele, alongando os dedos.

Eu não sabia que meu ex-chefe tinha sido pego; desejei estar em condições de comemorar a notícia.

– Depois que o capturei, acabei tendo uma conversa com dois jovens heróis muito promissores. Eles falaram de você, um com mais simpatia do que o outro. Sobre sua compostura, sua determinação. Falaram sobre reconciliações e alianças, mas entendi o que você estava tentando fazer: plantar a semente da discórdia naquela família heroica.

Fiquei em silêncio. Com toda aquela aparência de quem tinha muitos músculos e nenhum cérebro, algumas vezes ele era mais inteligente do que algumas pessoas pensavam.

– Você sabe o que você fez. Sabe o que está fazendo.

A voz dele era inexpressiva.

Eu encarava a mesa entre nós.

– Não importa – concluiu, parando de andar e ficando de pé como um poste ao meu lado. – Não vou mais ceder à minha fraqueza em relação a este assunto. Os sinais estão evidentes, e sei que preciso confiar nos meus instintos. Eu criei um inimigo e preciso impedir o adversário antes que ele possa se erguer contra mim.

– Então qual é o seu plano? – perguntei em voz baixa. – Me matar? Me enterrar no quintal e torcer pra que a equipe de paisagismo não cave muito fundo?

– Não! – Ele olhou para mim, horrorizado. – Não, claro que não; somos heróis!

Olhei para ele com uma expressão de repulsa.

– Sei que talvez você não compreenda – disse ele, aparentemente soando pesaroso –, porque ainda é apenas um peão. Você joga?

Ele não esperou pela resposta.

– No xadrez, o peão é a peça mais fraca e vulnerável – continuou. – A peça mais dispensável. É fácil ignorar um peão, desmerecer a importância dele ao se preocupar com peças mais importantes. Entretanto, o peão também é a única peça que, caso não receba a devida importância, pode se tornar uma rainha.

Eu o encarei, embasbacada.

– Eu sei o que é um jogo de xadrez.

– Sinto dizer, mas precisarei removê-la do tabuleiro.

Ele se afastou, e eu fui tomada por calafrios, dessa vez mais intensos. Superimpacto apertou o botão do comunicador ao lado da porta e convocou os dois carcereiros que estavam na outra sala. Eles entraram com suas botas barulhentas, obedientes.

– Quero que ela fique confortável – ordenou ele. – E estou falando sério. Ela precisa estar descansada e estável para o procedimento amanhã.

– Sim, senhor – disseram os dois homens em uníssono, intimidados.

Quando eles abriram minhas correntes e me ergueram, eu me sentia como se estivesse andando debaixo d'água. Eles agiam de maneira gentil, o que me surpreendeu. Os dois me conduziram até uma cela e me empurraram para dentro. Lá havia uma cama estreita com um colchão de verdade, uma pia e um vaso sanitário e também um cobertor fino e manchado, porém limpo. Eu me enrolei no cobertor como uma capa e me deitei em posição fetal na cama, tentando, em vão, ficar imóvel.

Em algum momento, o peso da exaustão deve ter falado mais alto do que o medo e eu caí no sono, porque acordei assustada com o som da porta se abrindo. Os dois guardas que irromperam cela adentro não me deram a chance de resistir. Ainda confusa pelo sono e dolorida, eu mal consegui erguer a cabeça quando eles me levantaram pelo braço e me seguraram de pé, me imobilizando. Um terceiro homem entrou atrás deles usando um traje cirúrgico e, enquanto eu protestava, vociferando, ele se aproximou e injetou algo na minha coxa.

Fiquei mole em questão de minutos, e eles me soltaram com cuidado.

– Nós continuamos a partir daqui – disse o homem de traje cirúrgico, sua voz soando distante.

– Tem certeza? Um dos nossos rapazes ainda não consegue enxergar.

– Está tudo sob controle. Ela vai tomar um sedativo em breve.

Eles trocaram mais algumas palavras, mas eu não consegui mais prestar atenção; era como se conversassem em outro cômodo e eu estivesse com tampões de ouvido. Ainda enfraquecida, tentei me erguer sobre os cotovelos para ouvir melhor, mas não tive forças. Ouvi o som das botas se afastando, e então o homem que usava as roupas cirúrgicas me colocou sentada, me movimentando como uma boneca flácida em tamanho real.

As horas seguintes foram um borrão de movimento e preparações, e eu mal participei delas. As drogas transformaram meu corpo em melaço e minhas transmissões sinápticas em distorção de guitarra. Eu tinha consciência de que devia entrar em pânico. Pensei calmamente em me debater ou arrancar os tubos de meu braço, mas esses pensamentos eram muito distantes, e a energia necessária para realizá-los estava imersa em névoa. A única coisa que parecia sólida em minha cabeça era uma calma profunda e artificial.

De tempos em tempos, uma pequena bolha de curiosidade alcançava a superfície, aparentemente a única emoção à qual eu ainda tinha acesso. Trocaram meus tubos intravenosos e fiquei ainda mais fraca, me perdi ainda mais dentro de mim mesma. Eu estava amarrada a uma cama de hospital, mas não estava de costas. Em vez disso, estava posicionada de lado, minha cabeça levemente para cima.

A seguir, eu me vi em uma sala que estava clara de uma maneira que parecia impossível. Minhas pálpebras estavam fechadas e presas por uma fita adesiva, mas a luz branca de alguma forma brilhava através delas. Senti uma dor esquisita quando alguém espetou uma agulha no meu couro cabeludo. A sensação foi molhada e pungente, como se fosse vidro líquido, meu sistema nervoso enviando um último sinal de perigo antes de apagar. Observei tudo isso acontecendo com um tipo de distanciamento abstrato.

A primeira coisa que notei a partir daquele instante foi um zumbido muito alto próximo a meu ouvido esquerdo. Eu não conseguia sentir nada além de um pouco de pressão sobre a pele, mas conseguia ouvir.

– Vocês já começaram? – questionei.

Fiquei surpresa ao perceber que tive forças para falar. Minha voz estava lenta, as palavras se arrastavam, e a ação era muito penosa.

– Ainda não – respondeu uma voz masculina, calma e serena. – Precisamos raspar sua cabeça antes, só um pouquinho, antes da incisão.

O zumbido cessou. Eu senti o cheiro de alguma coisa que me fez pensar em uma piscina – um cheiro forte de cloro – e que acabei identificando como iodo.

– Eu não devia estar inconsciente? – pensei em voz alta.

Ninguém respondeu.

Eu não sabia dizer exatamente quantas pessoas além de mim estavam na sala. Tentei prestar atenção em passos, vozes e no barulho dos instrumentos cirúrgicos nas bandejas de metal. Eu ouvia ruídos de movimento e vozes falando baixo; o time cirúrgico estava fazendo uma breve reunião. Tudo soava abafado, mas consegui entender algumas palavras.

– Esta não é uma missão de exterminação completa e não estamos lidando com poderes; estamos aqui para enfraquecer e desarmar. Danos sensoriais mínimos, e fiquem longe das áreas relacionadas à fala.

Eu queria ficar amedrontada, mas meu cérebro parecia ter perdido a capacidade de sentir essa emoção.

Eu conseguia sentir que pairavam próximos. A sensação estranha de pressão em minha cabeça retornou e trouxe com ela uma sensação de que algo estava sendo puxado. Depois, ouvi um som alto e mecânico que fez meu rosto vibrar, meus dentes se chocarem uns contra os outros. Em seguida, senti um cheiro muito estranho e desagradável que me fez pensar em estar no dentista fazendo uma restauração em um dente meio apodrecido.

– Ai! – reclamei.

Eles pararam.

– Está doendo?

– Não – confessei. – Mas pareceu a coisa apropriada a dizer.

– Pode continuar – disse outra pessoa, ativando a serra novamente.

Depois de mais alguns momentos de um barulho que vibrava dentro dos meus ossos ocupar toda a minha consciência, tudo parou repentinamente. Houve um instante de silêncio, interrompido apenas por vozes baixas, o bipe-bipe de aparelhos e um terrível raspar dentro de minha cabeça.

Então um dos médicos sibilou e se afastou. Ouvi vários barulhos altos do lado de fora da porta, batidas e gritos, e o barulho de raspagem parou do nada. Outro ruído mais alto ecoou, quase uma explosão, e uma bandeja de instrumentos de metal foi ao chão, retinindo. Os membros da equipe médica começaram a gritar momentos depois, primeiro indignados e logo aterrorizados.

Algo gelado e liso tocou minha mão. Era parecido com dedos, mas eram duros e com articulações demais.

– Anna, consegue me ouvir?

A voz era impossível, mas inconfundível. A mão de Leviatã se fechou em volta do meu pulso.

– O que está acontecendo?

Eu não sabia se tinha conseguido pronunciar aquelas palavras, mas estava tentando.

– Equipe médica! – A voz de Leviatã soou como um trovão. – Tirem-na daqui imediatamente!

Em seguida, senti mãos sobre meu corpo, desligando dispositivos e conectando outros, tirando o acesso de meu braço e furando outro.

– Chega de remédios – tentei dizer.

Senti um apertão em meu ombro.

– Você não quer estar acordada para isso.

Foi quando ouvi um som como se uma onda quebrasse sobre mim, e depois mais nada.

– Anna.
    – Hummm.
    – Anna? *Anna?*
    – Merda.
    – Peguem-no!

Ouvi passos apressados, uma porta se abrindo e se fechando.

– Anna, consegue entender o que estou dizendo? – A voz tinha se tornado mais próxima, grave e insistente, mas ainda assim gentil.

– Aham.

– Excelente. Continue falando.

– Não.

Eu tinha a sensação de que alguém estava sentado sobre o meu peito e de que meus membros eram feitos de chumbo; era quase impossível abrir os olhos. Minha cabeça parecia estar cheia de algodão.

– Sei que é difícil, mas preciso que interaja comigo o máximo que conseguir, tudo bem?

Soltei um grunhido.

– Consegue mexer as mãos?

Flexionei os dedos. Senti a cola do esparadrapo repuxando a pele nas costas da minha mão.

– Perfeito.

– Os dedos dos pés também. – Eu os movimentei, e então admiti: – Mas doeu um pouco.

– Você perdeu três unhas dos pés – informou ela.

– Que pena. Como é seu nome?

– Ah, eu sou a Susan. Sou da equipe médica.

– Oi, Susan.

Ergui a mão com o braço molenga; ela deu uma risada contida e apertou minha mão.

– Ela está falando? – A voz de Leviatã ressoou como se uma luz tivesse sido acesa em um quarto escuro; despertei um pouquinho mais.

– Sim – Susan e eu respondemos ao mesmo tempo, e ela riu de novo, um pouco nervosa desta vez.

– Ela parece bastante consciente e eloquente – informou Susan.

– Fiscal, sabe quem eu sou?

Não consegui identificar o tom em sua voz. Era um que eu nunca tinha ouvido. Era mais acolhedor, mais espontâneo.

– Sim, senhor. Estou em casa?

Eu não sabia dizer como, mas senti a afirmativa.

– Conseguimos resgatá-la com sucesso. Você está onde deveria estar.

Uma sensação profunda de segurança pesou sobre meu corpo, e comecei a me deixar levar pelas brumas do sono.

– Houve certo nível de... lesão. Precisamos consertá-la.

O conforto se evaporou depressa.

– Consertar?

– Sim. Foi complicado. Ouvir você falando é um ótimo sinal.

Comecei a ser tomada por pânico. Tentei abrir os olhos e acordar de vez, mas não enxerguei nada além de uma vastidão branca.

– Por que não consigo enxergar? – perguntei.

A mão dele pousou sobre meu ombro novamente, e eu percebi que era impossível sentir medo enquanto ele mantivesse esse contato.

– É apenas temporário. Eu prometo. Agora durma.

A ordem trouxe grande alívio. Todas as perguntas que eu tinha, até mesmo sobre o significado preocupante da palavra "consertar", não eram nem de longe tão importantes quanto fazer o que ele dissera. Respirei fundo e deixei que minha mente mergulhasse em uma profunda e segura escuridão interna.

No começo, eu não conseguia fazer muita coisa além de dormir. Eu sonhava com frequência que estava sendo desmembrada. Seis robôs parecidos com aranhas perambulavam sobre meu corpo, comendo pedaços, recortando, ou fatiando, ou vaporizando partes do meu corpo para reutilizá-las para outros fins. Minha carne não causava sujeira e não sangrava enquanto eles operavam, mas continuava de um tom de rosa plácido e suave. Meus ossos, quando começaram a aparecer, pareciam ser de madrepérola. Enquanto meu cérebro se ocupava em criar essas imagens, eu estava sendo reconstruída.

Conectar as lembranças do que aconteceu, de como fui resgatada e levada de volta para o complexo, foi uma tarefa morosa e difícil. Em um primeiro momento, ficar acordada mesmo que por apenas alguns minutos era um sacrifício, e mesmo depois, quando conseguia ficar acordada por mais tempo, manter o foco e reter informações exigia um esforço colossal. Porém, eu continuava fazendo perguntas – para Susan e toda a equipe médica, para Greg, e Vespa, e Melinda, e Keller quando eles receberam permissão para me visitar e até mesmo para Leviatã, nas raras ocasiões em que ele aparecia ao lado da minha cama. Eu pedia que me contassem o que tinha acontecido e tentava juntar os pedacinhos das narrativas na minha mente. Aquilo se tornou uma espécie de talismã, uma história de ninar cada vez maior que eu repetia para mim mesma incontáveis vezes. Eu não conseguia enxergar durante as primeiras semanas de recuperação, então alimentava aquela história e a assistia em minha imaginação nos mais nítidos detalhes.

Quando me pegaram na calçada e me atiraram dentro da van, pensei que estivesse sozinha. Todas as minhas experiências anteriores como capanga tinham me ensinado que, no instante em que um herói botava as mãos em você, seu contrato já era. Só que, no fim das contas, eu estava muito enganada.

Meu implante subcutâneo emitiu um sinal de emergência quando foi arrancado; embora tenha sido destruído, aquela última mensagem foi suficiente para informar à equipe de segurança que algo estava errado. Um grupo foi enviado para minha última localização conhecida, ou seja, a rua onde fui sequestrada. Falaram com June, que entrou em pânico depois que fui buscar a entrega e não voltei. Ela reagiu de maneira inteligente e não ligou para a polícia, então toda a evidência ainda estava lá. Minha bengala estava na sarjeta; destruída, mas reconhecível. Ela foi coletada pela equipe junto com outras evidências para perícia: resíduos do meu spray de pimenta no chão, um dos meus sapatos que caiu durante o embate, pegadas das botas dos homens que me raptaram e marcas dos pneus da van que ficaram na rua. Não era grande coisa, mas a banda de rodagem dos pneus e a composição da borracha eram compatíveis com as dos veículos de serviço do Projeto, e um de nossos informantes infiltrados em uma clínica pertencente a Dovecote (carinhosamente chamada de "Vet" em referência a "hospital veterinário") reportou o adiamento de vários procedimentos e a repentina reserva e preparação de uma sala cirúrgica.

Aquelas informações bastaram para Leviatã. Enquanto eu era interrogada, um ataque estava sendo planejado. Fazer um resgate de um porão no subsolo de Dovecote antes da cirurgia era praticamente impossível, mas a ideia foi considerada. Pela história que me contaram, e que no começo pensei ser mentira – embora fosse uma mentira muito meiga –, quando soube do acontecido, Leviatã estava disposto a colocar fogo no prédio e salgar a terra. No entanto, quando repeti a história para Leviatã esperando que ele negasse, ele ficou muito quieto.

– Muito gentil da parte deles – disse ele – descrever minha explosão de maneira tão ponderada.

Ele foi tomado por uma fúria tão violenta que voltou a ser o supervilão colérico, predatório que falava de si mesmo em terceira pessoa, aquele que não era visto havia anos. O que me contaram foi que apenas Keller conseguiu acalmá-lo, prometendo que as chances de êxito seriam maiores se esperassem até que eu fosse transferida para o Vet. Ele concordou em esperar – mas não muito. Pensar nesse acesso de fúria me fazia sorrir.

Leviatã e Keller identificaram uma brecha e autorizaram a missão no momento em que descobriram quando eu seria levada para cirurgia, já que a clínica ficava na superfície e era muito mais vulnerável a ataques. Superimpacto planejava assistir ao procedimento de uma pequena área de espectadores que havia na sala, mas um trio de vilões – Tormento, Ecstasy e Arrebatamento – foi convencido (com dinheiro) de que aquele era o momento para testar a "máquina de ascensão" deles em um tribunal que ficava nas redondezas.

A equipe tática esperou até que Superimpacto estivesse ocupado, arriscando o máximo que podiam. Houve um equilíbrio crucial entre quanto podiam esperar até a partida do herói (porque enquanto ele saía eu estava sendo preparada para a cirurgia) e o momento em que a cirurgia seria iniciada. Tiveram uma janela minúscula de tempo para me tirar de lá, mas conseguiram.

– Eles tinham aberto você – explicou Leviatã durante uma de suas visitas, bem no começo da minha recuperação. – Planejavam desvitalizar seu cérebro. Não para incapacitá-la completamente, mas para torná-la inútil para mim.

Tentei encontrar as palavras para descrever a arrasadora sensação de violação e repulsa que senti diante da ideia da invasão a meu cérebro – especialmente porque eles quase conseguiram me "desvitalizar" de fato. Quando a equipe invadiu a sala de cirurgia, meu escalpo estava aberto e um pequeno pedaço de meu crânio havia sido removido. A intenção era me manter consciente e me fazer falar durante a cirurgia para ter certeza de que não tinham me incapacitado de vez. Um dos cirurgiões tinha acabado de fazer o primeiro corte na massa cinzenta do meu cérebro quando a equipe de resgate arrombou a sala.

Quando quis saber o que tinha acontecido com a equipe médica que realizava a cirurgia não solicitada, Leviatã se limitou a me garantir que eles, assim como os guardas que estavam do lado de fora, tinham sido "neutralizados". Keller forneceu mais alguns detalhes, uma narrativa prestigiosa da violência, e não economizou na criatividade para descrever o estado deles como "liquefeitos".

Chegando ao complexo, fui imediatamente levada para outra sala de cirurgia onde nossa equipe médica me esperava. Eles estavam tão preparados quanto era possível estar; até mesmo conseguiram meu histórico médico com o hospital onde fiquei internada depois da fratura na perna, graças à ajuda de um médico muito solícito do pronto-socorro. Havia um pouco de dano no meu cérebro, especialmente onde o cirurgião, assustado com o ataque do time tático, escorregou com o leucótomo.

Leviatã auxiliou os neurocirurgiões, fornecendo tecnologia avançada que supostamente havia sido utilizada em sua armadura e aprimoração. Ele decidiu que eu não seria apenas consertada, mas que também receberia um upgrade. Em vez de se contentar em restaurar parcialmente a visão do meu olho esquerdo, o nervo foi substituído por um composto de células-tronco e uma fibra de nervo óptico "doada" (e cuja origem eu optei por não saber). Além disso, outras biomodificações foram embutidas em minha retina. As lesões no meu cérebro foram corrigidas com mais ferramentas cibernéticas personalizadas que não apenas reparavam as lesões, mas também melhoravam minhas capacidades.

Eles fizeram mais uma coisa enquanto eu estava na mesa, uma coisa que eu não tinha contado para ninguém. Leviatã discutiu uma parte do procedimento apenas com certos membros da equipe médica e, mesmo assim, não por inteiro.

Ele esperou estarmos sozinhos para me contar, e eu me lembro de olhar para ele completamente atordoada com meu olho que não estava coberto por curativos. Minha visão ainda estava borrada, e focar em uma coisa era difícil. No entanto, não passou despercebido por mim que a armadura em torno de sua boca se agitava, como um inseto flexionando a mandíbula. Ao longo do tempo, eu percebera que aquele era um sinal de que ele estava ansioso, tipo roer as unhas. Era uma das coisas que eu não tinha intenção alguma de dizer a ele que havia notado, para que não ficasse ciente de seus trejeitos e tentasse escondê-los. O que ele tinha para me contar devia ser muito importante.

– Os resultados de seus exames foram incontestáveis – contou ele. – Havia um poço de potencial não explorado em você, que acabaria sendo absorvido por seu consciente e subconsciente. Quando começou a trabalhar aqui, me pareceu perigoso demais ativar seus poderes. Porém, quando a oportunidade surgiu durante os reparos dos danos feitos por aqueles idiotas, passou a ser a escolha mais sensata.

– Não entendi – falei. – Eu não tenho poderes, nunca tive.

Eu fui testada. Todo mundo era testado, ainda na infância. O departamento de Relações Super-Heroicas exigia que todo mundo passasse por um processo de triagem para que aqueles que tivessem talentos excepcionais pudessem ser educados e treinados como heróis. Para a maioria de nós, a ideia era tão assustadora quanto decepcionante. Representava instituições particulares de capacitação e pouquíssimas visitas da família, todas supervisionadas com rigor. Aquela perspectiva era mais interessante para mim do que costumava ser para a maioria das crianças, porém fui submetida ao teste-padrão que o Projeto aplica em todos que estão passando pela puberdade, e meus resultados não apontaram nada de extraordinário.

– Eles disseram que não havia nada... – Eu tentava lembrar das palavras. – Nada que indicasse a necessidade de mais testes.

A grade sobre a boca dele se agitou em uma breve risada.

– Anna, só porque você não sabe que o terreno em que construiu sua casa era um cemitério, não quer dizer que os corpos não estejam debaixo da terra.

Refleti muito sobre aquela declaração durante meu processo de recuperação. Eu não sentia que estava diferente, ainda não tinha levitado sem querer nem ateado fogo em nada. Quando minha mente começou a ficar menos enevoada de analgésicos e consegui me concentrar por mais tempo, pude perceber uma facilidade e uma rapidez em meus pensamentos, como uma objetividade extra e efervescente, mas aquilo poderia ser resultado dos upgrades que recebi. Queria saber o que ele tinha encontrado e o que aconteceria. Leviatã se recusou de maneira categórica quando pedi que me contasse o que tinha descoberto, e percebi que era possível que nem mesmo ele soubesse.

– Não se desgaste tentando descobrir tudo de uma vez – sugeriu ele com uma irritabilidade gentil. – Recupere-se primeiro. Volte ao trabalho.

– Sem condições.

Susan examinava meu olho bom com uma luz para testar os reflexos da minha pupila.

– É só por algumas semanas, só até a recuperação total dos implantes.

Ela assentiu positivamente, satisfeita com o exame, e se virou para anotar alguma coisa no meu prontuário. Flexionei o pescoço, abaixando e levantando a cabeça, tentando me acostumar com a sensação.

– Aposto que estou com uma cara horrível.

Eu tinha perdido peso durante a recuperação, o que me deixou com as bochechas fundas e traços mais angulares. Meu cabelo do lado esquerdo estava começando a crescer e era agora uma penugem consoladora para amenizar a visão chocante dos grampos que remendavam meu couro cabeludo. No entanto, não era a feiura geral de meu rosto que me incomodava naquele momento, mas sim o novo tapa-olho preto acomodado sobre meu olho esquerdo.

– Te dá um ar... ilustre? – brincou Susan, encolhendo os ombros.

Ela era uma mulher coreana alguns anos mais nova do que eu, com uma propensão irritante a ser otimista.

– Me faz parecer uma porra de um pirata – reclamei.

Fechei meu roupão em uma tentativa patética de recuperar resquícios da minha dignidade ferida. Pelo menos eu podia usar pijama enquanto estava me recuperando na unidade médica do complexo de Leviatã, em vez de uma camisola horrenda de hospital.

– Tem gente? – A cabeça de Greg apareceu na porta. – Caramba! Solicito permissão para entrar, capitão.

– Você está demitido – falei.

– Não sou do seu departamento – respondeu ele de bom humor, entrando no quarto com as mãos atrás das costas.

Eu me recusei a sorrir de volta quando ele exibiu um sorriso entusiasmado.

– Então vou dar um jeito de fazer você ser demitido – ameacei.

– Sim, marujo.

– Eu odeio você.

– Que tal um chocolatinho como oferta de paz? – Ele revelou o que escondia, uma caixinha de confeitaria em formato de estrela.

– Traz aqui e posso considerar poupar sua vida.

Segundos depois, eu, Susan e Greg estávamos comendo trufas – a minha era de baunilha, a de Susan era de caramelo, e Greg ficou com a horrorosa trufa de laranja, o que achei um castigo merecido.

– Então você vai ser liberada hoje? – perguntou Greg, escolhendo outra trufa pra tirar o gosto ruim da boca.

– Esse é o plano.

– Depois de mais uns examezinhos para ter certeza de que a recuperação está indo como esperamos – Susan acrescentou.

Greg assentiu olhando para ela e depois se virou para mim.

– E a cachola?

– Esquisita – confessei. – Não dá pra saber se os implantes deram certo até eu estar completamente recuperada e conseguir usar esse olho de novo. Mas, por enquanto, a sensação é de que... tem mais coisa aqui dentro.

– Será que você é oficialmente um ciborgue agora? Um ciborgue pirata? Um piborgue?

Olhei para Susan.

– Refresque minha memória, consigo usar isso aqui como arma? – Dei uma pancadinha com o dedo na lateral da cabeça.

– Infelizmente não.

– Que saco.

O médico-chefe não demorou a chegar. Ele me liberou depois de cutucar meu crânio remendado e fazer alguns exames cognitivos. Susan prometeu que enviaria os cartões, flores e presentinhos de meus colegas para meu apartamento assim que eu estivesse acomodada. Ganhei um uísque muito bom de Molly e um pequeno batalhão de cactos e suculentas da minha equipe. O destaque da pilha de presentes era um urso de pelúcia gigante enviado por Keller e seus brutamontes. O urso era do tamanho de uma pessoa, juro por Deus, e estava segurando um coração onde estava escrito MELHORAS!. Pensar nele ou em um de seus Músculos escolhendo aquilo e depois trazendo pra cá era divertidíssimo.

Susan ofereceu uma cadeira de rodas para me levar da sala de recuperação na ala médica até o carro, mas eu disse que não precisava. Andar por conta própria me parecia algo importante, se eu conseguisse. Além disso, Molly tinha me presenteado com minha bengala, recém-consertada e aprimorada, e eu queria senti-la em minha mão novamente. Eu andava devagar, com Greg pairando solicitamente ao meu lado caso eu precisasse dele, mas consegui fazer todo o trajeto até a saída do prédio sem ajuda.

Do lado de fora, Melinda esperava por mim, sorrindo, e atrás dela um supercarro ronronava como um gato contente. Era um modelo mais recente, tinha formato de ave de rapina e a lataria tinha uma pintura furta-cor, exótica e reluzente.

– Sua carruagem, majestade – disse ela.

Dei risada, e ela me abraçou antes de me ajudar a entrar no carro enquanto Greg segurava a porta. Minha quedinha por ela tinha se transformado em uma coisa confortável, um tipo de admiração tranquila, o que significava que eu gaguejava menos e a elogiava mais. Quando me acomodei no banco traseiro, Greg sentou do meu lado e Melinda ocupou seu lugar atrás da direção.

– Estou vendo que hoje vou receber tratamento VIP – observei enquanto acariciava os bancos de veludo.

– Dirigi essa belezinha pouquíssimas vezes, apenas em ocasiões em que Leviatã queria impressionar. Aparentemente ele quis mimar você um pouquinho.

Senti uma pontada ao receber aquela atenção, depois me perguntei por que a ideia de ele pensar em mim me enterneceria tanto.

Quando chegamos em casa, Melinda se despediu com outro abraço e Greg me ajudou a subir. Havia uma faixa pendurada acima da minha porta que dizia BEM-VINDA DE VOLTA, FISCAL! que me deu um aperto no peito, de dor e de carinho.

– Quer que eu entre? Precisa de alguma coisa? – Greg perguntou quando já estávamos na porta, sem saber o que fazer com as próprias mãos.

– Não, eu me viro, obrigada – agradeci, usando um cartão que eu não usava havia algum tempo para destrancar a porta. – Fico feliz por ter me acompanhado até aqui, mas não fico sozinha por mais de alguns segundos desde que voltei.

Ele se abaixou e me abraçou o mais apertado que imaginava que eu pudesse aguentar. Eu pressionei rapidamente minha testa contra o ombro dele e dei um tapinha em suas costas. Era como abraçar um pássaro muito grande, e eu conseguia sentir seu coração batendo.

– Vai estar dando cambalhotas no convés mais cedo do que imagina, Capitão Gancho – disse ele com a voz meio embargada.

– Se fizer mais uma piada sobre piratas, vou pedir um cutelo para Keller e te cortar ao meio.

– Arrr! – disse ele, me soltando.

Eu ri e entrei em casa.

Meu apartamento estava um brinco. Era nítido que alguém o tinha limpado, possivelmente mais de uma vez, enquanto eu me ausentara. Havia até mesmo um leve aroma de eucalipto no ar. Eu me joguei na cama e me enrolei nos lençóis limpos, me sentindo em casa. Meus olhos ficaram marejados com esse simples conforto físico.

Depois de um tempo, sentei e puxei o cobertor sobre a cabeça como um capuz. Decidi passar o máximo de tempo possível na cama durante minha recuperação e licença médica. Passando os olhos por meu quarto, percebi algo diferente em minha mesinha de cabeceira.

O vasinho artesanal estava cheio de uma terra escura e fértil, e no topo havia uma folhagem tão verde e viçosa que parecia brilhar. Um único talo crescia da terra, e florescendo dele havia três orquídeas pretas e aveludadas.

Não havia nenhum cartão, apenas um pedaço de papel cru de bordas irregulares. Gravado no papel havia o símbolo alquímico do enxofre – a Cruz de Leviatã.

Toquei a superfície marcada com a ponta dos dedos.

Uma das coisas mais difíceis de minha recuperação foi o tempo de tela – ou, melhor dizendo, a falta dele. A equipe médica tinha me liberado para ficar sozinha, mas eu ainda tinha que falar com uma equipe de especialistas várias vezes ao dia, e todos eles eram irredutíveis ao bater em uma mesma tecla: eu não deveria sobrecarregar meu cérebro lesionado ou meu olho. Isso significava que eu deveria passar o mínimo de tempo possível diante de telas. Acontece que, nas poucas vezes em que desobedeci (eu não me tornei uma paciente melhor na segunda vez), senti uma dor imensa.

Isso significava que me comunicar com June enquanto me recuperava era impossível, ao menos diretamente. Quando eu ainda estava nas dependências médicas, eu falava com ela através de Greg, que lia as mensagens dela pra mim e depois me deixava ditar as respostas. Quando finalmente voltei para o meu apartamento, me disseram que eu poderia ver se tolerava uma hora por dia. Caso eu não conseguisse, deixei um software de reconhecimento de voz e conversão de texto para áudio configurado no celular, assim uma suave voz robótica leria meus e-mails para mim. Queria guardar meus preciosos sessenta minutos (ou menos) de tela para trocar mensagens com June.

Quando Greg lia as mensagens, elas pareciam distantes e genéricas; acho que era esquisito conversar com o filtro não só de dois aparelhos, mas também de um ser humano. Eu tinha certeza de que ela estava guardando o melhor de si para quando pudéssemos estar digitalmente juntas outra vez.

Comecei mandando uma selfie do meu couro cabeludo grampeado com a legenda:

> Frankenstein falando. Câmbio

> e tem mais, hein!

Depois mandei uma do meu tapa-olho.

Recebi a notificação de mensagem lida, e depois os três pontinhos que indicavam que ela estava digitando surgiram na tela. Eu estava com saudades daqueles três pontinhos, ainda que só de olhar para eles eu estivesse ficando com dor de cabeça.

> É você? Tipo, você tá digitando sozinha?

> Aham, dei um perdido neles. Posso digitar por uns minutinhos todos os dias e estou gastando todos eles com você

Ela não disse nada por um bom tempo. Os três pontinhos indicavam que estava escrevendo alguma coisa e depois apagando, escrevendo e depois apagando.

Finalmente, quando fiquei desconfortável e estava prestes a deixar o celular de lado, ela enviou a seguinte mensagem:

> Não posso falar agora mas depois falo com você, ok?

Sorri, aliviada.

> Não esquenta, amiga

Era horário comercial, e ela provavelmente estava ocupada com alguma coisa. Coloquei meu celular no silencioso e tentei tirar um cochilo como fui instruída a fazer sempre que tivesse a chance.

Os e-mails chegaram algumas horas depois. Dois deles, um depois do outro. O primeiro, vindo de seu e-mail oficial, o que ela usava com a foto profissional pra mandar currículos, era frio e objetivo.

> ...Não me procure sob hipótese alguma. Isso inclui, mas não está limitado a: interações ao vivo, mensagens de texto, e-mails, mensagens em redes sociais, telefonemas e correspondência. Não é de meu interesse continuar associada a você de maneira pessoal ou profissional, e a partir de hoje removerei você dos meus contatos em todas as plataformas...

Era um término com ares de medida protetiva judicial.

O segundo e-mail veio de uma conta que ela tinha desde a sexta série, um e-mail com endereço constrangedor cuja foto de avatar era June bêbada mostrando o dedo do meio. A mensagem tinha apenas onze palavras.

> Não posso ver você sendo levada por um carro outra vez.

Encarei aquelas palavras por muito mais tempo do que deveria, até que meu olho bom começou a doer e minha visão ficou embaçada. Depois de um tempo, fechei meu notebook e fiquei andando em círculos pelo meu apartamento, atônita.

Quando faltei a uma consulta médica à tarde, primeiro me ligaram; depois enviaram uma pessoa pra ter certeza de que eu não tinha desmaiado ou que minha nova fiação não tinha entrado em curto. Pedi desculpas, mas me recusei a ir com eles para a clínica. Minha garganta estava doendo de tanto chorar e meu rosto inteiro doía.

Tomada por apatia, me perguntei o que aconteceria a seguir. Se enviariam outras pessoas da equipe médica, desta vez com tranquilizantes e permissões de segurança mais abrangentes, que me pegariam e me levariam de volta.

Qualquer que fosse o protocolo oficial, nunca foi adiante. Em vez disso, Keller apareceu.

Ele bateu à porta, mas não me esperou abrir. Eu me sobressaltei e dei um grito de espanto. Ele ficou parado olhando meu rosto completamente inchado, percebendo os lenços de papel espalhados pelo apartamento. Eu estava coberta de suor de tristeza, e meu rosto ardia com o sal das lágrimas. Resmunguei alguma coisa sobre invasão de privacidade, mas ele ignorou por completo.

Depois de um instante, ele fez um gesto curto com a cabeça e disse:

– Tome um banho, coloque uma roupa e me encontre no Buraco daqui a uma hora. – Ele falava com autoridade natural e absoluta, e todos os meus comentários sarcásticos morreram em minha garganta. – Me dar um bolo não é uma opção.

Ele assentiu outra vez e saiu pela porta.

Pensei seriamente em dar um bolo em Keller, mas sabia que ele continuaria aparecendo no apartamento até que eu cedesse. Então, depois de tomar um banho e colocar um pouco de gelo no rosto, eu me arrastei até o Buraco para encontrá-lo. Quando cheguei, ele estava com um sorriso no rosto. Com minha bengala, meu tapa-olho e meu ferimento recente na cabeça, eu me sentia monstruosa. Embora todos nós trabalhássemos para um supervilão, a maioria dos funcionários de Leviatã ainda não estava calejada o suficiente para não me encarar por mais tempo do que o normal. Para mim, aquele escrutínio era muito menos incômodo do que teria sido meses antes, mas ainda assim eu não gostava.

– Ainda está com uma cara horrível. – O sorriso de Keller aumentou.

Retorci os lábios.

– É, eu sei.

Nosso garçom apareceu, e Keller pediu uma cerveja grande.

– Não posso beber depois do...

– Não se sinta pressionada – disse ele, fazendo um gesto de "não esquenta" sobre a mesa. – Só pensei que seria melhor para que o garçom não ficasse vindo até a mesa toda hora.

– Muito... bem pensado.

Com outro sorriso, ele se serviu com bastante destreza de algo que tinha um aroma encorpado e refrescante, deixando um colarinho quase imperceptível na altura da borda do copo.

– Pois então – disse ele.

– Pois então. Como você está. Como estão os Músculos?

Ele fez uma careta.

– Bela tentativa. Estamos aqui pra falar sobre como você está, espertinha.

– Precisamos mesmo?

– Ah, eu insisto. Como você está?

– Acabada.

Ele emitiu um grunhido. Fiquei olhando para ele, em silêncio.

– Bom, você já está aqui. Quer conversar?

Eu cocei a testa.

– Você se lembra de June? – perguntei.

– Sim, eu gostava dela. Grossa pra cacete. Muito engraçada.

– Ela... Nós não podemos mais ter contato.

A expressão dele se tornou um pouco mais séria.

– Ah. Sinto muito.

De repente, o descanso de copo onde a cerveja dele estava se tornou fascinante. Não tirei os olhos do objeto.

– Vocês estavam envolvidas de alguma forma? – perguntou ele.

– Ela era minha melhor amiga.

– Caramba. Que difícil.

Ficamos em silêncio por um bom tempo, mas não foi um silêncio desconfortável. Ele tomou mais um ou dois goles de cerveja. Atrás de mim, havia uma televisão passando um jogo de beisebol com o som desligado. Keller dava uma olhada de vez em quando pra ver o placar.

– É assim mesmo. Essas coisas vão começar a acontecer – disse ele.

– O quê?

– As pessoas começarem a ir embora.

Fiquei surpresa.

– Isso é normal?

– Completamente normal. Você começa a ser bem-sucedido, ficar conhecido. É aí que as pessoas começam a pular do barco.

– Você tem uma definição curiosa do que é uma pessoa bem-sucedida. – Acabei soando mais amarga do que pretendia. – Meu nome veio de uma piadinha, e tudo o que eu consegui depois de dois encontros com o Superimpacto foi uma bengala e um tapa-olho.

– Todos os nomes, antes de virar nossa marca registrada, começam como uma piada ou um insulto. E você sobreviveu ao Superimpacto *duas vezes*. Ele é um baita de um inimigo para chamar de seu.

– Admito que sou sortuda.

– Não vou aceitar que você desmereça a sinfonia orquestrada que foi a porra da minha missão dizendo que foi sorte.

– Não foi o que eu...

– Tirar você de lá foi um pesadelo, mas conseguimos – disse Keller. – Seu trabalho é importante, e precisamos de você aqui. Por isso você sobreviveu.

– Eu... obrigada.

– Autodepreciação é um negócio que tem danos colaterais.

– Por que você está dizendo umas coisas tão sábias?

– Porque você está sendo impossível. Assim que você sossegar, posso voltar a ser só um brutamontes.

– Eu... eu estou me acostumando com a ideia de que sou valorizada aqui. Só não pensei que fosse perder June quando isso acontecesse.

– Não?

Senti meu rosto se contorcer. Estava vulnerável e arrasada, as palavras pareciam prontas para sair em um dilúvio, mas era Keller sentado ali. Eu imaginava que ele fosse tão sensível e compreensivo quanto um bisão. Porém, ele estava sentado ali.

Minha garganta estava apertada, mas me esforcei para falar:

– June e eu começamos juntas. Nós pegávamos trabalho pela Agência. Uma botava a outra para cima tirando sarro das outras pessoas, sendo que estávamos tão desesperadas e tão apreensivas quanto elas. A gente aceitava os piores empregos do mundo, tarefas horríveis, qualquer coisa que caísse no nosso prato. Porque depois podíamos conversar sobre isso, dar risada juntas. Tínhamos uma à outra, e isso fazia com que as coisas fossem suportáveis.

Keller ouvia. Suas mãos grandes estavam sobre a mesa e ele olhava para mim, sereno.

– Até quando me machuquei, quando Superimpacto... Aconteceu, ela estava lá. Ela foi até o hospital pra deixar as coisas menos deprimentes. Ela fez um cantinho pra mim no apartamento dela quando eu não tinha nada nem ninguém. Ela pintava minhas unhas dos pés...

Não consegui terminar a frase..

– E aí vocês começaram a se ver menos – disse Keller.

Concordei com a cabeça.

– Foi quando você começou a trabalhar aqui?

– Não, foi bem antes. Foi quando comecei o Dossiê do Estrago. Nós morávamos juntas, e ela odiava o que eu estava fazendo. Ficava ansiosa.

– Faz sentido.

– É. Mas eu não dei ouvidos. Continuei trabalhando no dossiê. Depois, quando consegui este emprego aqui, ficou pior. E foi minha culpa. As coisas que eu fazia deixavam June assustada. Ela nunca veio aqui. Ficava aflita.

– E aí você foi sequestrada.

– Isso.

– Eles ficam com medo de que isso aconteça com eles também. Como se violência fosse contagiosa.

Ficamos os dois em silêncio por um instante. Keller terminou a cerveja, encheu o copo novamente, coçou a nuca. Por fim, ele disse:

– Era de esperar que as pessoas tivessem muito mais medo de serem amigas de super-heróis ou ajudantes.

– Por quê?

– Ah, a taxa de mortalidade deles é muito mais alta. Está saindo com um herói? É o melhor amigo dele? É a mãe dele? Ou é o tio que o criou? Você vai ser sequestrado três vezes por semana, no mínimo.

Dei risada.

– É verdade – respondi.

– Lógico. Quando foi a última vez que alguém raptou a noiva de um vilão na própria festa de noivado e a amarrou ao primeiro vagão de um trem para pedir resgate?

Deixei escapar uma gargalhada com aquela descrição.

– Eles precisam mesmo dar uma melhorada – falei.

– Sabe por que eles não conseguem nos atingir através das pessoas que amamos? – perguntou Keller.

– Porque eles nunca fariam algo tão desprezível?

– Porque nós não temos ninguém.

Emiti um ruído engasgado como se ele tivesse me dado um soco na garganta. Era a vez de Keller encarar a mesa.

– Meu marido. Ele não conseguiu lidar com a minha mudança de carreira – disse ele. – Ele queria ser respeitável. Gostava disso, gostava de se despedir de mim de manhã, de me esperar chegar em casa.

Keller segurava o copo entre as mãos grandes. Havia um calo visível em seu dedo anelar da mão esquerda, onde ele deve ter usado um anel um pouquinho apertado para seus dedos grossos.

– Por que você virou a casaca? – perguntei.

Keller mostrou os dentes.

– O de sempre. Vi negarem promoções ou benefícios para muita gente boa. Muitas honras oferecidas aos fedelhos idiotas dos caras influentes.

Concordei com a cabeça e comprimi os lábios. Não era só isso, mas aparentemente ele chegaria lá aos poucos.

– Além disso, Leviatã simplesmente era mais inteligente do que todos os outros. Eu queria ser liderado por alguém que eu gostaria de seguir.

– Ele procurou você?

Keller abriu um sorriso.

– Na época em que ele ainda se envolvia em confrontos mais diretos, eu fazia parte de uma equipe que foi acionada quando ele estava dando trabalho demais com um submarino biomecânico. A guarda costeira não conseguiu lidar com ele por conta própria, e todas as pessoas com super-habilidades estavam convenientemente ocupadas.

– E você conseguiu lidar com ele? Ele ficou impressionado?

Keller riu, envergonhado.

– Claro que não. Ele massacrou a gente. Nesse caso, em sentido figurado. Ele poderia ter matado todos nós, mas não o fez. Ele arrasou nosso navio e tocou o terror. No fim das contas, ele só estava fazendo uns testes e os superiores reagiram de forma exagerada. Nós nem devíamos ter sido mandados para lá. Ele cercou meu naviozinho e nos atacou como se não fosse nada.

Eu estava completamente interessada agora. Sabia qual era o dispositivo de que Keller falava, era uma arma de defesa que Leviatã chamava de feiticeira. Disparava uma coisa parecida com seda de aranha, mas com uma textura mais gelatinosa, e muito pior. Adorei imaginá-la sendo usada em algo grande como um navio; só a tinha visto sendo usada em super-heróis, e isso já era bem engraçado.

– Ele nos capturou. Acho que estava prestes a nos atirar em uma cela e seguir a vida, mas então, como se tivesse acabado de pensar em algo engraçado, inclinou a cabeça para o lado e perguntou se eu não gostaria de me juntar a ele. Não sei o que deu em mim, mas eu estava muito irritado e aceitei a proposta.

Eu ouvia a história com um sorriso no rosto. Keller olhou para mim e deu um sorriso afetado e orgulhoso que logo desapareceu. Ele tomou um longo gole de sua bebida.

– Meu marido decidiu não me acompanhar – ele falou.

Engoli em seco.

– Sinto muito.

Ele deu de ombros.

– Era direito dele.

– Você se arrepende?

Keller balançou a cabeça.

– Isso aqui é mais honesto.

– Nunca pensei em ser capanga como "trabalho honesto".

Ele apontou um dedo grosso para mim.

– É mais honesto do que qualquer coisa por aí. Eu também costumava bancar o herói, só não usava a porra de uma capa. Supostamente nós éramos nobres, mas éramos tão cruéis, corruptos e egoístas quanto qualquer um. A diferença é que você tem que esconder, fingir que todo mundo anda na linha.

– Sendo capanga, seu posicionamento é bem claro – concordei.

– Exatamente. Você bate no peito e assume a crueldade, as conspirações; as cartas estão todas sobre a mesa. Ninguém quer ser um herói de verdade, é difícil demais. Meu marido não ligava se meu trabalho era nobre, desde que *parecesse* nobre. Naquela época, quando eu matava alguém, algo que eu fazia com *muito* mais frequência do que faço agora, era "em prol de *um bem maior*". Era muita baboseira. Então, no segundo em que o fingimento acabou, meu casamento também foi por água abaixo. Eu não precisava daquilo.

Admirei a sensatez com a qual ele tomou aquelas decisões, a forma como tinha uma bússola interior e a seguiu sabendo das consequências. Quando comparei a história dele com a minha, percebi quanto eu tinha patinado e escorregado no começo.

– Quando comecei, acho que a ideia de ser vilã era uma brincadeira para mim. Não imaginava que seria tão perigoso.

– Você parece ter descoberto. Nem todo mundo nasceu para arriscar membros e olhos só porque são pobres e estão com raiva – ponderou Keller com uma piscadela para mim.

– Não foi bem uma escolha.

Eu fiz um gesto amplo e indiferente na direção do meu corpo.

– Escolheu, sim – disse ele, resoluto. – Talvez não tenha percebido na hora, mas você quis entrar na dança.

Keller tomou um gole enquanto eu olhava para ele de cara feia.

– Beleza, quebraram sua perna, mas você poderia ter dado o fora, ter feito um curso pra virar advogada ou sei lá. Você poderia ter jurado ser uma pessoa boa pra que isso nunca mais acontecesse. Mas aqui está você.

– Será que eu sou idiota?

– Ah, não. Só um pouco má.

– Puxa-saco.

– É sério.

– Posso ser mesquinha e malvada, mas não sei se azucrinar heróis como eu faço pode ser considerado algo mau – falei.

De repente Keller ergueu as mãos no ar, os dedos como se fossem garras. Engrossando a voz, ele disse, imitando a fala metálica de Leviatã:

– Buscar vingança e poder em vez de se acovardar quando se é punido pelo mundo. É isso que pensam ser a maldade, correto?

Caí na gargalhada.

– Acho que sim.

Levei a mão distraidamente à cabeça.

Keller observou o movimento e ficou sério.

– Olha só pra você – disse ele, diminuindo o volume de sua voz. – Olha como eles estavam com medo de você. Olha o que eles fizeram só porque você não se amedrontou.

– Então essa é a alternativa? Cheia de cicatrizes e fiações elétricas? Solitária pra caralho?

– Não é tão ruim – argumentou ele.

– Acha mesmo?

– Você sabe quem você é. Você sabe para quem está trabalhando. Está tomando decisões de olhos abertos. Ou melhor, de olho aberto.

Respondi com uma careta ameaçadora.

Ele encolheu os ombros, relaxado.

– E o que você tem a perder? Não tem muito mais que possa te assustar, imagino eu. Isso é um privilégio que só os vilões têm.

Encarei a água com gás em meu copo.

– Essa doeu, Keller.

– Não mesmo. Quer dizer que somos mais fortes.

– Você não mencionou a solidão devastadora.

– Pra ser sincero, estou magoado por você não levar minha companhia em consideração.

– Não foi o que eu quis...

– Eu sei.

Deixei o silêncio entre nós se prolongar, sem saber se era desconfortável ou não.

– Não quer dizer que não vai restar ninguém, Fiscal. Claro, as opções são mais limitadas, mas as pessoas que ficam são as que entendem.

– Então você quer dizer que não estou condenada a uma existência solitária.

– Ainda vai precisar passar por uns cargos antes disso. Você é jovem, vai ficar bonita de novo em breve. E, se eu consigo arranjar uma companhia pra comer um filé-mignon de vez em quando, você vai tirar de letra.

Keller deu um gole e fez uma gracinha com as sobrancelhas. Ele parecia estar extremamente satisfeito consigo mesmo, e isso me arrancou um sorriso.

– Não vou mentir, é um pouco difícil no começo, garota – disse ele. – Mas você vai se acostumar. E, olha só, vai ser muito mais difícil que eles te cerquem daqui pra frente.

Eu concordei com um gesto de cabeça. Pressionei a mão aberta sobre o peito, pouco abaixo da clavícula. Eu ainda sentia dor física e uma sensação de perda que parecia estar em carne viva. Mesmo assim, eu estava sarando.

Continuei melhorando. Era um processo lento e muito frustrante. Eu detestava a coceira febril e asquerosa da pele se regenerando e odiava o tempo que o processo demorava. Tentei me comportar melhor do que na última vez, enxergar meu corpo como aliado em vez de adversário, mas continuava sendo imensamente difícil. Conforme minha pele foi crescendo e os transplantes que substituíram o osso que foi tirado de minha cabeça gradualmente se solidificaram, fui ficando mais forte, ainda que demorada e dolorosamente.

Minha recuperação me mantinha ocupada. Agora, em vez de ficar prostrada em um sofá por semanas a fio sem falar com ninguém, eu tinha uma agenda movimentada de consultas com especialistas e terapeutas para garantir que tudo estava evoluindo dentro do esperado, que meus implantes e upgrades não estavam sendo rejeitados pelo meu organismo, que meu cérebro estava processando o novo fluxo de informações. Eu passava constantemente por avaliações, e meu tratamento avançava ou regredia dependendo das minhas reações e do meu progresso.

Em momentos importantes, Leviatã acompanhava a avaliação e ocasionalmente pedia alguns testes extras. Eu agora o via mais do que nunca, e percebi que me tornava cada vez mais apegada a esse novo tipo de atenção que ele me dava. Os dias em que eu o via eram como recompensas, e eram os dias que faziam valer a pena apresentar algum progresso. Quando ele intervinha, não costumava ser complicado e quase nunca era muito invasivo, apenas algumas perguntas, um toque em minhas têmporas ou gânglios linfáticos. Eu mantinha em minha mente um breve registro de cada vez que ele me tocava, e notei que, ao longo do tempo, o contato se tornava mais prolongado. Uma tendência crescente muito sutil.

No entanto, depois de quatro meses, fui chamada ao escritório de Leviatã para uma reunião que não estava marcada. Fiquei animada. Ele vinha se recusando categoricamente a responder a qualquer uma das minhas perguntas sobre quando eu poderia retomar minhas funções, e na mesma hora deduzi que aquele seria o primeiro passo para minha volta ao trabalho. Ele levou um médico para a reunião e disse que queria supervisionar pessoalmente um último exame antes de considerar colocar alguma responsabilidade sobre os meus ombros.

Os exames foram meticulosos, cuidadosos a ponto de a experiência ser um pouco aflitiva. Leviatã checou uma, duas vezes o trabalho do médico, retomando o procedimento e recomeçando a análise do zero. Por um tempão, ele me examinou em silêncio, concentrado no que restava de meus ferimentos. Fechei os olhos para prestar atenção a outro tipo de informação: os leves toques e a pressão de seus dedos em minha pele enquanto os dois conversavam como se eu nem estivesse ali.

Quando os exames acabaram, o médico foi embora sem me dar nenhum resultado. Leviatã estudava meu olho esquerdo de perto. O tapa-olho já havia sido descartado. O rosto dele estava a centímetros de distância do meu. De perto, a armadura dele fazia um som curioso, as pequenas chapas de metal deslizavam como placas tectônicas em miniatura.

Depois de muito tempo, ele se manifestou:

– Ótimo. Que ótimo.

– Obrigada – respondi, como se tivesse algo a ver com a satisfação dele.

– Olhe para cima! – ordenou Leviatã, puxando minha pálpebra inferior para baixo.

Eu imaginei que o toque de seu dedo fosse suave, mas era muito parecido com um velcro muito fininho.

– Os implantes estão cicatrizando – disse ele, soltando meu rosto e dando um passo para trás. – Como está sua visão?

– Estranha – admiti, correndo o olhar pelo escritório. A armadura dele agora tinha um certo brilho iridescente, e alguns dos objetos na sala brilhavam também. – Consigo ver mais coisas do que conseguia antes. É confuso.

Ele assentiu.

– Isso é esperado. Seu cérebro está aprendendo a categorizar novas informações. O maior desafio agora será disfarçar suas reações. Você vai perceber coisas inesperadas. Não seja como a parteira a quem foi concedido o dom da visão das fadas, sobressaltando-se cada vez que passava por um elfo no caminho do mercado.

Leviatã gostava mesmo de contos de fada.

– Vou tentar – prometi, abrindo um sorriso.

Olhei para a palma da minha mão, por um momento imersa nos detalhes que eu conseguia identificar, os redemoinhos de minhas impressões digitais, as dobras delicadas de pele em cada articulação.

– Decidi que será acompanhada por Vespa enquanto se adapta aos implantes – disse ele, me observando atentamente. – Ele passou por aprimorações significativas e se adaptou a elas muitíssimo bem, especialmente às alterações sensoriais.

– Obrigada, senhor.

Ele se afastou um pouco, parecendo satisfeito. Eu estava começando a perder a atenção dele. Poderia ter me retirado se quisesse. Em vez disso, me demorei em minha cadeira.

– Alguma outra dúvida? – perguntou ele automaticamente.

Ele já estava olhando para a tela acoplada à sua mesa.

– Tenho um pedido, se me permite.

– Prossiga.

– Gostaria de ser liberada para voltar ao trabalho.

A linguagem corporal de Leviatã permaneceu inalterada, mas seus olhos passaram a me encarar, pálidos e perscrutadores.

– A recomendação da equipe médica é de mais alguns meses antes de permitir que você volte a assumir mesmo que responsabilidades parciais, e preciso concordar com eles. Sem contar que aprender a usar suas aprimorações levará tempo.

– Estou ciente das minhas limitações, senhor – concordei baixinho. – Entendo que há um longo caminho a ser percorrido, mas... tenho tido dificuldades em me manter distante de meu trabalho.

Ele estudou meu rosto. Seu olhar se movia lento, como se estivesse me escaneando.

– Receio que vou ter que recusar seu pedido. Sua recuperação total é de suma importância. Voltar a exercer atividades cedo demais pode atrasar o processo de cura e fazer com que seu desempenho fique abaixo do habitual.

– Entendo a preocupação. Está coberto de razão. Foi um pedido egoísta.

Percebi uma leve tremulação na região da boca de Leviatã. Ele estava me concedendo uma pequena oportunidade para argumentar, o que reconheci como uma complacência significativa. Reuni coragem e continuei:

– Penso que retornar ao trabalho, por mais que seja em condições limitadas, seria benéfico para o meu processo de recuperação.

Ele inclinou a cabeça em um movimento brando.

– De que maneira?

Cerrei os punhos. Para minha surpresa, aquilo era algo difícil de ser comunicado. Eu não sabia como explicar que a cada instante o custo que os heróis tinham para o mundo aumentava sem que houvesse algo que o contrabalançasse. Eu não sabia como dizer a ele que, a cada dia que não trabalhava, eu era tomada pela noção constante e intrusiva de que esses números aumentavam e aumentavam, negligenciados. Era ruim antes de meus aprimoramentos, agora tinha se tornado muito pior.

Escolhi dizer algo que sabia que faria sentido pra ele.

– Pra mim, os momentos em que não faço nada são uma derrota. Como se nossos inimigos tivessem vencido.

– O descanso também é uma arma.

– Estou descansada. – Tentei soar o mais paciente que pude. – Me deixe ao menos começar a me desenvolver outra vez.

O silêncio de Leviatã durou um longo momento. Na minha cabeça, comecei a processar sua recusa.

– Com avaliações regulares da equipe médica e sob supervisão extremamente rigorosa, permitirei – respondeu ele baixinho.

Levantei a cabeça, surpresa. Abri a boca para agradecer, mas ele me interrompeu, erguendo a mão antes que eu pudesse emitir qualquer coisa além de um ruído indistinto.

– Seu tempo de trabalho, incluindo qualquer atividade cognitiva árdua ou sentada em frente a uma tela de qualquer natureza, será limitado. Eu mesmo estabelecerei estas diretrizes e espero adesão estrita. Não deverá se colocar em qualquer tipo de risco até que eu esteja inteiramente satisfeito com sua resiliência.

Meu rosto doía de tanto sorrir.

– Obrigada, senhor.

Ele me encarava com ar austero.

– Há outras condições – continuou ele.

– Claro.

– Há um projeto que eu pretendia discutir com você uma vez que se recuperasse completamente. Como insiste em retornar antes do previsto, desejo que seja nesta tarefa específica, que permitirá que eu supervisione diretamente não apenas sua recuperação, mas também seu trabalho. Caso eu verifique que está apta, poderá retomar suas responsabilidades prévias no devido tempo. Está de acordo?

Olhei demoradamente para Leviatã. Eu esperava voltar para minha equipe, para o trabalho que amava. Estava até mesmo sonhando acordada com novos jeitos de arruinar a vida dos heróis. Aquilo era um pouco frustrante, mas, ao mesmo tempo, profundamente intrigante.

– Confio no seu bom julgamento – falei, curiosa o bastante para ceder.

– Não haverá nada bom – prometeu ele –, mas haverá muito julgamento.

Quando voltei ao meu apartamento, alegre e aturdida, havia um e-mail na minha caixa de entrada informando que minha primeira tarefa era encontrar Vespa na manhã seguinte. Deveríamos começar nossas atividades imediatamente, para que eu pudesse me adaptar às minhas aprimorações e maximizar meu potencial.

Nos encontramos no pátio ridiculamente cedo, quando o dia ainda estava turvo e dourado e as áreas verdes, praticamente vazias. Ele trouxe café, como um anjo sem asas, e me deu boas-vindas ao "clube dos ciborgues".

Meu primeiro exercício era olhar ao redor e dizer a ele o que eu via. Para meu choque, era uma tarefa árdua.

– Lembre-se de que já está detectando mais coisas – instruiu Vespa, paciente. – A informação já está aí.

– Eu diria que dói – falei, massageando a têmpora –, mas não é exatamente isso.

Era difícil absorver tudo. Havia dias em que eu sentia uma saudade violenta do meu tapa-olho; algo que eu nunca imaginei que diria.

– Seu cérebro está bloqueando muita coisa, ou ignorando, porque tudo é novo. As informações recebidas estão sobrecarregando sua habilidade de processar o que está vendo.

– É como se eu enxergasse *menos* – reclamei.

Estávamos sentados em um banco rodeado por grama em uma das áreas verdes. Tudo estava inundado de luz do sol. Era uma experiência avassaladora – toda aquela nova informação sendo captada por meus implantes e aprimorações, por meu olho novo – como um turbilhão frenético em minha cabeça.

– As novas informações bagunçam seus pensamentos – observou Vespa, assentindo.

– Me deixam com dor de cabeça – confessei.

– Não tenho dúvida. Beleza, vamos tentar uma coisa: dê uma olhada ao redor. Qual é a coisa mais difícil de olhar?

Apertei os olhos e girei o pescoço.

– As flores – decretei. – Definitivamente as flores. Elas parecem palpitar.

– Ah, então agora você tem visão ultravioleta?

– E um pouco de infravermelho.

– Está vendo o que as abelhas veem. Elas conseguem ver luz ultravioleta, então as flores têm padronagens especiais para elas.

– É tipo… poluição visual extra.

– Isso mesmo. Como mais vozes em uma sala lotada. Vamos continuar: o que acha que estão querendo dizer?

Respirei fundo, tentando conter minha frustração. Olhei ao redor outra vez. Havia uma descarga fulgurante de branco e roxo em um monte de terra. Eram flores de açafrão. Por cima das cores familiares, havia tons muito mais profundos – verde-garrafa e amarelo-pastel – e, no centro de cada um, um intenso núcleo índigo.

– É um alvo! – exclamei.

Ele inclinou a cabeça em minha direção, e a lente de um de seus olhos mecânicos ajustou o foco como o zoom de uma câmera.

– As marcas, tipo anéis, devem ajudar as abelhas a mirar.

Olhei outra vez, examinando cada flor como um sinalizador, como se fossem mais placas localizadoras do que decorações.

– Muito bem – disse ele. – Tudo é assim. Tudo é informação. Tudo que é novo tem um significado, mas em uma linguagem que ainda está aprendendo.

Olhei para minhas mãos e meus antebraços. Minha pele, antes familiar, agora constituía um cenário intrincado de sardas e pintas, manchas de pigmentação e de sol e cicatrizes. Um oceano de evidências.

– Não sei dizer se isso torna as coisas mais bonitas ou mais feias.

– Os dois – respondeu Vespa, exibindo uma tristeza robótica e sábia.

– Eu gosto mais do infravermelho – falei.

Era prazeroso analisar a maneira como nosso corpo irradia calor. As órbitas dos olhos levemente frias, a caverna morna da boca, a pulsação latejante no pescoço.

– É assim que os pernilongos veem a gente – disse Vespa. – Sempre à procura de sangue.

Depois de uma pausa, ele sugeriu:

– Tente prestar atenção apenas nisso: o calor. Ignore as outras informações.

Não consegui isolar o calor completamente, mas percebi que, se praticasse, eu era capaz de focar em um único espectro. O infravermelho era o mais fácil – as ondas de calor eram muito diferentes das nuvens de luz. Minha visão infravermelha não era em cores, como costuma ser representada em certos dispositivos: tons pretos, azuis e verdes para áreas mais frias, depois o amarelo-vivo, o vermelho e o roxo intensos. Com meus novos olhos, era algo completamente diferente – havia uma profundidade e uma riqueza nos detalhes, era uma questão de saturação mais do que de matiz. Eu suspeitava que podia até mesmo farejar as coisas na mesma medida em que conseguia vê-las.

Observei enquanto uma garota tirava a blusa de frio e se espreguiçava. Fiquei meio vidrada pela vulnerabilidade quente de suas axilas, onde as veias e os nervos eram muito próximos à superfície da pele. Algo que eu não disse a Vespa era que parte da avalanche inesperada de informações sensoriais era descobrir que havia muitas coisas novas que agora me atraíam. De repente, o batimento cardíaco de uma pessoa era deslumbrante, ou os vasos capilares de outra me deixavam sem fôlego. Eu tinha todo um novo leque de preferências para entender e explorar.

— Faz com que eu me sinta nua — falei.

— Como assim? — perguntou Vespa, atento.

— Eu também estou expondo todas essas informações. Qualquer um pode olhar para mim e enxergar meu sangue, as partes mais frágeis de meu corpo, os danos que o sol fez à minha pele.

— Qualquer um, não.

Olhei para ele e sorri de lado.

— Mas você com certeza pode.

— Bom... — Ele ficou vermelho. Ou, melhor dizendo, pude notar quando uma onda de calor tomou a superfície de sua pele. — Bem-vinda ao clube.

— O mais estranho é que a maioria das coisas que consigo ver agora parece estar dizendo a mesma coisa. Flores, mamíferos, tanto faz.

— O que estão dizendo?

— Eu sou uma delícia. Me coma.

Desenvolvemos um padrão bem depressa. Nos encontrávamos no prédio, ele trazia café e depois observávamos coisas juntos. Comecei a aprender a lidar com as informações visuais de uma maneira mais ampla no início, entendendo quais eram os diferentes espectros e o que cada matiz ou nova cor significava, em sua forma mais básica. Não demorou para que eu começasse a desenvolver sentidos mais sofisticados sobre o que eu enxergava, e Vespa me ajudava a decifrá-los também, não só a lidar com as descobertas do processo. Passei a conseguir enxergar a diferença entre uma onda de nervosismo na presença de um novo amor e a redistribuição de calor no corpo de alguém que estava mentindo. Comecei a ter uma noção de qual era a cor do medo.

Com esse processo, percebi que a gentileza e a generosidade inata de Vespa não eram as únicas razões pelas quais ele se dispôs a passar tanto tempo comigo. Precisei de uma cirurgia cerebral e de superpoderes, mas finalmente eu estava aprendendo a enxergar quando alguém se sentia atraído por mim. A atração que ele sentia tinha aroma e cor, temperatura e frequência de vibração. Era quantificável e mensurável, e algo naquilo era muito reconfortante. Eu não me sentia apta para explorar essa atração, mas também não a desencorajei. Tentei tratar o carinho dele com cuidado, e descobri que conseguiria dar mais espaço para esses sentimentos em algum ponto indistinto do futuro.

Por mais que às vezes fosse sufocante, o aperfeiçoamento da maneira como eu processava informações ainda era extremamente limitado. Uma das minhas descobertas mais surpreendentes aconteceu quando comecei a trabalhar perto de Leviatã. Ele não exibia praticamente nenhuma das vulnerabilidades que eu estava aprendendo a detectar. Sua armadura bloqueava o calor que o corpo emanava, e restava apenas um débil fantasma de calor em volta de suas articulações e entre suas placas. Ele também não era um alvo ambulante de luz ultravioleta. Em vez disso, simplesmente emitia um brilho. A armadura de Leviatã reluzia como a bioluminescência gerada por criaturas exóticas que vivem nas profundezas do oceano. Notei até mesmo que suas escápulas tinham manchas oculares: eram um aviso.

Quase um mês depois de ter começado a trabalhar com Vespa, lá estava eu, sentada na ampla poltrona de frente para a mesa de Leviatã, passando por uma última avaliação antes que ele decidisse se permitiria ou não que eu voltasse a trabalhar em um futuro próximo. Ele queria falar sobre o novo projeto que tinha escolhido para mim.

Eu estava muito curiosa para saber o que era, mas, enquanto ele acessava os arquivos, me dei a liberdade de encará-lo. Tinha desenvolvido a mania de observá-lo para preencher os momentos em que sua atenção estava em um instrumento ou uma tela. Percebi depois de alguns segundos que ele estava completamente ciente de que eu olhava para ele, e de que me encarava de volta com uma expressão que, caso fosse exibida por uma pessoa capaz de sentir emoções, eu diria ser de divertimento.

Fiquei com vergonha e dei um sorrisinho.

– Ainda estou me acostumando com o novo equipamento – expliquei, dando um tapinha na lateral da cabeça. – Desculpe pela expressão vazia.

– Tudo, menos vazia – respondeu ele, afastando-se para alterar a imagem da tela que ocupava a parede inteira.

O papel de parede, uma simulação fiel de ambiente externo, deu lugar a um denso feed de informações. Ele se pôs a acessar e reposicionar ícones e pastas no desktop, organizando arquivos em grupos.

– Acho que posso chamar de "hiperfoco" – arrisquei. – É muito comum que uma única coisa domine toda a minha atenção.

– Sua miopia vai se tornar mais branda conforme for desenvolvendo suas habilidades – disse ele com indiferença enquanto jogava imagens e documentos na tela como se estivesse distribuindo cartas em um cassino. – Vai se deparar com situações em que estará diante da gravidade de um certo detalhe e de como aquele detalhe se encaixa em um contexto mais amplo. Como você navega tal lacuna acabará por definir você.

Eu não sabia dizer se Leviatã estava fazendo uma ameaça ou um elogio (um problema comum nas interações com ele), então não respondi. Em vez disso, observei suas mãos por alguns minutos, que faziam movimentos ágeis e vigorosos sobre o touch screen da tela acoplada à sua mesa. Havia algo um pouco exaltado na maneira como ele distribuía os arquivos, e então me dei conta de que estava um tanto irritado.

Voltei minha atenção para a tela da parede. Ele agora agrupava arquivos, fotos, cortes de vídeos, nossos próprios dados.

– Se deseja voltar ao trabalho – disse ele, devagar –, solicito que me ajude em algo bastante específico.

– Tudo isso tem a ver com Superimpacto – falei. Todos os arquivos na tela exibiam o nome, a imagem ou a insígnia do herói. – Farei o que você precisar que eu faça.

As mãos de Leviatã desaceleraram. Ele arrastou para o canto da tela uma foto de Superimpacto: a imagem mostrava o herói em movimento, um punho cerrado esticado à frente de seu corpo. Ele voava em um céu azul e ensolarado. No outro canto da tela, Leviatã agrupou arquivos de publicidade negativa – estimativas de dano, relatórios policiais, reinvindicações de seguros – em uma pilha ridiculamente pequena. Outras informações foram posicionadas de maneira que aparentava ser aleatória, como se aguardassem a categoria à qual seriam atribuídas.

– O que você vê? – perguntou Leviatã abruptamente.

– Essas são todas as informações relevantes que temos?

– Praticamente.

– É... frustrante.

– Por quê?

– A maioria dos dados é inútil.

– Discorra.

Eu recostei na poltrona, pensativa. Então me inclinei para mais perto da mesa, massageando minha sobrancelha esquerda, onde ainda havia um resquício de dor da recuperação pós-implantes.

– Temos pouquíssimas informações sobre Superimpacto, e menos ainda que possa ser usado como munição.

– Continue.

– Não existe uma forma de atingi-lo neste momento. Não há um alter ego a ser revelado. Ele não tem outra vida a não ser a que leva como super-herói, isso permeia todo e qualquer aspecto de sua identidade. Ele é um arquétipo ambulante mais do que é um ser humano.

– O que mais?

– Ele é impenetrável, e não apenas fisicamente. Apesar de ser muito irritante saber que você pode disparar um tiro de bazuca no filho da puta e ele vai continuar de pé mesmo assim.

Leviatã emitiu um som parecido com um ronco, que identifiquei como uma risada. Eu continuei:

– O mundo inteiro só está interessado na imagem dele, em mantê-la e preservá-la – falei. – Além disso, não faz sentido tentar destruir a fachada, porque não há nada por baixo dela.

Ele inclinou o pescoço levemente. Eu apertei os olhos para enxergar a tela.

– Posso? – perguntei.

Ele fez um gesto para que eu ficasse à vontade. Era um pouco estranho estar do outro lado, tão próxima de Leviatã, que estava pairando sobre o meu ombro, observando, em vez de estar diante de mim, conduzindo a conversa. Toquei a tela para entender como se usava. Quando peguei o jeito, comecei a reagrupar os ícones dos arquivos.

Depois de trabalhar um pouco, perguntei a Leviatã:

– Agora, o que você vê?

Depois de uma longa pausa, ele disse tão baixo que mal deu para ouvir:

– Ele é vazio.

Concordei com a cabeça.

– A razão pela qual não encontramos algo que possamos explorar é que realmente não existe nada. Ele...

Uma coisa chamou minha atenção, e meu cérebro redirecionou meu foco na metade da frase. Bati o olho em uma cópia em cache de uma notícia e depois a maximizei na tela. Era uma reportagem sobre o meu resgate da unidade médica de Dovecote.

Eu vinha evitando ler sobre o que aconteceu lá depois de perceber que qualquer lembrete direto de minha quase lobotomia me trazia instantaneamente a sensação de que eu estava prestes a sufocar. Como sempre acontecia, a história foi pintada como um ataque. Porém dessa vez o ataque não foi atribuído a Leviatã, e sim a outro vilão. Entomologista tinha imediatamente, até alegremente, concordado em levar o crédito, afirmando que suas "larvas explosivas" tinham sido responsáveis pelos danos. Leviatã não precisou me contar que havia pedido para que o vivisseccionista levasse o crédito; Entomologista adorava ser o centro das atenções e sempre estava disposto a impulsionar sua reputação, portanto, a parceria com ele provavelmente não deve ter custado muito dinheiro.

O que me surpreendeu foi que as autoridades estavam dispostas a comprar a história de Entomologista com muita facilidade. Apesar de as únicas provas tênues serem de que o dano ao prédio hospitalar envolvia explosões, tanto a polícia quanto o Projeto engoliram a narrativa sem hesitar.

"Apenas Superimpacto, Herói da Crise do Oceano em Chamas e Braço Direito de Relações Super-Heroicas, pareceu abalado pelas descobertas da Força-Tarefa Especial", dizia a reportagem. "Embora o herói, que estava na cidade em uma missão diplomática," – essa parte me fez rir alto – "não tenha dado mais explicações, sua expressão durante a coletiva parecia pesarosa. Em resposta às perguntas da imprensa, ele apenas deu indícios de suspeitar que 'algo ainda mais sinistro' estava por trás do ataque."

Arrastei a notícia para o lado e comecei a procurar o vídeo. Não foi difícil encontrar uma cópia da coletiva em questão, que aconteceu em Dovecote logo depois do meu resgate. O diretor da Força-Tarefa Especial era um homem sisudo com óculos de armação de ferro e cabelo grisalho. Ele garantiu com confiança que haviam identificado o suspeito e iniciariam as buscas por Entomologista com os melhores recursos disponíveis. Dito e feito: lá estava Superimpacto, próximo a ele com um semblante carrancudo.

Até olhar para o rosto dele era difícil. Repentinamente, respirar de maneira confortável se tornou uma tarefa quase impossível. Eu me obriguei a analisá-lo, a examinar sua raiva controlada e sua frustração. Ele estava imóvel e irredutível atrás do púlpito. Estava contido.

Pausei o vídeo e aumentei o zoom para poder olhar o rosto de Superimpacto mais de perto. A imagem ficou pixelada, mas havia algo na posição de suas sobrancelhas que me intrigou.

– Ele sabe – falei, meio que pensando em voz alta. – Ele sabe o que aconteceu e está plantado lá como se realmente fosse controlado por essa gente normal que usa terno. Ele não diz praticamente nada, embora saiba exatamente o que deve ter acontecido. Apesar de odiar isso, ele está permitindo que sigam os rastros errados na investigação. Por que ele simplesmente não invade o complexo com o Projeto?

– Esse patife não se atreveria – bradou Leviatã.

Ali me ocorreu que encarar o rosto de Superimpacto devia ser difícil para Leviatã também; fechei o vídeo e olhei para ele. Sua postura estava ainda mais rígida e ereta do que o normal.

– É claro. Nem mesmo ele seria tão inconsequente – respondi de maneira apaziguadora. – É só que ele não insiste; ele não toma a frente da situação, não incita nenhum tipo de resposta. Ele está esperando que as estruturas ao redor dele se alinhem primeiro para que possa segui-las.

De repente, a ficha caiu: foi como se uma chavinha se virasse em meu cérebro. A sensação foi mecânica de um jeito estranho, como se um prédio se encaixasse em seus alicerces. Por um instante me senti um pouco atordoada, como se estivesse fora de mim, até minha mente parecer se adequar. Percebi que me apoiava na mesa e em minha bengala, segurando as duas com força. Leviatã tinha se aproximado mais. Ele não me tocava, mas estava preparado para entrar em ação caso eu caísse.

– As estruturas de apoio dele... – repeti.

Sacudi a cabeça para organizar os pensamentos e endireitei a postura. Soltando a bengala, comecei a explorar o touch screen com as duas mãos. Eu fechava arquivos abertos na tela, abrindo espaço. Estava enxergando alguma coisa – uma rede, uma teia – com muita clareza em minha mente e precisava tentar ilustrá-la.

Arrastei a foto de Superimpacto para o centro da tela vazia e a deixei ali. Em torno dela, posicionei outras imagens, trechos da internet e arquivos, como raios despontando de um sol. Doutor Próton, seu mentor; o Projeto Impacto, que havia ampliado seus poderes; as agências oficiais com as quais ele colaborava; Acelerador, o jovem herói que era seu ajudante; e Ligação Quântica, sua parceira, que competia com ele em termos de poderes, talvez até mesmo em fama e adoração.

– É isso que ele é – eu disse. – Isso é o que faz dele um herói.

Eu acrescentei também referências a cientistas e agentes governamentais que o haviam criado e apoiado, assim como outros heróis mais velhos responsáveis por seu treinamento.

– Essa é a identidade dele – continuei. – O que existe internamente em Superimpacto não importa. O que existe dentro dele pode não ser nada. O que importa é o que está ao redor e do lado de fora dele.

Nós dois ficamos em um silêncio prolongado, encarando a foto de Superimpacto. Isolado no centro da imensa tela, ele de repente deixou de parecer uma força da natureza. Parecia solitário e insignificante.

Ele parecia humano.

Enquanto nós dois processávamos a informação diante de nossos olhos, Leviatã se posicionou atrás de mim, chegando mais perto. Era como estar próximo a uma torre de servidores que fazia meu corpo vibrar com um zunido grave e quase inaudível. Notei que me concentrava para ficar imóvel, esperando que sua mão pousasse em meu ombro ou segurasse meu braço, mas ele não tocou em mim.

– Eu acreditava conhecer a profundidade da desonestidade de Superimpacto – disse ele baixinho. – Eu sabia que ele era uma criatura traiçoeira e repugnante. Porém, na guerra desgastante que exauriu a nós dois, permiti que minha raiva arrefecesse. Abandonei o conflito direto e dei preferência a vitórias menores e mais cruéis. Permiti que o solo onde nós dois pisamos se tornasse livre de sangue.

Virei o rosto discretamente, olhando para ele por sobre os ombros. Suas mãos estavam fechadas com tanta força que jurei conseguir ouvir suas manoplas rangendo. Eu podia sentir a fúria que emanava dele, e uma onda de medo extasiante percorreu meu corpo.

– Entendi a paz como respeito – continuou Leviatã. – Acreditei que ele pensava, assim como eu, que estávamos em patamares iguais enquanto adversários, que as glórias haviam se tornado pequenas demais e os custos muito grandes para agressões declaradas.

Suas mandíbulas se retesaram.

– Agora entendo que ele acredita que sou fraco – disse Leviatã, olhando para mim. Foi difícil não me encolher. – Ele ousa tocar em um dos meus, em uma pessoa de minha confiança?

Ele ergueu o punho fechado perto do meu rosto e lentamente esticou os dedos, abrindo a mão. Traçou uma linha no ar próximo à minha mandíbula, depois à minha têmpora e por fim sobre o meu olho. Seu gesto englobava o meu circuito.

– O fato de ele pensar que poderia fazer isso é um insulto que mal consigo conceber. Quando acabarmos, ele saberá quanto esteve equivocado.

Ele voltou os olhos para a tela e para a estrutura de informações que eu havia agrupado, e soltei o ar que havia prendido em meus pulmões sem perceber. Acompanhei o olhar dele.

– Vou lembrá-los da razão pela qual têm tanto medo de mim.

– Eu sei como – falei baixinho.

Ele olhou para mim novamente com um gesto curto de cabeça.

Mantive meus olhos fixos na tela adiante.

– Consigo ver.

– O que você faria, Fiscal?

Pensei por um momento, formulando minhas frases. Essa poderia ser a melhor oportunidade que eu teria para prevenir danos dessa escala. Todas as vidas que o herói arruinaria, as pessoas que ele machucaria e os sustentos que ele destruiria; todos os vilões que ele criaria e todo o mal que desencadearia; tudo isso era evitável. Essa poderia ser minha grande chance de conter o desastre natural que era Superimpacto. O que você diria se pudesse refrear um terremoto?

– Eu cortaria cada um dos cabos, derrubaria cada um dos pilares, destroçaria cada centímetro dos alicerces que o apoiam. Faria com que o mundo desabasse sobre a cabeça dele. As coisas que o cercam são o que faz dele um herói, então eu acabaria com tudo o que ele toca, tudo a que ele recorre. Sem todas essas coisas, se o encarasse sozinho de igual para igual, o que restaria?

Eu conseguia sentir o suor em minha testa; minhas mãos tremiam. Houve um silêncio demorado, penetrante e apreensivo. Por um momento, tive certeza de que tinha dito algo muito absurdo. Então, uma coisa extraordinária aconteceu: Leviatã jogou a cabeça para trás e riu.

Soava como o canto de um gafanhoto.

5

COMEÇAMOS POR ACELERADOR.

O ajudante de herói era um ponto fora da curva. Conforme mergulhei de cabeça nas informações sobre a carreira de Superimpacto, percebi que quase todas as missões com os custos mais altos e o maior número de mortos envolviam Acelerador. Não era como se Superimpacto estivesse atento a danos materiais quando trabalhava sozinho ou com outros heróis, mas, quando Acelerador estava envolvido, tornava-se uma verdadeira máquina de destruição. No entanto, o que chamava ainda mais atenção eram as vítimas civis quando Acelerador entrava em cena. Acompanhado do ajudante, havia um pico de danos colaterais.

Estudei essas missões e cheguei a uma hipótese: Superimpacto se tornava mais perigoso porque estava protegendo Acelerador. Se um carro em alta velocidade vinha na direção do parceiro, Superimpacto o arremessava para longe sem se importar com o fato de que havia uma família na calçada e um idoso na direção. Ele demolia um prédio para poupar seu protegido, enquanto, se estivesse sozinho, possivelmente apenas arrombaria algumas portas. Ele valorizava a vida de Acelerador mais do que a de qualquer outra pessoa que cruzasse seu caminho, e o custo dessa escolha era absurdamente alto.

Acelerador em si era relativamente inofensivo. Certamente era uma ameaça para o mundo, mas o que ele fazia podia ser compensado caso se tornasse vegano e passasse a fazer doações regulares para o Greenpeace. Nada parecido com a hecatombe que era Superimpacto.

Pessoalmente, eu não desejava mal nenhum a ele. Acelerador estava presente quando minha perna foi destroçada, mas não foi responsável por meus ferimentos e, até onde nossa inteligência foi capaz de determinar, não teve conhecimento ou envolvimento no meu sequestro. Todos os pareceres diziam que ele era um jovem perfeitamente decente, ainda que um pouco arrogante.

No entanto, quando estava perto de seu mentor, ele fazia com que o massacre fosse muito pior. Se Superimpacto fosse um incêndio florestal, Acelerador seria a seca responsável por transformar as folhas em material inflamável. Depois da análise dos números e da contagem de vítimas, não restava nenhuma dúvida quanto ao nosso plano de ação.

Decidi começar por Acelerador porque ele era vulnerável de outras maneiras. Era relativamente recém-chegado à panelinha de Superimpacto, então seria mais difícil de o herói perceber irregularidades em seu comportamento. Sua velocidade extrema desafiava a física a ponto de ser tema de várias dissertações de doutorado. Isso fazia com que ele fosse praticamente impossível de ser perseguido e atingido, além de torná-lo capaz de atos impensáveis de agilidade. No entanto, seu corpo era muitíssimo frágil, unicamente adaptado para lidar com os desgastes relacionados à velocidade, com o atrito. Para além disso, ele continuava vulnerável à maioria dos tipos de dano.

Ao propor que concentrássemos nossos esforços em Acelerador, o desafio não era convencer Leviatã de que ele deveria seguir o alvo, e sim fazer com que seguisse o plano e exercitasse o autocontrole. Assim que mencionei Acelerador, ele estava pronto para contratar um mercenário russo para disparar um dardo no pescoço dele e tirá-lo do caminho.

– Não quero começar com assassinato – expliquei, paciente. – Podemos fazer isso de várias formas. Realizamos várias simulações além de homicídio, e as perspectivas são boas em todas elas.

– Então o que sugere para colocarmos o plano em ação?

Seus braços estavam cruzados, e havia um padrão sutil de cores reluzindo em sua armadura, como se Leviatã fosse uma lula agitada. Era nítida a frustração dele ao ser contrariado, mas parecia interessado o bastante para ao menos querer entender a linha de raciocínio.

– Plantar a semente da discórdia entre Acelerador e Superimpacto – falei, segurando uma caneca de chá.

Estávamos sentados à mesa comprida do escritório de Leviatã. A tela estava desligada e nenhum de nós dois prestava atenção a qualquer fonte de dados que não fosse o outro; ambos estávamos no clima de uma conspiração à moda antiga.

– E como você faria isso? – perguntou ele.

– Na verdade, já está plantada, precisamos apenas regá-la. Acelerador acha que seu mentor o protege demais. Por motivos de afeto, tudo bem, mas ele sente que não está desenvolvendo seu potencial e acha que não vai conseguir provar sua capacidade enquanto estiver sendo ofuscado.

– Ainda assim, ele parece bastante contente à sombra do colosso. Não faz movimento algum para abrir as asas e alçar voo – disse Leviatã, tamborilando os dedos na mesa.

– Ainda não, mas vamos dar um empurrãozinho e ver o que acontece.

– Um empurrãozinho.

– De natureza romântica, acho.

Escolhi Nour para a missão que eu tinha em mente. Nour, que inspirava extrema confiança e segurança em todos com quem interagia, que era muito adorável e gentil, que fazia com que as pessoas se sentissem o centro do mundo quando falavam com ela, apenas por saber ouvir. Limpamos o histórico dela, arranjamos para ela um estágio na gigantesca rede de empresas de relações públicas que representava as iniciativas de Superimpacto na América do Norte e deixamos que ela cuidasse do resto.

Nour e Acelerador estavam envolvidos depois de um mês. Ela se preparou muito para o papel. Passou a usar um perfume que tinha notas de baunilha, amêndoas e canela para lembrá-lo de suas bolachinhas favoritas e também a usar roxo, a cor preferida da avó dele. E ela ouvia – ah, como ela ouvia. E nós também ouvíamos, por meio do dispositivo de espionagem do tamanho de um ovo de codorna que ela engolia antes de todos os encontros com o ajudante. Embora o som ficasse ligeiramente abafado pela barreira corporal e pelos batimentos cardíacos, ainda conseguíamos ouvir com nitidez quando aquele garoto veloz, acalorado e vaidoso abria seu coração para ela depois do menor dos incentivos.

Nour fazia com que ele se sentisse um jovem deus. Fazia-o esquecer que tinha pouca experiência e também de que sentia medo com frequência. Ela fazia com que ele se esquecesse de seus erros e lembrasse apenas de suas vitórias, evidenciando seu potencial. Nour insistia que ele poderia ser um grande herói por mérito próprio e poderia começar naquele exato instante a construir seu próprio legado e a receber o crédito que merecia. Ela fez com que Acelerador acreditasse nisso com cada fibra de seu ser.

– Ele está sufocando você – paparicava Nour. – Ele não faz de propósito, mas isso não muda nada. É como uma árvore fazendo sombra sobre uma plantinha nova. Ele rouba a sua luz e impede seu crescimento.

– O que eu posso fazer? – perguntou Acelerador, inquieto, os lábios contra o pescoço dela.

– É hora de ir atrás da sua própria luz.

***

Depois de Nour ter passado alguns meses fazendo com que ele se sentisse invencível, Acelerador abordou Superimpacto e pediu que fizessem as coisas de forma diferente. Ele solicitou um papel consideravelmente maior nas operações em equipe; não queria mais ser um ajudante, e sim um colega. Ele queria uma parceria integral.

O conflito foi digno de entrar para a história.

Para Superimpacto, Acelerador estava pedindo muito e cedo demais, deixando-se levar por suas ambições antes que seus poderes estivessem desenvolvidos por completo e antes de estar verdadeiramente preparado. Além disso, ele sabia que Acelerador era muito vulnerável, mais do que o ajudante teria coragem de admitir. Superimpacto reagiu em uma combinação perfeita entre ofendido e apavorado, e explodiu como um pai autoritário.

É claro que Acelerador encarou a resistência de seu herói como uma tentativa de menosprezá-lo, de colocá-lo em seu devido lugar, assim como Nour havia insinuado. A coisa ficou feia. Algumas aparições na mídia, nas quais Acelerador não seguia o roteiro, se seguiram. Várias vezes ele não apareceu em crises sérias nas quais sua ajuda era esperada, e até mesmo trabalhou sozinho em algumas operações, sem o conhecimento ou a permissão de Superimpacto.

As coisas ficaram tão tensas que me perguntei se haveria um confronto público, mas acabou não acontecendo. O que quer que tenha acontecido entre os dois foi em um momento privado. Nem mesmo Nour soube dizer ao certo se Acelerador foi demitido ou se demitiu. Ela precisou entregar um relatório sobre o encontro – ele apareceu na casa dela do nada, furioso e ainda tomado pela adrenalina da última conversa que tivera. Nour não teve tempo de engolir um dispositivo de espionagem, então tentou reconstruir seu falatório exasperado com base no que se lembrava. Ele repetira uma frase incansavelmente: "Agora estou por minha conta".

Nos dias que se seguiram, houve uma comoção para preparar uma narrativa apressada sobre crescimento pessoal e conquistas, e de repente Acelerador estava se estabelecendo como um herói independente. Uma coletiva de imprensa foi convocada. Acelerador falou com os repórteres sozinho, em um discurso atropelado como de costume. Seus coaches de dicção estavam sempre implorando para que ele desacelerasse, falasse com calma, mas naquele dia as palavras saíram a toda velocidade de sua boca.

Ele sentia gratidão, muita gratidão mesmo, por tudo o que aprendera com Superimpacto, mas era hora de seguir em frente. "Estou pronto para correr em minha própria velocidade", explicou. A imprensa riu, obediente. Ligação Quântica estava presente, serena e dolorosamente bonita. Ela estava lá para parabenizar o jovem herói em sua nova aventura, mas Superimpacto não pôde comparecer devido a uma muito conveniente missão secreta.

Eu estava assistindo à coletiva sentada na minha mesa, pensando em novas possibilidades para nossos próximos passos, quando minha cabeça vibrou com o toque exclusivo para as mensagens de Leviatã. Peguei o celular.

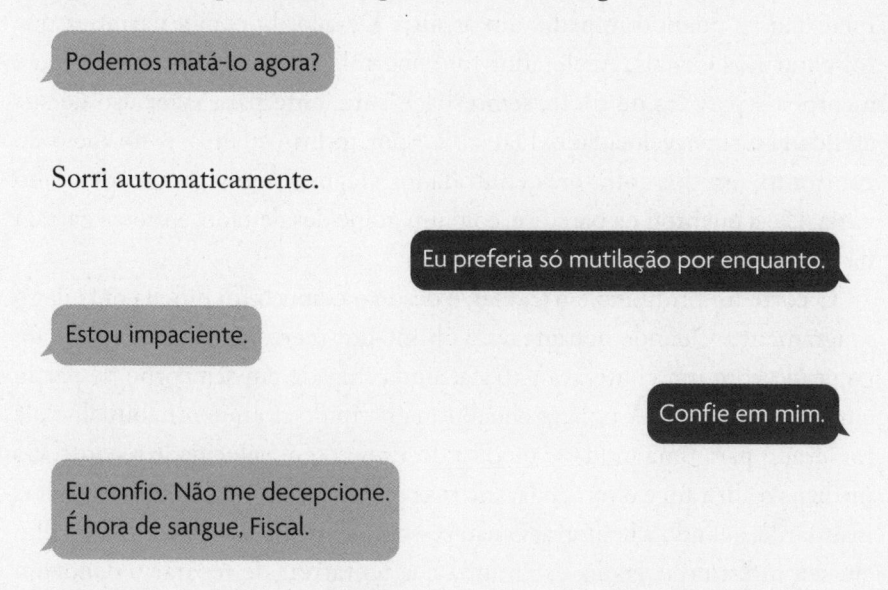

> Podemos matá-lo agora?

Sorri automaticamente.

> Eu preferia só mutilação por enquanto.

> Estou impaciente.

> Confie em mim.

> Eu confio. Não me decepcione. É hora de sangue, Fiscal.

Diante dessa ordem, tomei a atitude mais direta que já partira de mim até então: discretamente, sem fazer alarde, contratei alguns intermediários e profissionais de fachada para "dar um susto" em Acelerador. Era uma coisa corriqueira a fazer; quase sempre havia uma recompensa rolando pela cabeça da maioria dos heróis. Para a maioria dos capangas, contratar um susto era uma coisa meio "bem-vindo ao jogo", era quase amigável, quase uma cortesia. E não necessariamente significava que Acelerador estava prestes a morrer.

Eu sabia o que estava fazendo; sabia que estava colocando Acelerador em perigo. Eu queria que ele se sentisse despreparado e vulnerável. Queria que ele fosse perseguido desde o primeiro instante em que estivesse por conta própria, para assim colocar os dois, ele e Superimpacto, sob estresse crescente. Queria dar a Leviatã tudo o que ele desejava.

Acelerador tinha passado muito tempo se escondendo sob os músculos impenetráveis de seu tutor e, graças a nós, estava começando a esquecer quanto precisava daquela proteção. Ele acreditou em tudo o que Nour havia dito para ele, e agora acreditava ser muito mais forte do que realmente era. Quando começou a receber ameaças, ele não deu para trás nem se acovardou – por que faria isso? Ele era um herói! Acelerador encarou tudo de frente. Eu não esperava que ele fosse tão destemido quanto foi nos primeiros atentados contra sua vida; mas, em vez de se tornar mais cauteloso, passou a se arriscar mais. Ele se recusava a sentir medo.

E então, em um beco sujo e estreito, ele foi abordado por meia dúzia de mercenários quando impedia um assalto. De acordo com a narrativa que foi parar nos jornais, Acelerador foi encurralado, ficando preso em meio a corpos e paredes de tijolo, sem espaço suficiente para fazer uso de sua agilidade e supervelocidade. Havia lixo por todos os lados, e, no meio do confronto, um dos infratores contratados alcançou uma garrafa de vinho vazia. Ele a quebrou na parede e, com um golpe desajeitado, enfiou a garrafa na barriga do herói.

O corte foi profundo e irregular, e desde o começo foi difícil controlar o sangramento. Quando nocauteava o último dos mercenários, Acelerador foi golpeado com um chute, e a garrafa, ainda fincada em seu corpo, se partiu em cacos de vidro. A polícia chegou mais rápido do que o habitual, e ele foi levado para uma unidade médica do Projeto em velocidade recorde. Os médicos o abriram e o remendaram, mas precisaram operá-lo de novo horas mais tarde, quando a hemorragia não cessou. A garrafa tinha aberto um talho em seu intestino delgado, e, em uma das tentativas de reparar o dano, um dos cirurgiões perfurou seu intestino grosso por acidente. Por causa disso, ou devido à sujeira na garrafa do beco, os ferimentos de Acelerador ficaram irremediavelmente infeccionados. Ele morreu por choque séptico quatro dias depois.

No velório aberto ao público, o semblante de Superimpacto era de completo transtorno. Ele parecia prestes a sair correndo e estava pálido debaixo de seu bronzeado eterno. Enalteceu a coragem e o potencial de Acelerador com sua voz embargada e disse que gostaria de ter feito mais para ajudá-lo.

– Eu poderia ter separado os dois...

De repente ele não conseguiu mais falar e saiu da sala.

Leviatã e eu assistimos ao velório em seu escritório. Ele estava abertamente animado, andando em círculos, o peito inchado como um pássaro orgulhoso. Eu não conseguia compartilhar daquela sensação. Sabia que nossa pesquisa justificava e embasava nosso sucesso, mas eu só conseguia sentir um misto de náusea e culpa. Fui embora do escritório assim que consegui, e passei o resto da noite lutando contra uma estranha vontade de chorar.

Buscamos Nour depois do velório. Eu esperava poder conversar com ela e, depois de qualquer que fosse o período de licença ou terapia de que ela precisasse, recebê-la de volta na equipe. Em vez disso, ela solicitou a rescisão do contrato. Um pouco da alegria de seus olhos havia deixado de existir, e havia uma dureza ao redor de sua boca e em seus ombros. Percebi que acabara por sacrificá-la também ao incumbi-la daquela tarefa, arruinando um pouco da gentileza que sempre a definira. Era algo que ela jamais recuperaria. Eu não havia considerado aquela consequência.

Tentei me desculpar em sua entrevista de desligamento, mas ela me interrompeu:

– Eu sabia no que estava me metendo – disse. – Você me contou o que eu poderia esperar, e eu falei que daria conta. A responsabilidade é minha.

– Não tinha como você saber.

Ela contraiu a boca.

– Você ao menos tentou me alertar. Agradeço por isso.

Não havia mais nada que eu pudesse dizer. Deixei que ela fosse embora e garanti que a porta estaria sempre aberta, mesmo tendo certeza de que ela nunca mais voltaria a atravessá-la.

Leviatã respeitou meu espaço. Permitiu que eu retornasse à minha antiga função por um tempo, já que eu precisava reconstruir a equipe e a nossa relação da melhor forma que conseguisse. Ele também pareceu perceber que eu precisava voltar aos números por um tempo, executar experimentos que apenas impactassem a vida dos heróis de maneiras muito mais sutis e provocassem consequências mais triviais. O fim de um casamento aqui, um garçom horrível ali. Nenhuma morte.

Porém, enquanto trabalhava, fiquei de olho em Superimpacto. Havia um ar atormentado e deprimido em seu olhar que se recusava a desaparecer. Eu sabia que tínhamos tocado na ferida. Eu sabia que estava certa. E aquilo significava que precisávamos acertá-lo outra vez, quer eu estivesse preparada para isso ou não.

Ao primeiro sinal de que ele estava dando os passos iniciais em um processo de cura e começando a recuperar a força titânica que o definia – nada além de um sorriso verdadeiro depois de uma operação de sucesso –, fui chamada ao escritório de Leviatã para estudar o mapa de informações que eu havia criado meses antes.

– É hora de atacar novamente – declarou ele, e eu sabia que estava certo.

Encarei a tela em silêncio, enquanto a clareza monolítica do que devíamos fazer a seguir crescia dentro de mim.

– O que devemos destruir agora? – perguntou ele, quase alegre.

Sem dizer uma palavra, expandi uma foto de Ligação Quântica, e Leviatã quase assobiou de deleite. Agradá-lo fazia algo arder em meu peito, como se meu coração estivesse cheio de enxofre. Conforme traçávamos nosso terrível plano, analisando dados e documentos juntos, eu sentia um bloco de gelo em meu estômago toda vez que olhava para uma foto do rosto de Ligação Quântica.

– Vou ser demitida.

Uma coisa que sempre gostei em Keller era o fato de ser praticamente impossível surpreendê-lo. Ele era como um homem feito de concreto, construído física e intelectualmente para continuar de pé mesmo diante de um desastre natural. Depois de sua carreira militar e de seu emprego com Leviatã, não havia muitas crises que ele ainda não tivesse enfrentado com uma tranquilidade francamente irritante.

Por isso era muito gratificante quando eu conseguia fazê-lo erguer as sobrancelhas.

Ele se recompôs depressa.

– Bom... – disse ele, enchendo um copo de cerveja. – Isso aí é a maior baboseira que já ouvi.

– Você fala como se fosse absurdo.

– Que foi, de repente você ficou péssima no que faz ou algo assim?

– Sim, Keller. Exatamente isso.

– Até parece.

Ele lambeu a ponta de seu dedo gorducho que ficara molhado com a condensação do copo.

– Não sou apta para este emprego – falei.

– Seu emprego?

– Este emprego.

– Do que você está falando, porra?

Respirei fundo.

– Não sei se consigo arruinar Ligação Quântica.

Ele emitiu um barulho, sem concordar nem discordar.

– Ficou sentimental? – perguntou.

– Não. Talvez. Não sei – respondi, massageando minha têmpora e levando os dedos até a cicatriz em meu couro cabeludo.

Keller seguiu minha mão com o olhar, captando o significado do gesto.

– Não quer destruí-lo em mil pedacinhos depois do que ele fez com você?
Cerrei os dentes.
– Não é isso. Puta que pariu, eu quero que ele morra.

Olhei para meus pulsos e notei o sangue pulsando. Eu me concentrei em desacelerar meus batimentos cardíacos, em resfriar as ondas de calor que eu agora conseguia enxergar em infravermelho na superfície da minha pele.

Keller aguardava.

– Excelente – disse ele por fim. – Então qual é o problema?
– Não é culpa dela.
– Então não tem a ver com ele, tem a ver com ela?
– Não foi ela que fez isso comigo.

Ele olhou para mim, impaciente.

– Não tem a ver com ela, tem a ver com os dados. Até eu vi o suficiente das suas malditas apresentações de PowerPoint para saber disso.

Respondi com um sorriso tristonho.

– Minhas apresentações são muito boas.
– E o ponto que estou tentando apresentar... – ele continuou. Fiz uma careta com o trocadilho. – É que os números fazem sentido. Você nos mostrou que eles correspondem às ações. O garoto morreu, mas quantas pessoas vão sobreviver por causa disso? Sei que você sabe disso. Você vai arruinar a vida dessa herói, mas quantas vidas vão ficar melhores depois que isso acontecer?

Não respondi, mas eu de fato sabia de tudo aquilo. Eu assistia ao custo do Superimpacto subir dia após dia.

– E outra, ela que se foda. Ligação Quântica é a companheira de Superimpacto. Ela esquenta a cama dele e limpa o pau dele e arruma a bagunça dele e torna a vidinha de merda dele mais confortável todos os dias.

Ele estava certo. Ela suavizava todas as arestas da vida de Superimpacto, amenizava o baque de todos os golpes que ele levava. Ela o ajudava imensamente, e perdê-la reduziria drasticamente a capacidade do super-herói. Eu já havia feito todos os cálculos e sabia que minha teoria fazia sentido.

Os números não mentiam.

– Ela é o braço direito dele – continuou Keller. Ele deu um tapa na mesa. – Corte esse braço fora.

Fiquei quieta por um bom tempo.

– Acho que ele a deixa infeliz.

Ele abriu a boca para dizer alguma coisa, mas mudou de ideia e esperou. Ninguém sabia ouvir como Keller quando estava disposto a fazer isso.

– Tenho a impressão de que, para ele, a Ligação Quântica mal existe. Ela facilmente tem a mesma força que ele, mas está atada e limitada e confinada de milhares de formas diferentes a servir como apoio em vez de ocupar o lugar que merece. Acelerador merecia estar sob a sombra de Superimpacto, mas ela não. Ligação Quântica ficou empacada atrás dele, e acho que ela detesta isso.

Keller refletiu por um segundo, depois deu de ombros.

– O amor é uma merda.

Balancei a cabeça em resposta.

– Eu nem acho que ele goste dela tanto assim. Ele a ignora na maior parte do tempo e a trata como apetrecho para sessões de foto no restante. Também não acho que ela goste dele.

Não compartilhei em voz alta, mas, na minha cabeça, eu pensava nas horas e horas de vídeos das interações entre os dois a que eu tinha assistido nas últimas semanas. Ela tomava cuidado para manter uma certa distância entre eles sempre que conseguia e, quando não era possível, se retraía de maneira praticamente imperceptível quando ele a tocava. Talvez fosse possível perceber apenas se estivesse procurando por esse tipo de coisa, como eu estava.

Keller girou o copo quase vazio com as mãos.

– Me parece... – disse ele, acomodando-se contra o encosto da cadeira e passando a mão pelo cabelo que começava a crescer – que você estaria fazendo um favor a ela.

Senti algo se rearranjar dentro da minha cabeça. Não que eu estivesse me sentindo melhor. Ainda havia um buraco terrível e amargo em meu estômago, mas algumas peças se encaixaram.

Pouco tempo depois, Keller estava bocejando e nós pedimos a conta. Em vez de voltar para meu apartamento, fui caminhar. Era irritante quão sóbria eu estava; um dos efeitos colaterais de ter sofrido uma lesão cerebral traumática era que beber estava fora de cogitação. Agora minha mente estava sempre desanuviada, sempre aguçada e sempre tinindo; não existia uma maneira de me distrair de algo desconfortável, inconveniente ou doloroso. Eu estava sempre lúcida e atenta.

Então decidi andar. Caminhar sozinha ainda era aterrorizante. Mesmo muito tempo depois de ter retirado os pontos, minha hipervigilância fazia com que eu vivesse prendendo a respiração, esperando o instante em que uma van estacionaria ao meu lado e alguém taparia minha boca. Eu nunca fui muito boa em ser gentil comigo mesma, então a única solução que eu conhecia era a terapia de exposição. Segura na fortaleza que era o complexo de Leviatã, eu caminhava absorta em minha ansiedade, em medos antigos que persistiam, até que se tornassem familiares, até que se suavizassem e ficassem quase amistosos. Apenas mais um vozerio dentro da confusão que era a minha cabeça. O medo se transformara em algo reconfortante.

Conforme caminhava em meio a todo aquele ruído branco e infelicidade, comecei a refletir sobre alguns dados. Imaginei Ligação Quântica atravessando o oceano para assumir um novo cargo como um dos maiores heróis de nossa geração, saindo da Nova Zelândia e deixando para trás todos que conhecia. Pensei também nas primeiras avaliações que fizeram de seus poderes, sobre sua habilidade impressionante de remodelar o próprio tecido da realidade a seu redor. Pensei nas entrevistas em que ela falava sobre ter decidido fazer as tatuagens em seu rosto, um rito de passagem Maori extremamente íntimo, ao saber que trabalharia com Superimpacto.

Pensei no detetive particular que Ligação Quântica contratara havia quase uma década a fim de confirmar a certeza amarga de que Superimpacto estava transando com a assistente, ou com uma policial, ou com uma herói mais jovem; e me lembrei de como o detetive não havia trazido informação alguma além do horror insípido da negligência do seu parceiro. Pensei nas contas da lavanderia, nos aplicativos de espionagem instalados em cada um dos dispositivos que ela tocava, pensei em todos os relatos que a deduravam para a equipe de Superimpacto quando ela transava com um guarda-costas, um bartender ou outro herói. Considerei o completo desinteresse de seu parceiro por essas indiscrições. Pensei em como seu vasto potencial havia sido desprezado e reduzido a campos de força e fogos de artifício.

Ao procurar por pontos fracos, percebi que tinha em mãos o manuscrito de uma tragédia extraordinária. Buscando uma maneira de destruir o relacionamento dos dois, o que descobri foi que o laço entre Superimpacto e Ligação Quântica era completamente estéril, infértil como um planeta sem vida. Ao procurar formas de destruí-la, vi que ela já se encontrava traída e abandonada.

Eu esperava que, qualquer que fosse o plano que eu bolasse, qualquer que fosse a série de eventos horríveis que eu decidisse colocar em ação, esse fosse o grande horror de sua vida. No entanto, me dei conta – caminhando pelo jardim naquela noite fresca e agradável por horas a fio – de que Superimpacto já era a pior coisa que havia acontecido na vida dela. Eu apenas estaria obrigando Ligação Quântica a encarar esse fato. Perceber isso foi o último empurrão que eu precisava para finalmente colocar meu plano em execução.

Minha perna doía quando decidi voltar para o meu apartamento. Estava muito mais aconchegante lá dentro, e a mudança repentina de temperatura fez com que eu me sentisse ao mesmo tempo oleosa e suada. Irritada, tomei um banho e abri meu notebook. Comecei a trabalhar ainda de toalha.

– Explique. Uma coisa de cada vez.

Leviatã estava sentado à sua mesa com as mãos unidas pela ponta dos dedos. Sua voz não revelava nada além de eficiência sóbria, e aquilo me preocupava. Eu estava esperando por pelo menos um resquício de alegria homicida.

– Não gostou da minha proposta? – perguntei, me esforçando para manter a voz estável, tentando encarar aquilo como um problema de lógica.

Nem toda a racionalização do mundo poderia me impedir de ficar abalada e à beira de uma crise de ansiedade diante da perspectiva da reprovação de Leviatã.

Ele emitiu um som parecido com um zunido.

– Gostaria de compreender sua linha de raciocínio, seu processo para chegar a esse plano de ação.

Ele estava me dando espaço. O que eu não sabia, no entanto, era se a corda que ele havia me atirado era para me salvar ou me enforcar.

– Certamente.

Fiquei em pé – eu estava sentada do outro lado da mesa – e fiz um gesto em direção ao touch screen, como que perguntando *posso?* sem dizer uma palavra sequer. Ele inclinou a cabeça, autorizando, depois voltou a atenção para a tela da parede. Comecei a reagrupar os arquivos, a bagunçá-los, fazendo com que refletissem melhor meu ponto de partida.

– Quando tentei resolver este problema pela primeira vez, imaginei que seria muito simples. Meu impulso inicial foi encontrar uma maneira de destruir o relacionamento de Superimpacto e Ligação Quântica.

– Um primeiro passo lógico – falou, e eu notei em sua voz o que parecia ser um leve indício de petulância.

Percebi que ele esperava algo mais sanguinolento. Senti vontade de repetir para ele um de seus próprios provérbios sobre ser paciente, mas deixei que ele fumegasse sozinho e mudei ligeiramente o rumo da conversa.

– Seria devastadoramente simples. Eu encontraria todas as mentiras que contaram um para o outro, todas as inverdades, tudo o que escondem, todos os abismos e maldades em seus corações.

Leviatã gostou de ouvir aquilo; o ruído que emitiu foi um pouco mais feliz.

– Seria um processo que começaria devagar, as máscaras cairiam gradualmente e a sujeira debaixo do tapete seria exposta aos poucos, até que um deles encontrasse algo odioso o bastante para causar uma ruptura. E nesse momento eu afundaria minhas garras.

Movi alguns arquivos na tela para que Leviatã os visse. Gravações de chamadas telefônicas, relatórios de detetives particulares, reservas em hotéis, trechos de mensagens de áudio de guardas fofoqueiros.

Ele passou os olhos pelas informações; eu esperava que reagisse de maneira diferente, que percebesse quão prejudiciais algumas dessas coisas eram. Mas nada saiu como imaginei.

– E qual seria a infração imperdoável? – perguntou ele.

Percebi então que, já que estávamos falando de relacionamentos, eu não devia esperar que Leviatã tivesse referências nas quais se basear.

– Sendo sincera, não sei qual dessas coisas poderia ser a gota d'água – falei. – Depende do que representa esse ponto de ruptura para cada um.

– Justo. Continue.

– Então pensei que as coisas desandariam depressa e de maneira sórdida. Eles destruiriam seu relacionamento e um ao outro, e, já que ambos vivem de maneira tão pública, o conflito inevitavelmente tomaria grandes proporções.

– O que você acabou de descrever é o plano que eu esperava de você – disse Leviatã. Foi necessário um esforço colossal para que eu não me encolhesse fisicamente diante da decepção dele. – Mas o que está diante de mim é algo muito diferente.

Assenti.

– Sei que é.

As grades que cobriam sua boca se agitaram em um movimento irritadiço.

Eu ainda não era muito boa em discursos, mas me arrisquei em uma tentativa.

– Eu esperava levantar pedras e encontrar larvas se debatendo sobre elas. Em vez disso, ao erguer a primeira pedra, encontrei apenas sal. Sob uma pressão mínima, a fachada da vida dos dois desmoronou e revelou um cenário devastado e estéril. Achei que encontraria excessos e decadência e amargura, mas me deparei apenas com a feiura silenciosa e desolada do que já foi reduzido a pó.

Aquilo o surpreendeu. Ele se recostou na cadeira, e eu achei ter ouvido o clique líquido que indicava que ele estava piscando.

Decidi continuar:

— Percebi que precisaria reformular este plano. Não havia motivos para revelar para um quão deplorável o outro é; essa tarefa já foi cumprida há muito tempo. O que eu posso fazer, no entanto, é mostrar ao mundo só um pouquinho das coisas horríveis que descobri. Minha intenção não é estragar o relacionamento de Superimpacto e Ligação Quântica, e sim arruinar a obsessão que o resto do mundo tem pelos dois.

— Arruinar outro tipo de romance — completou ele.

Algo parecia ter se encaixado. Este era o tipo de relacionamento que ele compreendia: ele sabia como era ser amado ou odiado pela população.

— Exato — confirmei. — Eles nem mesmo se dão ao trabalho de mentir um para o outro, por isso não há nada ali para ser destruído. Eles não se amam, mas o mundo inteiro ainda ama os dois.

— E como pretende macular essa história de amor?

— Quase da mesma forma.

Comecei a arrastar outros arquivos: imagens lisonjeiras de Superimpacto, notícias que obviamente eram manipuladas e equivocadas.

— Imagine que o mundo inteiro é o parceiro romântico de Superimpacto. Ele mente para as pessoas, e elas acreditam nele alegremente. Já que estas são as mentiras mais frutíferas, as que têm amor e investimento por trás, essas são as histórias que precisamos destruir.

Leviatã encarou a tela por alguns minutos, emitindo ruídos abafados típicos de quando estava pensando. Deduzi que ele falava sozinho dentro de sua armadura enquanto refletia sobre determinado assunto, e o som vazava pelo áudio de maneira abafada e estranha.

— Os primeiros passos me preocupam — disse ele por fim.

— É um início ilusoriamente benigno.

— Exato. Me parece demasiadamente conservador, o que você nunca é.

O elogio distorcido poderia me dar a oportunidade perfeita para redirecionar a conversa, algo que eu precisava fazer.

— Quando se está tentando estragar um relacionamento, não se parte logo para os grandes escândalos — falei. — Pode ser mais sensato começar pelas maiores mágoas: infidelidade, abuso, drogas.

Ele não respondeu, mas estava ouvindo, e ouvindo atentamente. Se explorar estrategicamente pontos fracos em um relacionamento não era um assunto no qual ele tinha muita experiência, como eu suspeitava, todas essas informações seriam novas para ele.

— Ao mirarmos no cerne, os laços de um relacionamento se tornam mais fortes. Mesmo que a outra pessoa saiba que o que está sendo dito é verdade, ela negará ostensivamente. Na realidade, negará com ainda mais afinco justamente por ser verdade. Então as armaduras se fecham e os punhais são sacados, e de repente estaremos diante de uma união intransponível.

– Sua teoria é de que o público sairia em defesa de Superimpacto caso revelássemos suas piores perversidades de uma só vez.

– Exatamente. Por isso começamos com o que é irrisório. Deixamos os problemas maiores de lado por um momento e atacamos os mais irritantes.

– Os problemas que acreditam ser seguros para reconhecer e confessar seus erros.

Comecei a sorrir. Ele estava me acompanhando, seguindo as migalhas de pão.

– Se um parceiro tem um problema com jogos de azar, comece estragando as roupas da lavanderia e os pedidos dos restaurantes. Acrescente alguns gastos menores e não relacionados a um orçamento familiar que secretamente está sendo esvaziado. Pequenos inconvenientes como esses acabam por provocar uma resposta mais funda do que se pode imaginar.

– Eu consigo imaginar.

Havia um pequeno ronronar de empolgação em sua voz.

– Ainda que a infecção se espalhe devagar, é melhor deixar que a podridão se torne profunda e irremediável.

Ele olhou para a tela outra vez, tamborilando no tampo da mesa.

– Não me decepcione – disse ele por fim, e meu coração quase saiu pela boca.

Ser dispensada daquela reunião foi como um livramento, e minhas mãos tremiam muito quando voltei pra minha mesa. Experimentar uma sensação de alívio ao deixar a presença de Leviatã era algo inédito, que odiei com todo o meu ser. Soltei o corpo sobre a cadeira do meu escritório e apoiei a cabeça nas mãos por alguns minutos. Eu vinha ignorando quão estressante – não, quão assustador – Leviatã podia ser quando estava remotamente perto de ficar insatisfeito. Eu tinha muita sorte por ser lembrada daquilo tão raramente, por minhas competências estarem tão bem alinhadas com as prioridades dele. Ser confrontada com o fato de que eu era tão passível de irritá-lo ou desapontá-lo como qualquer outra pessoa era um lembrete desconfortável.

Pensei em June com uma saudade súbita e violenta. Queria poder contar a ela sobre os meus sentimentos, para ouvi-la dizer que eram todos muito idiotas, para que ela pudesse rir de mim. Peguei meu celular e olhei para a tela por um segundo.

Guardei-o outra vez.

Assim que meus batimentos cardíacos voltaram ao normal e comecei a refletir sobre os próximos passos, cheguei à conclusão extremamente desagradável de que precisaria usar minha própria dor como arma para conseguir executar o plano que tinha em mente. Aquilo era algo que eu tentava evitar. A cada dia eu me tornava menos propensa a usar o trauma de outras pessoas como lenha para a fogueira (senti uma pontada ao pensar em Nour). Chegara, então, o momento de utilizar minha própria carne mal remendada, as partes de mim que estavam quebradas e irreconhecíveis. Eu sabia que era o único jeito de oferecer meu melhor trabalho.

Ainda havia uma parte de mim que sentia empatia. Não quem eu era agora, ou, mais precisamente, em quem eu estava me transformando. Alguém que estava constantemente elaborando equações complexas para calcular com precisão pontos fracos alheios e estratégias para causar infelicidade não era alguém por quem era fácil de se compadecer. Eu havia me tornado uma pessoa que enxergava em infravermelho e calculava a morte. Porém, havia partes de mim, as partes em frangalhos que eu vinha descartando cada vez mais depressa, que ainda poderiam ser dignas de pena.

Minha perna ainda latejava. Eu nunca mais voltaria a andar como antes. Fui gravemente maltratada por heróis e vilões, e aquela solidão ferida era o que eu tinha para oferecer. Eu certamente não devia ser a única pessoa a ter saído de um encontro com Superimpacto nesse estado. Havia outras como eu. Um repórter que estava no lugar errado na hora errada. Alguém com alcance e audiência que foi "superimpactado".

Eu não procurei os colunistas de fofoca para contar os detalhes asquerosos que descobri, oferecendo histórias sórdidas sobre um casamento falso. Não ataquei as estruturas elaboradas construídas para esconder a personalidade imperfeita de Superimpacto ou os hábitos pouco íntegros que Ligação Quântica tinha adquirido para conseguir lidar com sua solidão. Em vez disso, busquei um renomado colunista que, depois de um contato com um herói muitos anos antes, acabou com uma lesão na coluna vertebral. E, para isso, falei com a voz que era indiscutivelmente a mais dolorosa: a minha própria. Insegura, como Anna, a freelancer ferida e amedrontada, eu o procurei para saber se ele estaria interessado em contar a minha história.

Em um primeiro momento, McKinnon foi gentil, mas estritamente profissional. No entanto, eu sabia que o havia fisgado; o software que me avisava quando meus e-mails eram lidos mostrou que minha primeira mensagem foi relida diversas vezes, em alguns casos, tarde da noite. O jornalista reconheceu a incerteza e o abandono em minhas palavras, sentimentos que apenas faziam sentido para quem vivia com paralisia parcial havia vinte anos.

Ele queria mais detalhes, e eu fingi me assustar. Expliquei que precisava continuar anônima, porque havia sido ameaçada no hospital, e que compreenderia se aquilo significasse que ele não poderia me ajudar.

Minha tática funcionou. McKinnon se tornou mais receptivo, mais afável, deu continuidade à conversa. Se encontrássemos outras fontes que aceitassem ser entrevistadas, disse ele, a matéria poderia funcionar. Só levaria um pouco de tempo e exigiria investigação.

McKinnon expôs dores profundamente íntimas, e, em vez de sentir uma onda de culpa como previra que aconteceria, senti uma triste camaradagem. Havíamos passado pela mesma coisa, e o jornalista estava disposto a me ajudar, ainda que nossos objetivos fossem diferentes.

Havia uma pequena parte de mim, a mais fraca, que não queria que McKinnon desse continuidade ao projeto. Essa parte torcia para que as fontes não chegassem a lugar algum e a história morresse ali. Para que eu não tivesse que retraumatizar essa pessoa que provavelmente era decente. Para que talvez eu não precisasse machucar ninguém. Era uma parte de mim que estava frágil, enfraquecida, e à qual eu ouvia cada vez menos. Eu sabia que as fontes de McKinnon trariam resultados, porque eu mesma já havia investigado. Quando o jornalista soubesse o que eu tinha em mãos, a matéria precisaria ser escrita.

McKinnon me respondeu em menos de uma semana. O e-mail vibrava com uma empolgação cuidadosamente moderada. Mais de uma dúzia de pessoas estavam dispostas a colaborar depois de pouquíssima persuasão e muitas outras confirmaram ter relatos semelhantes, mas disseram estar exaustas ou com medo demais para falar sobre suas experiências. Duas delas estavam dispostas a compartilhar publicamente o que passaram.

– Seu relato, ainda que anônimo, precisa ser o principal – escreveu McKinnon. – Seu relato e o meu.

Alguns dias depois, me encontrei com McKinnon para uma entrevista em um restaurante praticamente abandonado.

Ele afastou a cadeira de rodas da mesa quando entrei, um gesto repleto de entusiasmo – provavelmente teria se levantado em um gesto tradicional de cortesia, caso fosse possível. Ele tinha uma boca pequena, mas seu sorriso era acolhedor e alcançava seus olhos verdes e brilhantes por trás dos óculos com as lentes sujas. Eu estava usando meus antigos óculos para incorporar melhor o personagem da Anna do passado, embora não precisasse mais deles (uma cirurgia a laser assim que meus benefícios ilimitados estavam ativos e uma de reconstrução do nervo óptico deram um jeito no problema). A mão de McKinnon era pálida, mas estava morna quando o cumprimentei, e naquele momento percebi quão gelados meus dedos estavam.

Já havia uma caneca fumegante na mesa e, ao lado dela, alguns pacotinhos de açúcar e um pequeno recipiente com leite que parecia estar vazando.

– Pedi um café para você – disse ele, sem necessidade. – É horrível.

– Sério? – falei, um sorriso surgindo no canto da minha boca.

– Por isso gosto daqui. A comida é tão ruim que costuma estar deserto. Ótimo para quando se precisa de privacidade.

Assenti. Sacudi três sachês de açúcar e os rasguei de uma vez só. Eu me demorei preparando meu café, colocando leite aos pouquinhos para ter certeza de que a nata não se acumularia na superfície, depois mexendo o líquido. Eu estava enrolando. McKinnon permitiu que eu enrolasse; paciente, mas atento.

– Acho que isso é uma má ideia – falei finalmente, segurando a caneca com as duas mãos.

Eu não precisava fingir que estava nervosa.

Ele concordou com um movimento de cabeça.

– Provavelmente.

– É que...

Eu me acomodei na cadeira. Vestia o que parecia ser uma fantasia de mim mesma: as últimas roupas que restavam de minha época de freelancer e que agora não me caíam bem. Usava menos maquiagem e estava mais ansiosa. Meu cabelo estava preso no coque despenteado que eu costumava usar. E eu havia permitido que toda a velha insegurança, todo o medo e a angústia que antigamente me dominavam se acomodassem sobre os meus ombros como um grosso manto.

Respirei fundo.

– Ele só devia machucar pessoas más. Ele é um herói. Se você se machuca, quer dizer que é uma pessoa má, certo?

McKinnon assentiu. Seus olhos verdes não deixaram meu rosto enquanto ele apanhava um gravador no bolso do casaco.

– Posso usar isto? – perguntou ele.

– Ah. Acho que sim. Pode. É claro.

McKinnon posicionou o aparelho entre nós dois sobre a mesa.

– Pode repetir isso?

Era uma ordem. Uma pequena luz vermelha havia acendido, e eu notei um visor digital com a onda sonora de nossas vozes e dos barulhos do restaurante conforme eram capturados.

– O que eu disse?

A onda que representava minha voz parecia débil e aguda.

– Sobre Superimpacto machucar as pessoas – falou McKinnon.

Respirei fundo.

– Eles dizem que estamos a salvo. Que Superimpacto machuca apenas os vilões. Que, se você acabar se machucando, é porque deve ter feito algo de errado.

– Estava fazendo algo de errado, Anna?

Comecei a sentir a ardência das lágrimas em meus olhos. Estrategicamente, eu não as contive. Não deixei que rolassem por meu rosto, apenas que se acumulassem. Olhei para McKinnon.

– Me disseram que eu só precisava ficar lá, parada.

McKinnon não se mexeu, mas seus olhos continuaram firmes sobre mim de um jeito muito particular. Era o olhar de alguém que estava em busca de algo e por isso tentava me fisgar e fazer com que eu aguentasse firme. Não retribuí o olhar.

A dor estava toda lá, era genuína, mas não senti medo dela. Eu estava calejada o suficiente para saber que não sangraria, ainda que a lâmina fosse afiada.

– Eu não estava fazendo algo correto, sou a primeira a admitir. Eu era uma capanga. Eu trabalhava com entrada de dados e não estava chegando a lugar algum, eu só estava tentando sobreviver. E, para ser sincera...

Levei a mão à cicatriz em minha têmpora de maneira impulsiva, o primeiro gesto involuntário que eu fazia no encontro. Aquilo estava se tornando um tique nervoso.

– Às vezes penso que, se uma coisa desse tipo aconteceu comigo, então eu claramente não estava sendo "boa o bastante". Eu não fui uma pessoa boa o bastante para ficar a salvo. De certa forma, acho que por muito tempo acreditei ter merecido o que sofri.

– No que acredita agora?

Até aquele momento, eu tinha mantido os olhos baixos, trocado apenas olhares rápidos. Naquele instante, olhei nos olhos de McKinnon, sem pestanejar. Eu conseguia enxergar mais do que um semblante sério e concentrado: via batimentos cardíacos acelerados, empolgação brotando de seus poros. Havia uma rachadura que atravessava a cabeça do jornalista, uma delicada luz azul.

– Acredito que ninguém merece passar por algo assim. Nem mesmo vilões.

McKinnon recostou-se na cadeira.

– Então quer dizer que não acha que isso não deveria ter acontecido com você por ser uma pessoa honesta e normal.

Balancei a cabeça.

– Não. Ainda que eu fosse tudo o que eu mais temia ser. Ainda que eu fosse uma pessoa horrível. Ainda assim, nunca deveria ter acontecido.

– Você não parece ser uma pessoa horrível.

– É que você nunca conversou com nenhum dos meus ex.

Ele sorriu, e eu retribuí.

– Eu sou tão terrível quanto qualquer um de nós. Como, por exemplo, a recepcionista de Chapéu Preto, ou quem quer que seja o responsável pela manutenção dos equipamentos de Gangrena. Ou a assistente que leva o café de Leviatã todos os dias de manhã.

(Era um homem chamado Dennis.)

– Mas vamos supor que você tenha merecido – McKinnon prosseguiu.

– Eu mereci uma fratura espiral e anos de fisioterapia? Mereci perder meu ganha-pão? Mereci a intimidação que veio depois? – Permiti que uma angústia real afetasse minha voz. – Não é mais cruel ainda se a resposta for que todos acham que eu mereci o que quer que tenha acontecido comigo?

– Não penso dessa forma.

Uma raiva comedida despontava na voz de McKinnon, raiva pela própria lesão. Doutor Próton, o mentor de Superimpacto, causou um trauma na coluna do jornalista quando ele trabalhava como fotógrafo em seus vinte e poucos anos. Deslumbrado e afoito, McKinnon correu em direção aos gritos que ouvia para fotografar o grande triunfo de um super-herói. Doutor Próton usou um poste de luz como lança para impedir que Madame Sonorus (eram outros tempos) fugisse em seu supercarro. O confronto terminou com Doutor tirando Madame Sonorus de cena algemada.

Ele também tirou o jovem fotógrafo de cena, deixando-o com fraturas nas vértebras T1-T3.

– Sei que não – concordei baixinho. – Mas acho que muitas pessoas pensam assim. E acho que as pessoas que não dão a mínima quando coisas assim acontecem com cidadãos ou capangas são as mesmas que acreditam que é perfeitamente aceitável que Claxon prenda Harpia na parede de um prédio usando pregos.

– Não é... não é a mesma coisa – disse McKinnon, franzindo o cenho.

– Definitivamente não é. Eu não consigo causar microfraturas nos seus ossos ou abalos neurológicos apenas com meus gritos. Eu definitivamente não usei poderes como esse para estilhaçar os dentes de um ator. – Eu tomei um longo gole de meu café horroroso. – Mas, mesmo que eu tivesse feito isso, não acho que crucificação não letal seja a resposta adequada.

– Certo.

– O que quero dizer é que, se estivermos dispostos a tolerar esse tipo de coisa, quem vai se importar com a fratura espiral de uma freelancer?

Ou quem vai se importar com a lesão vertebral de um fotógrafo?

Deixei aquela frase não dita pairando no ar. A experiência dele era muito parecida com a minha; Superimpacto tinha absorvido muito da conduta e da abordagem de seu velho mentor. Próton pareceu vagamente arrependido, mas, assim que ficou convencido de que o jovem fotógrafo catastroficamente ferido por ele não seria uma ameaça (ou seja, não tinha aspirações à vilania), o herói esqueceu-se completamente de McKinnon.

Ele fazia anotações em silêncio, apesar de estar gravando tudo o que eu dizia.

– Como você está hoje em dia? – Ele soava um pouco distraído, agora que seu texto estava ganhando forma.

Abri um sorriso discreto.

– Melhor. Arranjei um emprego. Finalmente sinto que estou sendo valorizada.

O título da reportagem foi "Rota de Impacto".

McKinnon publicou diversos relatos. O jornalista falou com um ex--policial que estava desiludido com a infinita e absurda devoção aos heróis adotada por seus colegas. Ele precisou tirar licença permanente quando uma viga superaquecida passou perto demais de seu corpo, fazendo com que sua arma derretesse no quadril. Havia também o relato de uma jovem que teve o azar de sair uma única vez com um herói de um dos níveis mais baixos e, depois de ser sequestrada e passar por agressões inúmeras vezes, foi tratada como se isso fosse normal, algo esperado, algo corriqueiro.

Eu acompanhava a história dia e noite. Tive medo demais para revelar meu nome verdadeiro, mas havia compartilhado tudo o que podia sobre os detalhes de meu encontro com o Herói dos Heróis, e tinha servido como força propulsora para que a reportagem fosse escrita. No entanto, o que amoleceu meu coração endurecido foi a forma profunda e comovente como McKinnon expôs o próprio trauma e a maneira como as pessoas aceitaram a lesão devastadora daquele jovem como dano colateral. O jornalista exorcizou demônios em seu texto, tocou em todas as feridas. O resultado foi marcante. Foi angustiante. E, embora mal tenha sido mencionado, Superimpacto foi queimado vivo.

Quando voltei para minha mesa, Jav tinha imprimido o artigo, emoldurado e colocado ao lado do meu teclado. Ele sorria para mim, os dentes brancos em contraste com os lábios.

– Que gesto romântico à moda antiga – brinquei.

Senti meu rosto ficando quente.

– Você está nos trending topics – informou Darla por cima do ombro enquanto dividia a atenção entre diversas redes sociais em três monitores diferentes.

– Espero que não. Me garantiram que eu permaneceria anônima.

Darla soltou uma risada parecida com um grunhido.

– O artigo está nos trending topics.

Fui até a mesa com os monitores e sentei.

– O que você usou? – perguntei.

– #meuimpacto. As pessoas estão compartilhando como os heróis ferraram com a vida delas. Usei algumas das contas de influenciadores, e a hashtag decolou. – Darla desceu a página. – Alguns desses relatos são de partir o coração.

Darla desacelerou um pouco para que eu pudesse ler os relatos que apareciam. Havia um empresário cujo restaurante fora destruído por um raio laser perdido. Uma maquiadora que ficou cega devido a fenômenos psiônicos. Uma sucessão de queimaduras, esmagamentos, congelamentos, derretimentos. Propriedades cujos donos economizaram por anos para comprá-las reduzidas a escombros por um herói descuidado. Textos e mais textos relatando danos psicológicos e traumas que floresciam nos rastros deixados pelos heróis. Era angustiante e grotesco. Era melhor do que eu esperava. Eu podia enxergar o cálculo dos prejuízos crescendo em disparada.

– Preciso adicionar tudo isso aos cálculos – falei, distraída.

– Faça isso depois. O que vamos fazer agora? – Darla parecia vibrante, seu interesse ávido.

Voltei minha atenção para o time.

– Quero ver onde isso vai dar. – Levantei. – Quero ver o que vai se destacar nisso tudo, o que vai aparecer nas colunas de opinião da semana que vem. Quero deixar isso marinando por algumas semanas.

Darla assentiu, sua decepção era nítida.

– Então vamos continuar monitorando?

– Por enquanto. Fique de olho nos depoimentos. Quero saber quais são as piores histórias, quais tweets vão se transformar em entrevistas, quem decide escrever postagens na linha "aconteceu comigo também". Quero saber quem está com sangue nos olhos.

Darla grunhiu; eu sabia que ela havia processado o que eu dissera, mas sua atenção já estava completamente focada nos feeds. Deixei que voltasse ao trabalho.

Pedi para Javier monitorar as ocorrências das hashtags e suas evoluções e permutações, todo tipo de dano mencionado pelas pessoas (físico, econômico, emocional), assim como as menções diretas a Superimpacto. Muitos dos relatos envolviam outros idiotas de capa, mas o nome dele aparecia com uma frequência considerável. Eu queria saber o que essas histórias tinham em comum, queria saber se existia um padrão na forma como ele feria as pessoas. Queria saber o custo de tudo aquilo.

Enquanto Jav e Darla realizavam suas respectivas tarefas, voltei a me concentrar em Ligação Quântica. Pelas horas e dias seguintes, pesquisei incansavelmente por qualquer menção ao nome dela, qualquer relato sobre negligência heroica e desmembramento e destruição nos quais ela estivesse envolvida, fosse como protagonista ou coadjuvante.

Para alguém que era o braço direito de uma verdadeira onda de destruição, Ligação Quântica aparecia muito pouco. A maior lesão física pela qual ela poderia ser considerada responsável aconteceu quando uma de suas bolhas de campo de força não se estendeu o suficiente e uma pessoa sob sua proteção acabou sofrendo queimaduras, mas ainda assim parecia forçado. De vez em quando ela era mencionada como responsável por prejuízos patrimoniais, mas essas ocorrências eram raras e os danos não eram significativos.

Porém, havia uma frase que aparecia repetidas vezes, uma coisa que gelava meu sangue toda vez que eu lia: "Ela só ficou lá, parada". Quando aparecia em relatos de trauma e tragédia, Ligação Quântica jamais era a causa, jamais era a responsável por desferir golpes ou derrubar prédios. Ela simplesmente mantinha-se alheia, assistindo às catástrofes que aconteciam diante de seus olhos. Ela se ausentava, tornava-se uma espectadora inquietante e silenciosa.

Aquela informação me assombrava. Eu queria saber o que acontecia com a super-heroí. Precisava saber como alguém que era capaz de modificar a matéria ao seu redor havia sido reduzida a alguém que simplesmente ficava inerte. Eu sabia que o que quer que a tivesse deixado daquela forma era a chave para destruí-la; e suspeitava que, se eu cavasse fundo o suficiente, conseguiria quebrar a casca onde ela se escondia.

Eu mantive segredo quanto ao plano principal envolvendo Ligação Quântica, mas, conforme lia os relatos e analisava os depoimentos, soube que precisava de um bom e velho esquema à moda antiga. Decidi inteirar Jav, Darla e Tamara do assunto, e convidei Vespa por via das dúvidas (apesar de toda a sua generosidade, ele sabia ser maravilhosamente cruel quando queria). Nós cinco reservamos uma sala de reunião, eu levei uma quantidade obscena de doces e demos início aos planos para destruir nossos dentes e a vida dela.

– Todo mundo adora um adultério.

– Mas será que a gente deveria começar com isso?

– É um grande favorito do público.

– Verdade. Mas também é meio clichê.

– É clichê porque funciona.

– Não estou discordando, só quero que a gente chegue com o pé na porta.

– Acho que tudo depende de como escrevemos essa história. Tem que ser interessante.

– Isso, isso, tipo… A gente pode falar que Superimpacto não dá conta dela.

– Exatamente. Gostei da ideia.

– O que será que há de errado com ele?

– O que será que há de errado com ela?

– É depravação da parte dela ou disfunção erétil da parte dele? Podemos deixar a dúvida no ar.

– Quem fala sobre isso primeiro?

– Será que conseguimos fazer alguém com quem ela já transou falar sobre isso publicamente?

– Quem é que ficou mais puto com o término?

– A questão é que ela é muito classuda nesse aspecto. Não há muitas desavenças.

– Hummmm. Que tal um lance de alguém que não superou muito bem? Tipo, "Imagina só como poderia ter sido…". Será que a gente consegue arranjar alguém de ego inflamado e bolar uma narrativa melancólica e tórrida, qualquer merda assim?

– Parece mais viável. Tem um cara com super-habilidades que é cardiologista hoje em dia. Ele já jogou uns verdes e tem o ego do tamanho da lua. Mas isso já faz tempo. Ela normalmente tem preferência por advogados, policiais… qualquer um que não goste de contar vantagem.

– Ela é boa nisso.

— Estrategista, na verdade.

— Beleza, mas é o seguinte, seja lá quem botar a boca no trombone, precisa achar que está fazendo a coisa certa.

— Tá. Isso. E se fizermos isso por partes?

— Como assim?

— Começamos só procurando pessoas que conheçam Ligação Quântica muito bem. A gente quer escrever um artigo sobre ela porque o nome dela está aparecendo com frequência nas hashtags #meuimpacto e #danosdeimpacto. A gente quer mostrar que nem todo herói age daquela forma impensada.

— Putz, ótima ideia. Aí a gente vê quem sai da toca.

— Aham. Aposto que alguns cavalheiros que deveriam ficar de boca fechada sobre ter qualquer conexão com ela vão aparecer, tipo: "Eu e Ligação Quântica temos uma conexão especial e posso garantir que ela blá-blá-blá, não é como todos os outros".

— E aí a gente foca nesses caras.

— Focamos naqueles que já parecem dispostos a falar. Podemos até pegar um deles para uma entrevista mais profunda. Aí eles vão falar, vão falar demais, e, quando a gente menos esperar, alguém vai confessar na lata que transou com ela por um tempo achando que está sendo garanhão por falar sobre isso. Ou até mesmo querendo pegar um pouco da luz dos holofotes dela.

— Quais as chances de um desses caras aparecer morto?

— Altas.

— Ela não tem cara de quem curte assassinato.

— Ah, mas tem os lacaios dela.

— Hummm.

— Além disso, Superimpacto tem uns brutamontes na equipe dele.

— Vamos apostar?

— Tá. Vamos.

— Dez contos. Se ele sobreviver por seis meses depois de admitir ter transado com ela, eu ganho.

— Combinado.

— Combinado.

Ele morreu em menos de uma semana.

O apoio a Ligação Quântica era consistente e firme, muito diferente das respostas histéricas e polarizadas aos relatos relacionados a Superimpacto.

Ela era o tipo de pessoa com a qual todo mundo alegava ter algum nível de intimidade. Um guarda na Torre Impacto. Um garçom que trabalhou em um evento beneficente da polícia e entregou uma taça de champanhe em suas mãos perfeitas. Heróis jovens para os quais ela quase sorrira um dia. Um bombeiro que ela havia protegido com seu campo de força. Um fotógrafo que capturou com a câmera o momento exato em que uma lágrima de diamante escorria por suas bochechas no velório de Acelerador. Um estudante que a entrevistou duas vezes.

Ela era linda e radiante, e os muros ao seu redor eram altos e as valas, profundas. Todos queriam ser próximos a ela. As pessoas se referiam a bilhetes e assinaturas e objetos e coisas tocadas por ela como relíquias sagradas. Tudo aquilo era comovente, mas não comprometedor. Tivemos que ser pacientes.

No começo, ele disse ser amigo de Ligação Quântica. Era mais novo do que ela, mas não muito. Era esbelto, de pele escura e tinha maçãs do rosto magníficas e uma risada generosa. Ele sabia voar e tinha alguns poderes táticos de controle de temperatura; durante a maior parte de sua carreira ele utilizara o nome Fusão. Eles se conheceram quando suas respectivas equipes se uniram para enfrentar Eletrocutor, na ocasião em que destruíram a fortaleza voadora dele.

Começaram a conversar depois disso. Saíram para um café. Rolou uma conexão, segundo ele. Um clima quente (com o perdão do trocadilho). Por muito tempo, se encontraram aqui e ali para jantar. Ela era mais engraçada do que qualquer um poderia imaginar, contou ele. Ninguém tinha noção de como o humor dela era afetuoso e doce.

Eu sabia que deveria haver muito mais no relacionamento dos dois do que algumas risadinhas comendo aperitivos. Discretamente, agendei uma reunião entre Fusão e McKinnon e deduzi que ele se autossabotaria durante o encontro.

Eu estava levemente errada. Não foi o ego dele que o entregou, e sim um ex. Assim que um perfil respeitoso e completamente casto sobre "os segredos de Ligação Quântica" foi divulgado, o recém-ex-parceiro de longa data de Fusão procurou a imprensa. Ressentido e de coração partido, também tinha algo a dizer e claramente vinha aguardando o momento certo para fazer isso.

– Vou mostrar para vocês que tipo de amizade eles tinham – disse ele durante a coletiva de imprensa que convocou. – Vou mostrar o que encontrei.

Assim, ele mostrou as luvas dela – as que compunham seu uniforme – e uma meia-calça bastante rasgada. As duas peças tinham manchas de origem duvidosa, e havia um pedaço de fita adesiva colada nas luvas enroladas, de quando foram usadas como mordaça improvisada.

Ele exibiu os itens em um saquinho plástico em plena coletiva e contou aos prantos que os encontrara onde haviam caído, bem do lado da cama, do lado da cama deles. Uma falta de consideração e de cuidado. Como se Fusão não pudesse nem mesmo se dar ao trabalho de esconder as evidências do que fez. O ex estava se preparando para lavar as roupas do casal e, em vez de encontrar um pijama e uma meia, deparou-se com o uniforme rasgado e degradado da mulher mais poderosa do mundo.

– Ele nem tentou esconder. – O ex fechou os olhos ao dizer aquelas palavras e segurou-se no púlpito para não cair. – Ele nem se importava o suficiente para fazer isso.

Aquele era o trechinho que a mídia exibia repetidamente: a intensidade de sua tristeza fazendo com que perdesse o equilíbrio.

O que tornava a declaração tão eficaz era o fato de ser tão pura. Ele não desejava mal algum a Ligação Quântica, é claro. Ela poderia ter se tornado o triste símbolo da infidelidade de seu companheiro, mas, quando ele disse que não achava ser culpa dela, me dei conta de que acreditei nele. O amor dele por Fusão havia sido tão grande e profundo que tinha se transmutado completamente em um ódio perfeito, como a pureza alquímica do ouro que se transforma em chumbo. Ligação Quântica não passou de um detalhe.

Eu gostava de pensar que foi essa coletiva de imprensa que tirou a equipe de gestão de crises de Superimpacto dos eixos. As reprises infinitas do rosto lindo e pálido do homem que havia encontrado seu momento de vingança, mas não sentia prazer algum naquilo. Depois do constante bombardeamento de relatos e depoimentos, dos pequenos e contínuos talhos na imagem de Superimpacto e da bola de neve desastrosa das semanas anteriores, era inevitável que alguém no Projeto chegasse ao limite. A combinação certa de privação de sono e reações desmedidas… e as pessoas que menos esperamos acabam contratando um matador de aluguel.

Quatro dias depois da coletiva, o ex anunciou que tinha entregado as luvas e a meia-calça a um jornalista e um detetive particular. A intenção era que a saliva, o sêmen e o suor fossem testados em laboratório a fim de verificar se eram compatíveis com Ligação Quântica e Fusão, para assim findar quaisquer dúvidas sobre a veracidade de sua revelação.

Ele e Fusão estavam mortos antes do fim da tarde.

O plano por trás de tudo foi excelente. A narrativa inteira fazia sentido: depois de pensar bastante, Fusão tinha decidido falar diretamente com o ex.

Houve um confronto entre os dois no apartamento que o casal anteriormente compartilhava; quando Fusão cozinhou seu companheiro até a morte (a imprensa até mesmo teve a gentileza de se referir ao acontecido como um "equívoco" causado por seus poderes, um acidente trágico), o infeliz herói se suicidou. Mais especificamente, congelara o tronco de seu próprio corpo. Foi um toque poético, em minha opinião, transformar seu coração em gelo. A história toda funcionava tão bem que quase fazia com que passasse despercebido o fato de que os poderes de Fusão não funcionavam da maneira descrita no relatório do legista.

Seus poderes agiam através do contato, e apenas externamente. Os corpos haviam sido cozidos e congelados, respectivamente, de dentro para fora. No entanto, o comunicado oficial não mencionava essa discrepância. Uma certa pessoa optou por guardar essa carta na manga para mais tarde.

Quando anunciaram que Ligação Quântica faria um pedido de desculpas público, decidi dar uma festa.

Reservei o segundo maior espaço dentro do complexo, arranjei um projetor digital para exibir a transmissão e convidei toda a empresa. Presumi que ninguém viria, provavelmente apenas minha equipe e Greg e Vespa, talvez Melinda se estivesse de folga no dia, ou Keller se os negócios estivessem tranquilos.

Em vez disso, a sala ficou lotada. Quando acabaram as cadeiras, meus colegas sentaram-se alegremente nos degraus atapetados e se encostaram nas paredes. Vespa e Greg se posicionaram ao meu lado como guardas honorários, agindo como se fossem minha companhia escolhida para aquela noite. Para Greg, tudo era uma brincadeira. Ele assumiu o papel de forma teatralmente cavalheiresca. Porém, para Vespa, era um pouco mais sério. Era muito confortável observar os dois se revezando para buscar bebidas para nós três e fazendo questão de rir das coisas idiotas que eu dizia. Eu brinquei que eles estavam me fazendo enxergar a beleza de andar acompanhada de um séquito.

Melinda não estava lá, mas mandou uma mensagem se desculpando; ela estava de plantão com Leviatã, mas prometeu que assistiria pelo celular.

Então a transmissão começou, e as luzes diminuíram. Todo mundo se acomodou para assistir à primeira-dama do super-heroísmo se rebaixar em prol do ego de seu namorado.

– Aposto que ela vai chorar – disse Greg, esticando uma tigela de Cheetos para mim.

– De maneira alguma. – Vespa semicerrou os olhos tão depressa que consegui ouvir um zumbido mecânico. – Ela vai ler três frases igual a um robô e dar no pé.

Greg balançou a cabeça.

– Lágrimas ensaiadas. A culpa está acabando com ela. Ela está praticamente aliviada por terem descoberto o que fez. Essa merda toda.

Peguei um único Cheeto.

– Não acho que ela vá chorar – opinei –, mas acho que vão fazê-la ficar lá por um tempo.

– Ah, é?

Fiz que sim com a cabeça, mastigando.

– É a vez dela na forca. Vão fazê-la responder a perguntas específicas.

Vespa estremeceu.

– Vai doer.

– Só estou comentando, não sou eu batendo o martelo – falei, lambendo os farelos dos dedos. – Eles estão desesperados. Se estão acreditando que humilhação pública é a única saída, vai ser um show de horrores.

Greg estava prestes a dizer alguma coisa quando um agente vestindo um terno cinza apareceu e se dirigiu ao púlpito como se estivesse prestes a fazer um discurso fúnebre. O vozerio no salão diminuiu, e restaram apenas cochichos e risadinhas aqui e ali.

O representante (que usava um discreto broche do Projeto, notei), fez uma declaração breve e condenatória. A "Família" estava "chocada e abalada". Toda vez que dizia a palavra "decepcionados", alguém ao fundo gritava "Um gole!". Aconteceu quatro vezes em questão de minutos.

Porém, a decisão de fazer aquilo não era da Família, o relações-públicas fez questão de deixar claro. A decisão vinha da própria Ligação Quântica, que queria dar início a um "processo de redenção perante seu parceiro e o público". Ao ouvir isso, Keller explodiu em uma gargalhada estrondosa, e todos na sala começaram a ter um ataque de riso.

Depois, o homem saiu e Superimpacto tomou seu lugar. Vaias e assobios tomaram conta da sala de conferência, e alguém jogou um Doritos na tela.

O herói assumiu sua posição ao lado do púlpito, as mãos unidas à frente do corpo; os olhos levemente abaixados. O cenho estava franzido, e a boca era séria. O rosto dele era um disfarce melhor do que qualquer máscara poderia ser, com a mais insípida e vazia das expressões. Meu rosto se retorceu de nojo.

Ligação Quântica apareceu depois, usando um terninho azul-marinho extremamente formal. Endireitei a postura, intrigada.

– Eles deviam ter entrado juntos – observei. – De mãos dadas.

Pareceu levar décadas para que ela finalmente chegasse ao púlpito, apesar dos passos longos e equilibrados. Ao chegar, pousou ambas as mãos abertas sobre a madeira e baixou o olhar. Os cachos platinados de seu cabelo caíam sobre os ombros. Ela não parecia bem. Estava ao mesmo tempo perfeita e parecendo prestes a desabar. Ela parecia à deriva.

– Quantas vezes ela vai pedir desculpas? – perguntou Greg.

– Doze – disse Vespa.

– Dezessete.

Ergui a mão.

– Tem alguma coisa errada.

Ela ficou lá por um tempão, respirando, reunindo forças de algum lugar dentro de si mesma. Por fim, ergueu a mão. Havia algo que eu nunca tinha visto em seu rosto amável e firme antes: um pânico incomum e absoluto. A sala ficou em completo silêncio.

Ligação Quântica abriu a boca. Arquejou duas vezes.

– Não. – A voz dela saiu engasgada. – Não – repetiu pela segunda vez, com maior clareza. – Não consigo fazer isso.

Ela criou um campo de força ao redor de si mesma, sinistro e que emanava um brilho perolado. O microfone guinchou horrivelmente.

E então ela desapareceu.

A sala de conferência entrou em polvorosa. Vespa agarrou meu braço. Greg cuspiu a bebida, molhando a própria camisa e a pessoa à sua frente com rum e Coca-Cola.

Eu me apoiei no ombro de Vespa e fiquei de pé assim que consegui.

– Preciso ir – falei.

Eu mal tinha dado um passo quando minha cabeça vibrou com o toque de Leviatã. Senti a vibração percorrer meu corpo com uma sensação de ferroadas em minha pele e levei minha mão à orelha por instinto.

– Fiscal. – A voz de Leviatã era ultravioleta.

– Estou a caminho.

– Tem um carro esperando do lado de fora.

A ligação foi encerrada.

De repente Vespa estava ao meu lado outra vez, me segurando pelo cotovelo para que eu pudesse andar mais depressa. Ele me ajudou a manter o equilíbrio, e nos desvencilhamos da multidão. Um dos meninos de P&D me chamava, mas Greg o despistou. Ele sabia o que estava acontecendo. Outras pessoas começaram a gritar meu nome – para elogiar, para saber o que estava acontecendo – até beirar o insuportável. Talvez eu tivesse fugido mesmo se Leviatã não houvesse ligado.

O carro roncava em expectativa e emanava uma onda de calor. Vespa abriu a porta e eu me encaixei lá dentro.

– Estou sentindo minha cabeça vibrar – disse ele. – Preciso preparar o jatinho.

Assenti.

– Nenhum de nós vai dormir hoje – falei.

Em um instante de coragem, ele se inclinou para a frente e me deu um beijo na bochecha; a borda metálica de um de seus olhos bateu em minha têmpora.

– Seja cruel.

Eu abri um sorriso afiado.

– Voe como um falcão.

Ele fechou a porta com firmeza, e o carro ganhou vida. Olhei para o espelho retrovisor e vi Melinda me encarando de volta; sorrimos uma para a outra. Segurei minha bengala com força. Era como se houvesse um embate entre medo e um estranho júbilo em meu peito. A alegria perversa levou a melhor.

Quando entrei no escritório de Leviatã, havia um GIF de Ligação Quântica na tela, no momento em que ela dizia "Não consigo fazer isso" e desaparecia. O GIF se repetia em um loop incessante. Leviatã estava de pé bem no meio da sala, estático, assistindo. Ele não demonstrou reação alguma quando me posicionei a seu lado. Sua armadura estava quase fosforescente.

Ele não disse nada por um tempo; eu encarava o GIF diante de nós, hipnotizada. Era difícil ver a angústia no rosto dela, a desorientação em seus olhos escuros dando lugar a uma decisão catastrófica. Conseguia perceber o tremor nos ombros, a maneira como sua garganta se mexia, um sutil balançar de cabeça antes de falar.

Então, aos poucos, percebi que não era para Ligação Quântica que Leviatã olhava. A atenção dele estava fixa num dos cantos da tela, onde Superimpacto se encontrava. No início do GIF, o herói olhava para sua infeliz parceira; quando ela disse "Não", a máscara artificial de vergonha e pesar em seu rosto deu lugar a uma expressão de confusão. Ele cerrava a mandíbula quadrada, e dava para ver como os tendões em seu pescoço estavam tensos e esticados. E então, no momento em que ela desapareceu, seu rosto se contorceu em fúria pura e medonha.

– Chegou a hora, Anna – disse Leviatã, a voz baixa. – Ele não consegue mais esconder quem é. Finalmente sua máscara foi rachada.

Senti meu corpo gelar. Ainda havia muita coisa a ser feita.

– A rachadura é fina como um fio de cabelo...

Ele balançou a cabeça.

– É mais do que isso. Muito mais. É fatal. Nem todo o *kintsugi* do mundo pode recuperar esse dano.

Uma vibração estranha preencheu minha cabeça. Eu conseguia praticamente sentir o cheiro dos neurônios de Leviatã trabalhando, sentir a onda de tensão extasiante que emanava dele. Sua armadura brilhava muito mais do que o normal, pulsante e iridescente.

– Foi um golpe decisivo – falei, cautelosa. – É nítido que nós os desestabilizamos muito. A forma como ele reagir agora vai ser determinante para prosseguirmos.

Leviatã inclinou a cabeça em um movimento abrupto.

– Já vi o que precisava ver. Ele está fraco e abalado. Agora é a hora.

– Agora. – Minha cabeça rodopiava. Eu precisava de mais tempo. – O plano ainda está em progresso, há muito mais coisas de que precisamos...

– Já chega de se esconder atrás de tramas bobas.

Fiquei espantada diante do quanto aquela rejeição me afetou. Engoli em seco.

Leviatã cerrou o punho. As placas em suas manoplas vibravam e deslizavam em sincronismo.

– Há sangue na água. Minha presa está ferida. É hora de atacar.

– Me preocupa que ele não esteja ferido o suficiente. Ele ainda é muito perigoso.

– Duvida de mim?

Eu senti que estava tentando respirar no topo do Monte Everest. De repente não havia oxigênio suficiente, e meus pulmões pareciam estar cheios de vidro derretido. Precisei de todas as minhas forças para estabelecer contato visual direto e firme com Leviatã, mas por fim consegui. Encarei as aberturas pretas como piche que absorviam luz.

– Não há nada que você não possa fazer caso seja sua vontade – respondi.

Eu falava com sinceridade.

A violência engatilhada em seu corpo se dissolveu. Sem alterar a expressão, seu rosto foi tomado por um calor incomum. Ele se aproximou de mim.

– Fiscal. – Meu nome saindo de sua boca soou extremamente visceral. – Sua fé me comove.

– Quero que esteja na melhor posição possível quando derrotá-lo. – Era como se eu estivesse fora de meu próprio corpo, me observando falar. – Quero que ele não seja capaz de resistir – continuei. – Quero que esteja em um estado deplorável, de joelhos, para que você precise apenas arrancar a cabeça de seu corpo desprezível.

Pela primeira vez em muito tempo, Leviatã me tocou. Ele segurou meu pescoço de maneira afetuosa, pressionando levemente o polegar contra minha traqueia e posicionando os outros dedos em minha nuca. Seu toque era um pouco áspero, e mais uma vez fiquei surpresa com o calor que emanava dele.

Por favor, quero fazer isso, implorei mentalmente. *Deixe que eu faça isso por você.*

– Ainda assim, precisa ser um desafio – disse ele suavemente. – Não é um prêmio sendo entregue em uma bandeja; estamos arquitetando a sua derrota. Quero que ele esteja fraco, não incapacitado. Quero que esteja encurralado, não neutralizado.

Estremeci. Ele deve ter pensado que era uma reação ao contato que havia entre nós e fez menção de se afastar, mas segurei seu pulso para impedi-lo. Era a primeira vez que eu iniciava um contato direto. Continuei segurando. Não tinha medo dele – tinha medo por ele.

– Não duvido de sua capacidade de enfrentar este ou qualquer outro desafio – expliquei com cuidado. – Mas eu…

– Você se preocupa.

– Sim.

Ele sorriu. Ou pelo menos eu imaginei isso.

– Ainda não me viu em combate, Fiscal. Permita-me mostrar a você do que sou capaz. Quando isso acabar, nunca mais vai ter motivos para se preocupar.

Ele tirou a mão do meu pescoço, e dessa vez permiti que me soltasse. Leviatã me olhou por um instante e depois se afastou. Dirigindo-se com determinação até as portas, pude ouvir quando ele ligou para Vespa e solicitou que seu jato furtivo, o Sombra, estivesse pronto; Vespa confirmou que estava. Leviatã não se deteve nem olhou para trás ao sair, me deixando sozinha em seu escritório. As grandes portas duplas se fecharam atrás dele, precisas e fatais.

Continuei ali, encarando o rosto de Superimpacto em um loop de choque e fúria. Assim como Leviatã, pude ver algo se quebrando e ruindo, mas também consegui enxergar algo primitivo e nefasto rastejar para fora. Vi aquilo e, embora fosse desleal de minha parte, senti um medo profundo.

Queria acreditar com cada fibra do meu ser que Leviatã conseguiria derrotá-lo, mas Superimpacto estava movido por ira e perdia depressa os alicerces de seu suporte e de seu controle. Eu estava extremamente consciente de quão perigoso Superimpacto era agora. Leviatã tinha certeza de que ele estava enfraquecido, mas o herói que eu via ali estava desesperado. Se ainda estivesse resoluto (e os cálculos que eu fazia na minha cabeça mostravam que um conflito direto ainda estava longe de ser seguro), podíamos muito bem perder.

Eu poderia perdê-lo.

Continuei no escritório de Leviatã, sozinha, por um longo tempo.

6

NO INÍCIO, LEVIATÃ SIMPLESMENTE SUMIU.

Vespa preparou o Sombra, mas não o pilotou; Leviatã era mais do que capacitado para voar sozinho com aquela máquina sofisticada. A pista foi liberada, o veículo camuflado e os comunicadores encriptados, e Leviatã levantou voo sozinho. Ele não compartilhou seu trajeto aéreo com ninguém, e tampouco nos avisou quando chegou ao seu destino.

– Imagina só se a gente nunca mais ouve falar nele – disse Vespa, como se aquela fosse uma coisa razoável de dizer em voz alta.

Ele estava sentado na minha mesa, tomando um café. Eu encarava minha tela, fingindo trabalhar. Estava difícil me concentrar em qualquer coisa que fosse, só conseguia visualizar na minha mente o GIF de Superimpacto, gravado por minha mais nova memória eidética. Era aquilo, ou a sensação-fantasma da mão de Leviatã em volta do meu pescoço.

Porém, o que Vespa disse chamou minha atenção.

– Isso não vai acontecer. – Acabei soando mais ríspida do que pretendia.

– Não acha que ele pode ter sido discretamente raptado para as entranhas de uma prisão de segurança máxima?

Vespa tomou um gole de café e fez uma careta, percebendo que poderia ter terminado a frase com "...assim como aconteceu com você?".

Balancei a cabeça.

– Não. – Fiz questão de falar de maneira afável. – Nada do que está prestes a acontecer vai ser discreto.

– Por que ir agora?

– Ele acha que precisa fazer isso por conta própria.

Vespa falou um palavrão e deu um gole no café, impaciente.

– Ele tem todas as vantagens e recursos possíveis bem aqui, e em vez disso deu no pé como a porra de um herói – falou ele.

– É altamente provável que tenha escutas nesta sala – eu o lembrei.

– Que seja. Ele com certeza não está ouvindo, e, se estiver, bom pra ele. Sei que o seu plano era ótimo. Mais do que ótimo. E estava funcionando. Parece tolice abandonar isso agora.

Era muito raro ver Vespa exaltado; percebi que ele estava com raiva por mim.

De repente fiquei com medo de chorar; senti uma acidez na garganta e tossi.

– Achei que estava dando certo – falei.

– Estava mais do que dando certo – disse ele, ficando em pé e começando a gesticular. Pensei que um dia ele se tornaria um excelente vilão. – Você ia acabar com ele. Talvez esse tenha sido o problema. Não podia ser o seu plano a dar certo, tinha que ser o dele.

Percebi que detestava aquela possibilidade, principalmente porque era plausível. As lágrimas latentes se transformaram em raiva em mim também.

– Existe muita coisa entre eles que não entendo – falei, o que soou vago até para mim.

Eu não conseguia entender o aperto em meu peito. Era inveja? Desejei conseguir enxergar meus próprios sentimentos com tanta clareza quanto enxergava o espectro ultravioleta.

Vespa ficou em silêncio por um bom tempo, abrindo e fechando uma de suas mãos.

– Devíamos estar presentes – disse ele por fim. – Tudo isso também é nosso. – Ele me encarou. – Isto é seu mais do que de qualquer outra pessoa.

Ele tocou a lateral da minha cabeça com gentileza, onde os contornos de minhas cicatrizes eram visíveis.

Senti minha mandíbula tensionar.

– Não posso fingir que odeio Superimpacto tanto quanto o Leviatã – falei.

– Não quer dizer que seu ódio seja menos válido. Você merece um pedaço dele também.

– Já arranquei alguns.

Olhei para minhas mãos.

– Mas você se sente vingada? Acha que estão quites?

Eu me concentrei e fiz alguns cálculos mentais. O desequilíbrio foi como lenha na fogueira de minha raiva crescente.

– Não.

Um zumbido veio do rosto de Vespa.

– Você também merece destruí-lo.

Eu não conseguia suportar a ideia de concordar com ele em voz alta. Quanto mais pensava no assunto, mais amargurada, traída e furiosa me sentia.

Vespa continuou a me pressionar.

— O que está te chateando de verdade? A possibilidade de Leviatã estar congelado em carbonita ou não estarmos com ele quando aquele imbecil que caga para as leis da física for explodido e virar migalha?

— Chega! — falei com fúria, fuzilando o monitor com o olhar.

Vespa sentou em silêncio, não me pressionando mais do que já havia. Senti vontade de me desculpar sem razão aparente, mas contive o impulso.

— O que acha que vai acontecer? — perguntou ele depois de alguns momentos. Havia deferência o bastante em seu tom de voz para que ele voltasse a merecer minha atenção.

Respirei fundo algumas vezes para manter a calma antes de responder:

— O que me preocupa é que ele esteja acionando a armadilha cedo demais. — Escolhi as palavras lentamente, analisando cada uma delas antes de pronunciá-las. — Eu queria mais tempo. Eu precisava de mais tempo para derrubar Superimpacto. Não sei se ele está ferido o bastante. Me preocupa que ele esteja, na verdade, ferido o suficiente para se tornar avassalador.

— Acha que o Chefe tem chance?

Abri um sorriso frágil.

— Ele tem muito mais do que isso. Mas não o bastante para que eu me sinta completamente segura, sabe?

— Sei.

— Eu sei que vai soar como idiotice, mas queria que Leviatã me deixasse fazer algo melhor. Eu trituraria aquele idiota por ele.

Vespa pousou uma mão mecânica em meu ombro. Não me senti dominada por um medo extasiante, mas senti um certo agitar de alguma coisa, como um pássaro notívago aterrissando em um galho.

— Você teria eviscerado ele, e teria sido espetacular.

Coloquei minha mão sobre a dele.

— Obrigada.

No dia seguinte, houve um incêndio em uma casa de repouso.

A Hádron não era uma casa de repouso típica. Até havia bingo aos fins de semana e cuidadores atenciosos transportando remédios de artrite para lá e para cá, e senhorinhas libidinosas passando cantadas nos corredores. No entanto, os habitantes eram tudo menos normais, a despeito de seus problemas de incontinência urinária. A Hádron era o lugar para onde heróis idosos iam quando estavam velhos ou doentes, ou caducos demais para continuar vivendo em suas sedes de operação com assistentes a paparicá-los.

Era uma instituição extremamente perigosa para trabalhar, apesar da fragilidade relativa dos residentes. Um idoso capaz de manipulação psíquica sofrendo de demência era infinitamente muito mais perigoso para si mesmo e todos ao seu redor; uma mulher venerável cujas mãos tremiam vigorosamente e que já não conseguia controlar um potente ataque de ácido era uma tragédia anunciada.

Apesar dos treinamentos avançados e da segurança excepcional, acidentes eram comuns na Hádron, e, algumas vezes, uma coisinha pequena acabava fugindo do controle. O que aconteceu foi uma dessas bolas de neve, quando as habilidades pirotécnicas de um residente provocaram um pequeno incêndio. Teria sido algo rotineiro, mas um tanque de oxigênio que estava próximo acabou superaquecendo e explodindo, o que fez com que o fogo se espalhasse mais do que deveria. Foi assim que um incêndio que poderia facilmente ser contido por um jato de spray de um extintor exigiu a evacuação de uma ala inteira.

Só perceberam que o Doutor Próton estava desaparecido quando os funcionários fizeram a contagem dos residentes, depois que as chamas haviam sido contidas. Demorou muito mais (bem, depois que quase todos estavam acomodados em seus respectivos trajes não reativos revestidos de chumbo e que todas as medidas de segurança foram verificadas três vezes) antes que alguém começasse a se preocupar.

Eu estava compenetrada, assistindo à reportagem que anunciava o desaparecimento de Doutor Próton e vasculhando em minha cabeça tudo o que eu sabia sobre o super-herói, quando o celular vibrou na minha mão.

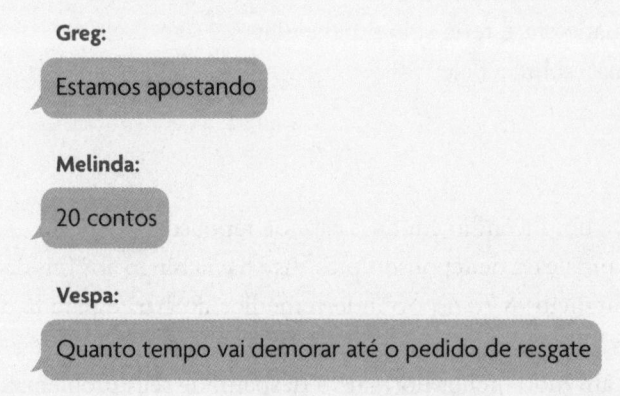

Greg:
Estamos apostando

Melinda:
20 contos

Vespa:
Quanto tempo vai demorar até o pedido de resgate

Greg:
Umas 24h

Vespa:
Eu chuto 12

Melinda:
Eu chuto umas 48, que é quando podem declará-lo como desaparecido

Greg:
Isso é coisa de filme

Melinda:
Mas as pessoas acreditam

Vespa:
Keller quer apostar 72h

Uma hora

Greg:
Nossa

Vespa:
Ousada

Melinda:
puta merda

Vai ser rápido. Tem que ser.

Vespa:
Está achando que o Doutor vai virar abóbora?

> Ele vai passar mal daqui a algumas horas

Greg:
> Vc ñ sabe brincar

> Pode deixar, vou doar o dinheiro pra caridade

Meu celular foi bombardeado com uma enxurrada de mensagens. Aquilo me fez sorrir. Era uma distração breve, mas muito bem-vinda. Eu tinha feito minhas pesquisas como sempre, e sabia que as aprimorações que Doutor fizera na juventude estavam cobrando seu preço. Eu não sabia nada específico sobre a saúde dele, mas conhecia alguns fatos concretos: ele raramente ficava fora da casa de repouso por mais de seis horas e normalmente precisava de um tratamento que durava vinte minutos a cada quatro horas. Ele nunca saía do complexo sem dois médicos, e uma delas sempre carregava uma maleta de suprimentos. Ele tinha um cateter PICC permanente em seu braço esquerdo, que algumas vezes escondia com uma bandagem elástica adesiva, fazendo piadas sobre sua "tendinite".

Eu tive pouquíssimos minutos de prazer para aproveitar minha pequena vitória antes de um alerta diferente pipocar na minha tela. De repente eu estava convocando toda a minha equipe para o trabalho. Leviatã tinha acabado de liberar um vídeo com um pedido de resgate.

Em poucos minutos, estávamos todos apinhados em meu escritório: Darla, Jav e Tamara monitorando as telas comigo, verificando termos de busca, feeds nas redes sociais e notícias. Greg trouxe café para mim e ficou pairando às minhas costas, mordendo o lábio. Melinda não precisava estar presente, mas, com a ausência de Leviatã, seu plantão fora suspenso, e ela estava muito estressada sem nada para fazer, então pedi que ficasse lá caso eu precisasse. Vespa veio e ficou na porta do corredor, apoiado contra o batente. Todos estavam o mais imóveis que conseguiam quando iniciei o vídeo.

Doutor Próton apertava os olhos. O lugar estava escuro e havia uma luz forte pendendo acima de sua cabeça, o que tornava difícil descobrir sua localização.

– Ele está no Observatório – falei.

– Ele está *aqui*? – grasnou Greg.

Vespa se endireitou.

– Tem certeza?

– Tenho. Aquele ali é o armário da sala de comunicação. – Eu tinha me escondido ali numa ocasião em que o prédio fora invadido em uma infestação heroica insignificante. – Pode verificar se ele pousou?

Não tirei os olhos da tela.

Ouvi Vespa assentindo com a cabeça; ou, melhor dizendo, senti uma onda de energia afirmativa, e ele saiu da sala. Greg se aproximou, ficando atrás da minha cadeira. Jav torcia os dedos, ansioso. Tamara cobria a boca com as mãos como uma criança surpresa. Darla roía as unhas. Melinda começou a andar de um lado para o outro.

Doutor levantou uma das mãos em frente ao rosto para proteger os olhos da luz.

– Isso é mesmo necessário? – Ele tentou parecer entediado, mas sua voz estava tensa e receosa. Já havia algum tempo desde que ele fora mantido em cativeiro.

– Peço desculpas pelo inconveniente – disse Leviatã. Ele não estava aparecendo na tela. – Farei o possível para não tomar muito do seu tempo.

Doutor Próton franziu o cenho para Leviatã, que claramente estava atrás da câmera.

– O que é tudo isso, filho?

Havia um nível chocante de familiaridade naquela palavra.

– O segundo princípio da termodinâmica.

– Ah, pelo amor de Deus, que porra é essa? – Greg explodiu, exasperado.

– Não faço ideia – respondi.

Eu odiava não saber.

Doutor Próton pareceu confuso por um momento, e depois a expressão de seu rosto sólido se desmontou. Os cantos da boca se dobraram para baixo, e os olhos ficaram marejados. Eu podia não ter entendido, mas ele entendeu.

– Filho, sei que não faz diferença, mas eu sinto muito, sinto muitíssimo...

– Isso não tem a ver com um pedido de perdão. – A voz de Leviatã estava ainda mais mecânica do que o normal, rigorosamente robótica. – Certamente, não vindo de você, senhor.

– Por favor...

– Acredito que tenha algo a dizer.

Doutor deixou que a cabeça pendesse sobre seu peito por um momento, então levantou o rosto olhando direto para a câmera. Pela primeira vez, ele pareceu frágil.

– Superimpacto. – Ele pausou por um instante. – Meu menino, não me procure. Há uma balança a ser equilibrada aqui, uma dívida a ser paga. Eu estou disposto a fazer isso.

– Muito nobre da sua parte. Queria que ela tivesse tido escolha parecida.
– "Ela"? – Jav franziu o cenho.

Balancei a cabeça.

Doutor engoliu a saliva, parecia arrasado.

– O Universo se alinhará hoje, todos os sistemas voltarão ao equilíbrio. – Leviatã quase soava sereno. – Concorda que tudo será como deve ser?

Doutor assentiu com um gesto vigoroso de cabeça.

– Eu sabia que este dia chegaria.

– Eu agradeço por assumir essa responsabilidade para si, senhor. Espero que seu protegido aprenda algo com isso.

Doutor continuou a encarar a câmera por longos minutos, e então a transmissão foi encerrada.

Meu intercomunicador vibrou. Era uma mensagem de Vespa:

> ele tá aqui

E logo depois:

> Impacto iminente

Naquele momento tomei consciência de um estranho zunido que eu mais sentia do que ouvia, algo que fazia meus ossos e as paredes ao meu redor vibrarem. Minha perna doía; pensei sentir cada uma das fraturas dos meus ossos, cada centímetro de cálcio remendado. Apesar da dor, fiquei em pé.

Um segundo mais tarde, alarmes dispararam, e o complexo inteiro entrou em lockdown. Xingando, tentei dar um salto para alcançar a saída, mas a porta blindada que interligava nossos escritórios se fechou como um portão levadiço. Dei um soco na porta, sentindo uma raiva impotente, e machuquei os nós dos dedos. Em seguida, comecei a tatear o painel de controle para abrir a porta.

O prédio começou a tremer com maior intensidade, pulsando como um coração com arritmia. Eu deveria estar morrendo de medo, mas essa emoção estava enterrada debaixo da fúria enlouquecedora por saber que eu estaria trancada em meu escritório enquanto Superimpacto destroçava o complexo. Por saber que não havia nada que eu pudesse fazer.

Enchi os pulmões para gritar, mas em vez disso soltei o ar com um chiado constrangedor quando a porta se abriu. Um de nossos melhores Músculos apareceu. Ele estava vestido com mais proteção corporal do que um membro da tropa de choque e tinha um maçarico de plasma na mão.

– Fiscal. Keller ordenou que fosse levada até ele.

Passei rapidamente pela porta. Ouvi Greg emitir um ruído engasgado atrás de mim enquanto o painel de metal reforçado voltava a se fechar. O Músculo me entregou um colete à prova de balas.

– Por aqui – disse ele, marchando pelo corredor.

Coloquei o colete e me apressei para acompanhá-lo. Havia um receptor em seu ouvido, através do qual claramente estava recebendo instruções, e mudamos de direção duas vezes enquanto percorríamos os corredores. Em uma das vezes, ele parou tão abruptamente que dei de encontro com suas costas e quase arranquei meu lábio inferior com uma mordida quando meu queixo se chocou contra a armadura que usava.

Quando chegamos às portas que davam para o maior pátio na área norte do complexo, havia dois outros Músculos esperando por nós. Eles se posicionaram ao meu lado, um à direita e outro à esquerda, e os três me escoltaram até o veículo que estava funcionando como Unidade de Comando Móvel. Era como uma mistura de carro blindado e van de espionagem.

Mal tive tempo de olhar em volta no pátio antes de ser respeitosamente atirada para dentro da van, mas consegui ver o que pareciam ser todos os Músculos do complexo vestindo o máximo de proteção que conseguiram encontrar, mais veículos blindados e até mesmo artilharia pesada como canhões de contenção à base de espuma. Keller havia convocado tudo o que podia.

Também vi Superimpacto de relance. Ele estava na outra extremidade do pátio, apenas o esboço de uma figura usando um uniforme vermelho, como uma lua sangrenta; os punhos estavam cerrados ao lado do corpo. Embora eu não tivesse conseguido ver o rosto do herói, sua fúria era palpável, emanando dele como uma aura de calor. O ar ao redor dele parecia embaçado, oscilante.

– Tragam ela para dentro! – vociferou Keller do interior da van, se esticando para me segurar.

Eu dei um salto adiante, e a porta se fechou às minhas costas enquanto os Músculos foram se juntar aos demais.

– Ele está sozinho – falei, tateando até o assento vazio ao lado de Keller. Ele colocou seu headset no mudo.

– Por enquanto.

– O que ele fez?

– Nada. Ele está parado lá, esperando. Não vou começar nada até que ele comece.

Concordei com a cabeça.

– Boa ideia.

O interior da van estava forrado de telas e monitores de controle. Todos os escâneres e antenas estavam apontados para Superimpacto. Curvados sobre os teclados, dois outros comandantes processavam informações freneticamente, tentando compreender o que estava diante deles e transformando esses dados em um fluxo contínuo de ordens. Até agora, todas elas eram uma variação de: "Estejam preparados e fiquem a postos. Aguardem".

Tentei manter o equilíbrio em minha voz.

– Onde ele está?

Keller não precisou perguntar a quem eu me referia.

– Não faço ideia, mas o Observatório está vazio.

Ele claramente também tinha conseguido decifrar o local do vídeo.

– Superimpacto sabe que ele esteve ali? – perguntei.

– O prédio continua em pé, então acho que não.

Um dos painéis começou a apitar freneticamente, e eu conseguia ouvir um alvoroço do lado de fora.

Keller ativou seu intercomunicador.

– Baixar armas! Baixar armas! Ninguém dispara nem mesmo uma bala de borracha até que Superimpacto faça um movimento.

O alvoroço cessou aos poucos, e um dos comandantes desligou o alarme. Keller suspirou e estalou a língua contra os dentes.

– O que acha de tudo isso?

Hesitei.

– O Chefe queria um espetáculo. Aí está.

– Ele tem um plano?

– Não que eu saiba.

Keller olhou para mim.

– Isso não significa nada.

– Eu sei.

Soei um pouco mais ríspida do que pretendia.

Keller assentiu e me entregou um headset.

– Você merece estar na primeira fila para o que quer que esteja prestes a acontecer.

Respondi com um sorriso seco, e nós dois voltamos nossa atenção para a tela maior, o vídeo principal que monitorava Superimpacto. Apertei um botão em meus headphones e o áudio externo explodiu abruptamente em um alarido. Por cima do barulho dos motores e das vozes e dos estranhos ruídos tecnológicos, eu conseguia ouvir Superimpacto gritando o nome de Leviatã, de novo e de novo. Apesar de fraco e distante, o som era inconfundível, um ritmo contínuo ao fundo.

– Venha me enfrentar! – vociferou ele. Sua voz potente já estava rouca. – *Me enfrente, seu covarde!*

Apertei a mandíbula.

Comecei a notar uma sensação que começava na minha nuca e subia pela parte de trás do meu crânio como um arrepio. Eu não conseguia ver ou sentir o cheiro do dispositivo de camuflagem, não conseguia ouvir o veículo que estava camuflando (provavelmente um carro silencioso, se tivesse que chutar), mas eu repentinamente soube que mais alguma coisa havia entrado em campo. Nada apareceu nos radares de Keller, mas eu senti, senti a discrepância espacial que causava, com a precisão certeira de um cão detectando uma erupção vulcânica iminente.

– Ele está aqui – declarei.

Keller franziu o cenho e se pôs a procurar em todas as telas ao seu redor.

– Confie em mim.

Ele me olhou demoradamente e, por fim, assentiu. Ativou o som do próprio intercomunicador.

– Atenção. Chefe camuflado em campo.

– Devemos avançar? – perguntou uma comandante. Sua voz soava áspera. Ela nitidamente começava a vacilar.

A expressão de Keller se agravou.

– Não. Fiquem atentos.

Rangendo os dentes, levei a mão à têmpora. Havia dados demais passando ao mesmo tempo. Em meio a todas as análises na van, a tudo o que acontecia do lado de fora, às ameaças violentas de Superimpacto e o zunido sinistro causado pela presença de Leviatã, eu começava a trincar de dor de cabeça. Tentei filtrar tudo ao meu redor, prestar atenção nas coisas mais importantes, exatamente como Vespa tinha me ensinado. Olhei para Superimpacto; seu uniforme vermelho era como uma ferida no meio da tela. Eu me deixei sentir a ressonância peculiar da presença de Leviatã, permiti que o sonar em meus ossos o localizasse pelo eco. Havia uma pequena oscilação na tela, uma trepidação do tamanho de um floco de neve. Apontei com o dedo.

– Ele está ali.

Keller apertou o botão de seu headset, mas antes que pudesse falar qualquer coisa Leviatã se manifestou; ele havia interceptado todos os canais. Queria garantir que, antes de vê-lo, Superimpacto o ouvisse.

– Velho amigo. – O veneno naquelas duas palavras, por mais digitalizadas e distorcidas que fossem, me fez estremecer. – Sua presença não se faz necessária aqui.

– Apareça.

Superimpacto deu alguns passos à frente. Ele não sabia dizer de onde vinha a voz e estava olhando para uma direção completamente equivocada. Continuei atenta à tela onde a camuflagem ao redor do carro estava sutilmente distorcendo a realidade visual.

– A dívida será paga. Não é preciso se preocupar. Vá para casa.

As palavras de Leviatã soavam formais, quase como uma cortesia. Soavam como se tivessem sido ensaiadas.

– Solte-o.

– Quem? O venerável Próton? Não acho que ele queira ir embora.

Superimpacto cerrou os punhos.

– Deixe-me vê-lo, seu monstro.

Leviatã riu. Não foi seu riso caloroso, mas um riso agudo, tenebroso, um riso sinistro e penetrante que soava como se um enxame de insetos tentasse replicar o júbilo humano. Eu me retraí. Keller apertou meu joelho por impulso.

– Você mesmo o ouviu. Ele concordou com os meus termos. Alguém precisa alinhar o Universo novamente, e ele nobremente aceitou a responsabilidade.

– Ele não deve nada ao mundo! – gritou Superimpacto, brandindo os punhos no ar.

Ele havia se aproximado um pouco da câmera, e eu conseguia ver seus traços um pouco melhor. O cabelo estava oleoso, molhado de suor; o rosto estava vazio. Aparentava ter perdido meio litro de sangue.

– Ele deu tudo de si centenas de vezes – continuou ele.

– Ah, mas ela também. E ainda assim eles a assassinaram no fim. Não é justo que ela tenha partido e ele ainda esteja aqui, desfrutando de uma velhice confortável. E, por ser um homem de honra, Doutor Próton concorda.

Ela.

– Mas não precisa acreditar em mim. – Leviatã parecia estar genuinamente alegre. – Deixe que o próprio Doutor conte essa história.

A porta do carro de Leviatã se abriu, e o Doutor foi empurrado para fora; aos olhos do mundo, como se um portal tivesse se aberto. Doutor levou um tombo feio. Assim que pôde, Leviatã fez um movimento brusco com o carro, afastando-se uns quinze metros para o lado; Superimpacto avançara em direção ao local de onde Doutor aparecera e não acertou o carro camuflado por alguns centímetros.

Doutor gemeu. Superimpacto, arfando de agonia, ajudou o mentor a sentar. O idoso sibilava de dor, segurando o quadril.

– Vamos levá-lo para casa em segurança, senhor – disse Superimpacto em um sussurro exagerado, agachando-se protetoramente em frente a seu mestre.

Era o máximo de preocupação que eu já havia visto o herói manifestar. Ele curvou os ombros sobre o corpo muito menor do idoso, fazendo o melhor que podia para bloquear qualquer ameaça com a extensão do próprio corpo. Suas mãos pareciam inúteis e grandes demais quando tentava gentilmente guiar seu mentor.

Doutor balançava a cabeça.

– Ele disse que seria você ou eu, meu filho. – Ele sorriu. – Ele vai deixar você em paz depois disso, eu acredito nele. O que é justo é justo.

O semblante de Superimpacto se contorceu em uma careta ameaçadora.

– Ele não terá nenhum de nós dois.

– Você anularia o sacrifício de um idoso por puro orgulho? – A voz de Leviatã ecoava ao redor deles. Ele soava enojado.

Superimpacto ergueu Doutor Próton nos braços. Ele ficou ereto, inadvertidamente dando as costas a Leviatã, e andou na direção do veículo onde eu e Keller estávamos. Eu conseguia ver seu rosto com clareza. A expressão habitual de determinação heroica, um tipo específico de semblante ensaiado, já não existia. Seu rosto estava lamentável, os dentes, à mostra e a pele, pálida. Apesar de estar dentro de um carro blindado, me encolhi quando ele se aproximou.

Tão gentilmente quanto pôde, Superimpacto colocou Doutor Próton no chão. O velho conseguia sentar, mas com muita dificuldade e grande desconforto.

– Não faça isso – repetiu Doutor.

Superimpacto se ergueu diante dele e falou como se não o tivesse ouvido.

– Não se preocupe, senhor. Isso vai acabar logo.

Doutor soltou um palavrão e fechou os olhos.

O que antes era uma mancha distorcida se tornou uma ondulação nauseante quando o carro deixou de ficar camuflado e Leviatã saiu. Superimpacto se virou, e os dois se encararam.

Avancei em direção à porta da van.

– Que porra você tá....

Keller tentou agarrar meu braço.

– Me ajude a trazer Doutor para dentro! – ordenei.

Não importava o que estivesse prestes a acontecer, Doutor era útil. Ele também era um idoso doente que precisava urgentemente de um balde de remédios para impedir a falência de seus órgãos internos, e, se aquelas eram de fato suas horas finais, eu nutria respeito suficiente por sua pessoa para desejar que estivesse confortável. Keller xingou e se posicionou para me ajudar.

Quando consegui abri a porta, Superimpacto e Leviatã já estavam lutando. Superimpacto saltou no ar e desceu em alta velocidade com o punho em riste, deixando uma pequena cratera onde Leviatã estivera uma fração de segundo antes. Ele havia se mexido em velocidade sobrenatural, deslizando em um ângulo bizarro e golpeando Superimpacto com as lâminas acopladas às suas manoplas. Com um grunhido de fúria, Superimpacto apanhou o carro de Leviatã; gritei quando ele atirou o veículo atarracado contra Leviatã, que conseguiu se desviar com êxito novamente. O carro atingiu um dos canhões de artilharia, que explodiu como uma lata gigante de creme de barbear esquecida em cima de um aquecedor. Vários dos Músculos próximos foram imediatamente engolidos; consegui ouvir seus gritos abafados. O restante se dispersou.

Ainda não me viu em combate, dissera Leviatã da última vez que nos vimos. Agora, ao assisti-lo enfrentando Superimpacto, entendi sua soberba. O herói estava na vantagem em termos de força crua e estava cego em sua fúria, mas Leviatã se mexia de uma maneira que eu nunca tinha visto na vida. Ele se curvava de formas que eu jamais imaginaria, e seus reflexos eram excepcionais. Em um instante, ele parecia ser uma criatura constituída de lâminas, e no seguinte tentar pegá-lo era como tentar segurar fumaça. Eu estava deslumbrada.

– Precisamos ir! – vociferou Keller.

Acordei de meu torpor, e juntos alcançamos o Doutor depois de uma corrida desajeitada. Ele olhou para nós, desconfiado; parecia estar em um estado muito pior ao observá-lo de perto. Sua pele estava amarelada e seus lábios, secos.

– Senhor, desculpe pela interrupção, mas vamos levá-lo para dentro – eu disse, me abaixando.

O rosto de Doutor foi tomado por uma expressão confusa.

– Muito… gentil da sua parte?

Keller e eu o erguemos pelos braços, um de cada lado, e o carregamos até o carro blindado.

O cheiro dele era estranhamente azedo. Não era de sujeira, e sim de doença. De perto, seu hálito era pura cetona e cobre.

– De que lado estão? – perguntou ele, falando arrastado.

– Não vamos nos preocupar com isso agora.

Olhei para trás. Superimpacto estava ocupado demais tentando desmembrar Leviatã para nos notar.

– Entendo. – Doutor soava receoso e entretido ao mesmo tempo. – Bom, ao menos vocês têm bons modos.

Abri a porta com dificuldade, ainda tentando equilibrar o peso do idoso. Ele gemeu de dor quando o erguemos para colocá-lo dentro da van.

– Desculpe, senhor.

– Está tudo bem – mentiu ele.

Ele ofegava. Eu o ajudei a sentar em um dos assentos rodeados de fios e telas, e Keller bateu a porta atrás de nós. Próton me parecia muito frágil, e eu, por reflexo, tentei verificar a temperatura de sua testa suada com as costas da mão.

Um impacto repentino na lateral da van me jogou para a frente, e eu bati o rosto em um dos consoles. Meu lábio, que já estava inchado, começou a sangrar copiosamente.

Keller rugiu, e os dois outros técnicos na van gritaram, em pânico. Então ouvimos passos no teto da van. Eu me virei para verificar as imagens, mas a tela estava azul; a câmera externa claramente havia sido destruída.

– Preciso de imagens – disse Keller, e um dos técnicos conseguiu abrir um vídeo de uma das câmeras reserva.

Lá estava a bota de Superimpacto, sua panturrilha delineada e a máquina lustrosa que era seu joelho; ele caminhava em cima do carro.

– Keller, nos tire daqui!

O homenzarrão já estava indo na direção do banco do motorista, empurrando um dos técnicos para abrir caminho. Eu me sentei ao lado do Doutor e tentei encontrar um cinto de segurança ou qualquer coisa parecida, mas precisei me contentar em me segurar no banco com as unhas quando a van foi ligada com um ronco e violentamente avançou para trás, dando ré.

O movimento súbito foi suficiente para desequilibrar o herói, e ele foi obrigado a saltar do teto da van. Um instante depois, foi atingido em cheio nas costas e arremessado para o outro lado do pátio. Deduzi ter sido um tiro de um dos canhões aceleradores de partículas de Leviatã. Não o machucaria, mas era suficiente para arremessá-lo para longe de nós.

Doutor quase foi atirado para fora do banco, e eu coloquei o braço na frente de seu peito para tentar segurá-lo. Ele arfou e ofegou de dor enquanto suas mãos cheias de veias tentavam se segurar na almofada do assento.

– Você parece ser boazinha – disse ele, estranhamente solene. – Devia sair deste emprego. É perigoso demais.

– Bom, você está aposentado e mesmo assim está aqui – falei enquanto varria ansiosamente com o olhar as telas distribuídas pela van, tentando descobrir alguma informação sobre a batalha que acontecia do lado de fora.

– Suponho que essa declaração seja justa.

Os pneus da van guincharam quando Keller freou abruptamente.

– Conseguimos as imagens do que está acontecendo lá fora? – perguntei. Eu odiava não conseguir enxergar direito.

Keller saiu do banco do motorista e voltou desajeitadamente para a parte de trás. Seu rosto estava suado e vermelho.

– Vou tentar. Aguente firme.

A tela grande zuniu e depois exibiu a cena externa: três canhões de contenção de espuma sendo disparados em um ponto do chão onde Superimpacto havia caído. Eu conseguia vê-lo se debater sob o peso impossível da almofada de contenção que crescia como se não tivesse fim. Leviatã se aproximou furtivamente dele. Era lindo.

Dei as costas para a tela com um sorriso no rosto. Respirei fundo, contente por Leviatã estar se saindo bem, como se desse a vitória por certa. Eu não vi o que aconteceu na tela atrás de mim, mas notei quando Keller ficou boquiaberto, o rosto arrasado. Senti a alegria em meu peito se tornar sólida como gelo. Antes que eu pudesse me virar, algo colidiu contra a van outra vez, como uma bala de canhão, e a câmera reserva saiu do ar, dando lugar a uma tela azul que emitia um terrível chiado. Bati a cabeça com tanta força que as coisas ficaram nebulosas e distantes por alguns minutos. Eu não conseguia compreender nada do que acontecia ao meu redor; o zumbido da tela e o excesso de informação reduziram tudo a um barulho enlouquecedor.

De repente, todo o resto foi engolido por um ruído metálico assustador, seguido pelo som de aço sendo partido, ambos extraordinariamente altos. Como uma lata de sardinha sendo aberta, o teto da van fortemente blindada foi arrancado; Superimpacto o removera com as próprias mãos.

Ele olhou para baixo pelo buraco, e nossos olhares se encontraram. O reconhecimento e o ódio ardente em seus olhos me trespassaram. Senti meu peito contrair, como se prensado por uma morsa. Eu sabia que ele iria me matar. Ele estava pronto. Eu o havia destruído. Ele finalmente tinha abandonado toda e qualquer forma de decoro e estava pronto para pegar meu corpo frágil e comum e esmagá-lo.

– Ah, meu Deus – disse Doutor. Ele também estava olhando para cima. Ele também havia visto o rosto de Superimpacto, havia enxergado os mesmos indícios homicidas que eu. – Não.

Superimpacto me ergueu pelos cabelos. Eu guinchei e agarrei sua mão, sentindo como se meu couro cabeludo fosse se desprender do meu crânio naqueles primeiros centímetros aterrorizantes; cada linha e nó do tecido cicatricial da minha cabeça ardia. O primeiro instinto de Keller foi segurar meu tornozelo, mas ele se deteve, percebendo que isso pioraria as coisas. Consegui me segurar no pulso de Superimpacto e assim sustentar boa parte do meu peso, me segurando como em uma flexão grotesca de barra, e mesmo assim a dor era excruciante.

Depois que minha cabeça e meus ombros passaram pela abertura no teto da van, ele mudou a forma de me segurar, agarrando meus ombros com as mãos. Quando me ergueu, minhas canelas rasparam nas rebarbas de metal do carro, que arrancaram tiras de pele.

Ele esticou os braços e me segurou diante dele, longe do corpo, parecendo pensativo. Eu conseguia sentir os movimentos de seus dedos nos meus braços enquanto ele considerava a ideia de arrancá-los e me atirar de volta na van. Naquela altura, eu já vira muitos rostos tomados por instintos assassinos, e o dele não estava diferente. Ele desistiu do esquartejamento e decidiu apertar meu pescoço com uma de suas enormes mãos. Superimpacto me levou para mais perto, minha garganta alojada entre seu polegar e seu indicador.

Eu ainda conseguia respirar um fio de ar, mas muito em breve ele esmagaria minha garganta.

– Você merece coisa muito pior – grunhiu ele, como se respirasse adrenalina ácida. – Mas quero me livrar de você.

De repente, era como se eu tivesse todo o tempo do mundo. Pensei em Leviatã. Eu me perguntei se ele também estava morto, se essa era a razão pela qual eu estava mais uma vez nas mãos de Superimpacto. Se aquele fosse o fim, eu não queria que o rosto de Superimpacto fosse a última coisa que eu visse; olhei para além dele, na direção do céu.

– Superimpacto! – gritou uma voz. – Viemos nos juntar a você na batalha.

Então eu vi que, pela primeira vez em suas vidinhas desprezíveis, um grupo de heróis estava chegando na hora H. Eles sempre apareciam na hora H de alguém, é claro, mas essa era a minha hora H.

Eram três dos Quatro Oceânicos (Abissal estava em casa com o bebê, jamais voltaria à ativa). Maremoto e Correnteza imediatamente entraram em cena, partindo para cima dos Músculos, que estavam, em sua maioria, tentando executar uma retirada estratégica. Tsunami, no entanto, veio na nossa direção.

Eu estava olhando para Superimpacto quando seu rosto foi dominado por uma expressão encurralada e desesperada. Qualquer resquício de controle que ainda existia nele, qualquer que fosse a parte dele que ainda se importava em ser visto como um herói, impediu-o de apertar mais minha garganta. Eu percebi e, de alguma forma, consegui esboçar um sorriso agonizante.

Ele me olhou, viu meu sorriso e me soltou. Bati contra a quina do teto arrancado, depois, contra o para-brisa, e rolei até o capô. Tentei desajeitadamente me agarrar em alguma coisa, mas não consegui nada onde pudesse me segurar no exterior blindado do carro. Caí no chão na frente do veículo, bem entre os faróis, e bati a cabeça contra o para-choque ao aterrissar. Minha visão escureceu muito depressa.

A última coisa que vi antes de desmaiar foi Leviatã, erguendo-se da cratera onde Superimpacto devia tê-lo atirado. Eu observei quando ele atingiu Tsunami pelas costas, lançando o jovem herói para a frente com um medonho som gorgolejante; o cabelo azul entrando em combustão. Pensei ter visto costelas e vértebras através do buraco fumegante aberto em suas costas, mas Leviatã não parou para olhar o estrago. Sem perder o compasso, ele avançou contra Superimpacto.

Tentei ficar de pé, mas percebi que não conseguia. O mundo girava, e minha mente se apagou como uma tela sendo desligada.

– Não é ele.
Greg torceu as mãos.
– Anna.
– Assiste aqui comigo.
– Você precisa parar com isso.
Eu não respondi. Ainda estava enrolada em uma manta de resgate; o material prateado e enrugado envolvia meus ombros, leve como uma pena. *Minha primeira capa*, pensei distraidamente. Reiniciei o vídeo a que estava assistindo.
Greg mudou de estratégia.
– É sério – disse ele. – Vamos fazer um intervalo.
Neguei com a cabeça. Sem tirar os olhos da tela, tomei um gole do café que alguém tinha colocado na minha mão, o que parecia ter acontecido séculos atrás. Já estava esquisito e aguado, mas continuei bebendo.
– Anna, por favor.
Eu não entendia o que ele estava me pedindo exatamente, mas balancei a cabeça em negação de qualquer forma.
– Não é ele, Greg.
– Tudo bem. – Ele entrelaçou os dedos. Senti uma pontada de empatia; imaginei que a conversa havia se tornado muito cansativa. – Não quero discutir.
– Obrigada – respondi, distraída.
Ele ficou em silêncio por um tempo; assisti ao vídeo mais dezesseis vezes.
Era um trecho curto, mal tinha dois minutos. Quatro pessoas em trajes de proteção química estavam paradas ao lado de um corpo. Ao fundo, dois

especialistas de contenção de Dovecote miravam armas de neutrino para o corpo que jazia no chão entre eles. Com muito cuidado, as quatro pessoas colocaram o corpo em uma maca. Estava coberto de destroços retorcidos e restos de uma armadura preta. Uma delas cobriu a maca com um saco preto grosso que imediatamente foi selado em torno do cadáver, como se estivesse sendo embalado a vácuo, e endureceu. A maca e seu conteúdo foram então empurrados lentamente até uma van, momento em que o vídeo terminava.

Esfreguei minha garganta dolorida. Conseguia sentir os vergões onde os dedos de Superimpacto haviam se enterrado na minha pele. Imaginei que os hematomas já deviam estar aparecendo. Dei play no vídeo de novo.

Greg viu meu gesto e aproveitou a oportunidade.

– Devia deixar alguém dar uma olhada nisso. Vamos chamar...

– Não. Prefiro não.

O tom de voz de Greg se tornou mais estridente.

– Tá bom, Bartleby. Então vamos arranjar alguma coisa pra você comer. E precisa deitar um pouco. Está com uma cara...

Eu não disse nada. Comecei o vídeo mais uma vez.

– Anna.

Pedi que ficasse em silêncio com um "shhhh".

– Pode ser que eu tenha deixado escapar alguma coisa – falei.

Devia haver uma pista do que tinha acontecido. Algo que eu tinha deixado passar nas dezenas de vezes em que assisti ao vídeo. Até aquele instante, aquela era a única filmagem dos escombros da van. Eu precisava encontrar a resposta naquele trecho; talvez não houvesse nada além dele.

– Anna, por favor.

De repente me senti furiosa. Cerrei os punhos ao redor da manta, esticando o tecido estranho por sobre os meus ombros. Eu queria cuspir. Tentei me conter, tentei respirar fundo, e tossi com a dor na minha garganta.

– Preciso descobrir o que aconteceu – expliquei, reunindo uma paciência sobrenatural. – Preciso saber onde ele está.

Foi Greg quem explodiu.

– Ele está lá!

Eu nunca o tinha ouvido gritar antes. Com um golpe do braço, ele derrubou uma pilha de papéis e arremessou meu copo quase vazio no chão, espirrando um resto de café marrom por todos os lados.

Virei minha cadeira na direção dele pela primeira vez. A intensidade de sua reação chamou minha atenção. Brevemente.

Ele se levantou e começou a andar de um lado para o outro.

– Ele está lá. Ele está morto. Ele está morto, porra. Ele está numa maca dentro de um saco criogênico. Está bem ali. Isso não vai mudar, não importa quantas vezes você veja o vídeo. De duas uma, ou ele já foi incinerado ou está sendo dissecado neste exato momento, Anna. Ele está bem ali.

Fez-se um silêncio lúgubre. A energia que o tinha dominado evaporou de repente, e ele pareceu vazio e extenuado. Eu vi a mudança de comportamento como se ele houvesse sido possuído por um fantasma. Greg soltou o peso do corpo e sentou no chão, soluçando. Eu o observei por alguns instantes.

– Eu sei que ainda não faz sentido – falei.

Eu sabia que parecia estar em choque, e talvez estivesse mesmo. Havia sangue seco no meu rosto e marcas enormes de mão no pescoço e nos braços. Eu estava tremendo de frio e suando.

– Mas me escute, Greg – continuei. – Me escute.

Ele balançava a cabeça, apertando os olhos com força. Chorava tanto que já não emitia nenhum som parecido com choro; ele apenas arfava, puxando o ar em tentativas engasgadas. Uma bolha de muco se formou em uma de suas narinas, e precisei desviar o rosto.

Olhei para a tela.

– Não é ele.

Eu duvidava que Greg fosse me ouvir se eu estivesse gritando; por isso falava muito baixo.

Greg se recompôs aos poucos e, depois de um bom tempo, limpou o rosto com a manga da blusa e se pôs de pé. Ele disse mais algumas coisas, mas não consegui prestar atenção. Em um determinado momento ele se foi, batendo a porta, e eu me encolhi quando a violência da pancada derrubou algo da parede. O som de vidro quebrando ecoou, e eu me virei para investigar.

Era meu certificado do Sindicato dos Heróis que havia caído, o que Greg havia me dado muito tempo atrás. PARABÉNS, VOCÊ FOI SUPERIMPACTADA! A moldura de metal entortou um pouco na queda, e o vidro trincou como uma teia de aranha em um dos cantos.

Eu cambaleei, me afastando. Acabei apoiando peso demais em minha perna machucada e caí com força. A dor em meu cóccix me despertou de meu torpor e me trouxe de volta para o meu próprio corpo. Senti uma onda gelada de náusea e escondi o rosto nas mãos.

Em pensamento, comecei a reassistir ao vídeo mais uma vez. Porém, daquela vez, o que eu via não era o vídeo ao qual eu tinha assistido um milhão de vezes. O que eu precisava estava bem ali, esperando por mim: o momento em que vi o corpo de Leviatã pela primeira vez.

Quando acordei depois de Superimpacto ter me soltado sem a menor cerimônia, me ocorreu que eu havia batido a cabeça forte o bastante para ter sofrido uma concussão. Tentei me levantar várias vezes e não consegui, derrotada por ondas de náusea incapacitante. Quando finalmente consegui ficar em pé e endireitar a postura, inspecionei o pátio. O complexo estava uma bagunça de heróis usando capas e agentes de contenção. Havia uma dupla de Músculos moderadamente ferida a alguns metros de distância sendo questionada antes de ser colocada em uma van de Dovecote para transporte de prisioneiros. Eu estava vagamente ciente de que deveria fugir do complexo (procedimentos de evacuação certamente já haviam sido colocados em prática àquela altura) e procurar refúgio em um local seguro. No entanto, atordoada como eu estava, algo chamou minha atenção, e, em vez de fugir, caminhei cambaleante para a frente.

Um grupo de pessoas estava reunido, heróis e seus agentes. Todos olhando para baixo, para alguma coisa. Havia um corpo no chão.

Uma estranha nuvem de irrealidade tomou conta de mim. Eu não queria descobrir o que observavam. Meu cérebro abalado ainda tentava me proteger, bloquear pelo máximo de tempo possível o que eu estava prestes a ver. Meu coração começou a bater alto em meus ouvidos e um alarme disparou em minha mente, me dizendo para não olhar, para não chegar tão perto.

Continuei andando. Senti como se estivesse andando sobre areia movediça, que ao mesmo tempo era macia e me sugava para baixo. Uma mulher usando um uniforme do Projeto conduziu um repórter e um câmera para mais perto. Naquele momento, a multidão se agitou e eu consegui olhar de um ângulo melhor. Foi quando vi escápulas destruídas, uma armadura preta.

Eu conhecia a maneira elegante como aquelas escápulas costumavam se encaixar. Minha boca se abriu, mas não emiti nenhum som. Leviatã estava morto.

Sentada no chão do meu escritório, soltei o soluço que ficara engasgado na garganta. Enterrei minhas unhas na palma das mãos e sacudi a cabeça dolorida. Lembrar dos destroços da armadura, outrora tão bonita, me deu vontade de vomitar. Meu cérebro se contorceu diante da lembrança.

Respirei fundo e me obriguei a pensar mais uma vez no que tinha visto, me obriguei a pensar nos detalhes. De alguma forma, minha mente tinha saltado do momento em que vi o corpo para o momento em que eu acreditava que ele ainda estava vivo. Eu precisava descobrir o motivo de acreditar naquilo. Precisava saber se era real ou se era uma resposta pós-traumática. Precisava saber se estava sendo racional. Mordi a parte interna do lábio e conjurei as memórias novamente.

A posição de seus membros estava errada. Um dos braços estava torcido para trás e arqueado, e uma das pernas estava paralela ao tronco, dobrada em um ângulo impossível. Havia uma ferida fumegante na placa que cobria seu peito. Em alguns lugares, a quitina – normalmente de um preto fosco, mas naquele momento suja e cinzenta – havia sido completamente retirada, e era possível ver a pele por baixo. Por alguma razão, ver a pele dele era pior do que ver vísceras expostas. Vê-lo daquela forma parecia uma transgressão, a nudez daquela situação.

Naquele momento, comecei a tremer violentamente e caí de joelhos. Depois de um tempo, alguém me cobriu com a manta e me deu um copo de isopor com café aguado.

Horas mais tarde, já no meu escritório, minhas mãos ainda tremiam enquanto eu revivia aqueles momentos mentalmente. O vídeo começava onde minha lembrança terminava, quando o saco foi transportado, quando o corpo foi selado lá dentro, e quando o que restou dele foi levado para ser analisado e processado, para sofrer todas as indignidades concebíveis na morte.

Em meio ao horror daquele momento, um refrão ganhou força em minha cabeça: *Não é ele. Leviatã não está morto. Ele não está morto. Ele não está morto.*

Minha certeza parecia ser diferente de uma negação irracional. Havia algo nela que me incomodava. Eu estava certa de que havia algo que não fora examinado corretamente, uma imagem mal interpretada, algo que meu subconsciente foi capaz de processar enquanto mantinha meu consciente no escuro. Havia algo que eu não estava vendo, eu sabia disso. Havia mais em minha memória do que luto, e mais naquele vídeo do que um registro dos últimos momentos dos restos mortais de Leviatã antes de ser levado para uma sala asséptica.

Só podia ser algo que eu tinha visto com meus próprios olhos. O que era mais doloroso de pensar, as imagens nas quais eu tinha mais dificuldade para me concentrar, eram os detalhes físicos do cadáver de Leviatã. Meu cérebro queria fugir do trauma; o segredo só podia estar lá.

Tentei me lembrar daquele momento mais uma vez, mas meu cérebro estava ficando lento e confuso. Não importava quanto eu me esforçasse para me concentrar, minha mente divagava. Toquei minha boca e me dei conta de que eu ainda tinha sangue seco no queixo e no pescoço e de que minhas roupas estavam imundas. Por ora, reconheci minha derrota.

Não sei dizer como voltei para o meu apartamento. A porta estava aberta e o lugar estava revirado, claramente havia sido inspecionado por heroizinhos de meia-tigela e seus parceiros quando invadiram o complexo, todos querendo ser parte da queda de Leviatã. Não havia nada importante lá, nada de natureza confidencial. Em qualquer outro momento, ver meus móveis de ponta-cabeça e minhas roupas espalhadas pelo chão teria me desestabilizado completamente, mas naquele instante fez com que eu me sentisse estranhamente indiferente. Distraída, peguei algumas roupas limpas do chão e praticamente me arrastei até o chuveiro.

Sentei no chão esmaltado enquanto a água quente caía sobre meu corpo; ficar em pé parecia um esforço impossível. Meu cabelo ainda pingava água quando deitei na cama – melhor dizendo, no colchão que havia sido jogado no chão – e me enrolei em um cobertor como se estivesse em um casulo. Nem sequer me lembro de ter tido o trabalho de trancar a porta. Estava tão exausta que não me importaria se me enfiassem em uma bolsa de criogenia e me guardassem em um congelador qualquer em Dovecote durante a noite, contanto que me deixassem dormir.

Não sei quanto tempo passou, mas estava escuro quando percebi que havia uma mão em meu ombro, alguém chamando meu nome com calma e firmeza. Minha boca parecia estar cheia de algodão, e recobrar a consciência foi uma tortura. Por um momento, não soube onde estava.

– Anna. Vamos, garota. Anna.

Sentei com muita dificuldade. Era Keller.

– Pensei que você tivesse sido preso junto com os Músculos – falei, e parecia haver gesso líquido em minha boca.

– O Doutor não deixou. Não lembro quando foi a última vez que alguém se referiu a mim como "um menino bom".

Keller estava de cócoras a meu lado, apoiando os braços nos joelhos. Ele parecia genuinamente preocupado. Seu semblante era apreensivo, e as linhas de expressão estavam particularmente acentuadas.

– Estou bem – eu disse, esfregando o rosto. – Só muito cansada.

– Greg disse que você enlouqueceu.

– Greg é um idiota.

– Ele adora você.

– Ele me adora e é um idiota.

Desajeitada e com muita dor, consegui me levantar e mancar até o banheiro. Evitei meu reflexo no espelho e coloquei uma quantidade desnecessária de creme dental na escova de dentes.

Os joelhos de Keller estalaram quando ele levantou e me seguiu.

– Ele disse que você estava balançando o corpo pra frente e pra trás e resmungando sozinha.

– Parece algo que eu faria – balbuciei, escovando os dentes com movimentos agressivos.

– Ele disse que você não para de repetir que Leviatã não está morto.

– Ele não está.

A expressão de preocupação de Keller se agravou. Eu cuspi na pia.

– Anna. Eu também vi.

Joguei água no rosto, me sequei e finalmente encarei meu reflexo no espelho. Meu rosto estava fundo, e havia olheiras arroxeadas sob os olhos. Meu lábio inferior estava inchado, e uma casquinha se formara onde estivera o corte. Meu pescoço estava coberto por marcas de mão. Eu parecia surrada e exausta, mas estava lúcida.

Eu me virei para Keller, avancei um ou dois passos na direção dele e coloquei minhas duas mãos sobre seus ombros largos.

– Porra, eu sei que isso soa impossível. – O sabor de menta substituía o azedo anterior em minha boca. – Eu sei. Mas ele não está morto.

Keller pareceu prestes a me interromper, mas desistiu da ideia.

Agarrei a oportunidade, a possibilidade de que ele acreditasse em mim.

– Eu posso provar. Juro. Só preciso de um tempo. Não estou louca. Eu sei que é algo grande para pedir, mas só preciso que confie em mim. Preciso poder contar com você.

Ele me observou por um longo momento. Seu olhar ia de um lado ao outro do meu rosto.

– Acaba de me ocorrer – disse ele lentamente – que passei boa parte da segunda metade da minha carreira acreditando em alguém que me dizia para crer no impossível.

Uma onda de alívio me atingiu em cheio, e eu liberei uma tensão que não sabia estar sentindo. De alguma forma, consegui sorrir. Meu rosto doeu. Desmanchei depressa o sorriso.

– Eu *vou* provar.

– Eu sei.

– Eu juro.

Keller me envolveu em seus braços e me apertou. Deixei que ele me abraçasse por um minuto. Fechei os olhos.

– Anna.

Continuei escondida atrás das pálpebras por mais alguns instantes.

– Oi.

– Eu acredito em você. Mas precisamos pensar no que vai acontecer agora. Pode fazer isso por mim?

Inspirei fundo, segurei o ar nos pulmões e depois o soltei. Keller se desvencilhou do abraço. Abri os olhos e alonguei os ombros, fazendo movimentos circulares. Senti meu cérebro zunindo. Atordoado, mas potente.

– Com certeza.

– Vai ser ruim.

Assenti.

– Qual é a nossa situação?

Até então ele estava falando gentilmente, a voz como uma trovoada reconfortante. Keller decidiu que eu estava sã o suficiente para retomar sua costumeira brusquidão autoritária.

– A maioria dos funcionários não essenciais foi evacuada. Estamos funcionando com equipe reduzida. Os mecanismos à prova de falhas entraram em ação assim que começaram a investigação, então tudo o que é crítico está enterrado em magma neste momento.

Ouvir aquilo era um alívio. O escritório de Leviatã, os laboratórios, os cofres – tudo que tinha valor real seria lacrado sob pedra derretida. No entanto, isso também significava que nenhum de nós teria acesso aos melhores recursos, o que seria um desafio.

– Precisamos contabilizar quem e o que temos. Preciso saber o que tínhamos em circulação, o que não foi apreendido, todas as coisas às quais ainda temos acesso. Vamos entrar nos canais de emergência, descobrir quem ainda está disponível e chamá-los para colocar a mão na massa.

Keller assentiu e se dirigiu à porta. Comecei a vasculhar minhas roupas que fediam a fumaça e sangue em busca do intercomunicador; eu poderia usar o equipamento no meu cérebro para acessar a frequência de emergência se precisasse, mas isso me dava dor de cabeça.

– Vai fazer o anúncio, senhora?

– Pode deixar.

Encontrei meu intercomunicador e o coloquei no ouvido.

– Vou providenciar um relatório geral para atualizá-la sobre o que temos.

Keller fez um gesto firme com a cabeça e foi embora.

Meu cérebro ainda trabalhava com mais lentidão do que o normal, então precisei de um momento para entender o terrível sentido daquele "senhora" dito por Keller. Aquilo significava que Keller tinha acabado de decidir que, na ausência de Leviatã, seja lá como classificaríamos a situação, eu estava no comando.

Engoli em seco, endireitei os ombros para afastar o medo e liguei meu intercomunicador no canal de emergência.

– Chamando toda a equipe. Aqui é a Fiscal.

7

NÃO PODÍAMOS CONTINUAR NO COMPLEXO. SEM LEVIATÃ, A UNI-dade inteira estava em lockdown. Como a maioria dos vilões, ele era extremamente controlador, e havia uma quantidade ridícula de portas (e câmaras de magma) que, uma vez fechadas, só poderiam ser abertas por ele. Os funcionários já haviam sido evacuados e se dispersavam, e aqueles que permaneceram estavam ansiosos e exaustos. Alguns haviam visto o corpo de Leviatã e estavam muito abalados. Outros acreditavam que os heróis que não haviam participado da ação apareceriam a qualquer minuto, procurando por coisas que pudessem saquear ou tentando arranjar confusão. Não era um medo sem fundamento.

Keller e eu havíamos decidido que a melhor estratégia era deixar que quase todo mundo fosse embora – deixar que os heróis pensassem que os capangas eram ratos abandonando um navio que afundava. Muitos Músculos e a maioria dos capangas foram instruídos a voltar a se cadastrar na Agência de Trabalhos Temporários (inclusive Tamara), como se todos estivessem de volta à estaca zero, procurando novamente por empregos execráveis. Podíamos mantê-los na folha de pagamento por um tempo, por baixo dos panos, mas todos foram orientados a aceitar outros empregos se precisassem manter o disfarce (embora provavelmente não houvesse muitas vagas, já que o mercado estava recém-saturado). Assim que tudo se ajeitou, colocamos a mão na massa.

Transferimos o centro de nossas operações decrépitas e desconjuntadas para um dos esconderijos mais estranhos: um pequeno prédio residencial que normalmente servia como base para uma pequena empresa paralela que mantínhamos para providenciar novas identidades quando alguém de nossa equipe (ou parceiros que pagassem bem) precisava de uma. Se todo o resto desse errado, ao menos poderíamos arranjar novos nomes para a equipe que restara.

Keller e aqueles que sobraram do pessoal de Operações ocuparam boa parte de um dos andares, e Molly reivindicou um espaço amplo para os poucos protótipos que conseguiu esconder e depois resgatar. Os outros dois andares transformaram-se em um caos de escritórios improvisados. Encontrei uma cadeira reclinável abandonada e uma mesa velha e me preparei para acampar com o que restava da equipe de Informações em uma sala modesta. Keller fez um grande alarde dizendo que eu deveria ocupar mais espaço, declarar minha dominância. A princípio achei que era besteira, argumentando que eu me sentia mais confortável trabalhando atrás de um teclado.

– Não estou dizendo para parar de trabalhar – disse Keller. – Mas faça isso de um lugar poderoso. Ainda que esse lugar tenha mofo e goteira.

Entendi o que ele queria dizer e encontrei uma sala com uma janela só para mim. No entanto, insisti em ficar com a cadeira.

Pouco depois, me senti aliviada por ter privacidade. Eu precisava de tempo para provar que Leviatã ainda estava vivo (o que eu faria depois era uma parte do problema sobre a qual não estava pensando ainda). Minha equipe acreditava em mim, embora uns acreditassem mais do que outros. Keller me apoiava, e Ludmilla se agarrava ao menor resquício de esperança. Pelo menos a maioria dos que restaram sabia que meu cérebro era esquisito o suficiente para acreditar em algo que não parecia ser possível.

Naquele lugar de iluminação precária e piso emborrachado horroroso, continuei a me torturar com os vídeos e as minhas próprias lembranças assim que tive a chance. Eu sabia que ele estava vivo; só precisava explicar como eu sabia – inclusive para mim mesma. Eu precisava fazer os números baterem. Precisava recompensar todos os que confiaram em mim apresentando fatos. E eu sabia que teria muito pouco tempo para agir antes que a coisa mais responsável a fazer fosse dispensar todo mundo para sempre.

Eu só não tinha a mínima ideia de como fazer isso.

Em termos de processo, eu monitorava os feeds de todas as redes sociais e todos os principais veículos de notícias para ficar por dentro das discussões sobre a aparente morte de Leviatã: o que estava sendo dito, o que não estava; qual era o tom e quais piadas estavam circulando. No entanto, o progresso era agonizantemente lento. Ver tudo aquilo era muito doloroso, e percebi que eu só conseguia trabalhar por curtos períodos de tempo antes de precisar dar um tempo e descansar. Por causa de minhas lesões, eu não podia ficar diante de telas por muito tempo, e também estava preocupada com possíveis complicações decorrentes de meu mais recente trauma cerebral. Além disso, era impossível analisar todo aquele conteúdo com um olhar crítico e distante. Toda notícia e piadinha irônica era como uma nova ferida que se abria.

O nó apertou quando, para meu espanto, fiquei sabendo que Superimpacto tinha desaparecido depois da batalha – provavelmente escoltando Leviatã pessoalmente até qualquer que fosse o buraco reservado para ele. Tentei não pensar muito nisso, mas a imagem não solicitada não saía da minha cabeça. Eu me perguntei se Leviatã sabia que as pessoas acreditavam que ele estava morto. Imaginei Superimpacto saboreando o prazer de dizer a ele que todos estavam certos de que seu corpo sem vida havia sido descartado, que ninguém o procuraria, que ele seria esquecido em um piscar de olhos.

A narrativa em torno de Ligação Quântica também estava cuidadosamente controlada, e não de um jeito bom. Alguém finalmente decidira, muito convenientemente, investigar os detalhes do relatório do legista e percebeu que havia discrepâncias entre a forma como os poderes de Fusão funcionavam e as circunstâncias da morte dele e de seu ex-parceiro. Agora havia uma investigação oficial das Relações Super-Heroicas sobre o suposto papel dela no incidente. Superimpacto claramente estava pronto para colocá-la na forca.

Em meio a tudo isso, eu estava patinando. Tinha todas as informações diante de mim e não conseguia dar sentido a elas. Eu tinha recursos (por mais espalhados e caóticos que estivessem), mas não sabia como usá-los. Não conseguia relaxar, mas tampouco tinha capacidade para trabalhar. Não conseguia nem mesmo mandar uma mensagem para June; eu sentia saudades dela de uma maneira dolorosa, como não acontecia havia meses. Digitei mensagens que não enviei, descrevendo com detalhes o meu pesar e o meu fracasso.

> Sei que você odiaria isso, mas posso dizer com exatidão o que isso vai nos custar se eu estiver errada

> Aposto que você adoraria se eu estivesse errada

> Você é a campeã mundial quando o assunto é se gabar. Prepare seu melhor "eu-te-avisei"

> Fico aliviada por você não estar aqui, porque assim nada disso te afeta, mas estou com saudades. Muitas saudades mesmo

Eu estava cada vez mais convencida de que devia apenas fazer o melhor possível para garantir que todos estivessem a salvo, estabelecidos em novos endereços com novas identidades, e deixar tudo para trás. Estava prestes a desistir depois de passar horas vasculhando a internet atrás de qualquer imagem quadriculada ou vídeo tremido que pudesse ter sido publicado pelo parceiro de algum herói depois de invadir o complexo de Leviatã quando Keller me ligou.

– Oi, Kell...

– Câmera de segurança, porta principal.

Cliquei no vídeo da câmera que apontava para a entrada principal do prédio. Havia uma mulher alta com o cabelo preso debaixo de um gorro tocando o interfone. Ela trazia uma pequena bolsa de viagem em uma das mãos e segurava a alça com força. Vestia um moletom com capuz e uma calça jeans; eu não conseguia ver seu rosto (que estava intencionalmente posicionado fora do ângulo da câmera), mas teria reconhecido aquela postura majestosa e aqueles ombros em qualquer lugar.

– Caralho.

A primeira coisa que pensei era que ela tinha vindo me matar. Que tinha, de alguma forma, descoberto que eu era a pessoa que arruinara sua vida para atingir Superimpacto e por isso estava ali para obter vingança.

Porém, a segunda coisa que pensei foi *Por que ela está tocando o interfone?*

– Posso fechar o vestíbulo de entrada e enchê-lo de gás – sugeriu Keller.

– Não. Vou descer.

– Não estou gostando disso.

– Eu também não, mas ela está fazendo a cortesia de bater na porta quando poderia muito bem ter aparecido do nada no banheiro enquanto você dá sua cagada matinal.

– Antes de mais nada, minhas cagadas são vespertinas. Em segundo lugar, leve Ludmilla com você.

Balancei a cabeça desnecessariamente.

– Pode ficar de olho em mim, mas vou descer sozinha. Nada ameaçador. Ela levantou uma bandeira branca, não vou chegar com os dois pés na porta.

Keller grunhiu.

– Confie em mim – falei.

Eu conseguia ouvir a raiva em seu silêncio, e sabia que ele já estava de saco cheio de me ouvir dizer sempre a mesma coisa. Nem eu sabia se confiava em mim mesma. Porém, aquilo era a coisa mais parecida com uma chance ou uma oportunidade que nós tínhamos, e precisávamos muito disso.

O prédio não tinha elevador, e meu quadril ainda estava dolorido depois de colidir contra o capô da van. Eu fui devagar. Descer três andares de escada me proporcionou bastante tempo para ficar nervosa.

Eu a avistei assim que desci o último degrau, e meu coração quis sair pela boca. Vê-la pessoalmente em vez de através de uma câmera, com uma distância protetiva, tornou a realidade daquele confronto muito mais sólida. Ela semicerrou os olhos quando me viu.

Atravessei o saguão mancando e abri a porta pesada com um esforço nítido.

– Hum. Oi.

Nos encaramos por um longo momento.

– Posso entrar? – perguntou ela por fim.

– Claro.

Abri passagem e ela passou por mim. Ligação Quântica exalava um aroma cítrico de bergamota. Fechei a porta com mais barulho do que pretendia.

– Quer um café? – falei, e me senti idiota na mesma hora, mas a oferta a fez relaxar um pouquinho.

– Eu adoraria, pra falar a verdade.

– Tem uma cozinha no fim do corredor.

Fui na frente, e ela andou autoritariamente atrás de mim.

Dois Músculos batiam papo na cozinha quando entramos. Um deles estava sem camisa, e o outro comia um sanduíche de bacon e tomate. Os dois arregalaram os olhos quando entramos.

– Podem nos dar licença, rapazes? – perguntei.

– Hum. – O Sem-Camisa encarava Ligação Quântica sem rodeios.

O porte físico imponente e as tatuagens em seus lábios e queixo eram imediatamente reconhecíveis mesmo fora do contexto de seu uniforme de costume. Era a primeira vez que eu via as tatuagens dela de perto, e eram lindíssimas: círculos elípticos e formas que se interligavam como uma ilustração científica.

Ela ergueu uma sobrancelha perfeitamente definida. O Músculo que comia o sanduíche se distraiu, e uma rodela de tomate escorregou do pão e caiu no chão. O Sem-Camisa pegou um pano de prato e tentou esconder seu peito nu com ele.

Eu pigarreei, e eles pareceram acordar do transe e foram embora. Constrangido, o Sem-Camisa saiu ainda tentando esconder o corpo atrás do pano de algodão. Eu suspirei sonoramente, e Ligação Quântica emitiu um ruído que pode ou não ter sido uma risadinha irônica.

– O café aqui não é tão bom quanto no prédio antigo – comentei, soando mais nostálgica do que pretendia.

Eu me concentrei em manter minhas mãos sem tremer enquanto nos servia do café da cafeteira vintage aparentemente sempre cheia.

– Sinto muito por estarmos tão mal equipados no momento – falei.

– São tempos difíceis – concordou ela.

– Para nós duas, aparentemente.

– Hum...

– Como gosta de seu café?

– Com leite e açúcar. Pode exagerar nos dois.

– Eu também.

Preparei duas canecas da forma como eu gostava e levei até onde ela estava. Ligação Quântica tomou um longo gole e pareceu respirar aliviada. Eu estava começando a me dar conta de que ela não fazia ideia de quem eu era, e do que eu tinha feito.

– Perfeito – falou.

Eu sorri em resposta.

– Nunca consegui ser uma grande apreciadora de cafés. O Chefe... – Foi inexplicavelmente difícil dizer o nome dele na frente dela, então não tentei. – Ele tinha preferências de grão e torra, e todo um esquema de infusão de nitrogênio de que ele gostava.

– Ele era um desses, então.

– Eu sou uma mulher simples e com orgulho.

Os cantos da boca dela estremeceram, e a ladainha que eu vinha conduzindo acabou morrendo. Nós duas ficamos ali, em silêncio, mais desconfortáveis a cada segundo que passava.

Ela olhou em volta, analisando a cozinha caindo aos pedaços e notando cada mancha. Eu já tinha encontrado mais de uma barata ali.

– Então esse é o fim da linha pra você – disse ela.

– Gosto de pensar que ainda tenho forças pra continuar.

– Bom, você ainda está aqui, não é? – Sua expressão deixou claro que ela pensou que aquilo seria mais fácil do que estava sendo.

– O que posso fazer por você, Quântica? – perguntei, sem deixar de ser gentil.

Primeiro, ela ficou calada. Eu esperei, deixando que o silêncio desconfortável crescesse entre nós. Não me trazia nenhuma satisfação vê-la ansiosa, mas aquela era uma conversa que eu não estava disposta a conduzir. Queria que ela jogasse todas as suas cartas antes de eu mostrar uma das minhas.

– Eu gostava dele, sabe? – ela falou.

Não consegui esconder a aversão em meu rosto.

– Não, não sei. Para ser sincera, não consigo entender como você suportava ficar perto dele.

Seu semblante foi tomado por confusão genuína, e em seguida ela se retraiu.

– Não dele. Meu Deus, não. Do Fusão.

– Ah. Ah. Desculpe – falei, compreendendo.

– Você o conheceu?

– Não, mas vi como ele defendeu você. Ele pareceu melhor do que a maioria dos heróis.

Eu me perguntei se ela percebia quão lisonjeiro aquilo era.

Ligação Quântica me observou por um longo tempo. Um calafrio de medo gélido começou a crescer no meu estômago, e eu me perguntei se ela tinha qualquer suspeita do nosso envolvimento na morte de Fusão e no cozimento de seu parceiro. Eu me perguntava como ela acharia justo dar o troco e, ao mesmo tempo, torcia para que meu rosto cansado não deixasse transparecer o que eu estava pensando.

– Acho que mandaram matá-lo – ela falou. – O Projeto.

Senti uma onda de alívio. Ela não estava ali especificamente para me matar, o que eu acreditava ser perfeitamente compreensível caso ela tivesse descoberto o que eu tinha feito. Aquilo também significava que ela não estava ali para acabar com a existência de cada uma das pessoas naquele prédio. Ao menos não ainda.

Inspirei fundo, enchendo os pulmões, e depois soltei o ar, torcendo para que aquele tivesse soado como um suspiro de tristeza.

– Não estou surpresa. Sinto muito.

– Sente mesmo?

Ela estava testando alguma coisa, e eu ainda não sabia dizer o que era. Então, para desarmá-la, fui sincera em minha resposta.

– Quase ninguém merece o que os heróis fazem. Algumas vezes nem mesmo outros heróis.

Isso pareceu servir como confirmação de alguma coisa, e ela fez um breve gesto afirmativo com a cabeça.

– Você nos odeia, não é? Eles. Odeia os heróis.

Eles. Interessante. Mordi a isca.

– Acho que eles são uma fonte objetivamente quantificável de dor e sofrimento para o mundo inteiro.

Ela ficou sem reação. Aquele não era o monólogo que ela esperava.

– Posso te mostrar meus gráficos se precisar de provas – acrescentei.

– Eu... não. Não precisa fazer nada. Li algumas coisas sobre você antes de vir até aqui. Eu já tinha ouvido falar de você, do que você faz.

– Isso é muito lisonjeiro – respondi. – Então o que eu e minha humilde planilha no Excel contendo todos os pecados de seus colegas podemos fazer por você?

Eu me preparei para o que estava por vir. Imaginei que ela estivesse prestes a listar todas as razões pelas quais eu deveria ser pelo menos parcialmente responsável pelo que acontecera com Fusão e, mais importante, com ela. Eu estava me preparando para o golpe de bigorna.

– Eu preciso... Tenho que...

Ela olhou para o teto, cerrou o punho que estava sobre a mesa. Seu café esfriava ao lado da mão.

– Não sei por que eles se voltaram contra mim agora. Tudo desmoronou depois que Acelerador... depois que ele... Superimpacto nunca mais foi o mesmo. Ninguém foi. Talvez ele não quisesse mais a vulnerabilidade de ter uma proximidade com outras pessoas, algo que pudesse feri-lo. Talvez só quisessem que ele fosse o herói em carreira solo outra vez, do tipo "casado com o Universo" e toda essa baboseira sentimental. Mas eles definitivamente me queriam fora de jogo, e agora estou aqui.

– Não é a melhor das cozinhas, mas é o que eu chamo de lar por enquanto.

– Não foi o que eu quis...

– Eu sei. Não é onde você esperava estar. Mas aqui está você.

– Preciso da sua ajuda – ela falou, a voz muito triste, muito frágil.

Aquilo era algo pelo qual eu estava torcendo. Ela não estava ali para fazer exigências. Estava ali para barganhar, e estava desesperada.

Eu não tinha nada. Eu não tinha meio algum de provar que Leviatã estava vivo e, ainda que tivesse, não possuía meios de trazê-lo de volta mesmo quando descobrisse onde estava. No máximo, eu conseguiria planejar um sequestro de porte médio ou um assalto a banco com os recursos que eu tinha, mas estava fora de cogitação, mesmo com a equipe essencial que restava, pensar na possibilidade de atacar Dovecote.

Porém, agora eu tinha Ligação Quântica, e ela estava disposta a falar. Eu precisava extrair cada gota dessa oportunidade.

Tudo aquilo se encaixou em meu cérebro em um microssegundo. Eu perguntei:

– O que podemos fazer por você?

Foi um esforço descomunal manter minha voz estável.

Ela me examinou, tentando encontrar as palavras mais uma vez. Ela era tão linda que chegava a doer. Sua pele brilhava como se tivesse feito limpeza facial um dia antes, e seu delineado era pontudo o suficiente para perfurar alguém.

– Leviatã parecia sempre saber das coisas – disse ela. – Todos vocês trabalham para ele; você é conhecida como Fiscal, não é? Se alguém sabe, essa pessoa é você. Me diga quem matou Fusão.

Imediatamente, comecei a calcular qual seria a resposta mais segura. Demorei um segundo a mais do que deveria, e ela interpretou meu silêncio como desinteresse em vez de confusão.

– Não estou buscando favores; podemos entrar em um acordo.

Eu me recompus e estendi uma mão sobre a mesa em um gesto cuja intenção era tranquilizá-la.

– Desculpe. Aliados improváveis e tal. Só estou me acostumando com a ideia.

Aquilo pareceu acalmá-la.

– É esquisito para mim também – disse ela.

– Aposto que sim.

Ela se inclinou sobre a mesa.

– Você consegue fazer isso. Descubra quem foi. Sei que você consegue.

– Você quer saber quem foi o assassino, ou quem encomendou o assassinato?

O responsável pela encomenda era um especialista de gerenciamento de crises do Projeto chamado Harold, que era viciado em Clonazepam; ele tinha contratado uma dupla de assassinos (Keller uma vez se referira pejorativamente a eles como "o casalzinho"), Fonte e Sumidouro. Ponderei exatamente quão valiosa aquela informação era para Ligação Quântica.

– Qualquer um dos dois – respondeu ela. – Os dois. O que quer que seja preciso para limpar o meu nome.

Realmente parecia uma informação muito valiosa.

– Vai ser muito mais difícil do que costuma ser.

– Mas consegue mesmo assim?

Eu fingi refletir por um momento e, por fim, assenti lentamente.

– Pode demorar um pouco, mas consigo.

Ela me observava atentamente. Seu lábio inferior estava um pouco machucado, como se ela tivesse o hábito nervoso de mordê-lo. O que quer que estivesse procurando em meu rosto, pareceu ter encontrado. Ligação Quântica fez um gesto decisivo com a cabeça.

Enxerguei minha oportunidade.

– Quanto essa informação vale para você?

— Leviatã está vivo.

A cozinha pareceu girar. Segurei a mesa. Qualquer que fosse a expressão em meu rosto, Ligação Quântica pareceu muito assustada, como se percebesse que talvez tivesse cometido um erro.

— Diga – falei, arfando. – Diga como.

— Eu...

— Eu sei que ele está vivo. Tenho certeza. Quero saber como você sabe.

Aquilo pareceu deixá-la completamente chocada. Ela abriu a boca e fechou outra vez.

Levou um segundo para que se recompusesse, mas ela conseguiu.

— Existe... existe uma série de protocolos para o caso de conseguirmos capturá-lo com vida. O Protocolo Leviatã.

— O que estão fazendo com ele?

Um misto de culpa e repugnância tomou conta de seu rosto.

— Eles encenaram a morte dele para evitar um julgamento e o alvoroço da mídia, mostraram um corpo falso para a imprensa e agora vão mantê-lo em cativeiro por vinte e um dias. Sempre quiseram estudá-lo e interrogá-lo pelo máximo de tempo possível, e esse é o máximo que a equipe de contenção consegue dar como garantia. Depois, vão executá-lo.

Eu me levantei tão depressa que minha cadeira caiu no chão com um estrondo assombroso.

— Temos tempo – eu disse, andando em círculos, mas não estava conversando com ela. – Ainda temos tempo suficiente.

Olhei para Ligação Quântica.

— Eu sabia que aquele corpo não era dele.

Minha reação claramente não era o que ela esperava, e percebi que Ligação Quântica se esforçava para acompanhar.

— Como poderia saber? – perguntou.

— Não sei como, mas eu sabia.

Uma esperança impossível cresceu dentro de mim como um despertar radioativo.

— Eu sabia que ele estava vivo – repeti. Eu não sabia dizer se estava falando comigo mesma ou com ela àquela altura.

Ela também pareceu incerta.

— Então isso... Nós temos um acordo? Você sabe quanto tempo ainda tem, agora preciso de um nome.

Eu quase havia me esquecido. Agora parecia algo tão secundário.

— Ah. Sim, é claro.

– Não vou sair daqui até que você me dê um nome – disse ela.

Naquele instante, me ocorreu que aquela poderia ser uma ameaça, mas eu não poderia ter me importado menos. Minha mente já estava em outro lugar, analisando cada um de nossos escassos recursos para trazer Leviatã de volta.

– Como desejar. – Toquei o botão do headset em meu ouvido. – Keller? Ainda temos uma sala livre no terceiro andar, não é?

– Você só pode ter ficado completamente lou...

A voz estava estranhamente duplicada.

– Estou te ouvindo – falei.

– É claro que está me ouvindo, porr...

– Estou te ouvindo do lado de fora da porta.

– É claro que está! Achou mesmo que eu deixaria...

– Venha aqui.

Houve uma longa pausa, e então Keller irrompeu cozinha adentro. Ele estava ofegante, e suas narinas estavam infladas. Seus ombros estavam rijos e alinhados, e ele estava dando o máximo de si para parecer intimidador, o que achei bonitinho, considerando quão facilmente Ligação Quântica conseguiria neutralizar nossa existência.

Ergui uma sobrancelha.

– Na minha opinião, você está completamente doida por deixar que ela entre aqui – falou. – Pense no que poderia ter acontecido com você.

– Mas não aconteceu – falei, tentando projetar uma impaciência soberba.

– Não podemos perder você também.

Ele parecia verdadeiramente abalado, o que me amoleceu um pouquinho.

– Mas o risco trouxe um resultado positivo, Keller.

Ele não disse nada, no entanto o ângulo dos ombros sinalizou uma aquiescência sutil. Ele voltou a atenção para Ligação Quântica.

– Você – chamou ele. – É bom que esteja preparada para provar tudo o que acabou de dizer.

Ela se levantou devagar.

– Está me chamando de mentirosa?

– Não vou arriscar nada nem ninguém com base apenas na sua palavra. Se quiser um nome, precisamos de provas.

Ela olhou para nós dois. Por mais que já estivesse sucumbindo à esperança, eu sabia, nos porões gelados do meu coração, que Keller estava coberto de razão.

– Consegue confirmar isso? – perguntei. – Tem uma cópia de algum documento ou sabe como conseguir uma?

– Não. Eu não consigo sequer acessar meu e-mail.

Eu reconheci em seu rosto o olhar que beirava o pânico; era o mesmo que aparecera pouco antes de ela evaporar feito uma bolha de sabão na coletiva de imprensa. Se não fornecêssemos algo plausível para ela, e depressa, nunca mais voltaríamos a vê-la.

Uma chavinha virou na minha cabeça. Eu gesticulei com a bengala como se ela fosse um ponto de exclamação.

– Você pode falar com Doutor Próton.

– O quê? – Aquilo a pegou de surpresa. – Não tem a menor chance de ele já ter visto o Protocolo, é apenas...

Eu levantei uma mão para interrompê-la.

– Ele conhece nosso chefe, e Superimpacto, há mais tempo do que qualquer outra pessoa. Ele certamente sabe de alguma coisa que pode provar que o corpo de Leviatã não era real.

– Não vejo como...

– A condição é essa. É pegar ou largar.

Ligação Quântica cravou os olhos em mim. Eu estava apostando na ideia de que ela não era como a maioria de seus colegas, e por isso não estava prestes a me causar graves ferimentos físicos. Notei uma mudança sutil, praticamente imperceptível, em sua expressão, como se algo estivesse se encaixando. Talvez houvesse uma razão para ela também querer ver o Doutor; qualquer que tenha sido seu raciocínio, aquilo a fez aceitar a proposta.

– Está bem – disse ela. – É besteira, mas tudo bem.

Fechei os olhos. Não era muita coisa, mas era tudo.

– E você vai com uma escuta – exigiu Keller.

Olhei para ele, concordando com a cabeça.

– Quero ouvir tudo o que Doutor disser – falei.

Ligação Quântica olhou de Keller para mim, de mim para Keller, tentando encontrar uma razão para recusar.

Por fim ela assentiu.

– Vamos arranjar um ovo de espionagem para você – continuei. – Eu estava começando a me sentir zonza.

Ela fez uma careta engraçada.

– Odeio essas coisas.

– Você vomita fácil?

– Muito fácil.

Dei uma risada que mais parecia uma tosse seca.

– Keller, pode levar Quântica até o quarto livre? Ainda não estou boa para subir escada.

Ele acenou com a cabeça, austero, depois virou-se para Ligação Quântica com seu melhor olhar de "nem pense em tentar alguma coisa" e fez um gesto para que ela o seguisse. Sem esperar por ela, Keller saiu pela porta. Ligação Quântica não voltou a se dirigir a mim. Ela também saiu, a passos largos e ágeis, tentando alcançar Keller, que marchava barulhentamente pelo corredor.

Levantei minha cadeira do chão e sentei antes que minhas pernas cedessem completamente. Fiquei sozinha, apenas respirando, por um bom tempo. Ainda não conseguia encaixar todas as peças do quebra-cabeça; a equação ainda não estava equilibrada. No entanto, eu sabia, meu cérebro sabia, que tínhamos saída.

A cafeteira estava vazia, e eu me ocupei em enchê-la para que houvesse café fresco esperando pela próxima pessoa que entrasse pela porta.

Quando o otimismo atordoante arrefeceu, passei as quarenta e oito horas seguintes certa de que havia aberto a porta para minha própria morte. O que eu fizera foi um risco absurdo na melhor das hipóteses, e um completo desastre na pior. Eu tinha Keller e alguns Músculos, mas contra Ligação Quântica estava completamente indefesa – todos nós estávamos. Se ela se voltasse contra nós, ou se simplesmente decidisse pular fora do acordo, voltaríamos à estaca zero. Mais do que isso, eu também mal compreendia o motivo de ter pedido para que ela fizesse o que pedi. Em algum lugar nas profundezas do meu cérebro, tomada por pânico, fiz alguns cálculos, e aquele foi o resultado. Eu não fazia ideia de como o Doutor provaria que ela estava falando a verdade; eu só sabia que, naquele momento, eu não tinha nada, e, se eles conversassem, talvez conseguíssemos algo concreto, algo definitivo, mesmo que no fim das contas aquilo só me mostrasse que minhas esperanças eram em vão. Ao menos eu saberia, e assim poderia seguir em frente. Não contei para os outros o que ela dissera; não queria que mais ninguém alimentasse aquela terrível esperança caso ela estivesse mentindo.

Enquanto isso, Ligação Quântica era cordialmente hostil. Ela deixou bem claro que não estava interessada em socializar ou mesmo ser exposta a qualquer um de nós se pudesse evitar; ela não confiava nem um pouco nos capangas de Leviatã. Ligação Quântica passava a maior parte do tempo em seu quarto, que era pequeno e simples, e só saía de vez em quando para fazer um sanduíche ou preparar um chá, e, nessas ocasiões, encarava todas as pessoas com quem esbarrava como se estivesse tentando atear fogo nelas com a força da mente.

Observando-a quando podia, percebi algo terrível: se Leviatã estivesse morto, se tudo caísse por terra, todas as coisas que eu tinha feito teriam sido em vão. Eu teria matado Acelerador em vão. Teria destruído a vida de Ligação Quântica e causado a morte de seu amante e do parceiro dele, bem como todos aqueles danos colaterais, em vão. Meus cálculos desmoronariam, e só me restaria mais dívida em anos de vida do que eu poderia sonhar em pagar.

Porém, não havia razão para me torturar com essa equação impossível. Ele estava vivo. Eu não podia ter dúvidas.

A grande questão com o ovo de espionagem era que, embora fosse possível evitar a maioria das interferências corporais, como o ruído visceral, não conseguíamos eliminá-las completamente. Por mais sutil que fosse, ainda era possível escutar o coração batendo. Eu já tinha ouvido Molly reclamando sobre isso, sobre como acabava sendo uma distração, mas com o tempo passei a considerar aquele detalhe uma fonte de informação secundária muito valiosa. Era possível perceber o nervosismo da pessoa que engolira o ovo; se a tensão na sala mudava repentinamente; se ela tinha visto algo que não podia comunicar, ou se haveria violência antes mesmo de um tumulto começar.

O coração de Ligação Quântica batia rápido, e sua urgência ritmada chegava a meus ouvidos. Ela poderia cair fora se teletransportando se assim desejasse, mas seu nervosismo não era causado por uma ameaça física. A questão era que ela vinha se escondendo havia semanas, e aquela seria sua primeira aparição em qualquer lugar mais ou menos público desde então. Sem mencionar o fato de que as manchetes seriam muito diferentes se ela fosse detida nos portões da Hádron, especialmente depois do incêndio e do sequestro de Próton. Fazer de Superimpacto um supercorno e possivelmente ter algo a ver com a morte do ex-amante era uma coisa, mas, se alguém suspeitasse que ela estava tramando algo, Ligação Quântica teria ultrapassado todos os limites. Naquele momento, achei que alguma parte dela ainda acreditava que as coisas pudessem voltar ao normal.

Decidimos não colocar um fone receptor em Ligação Quântica, porque era quase certo que alguém o veria. Nem todos tinham a sorte dúbia de estar em uma situação em que se tinha um microfone (ou algo parecido) anexado ao nervo auditivo. Aquilo significava que não podíamos falar com ela, mas ela conseguia falar conosco.

– Eu sei que é impossível, mas juro que consigo sentir essa coisa dentro de mim. Parece que estou grávida. Com um ovo. Gravidovo?

– Meu Deus do céu. – Keller suspirou e baixou a cabeça.

– Uma super-herói com senso de humor – falei, ajustando a interferência. – Ela é boa demais para eles.

O pessoal da segurança não causou grandes problemas, mas foi o mais cruel que conseguia. Eles a revistaram da cabeça aos pés, soltaram piadas sutis nas menores oportunidades e fizeram com que ela se registrasse duas vezes na recepção.

– Espero que compreenda, precisamos tomar cuidado extra depois dos últimos incidentes – alfinetou um deles com maldade.

Eu conseguia ouvir a mão deles tateando o corpo de Ligação Quântica, procurando qualquer coisa que pudesse ser um motivo para atormentá-la. Aquilo me deixou inexplicavelmente indignada.

No entanto, eles não podiam impedi-la de entrar, porque ela havia procurado o Doutor com antecedência, e ele estava felicíssimo em vê-la. Doutor tinha seguranças do lado de fora da sua porta, mas não estava preso, e ainda podia fazer o que bem entendesse. Ele poderia até estar mais fraco desde toda a provação que passara (e não tinha sido visto fora da Hádron desde que voltara), mas ainda falava por si mesmo com firmeza. Ele queria vê-la, e, sem uma desculpa, tiveram que deixá-la entrar.

– Minha querida – disse ele quando a viu. Sua voz estava embargada. – Estou tão feliz por você ter vindo.

– Oi, Doutor – respondeu ela com gentileza.

Houve um barulho surdo quando eles se abraçaram; soava como se ele estivesse sentado na cama, abraçando-a desajeitadamente com a testa na altura de sua clavícula.

Ouvimos quando ela arrastou uma cadeira para perto da cama dele e se sentou.

– Como tem andado? – perguntou ela.

Ele estalou a língua contra o céu da boca.

– Um pouco cansado, mas nada que seja motivo de preocupação. Para ser sincero, já fazia muito tempo desde que estive metido em qualquer coisa. Me deixou com saudade, acelerou o coração.

– Não machucaram você, não é?

– Não, não. Foi completamente civilizado. Estou bem. Mas estou preocupado com você, minha querida.

– Estou...

– Parece tão cansada.

– Isso quer dizer que estou com uma cara horrível – falou ela.

– Você é linda como o sol – disse ele, altivo e ofendido. Ela riu. – Mas qualquer um pode ver que está passando por uma situação difícil.

– Ficou sabendo o que aconteceu?

Ele deu um suspiro profundo.

– Sim, querida. Fiquei, sim.

– Deve estar bem decepcionado.

Ela soou tão arrasada que mordi o lábio ao ouvir a tristeza em sua voz.

– Nem de longe. – Imaginei Doutor balançando a cabeça, solene. – Sei que essa vida é difícil e complicada, e não vou fingir que entendo o que você está passando. Você não deve explicações para mim, nem para ninguém.

– Nem todos pensam assim.

– Não posso acreditar que tentaram fazer isso com você, colocá-la diante de todas aquelas câmeras. Não posso acreditar que Superimpacto permitiria...

– Foi ideia dele.

Fez-se um longo silêncio entre eles. Eu estava no esconderijo a quilômetros de distância, mas mesmo assim me senti desconfortável e comecei a suar nas axilas e na nuca.

– Falou com ele desde então? – A voz de Doutor era áspera.

– Não. Duvido que conseguiria falar com ele mesmo que quisesse. E eu não quero.

– Ele não machucou você, não é?

– Ele provavelmente não conseguiria.

– Provavelmente? – eu repeti em voz alta.

Aquilo era interessante.

– Eu sei, eu sei – falou o Doutor. – Mas ele tentou?

– Não, não da forma como está pensando. Mas ele era... Foi tudo horrível, Doutor. De verdade. Não quero falar sobre isso, não posso falar para você. Mas era muito ruim.

– Está tudo bem, querida. Não precisa dizer nada.

O coração dela estava acelerado.

– Ele... é que ele... Ele não é o que todos pensam que é.

Doutor não respondeu.

– É como se eu não soubesse quem ele é – disse Ligação Quântica.

– Talvez você não saiba, querida. – Doutor soava muito triste.

– Me ajude a entender. Me fale sobre ele, me fale algo que eu não sei.

– Não sei o que eu poderia...

– Você o conhece desde sempre. Praticamente desde que era uma criança. Você o treinou. Ele sempre o admirou muito. Me ajude a entender como ele ficou assim, como ele se tornou essa coisa que é agora.

– Ele é o que sempre foi. Um herói.

– Doutor.

Próton suspirou.

– Nunca houve outro caminho para ele, aposto, desde que era só um bebezinho. Isso é o que ele tinha que ser.

– Não entendo.

– Ele não se *tornou* o que ele é hoje, ele *sempre foi* assim. Nada o mudou, querida. Ele sempre foi desse jeito.

– Eu me lembro dele de outra forma.

– Lembra mesmo? Ou apenas quer acreditar nisso?

Fez-se um silêncio longo.

– Todos depositamos as nossas expectativas sobre ele, Quântica. Tudo o que sempre sonhamos. Tudo o que queríamos que ele fosse. É o poder verdadeiro dele. Aquele que ninguém comenta.

– Puta merda – disse Keller. E eu segurei seu ombro.

Porém, Ligação Quântica não entendeu. Ela parecia prestes a falar, mas Doutor a interrompeu:

– É uma habilidade incrível, se pararmos para pensar – disse ele. – Mais do que toda a sua força. O verdadeiro milagre é fazer com que as pessoas acreditem nele. Eu queria o protegido perfeito, e foi isso que ganhei. Você desejava um parceiro tão forte quanto você, e ele foi esse herói. O pobre Leviatã queria um arqui-inimigo, e lá estava ele.

– Não era real? – Ela parecia esgotada.

– Era tão real quanto seus campos de força, Quântica. Tão real quanto a capacidade dele de derrubar um prédio. Mas ele não consegue manter isso para sempre, entende? É preciso manter a expectativa, o sonho, vivos. Mas quando isso acaba, e é claro que sempre acaba, ele não consegue segurar as pontas sozinho. E então vem o fracasso. Sem nossas expectativas, ele volta a ser apenas o que é.

– E o que... o que é isso? – Ela parecia estar genuinamente amedrontada.

Apertei o ombro de Keller com mais força. Eu também estava com medo, e uma parte infantil de mim sentiu vontade de desligar o áudio antes de ouvir a resposta. Porém, ao mesmo tempo eu estava fascinada, e a curiosidade venceu.

– Não sei como explicar, minha querida. O que resta é... o que quer que seja, é algo *voraz*.

– Meu Deus.

Soltei o ombro de Keller. Doutor estava aos soluços.

– Doutor, não precisa. Shhhh.

Os sons que ele fazia se tornaram mais próximos e mais abafados, e eu deduzi que Ligação Quântica havia sentado na cama e ele chorava em seu ombro.

– Não, não. Eu preciso, sim. Superimpacto devia ter me deixado lá. Ele devia ter deixado que Leviatã fizesse o que queria fazer. Eu merecia, todos nós merecíamos, pelo que fizemos com ele.

– Não me importo com o que aconteceu. Não me importo com o que ele é debaixo daquela armadura agora. Você não merecia aquilo.

– Não. Quântica. Ouça. Ele *não usa* uma armadura.

– Doutor? Isso não faz...

– *Não há* armadura. Ele não está usando coisa alguma.

– Puta que me pariu! – exclamou Keller.

Eu me levantei tão rapidamente que perdi o equilíbrio, e teria caído se Keller não tivesse segurado meus dois braços para me estabilizar. Senti um milhão de peças se encaixarem em minha cabeça de uma vez só; era algo atordoante e difícil de ser processado, mas ao mesmo tempo sentia uma onda de alívio triunfante em meu peito.

Acessei novamente a lembrança da última vez que vira Leviatã. Pensei no primeiro vislumbre que tive dele: o ombro. As ombreiras estavam levantadas e um pouco distantes da carne, e a peça da armadura que protegia seus braços estava destruída e havia sido quase completamente arrancada. Eu conseguia enxergar a pele dele por baixo; em partes dilacerada e em outras perfurada pelo metal. Meu cérebro tentou reprimir a imagem, e eu me obriguei a continuar pensando nela, me concentrando no ombro que eu vira.

As ombreiras quebradas eram deploráveis. Não apenas porque estavam quebradas e imundas depois da luta; havia algo intrinsecamente repulsivo nelas. Algo errado. Sob as manchas de sujeira e sangue e cinzas, elas eram opacas, inanimadas. Não havia nenhuma iridescência misteriosa, nenhum vestígio dos ocelos que eu encarava, deslumbrada, sempre que tinha uma oportunidade. O formato era aquele, mas a textura era errada. Não tinha vida.

Deixei escapar um ruído engasgado quando minha mente assimilou a ideia de que a armadura de Leviatã não era de fato uma armadura. Não era algo que ele vestia e depois tirava, um milagre da engenharia; era seu próprio corpo. Não eram grades sobre a boca dele, e sim sua mandíbula; as pequenas chapas que eu vira entre as placas eram pele, não material; as manoplas eram suas mãos. Não era algo que ele vestia, era o que ele era. O corpo que eu tinha visto não poderia ser dele, porque aquela armadura podia ser retirada.

Leviatã estava vivo porque aquele vislumbre de pele significava que o corpo não poderia ser dele.

A segunda coisa que percebi naquela mesma hora foi que, se o corpo era falso (provavelmente algum Músculo ou policial azarado que vestiram com uma boa fantasia; o tipo de pessoa com quem Superimpacto trabalhava tinha meios para fazer uma réplica muito boa), eles queriam que todos acreditassem que Leviatã estava morto. E isso, por sua vez, significava que não apenas ele estava vivo, mas era mantido vivo por uma razão.

Eu me recompus lentamente. O rosto de Keller era um emaranhado de preocupação, mas gentilmente me desvencilhei dele e prometi que estava bem. Montar aquele quebra-cabeça era exaustivo, mas eu daria um jeito e encontraria a energia necessária. Por mais que eu quisesse me encolher em minha cadeira com cheiro de cachorro molhado e nunca mais me levantar, o trabalho de verdade começaria agora.

Chamei Ludmilla. Ela era a próxima a ser informada. Independentemente do que Doutor e Ligação Quântica conversassem, eu poderia ouvir a gravação depois.

Não foi fácil fazer com que ela entendesse o que tínhamos acabado de ouvir.

– Assista de novo.

Ludmilla parecia aturdida. Era nítido que ela mal conseguia aguentar rever o vídeo, ainda que tivesse uma noção do que eu estava tentando mostrar.

– Confie em mim. Veja outra vez.

– Não consigo. – Ela estava abalada e nervosa; seu rosto estava pálido e em pânico.

– Assista e me diga o que está errado.

– Ele está...

– Não! – esbravejei. – Não está.

Não gostava de ser ríspida com ela, mas não estava disposta a tolerar mais discussões.

– Assista como se isso fosse a prova de um assassinato. Assista como se fosse parte de uma missão. O que está errado ali?

Ela estremeceu e respirou fundo, assistindo outra vez. Depois de algumas visualizações, um outro tipo de careta surgiu em seu rosto. Algo de fato estava errado. Algo estava provocando uma coceirinha em sua mente. Eu percebi quando ela finalmente entendeu.

— As ombreiras.

Ela franziu o cenho e assistiu ao vídeo outra vez, semicerrando os olhos para enxergar melhor.

— A armadura. Está... estranha.

— Leviatã nunca *usou* armadura. A armadura é o *corpo* dele — falei, sentindo o coração acelerado. — Não pode ser ele, porque esse pobre coitado está *usando* uma armadura.

— Não é ele — disse Ludmilla. Sua voz era firme e exasperada ao mesmo tempo. — Não é ele.

Eu observei enquanto uma lenta certeza tomava conta de seu rosto.

— Precisamos planejar uma missão de resgate — falei.

Foi como se Ludmilla voltasse à vida ao ouvir essa declaração. Ela apertou minha mão com uma força assustadora.

— Estou dentro — disse ela. As maçãs de seu rosto eram definidas como pedras pontiagudas.

Minha mão estralou sonoramente quando a alonguei.

— Vamos trazê-lo de volta depressa — disse Keller, saindo da sala para iniciar as preparações que ele julgava necessárias.

Ludmilla o acompanhou, vibrando de alegria.

Eu estava tão exultante quanto eles. Porém, quando me arrastei até minha cadeira e apoiei a cabeça nas mãos, me esforcei para manter a alegria acima da água enquanto a exaustão ameaçava submergir minha cabeça.

Havia um pequeno pátio nos fundos do prédio onde instalamos nossa sede improvisada. Para chegar até ele era preciso atravessar o beco entre nosso prédio e o prédio adjacente; o lugar estava mais para um ponto de encontro de lixo e colchões velhos do que qualquer outra coisa. Bem no centro, uma fonte desligada cheia de folhas secas e bitucas de cigarro servia de playground para uma dupla de guaxinins. Havia também um sofá velho que um dia fora revestido de veludo roxo e que, apesar de agora estar em um estado considerável de deterioração, ainda mantinha uma estrutura impressionantemente boa. Ele estava debaixo da escada de incêndio que era coberta por uma lona.

Foi nesse lugar que Ligação Quântica me encontrou ao retornar: sentada no veludo apodrecido. Estava um pouco frio demais para que fosse inteiramente confortável, mas ficar lá dentro era pior. As paredes estavam me deixando claustrofóbica. Além disso, o wi-fi do lado de dentro era uma porcaria.

Eu tinha que segurar meu computador em ângulos esquisitos para conseguir sinal. Uma coletiva de imprensa muito importante tinha acabado de começar, e eu precisava acompanhá-la.

Lá fora, o vídeo finalmente rodou. O mesmo agente do Projeto que falara antes de Ligação Quântica se dirigia à imprensa.

– ...é uma tragédia, uma triste tragédia, mas tanto o Projeto quanto Superimpacto acreditamos que não há outra escolha. Diante desta nova e determinante evidência de que Ligação Quântica é responsável pelas mortes de Fusão e seu parceiro, possivelmente com a ajuda de Eletrocutor e Regra dos Nove, é com imenso pesar que anunciamos que ela excedeu os limites. A Família pede respeito e privacidade neste momento tão difícil.

Houve uma explosão de perguntas, e o executivo ergueu uma mão para dispensá-las.

Ainda se referiam aos dois como "a Família". Que piada. Era assim que o Projeto sempre chamara o núcleo instável da panelinha de Superimpacto. Pelos últimos doze anos, essa palavra se referia a ele e Ligação Quântica e quaisquer outros heróis e seus parceiros que eram considerados merecedores o suficiente para entrar no grupinho por um tempo. Com a morte de Acelerador e a excomunhão de Ligação Quântica, quem é que restava para ser chamado de "Família" agora?

Abaixei meu notebook e vi Ligação Quântica atravessando o pátio na minha direção, a cabeça baixa. Era como assistir a uma tempestade de verão pairando sobre um lago. Fechei o computador por educação e o deixei de lado, me afastando no assento para abrir espaço. Ela sentou no sofá e por um longo tempo nenhuma de nós disse nada.

Ela encontrou as palavras primeiro.

– Eu cumpri minha parte do acordo. É bom que cumpra a sua.

Pensei que era mais seguro não responder. O silêncio entre nós era profundamente desconfortável.

– Você fuma? – A voz dela era rouca.

– Não, mas nesse momento queria fumar.

– Que pena. Seria apropriado.

Um alarme começou a soar na minha cabeça. Enfiei os dedos por um buraco no tecido, sentindo-o ceder e se abrir um pouco mais. Toquei o enchimento úmido, a ponta afiada de uma mola quebrada.

– Imagino que tenha visto a coletiva – falei.

Seus lábios se comprimiram.

– Foi você?

De repente, tudo entrou em hiperfoco. Eu parecia sentir cada folículo capilar e cada poro do meu corpo. Era uma sensação que eu tinha aprendido a reconhecer: a de estar perto demais da morte.

– Acho que você vai precisar ser mais específica – respondi de maneira automática.

Ela se pôs de pé e ficou bem na minha frente, imponente.

– Você me incriminou? Por assassiná-los? Foi você?

Eu me senti estranhamente aliviada por não ter que mentir para ela.

– Eu sei que parece algo que eu faria, mas não fui eu.

– Eu poderia obrigar você a me contar.

– A ineficácia da tortura já foi amplamente documentada.

– Eu sei o que você é, sei o que você faz.

Eu engoli em seco e torci para que mesmo aquele gesto involuntário não me fizesse parecer culpada.

– Eu provavelmente sou pior do que as coisas que você sabe sobre mim – falei. – Mas não estou por trás do assassinato de Fusão, e não tive nada a ver com o Projeto incriminando você.

Seu rosto estava assustadoramente indecifrável. Ela parecia calcular alguma coisa em sua mente também, mas eu não fazia ideia do que poderia ser.

Algumas vezes, uma pequena confissão pode encobrir uma maior culpabilidade. Decidi arriscar; essa tática tinha ajudado a fechar inúmeros acordos.

– Eu falei com o jornalista. McKinnon.

O potencial para violência evaporou de seu corpo; foi como se um espírito que a possuísse de repente perdesse a força. Ela voltou a sentar ao meu lado no sofá.

– Então era você – disse ela baixinho. – Quando foi que aquilo aconteceu? No assalto do Rei Vermelho que deu errado?

– Não, nada tão sangrento. Foi na coletiva do Enguia.

– Quando ele sequestrou aquele menino?

– Eu era uma das figurantes. Mais perdida que cachorro em dia de mudança.

Ela fitou as próprias mãos. Ela cerrara os punhos com tanta força que suas palmas ficaram com pequenas marcas de meia-lua onde suas unhas se afundaram.

– Eu sinto muito – disse ela. – Não devia ter ameaçado você. Devia estar pedindo desculpas.

Eu senti um pouco da tensão deixar meu corpo, sublimando através da pele. A probabilidade de morrer diminuiu. Eu havia ficado suada e cansada.

– Você teve um dia difícil. Vou te dar um desconto.

Ficamos sentadas em silêncio por um bom tempo. Eu assistia a algumas folhas e a um punhado de lixo serem carregados ao redor do pátio pelo vento. Havia alguns corvos no prédio da frente, conversando entre si na esperança de que uma de nós atirasse uma batatinha.

– Quando Doutor me contou sobre Leviatã... – disse ela de súbito. – Caramba. Eu sabia que eles usariam outro corpo, mas eu não sabia o motivo.

– Acho que parte de mim já sabia antes de a ficha realmente cair. Mas assim que Doutor disse que ele não usava armadura...

Pensei nas mãos dele. Eu não estava olhando para manoplas, e sim para dedos segmentados e quitinosos.

– Acho... Acho que nenhum deles era quem pensávamos que eram.

Balancei a cabeça.

– Não é isso. Só não dá pra acreditar no que fizeram com ele, porra. É muito pior do que eu imaginava.

Ela assentiu, séria.

– Se o corpo era falso, então tenho quase certeza de que ele ainda está vivo – disse ela. – O Protocolo está em ação.

Assenti com a cabeça. Embora Superimpacto e Tardígrada geralmente fossem considerados os heróis mais fortes de todos, Leviatã superava os dois nos quesitos invulnerabilidade e resistência. Existiam algumas evidências sobre um fator de cura avançada, mas feri-lo era algo tão absurdamente difícil que não havia informações suficientes para definir nada. Porém, não encontrei muito conforto nesse fato. Eu conseguia pensar em muitas coisas desagradáveis que poderiam ser feitas a uma pessoa sem de fato feri-la, e as palavras "estudar" e "interrogar" estavam me deixando acordada todas as noites.

– Precisamos resgatá-lo agora – eu disse. – Precisamos de alguém que nos leve até ele.

– Quem? Ninguém mais viu Impacto desde que tudo aquilo aconteceu.

– Estou vendo que ele não tem mais nada de "super" para você.

Ela me olhou de soslaio. Era um de seus ângulos mais atraentes, entre várias excelentes opções. Deixei que o gesto intimidador me fizesse mudar de assunto.

Eu me levantei do sofá e comecei a andar de um lado para o outro.

– Ele vai ficar escondido, brincando com Leviatã e lambendo as próprias feridas até que uma situação ameaçadora apareça e ele não possa ignorar.

– Você não consegue provocar uma dessas? Não é essa a sua praia?

Senti uma pontada de irritação inexplicável e inútil.

– "Minha praia" é análise de dados. Mas, ainda que eu tivesse todos os recursos que o Chefe tinha e quisesse tentar, acho que não daria muito certo. Nossas operações estão acontecendo com esse lixão como base, tendo metade da metade da metade dos recursos que tínhamos uma semana atrás. Eu poderia causar um incêndio ou soltar uma sex tape, mas nada nessa escala faria com que ele saísse da toca.

Ligação Quântica franziu a sobrancelha.

– Então como chamamos a atenção dele?

Podemos arruiná-lo, eu pensei. *Podemos deixá-lo furioso o suficiente para vir atrás de você de novo.* Porém, ela não se voluntariou e eu não estava em posição de dar ordens.

O que eu estava em posição de fazer, no entanto, era ser a isca.

Algo assustador tomava forma aos poucos em minha mente: a conclusão de que resgatar Leviatã provavelmente significaria ser morta por Superimpacto.

– Acho que eu conseguiria, mas não sairia viva – falei. – Para ser sincera, minhas horas estão contadas. Quando Impacto ficar de saco cheio de atormentar Leviatã em qualquer que seja o bunker onde está escondido, tenho a sensação de que vou acordar com o pescoço quebrado. Ou que este lugar vai inexplicavelmente se tornar uma grande cratera, se todo mundo aqui for azarado. Da próxima vez que me vir, ele vai me matar. Certeza absoluta.

Ligação Quântica ficou em silêncio, e eu me sentei outra vez. Apesar de terem praticamente assinado a autorização para a morte dela naquela coletiva, ela ainda estava assimilando a ideia de Superimpacto ser capaz de um homicídio premeditado.

Decidi tentar algo diferente, resolver os problemas por uma rota mais sinuosa.

– Como está o Doutor?

Ela riu com sarcasmo.

– E você se importa? – perguntou ela.

– Na verdade, me importo, sim. Ele foi muito educado.

– Vocês poderiam tê-lo matado.

– Se vale de alguma coisa, o sequestro dele não teve nada a ver comigo. Eu quase tive uma porra de um aneurisma quando vi o vídeo do pedido de resgate.

– Foi quando...

– Sim, foi quando fiquei sabendo. Odeio quando ele não me conta as coisas.

Ela relaxou um pouquinho.

— Impacto era assim.

A comparação me desagradou.

— Normalmente ele me conta tudo. Só que ele vira outra pessoa quando Impacto está envolvido.

— Eles definitivamente se importam mais um com o outro do que com a gente.

Eu varri qualquer que tenha sido o sentimento que fora provocado dentro de mim de volta para o abismo de onde tinha saído.

— Vamos com calma, eu só trabalho pra ele — falei, dando um risinho nervoso.

— Certo. Você trabalha pra ele, então pense em alguma coisa. — Ela se virou para me olhar. — Por exemplo, que porra a gente faz agora?

Corri os dedos pelos cabelos, tocando meu couro cabeludo.

— Ainda não tenho todas as peças. Mas estou começando a encaixar as coisas.

No entanto, eu sabia que precisávamos terminar o que tínhamos começado. Eu disse a mim mesma todas as coisas que eu vinha falando para Leviatã: precisamos derrubar os dois pilares de suporte, o público e o mentor. A queda de Superimpacto precisava ser irrecuperável.

— Ele não tem você — falei. — A relação dele com Doutor está estremecida, mas ainda intacta. Por mais que ele tenha recebido algumas reações negativas do público, ainda pode se recuperar. Precisa ser alguma coisa que ele não consiga reverter.

— Tudo bem. O que você sugere?

Ela olhava para mim fixamente, confiante de que eu tinha um plano, ainda que não entendesse qual era. Eu também torcia para que fosse esse o caso.

— No vídeo de resgate, o Chefe disse uma coisa que eu não entendi, que a razão pela qual ele estava fazendo tudo aquilo tinha algo a ver com "a segunda lei da termodinâmica". Quando você estava conversando com Doutor, acho que saquei.

Ligação Quântica arregalou os olhos.

— Entropia. A vilã.

Eu estalei os dedos.

— Acertou de primeira. O Chefe nunca falou dela, mas a máscara que ela usava está no escritório dele. Ele claramente ainda está de luto pela morte dela. Ela morreu há quase uma década e isso ainda o motiva, por alguma razão. E ele culpa Superimpacto e Doutor por essa morte.

Ela ficou pensativa.

— Dizem que ela morreu de ataque cardíaco — informou Ligação Quântica.

– É sempre assim. Ataque cardíaco, acidente, dano colateral. Será que alguém sabe o que realmente aconteceu com ela?

Ela emitiu um som.

– O Doutor sabe. Ele nunca fala sobre isso, mas com certeza sabe.

– Precisamos que ele fale com alguém.

– Eles não vão me deixar entrar outra vez, não depois de...

– Não, você, não. Precisa ser algo que fique registrado. Quem sabe o jornalista que escreveu o "Rota de Impacto"? Eu confio nele. O que o Doutor disser precisa ser arrasador a ponto de Superimpacto sentir vontade de arrancar minha cabeça em uma transmissão ao vivo.

Ela me examinou.

– Está disposta a fazer isso? – perguntou.

– Estou. Vamos logo.

– Pra onde?

– Acabei de dizer. Precisamos dar um jeito de fazer o Doutor conversar com o jornalista. Você vem comigo.

– O quê? Por quê?

– Porque quero que vocês dois conversem. – Fiquei de pé, exibindo um sorriso maníaco. – Prepare-se pra tomar o café mais horroroso da sua vida.

McKinnon não acreditou que eu estivesse falando sério quando disse que Ligação Quântica queria conversar com ele. Porém, ali estava ela, em carne, osso e magia, cercada pelo cheiro de gordura de bacon e de fumaça de cigarro presa no carpete desde o século passado, um conto de fadas da vida real pronta para falar. Quando a Dama do Lago quer te entregar uma espada, você não resolve pensar duas vezes nem pede mais tempo para conversar com seu editor ou se faz de difícil. Você aperta o botão de gravar, presta atenção e começa a escrever mentalmente na mesma hora.

Encontrar uma forma de conseguir que o jornalista falasse com o Doutor foi mais complicado. Ligação Quântica não poderia voltar à Hádron agora que estava sendo acusada de assassinato, e a segurança estava ainda rígida depois do sequestro, então McKinnon precisava ser expressamente convidado pelo Doutor. E, embora o mentor de Superimpacto estivesse disposto a dizer todo tipo de coisa para Ligação Quântica em uma conversa particular, acreditando que estavam a sós, era outro problema tentar convencê-lo a revelar os segredos de seu outrora querido protegido diante de um gravador. Havia uma probabilidade muito grande de ele se recusar a fazer isso, e nós fracassaríamos.

No fim das contas, eu mesma escrevi para o Doutor. Mandei uma mensagem para seu endereço de e-mail pessoal, um cuja existência ninguém além de seus amigos próximos e sua família sabiam. Eu o lembrei de quem eu era e do pouquíssimo tempo que passamos juntos na van. Pedi desculpas pela forma como ele foi tratado e disse, com sinceridade, que não sabia que aquilo aconteceria. Falei que esperava que estivesse bem e completamente recuperado da aventura.

Em seguida, eu o lembrei de como Superimpacto havia me erguido da van pelos cabelos, como apertara meus braços como se tivesse a intenção de arrancá-los. Descrevi os hematomas em meu pescoço, que eu ainda precisava esconder de alguns de meus colegas de trabalho mais sensíveis, e contei a ele que sentia dor toda vez que engolia saliva. E que, se ninguém estivesse olhando, eu teria sido assassinada naquele momento.

> Ele fez muitas outras coisas, e não apenas comigo. Essas são apenas as coisas que você viu com seus próprios olhos, e, por essa razão, nas quais eu imagino que esteja mais propenso a acreditar.

> Com isso em mente, escrevo para oferecer mais uma chance de equilibrar a balança. Não com sua vida, como Leviatã ofereceu, mas com suas palavras. Sei que, por diversas razões, isso é pedir ainda mais, e sei também que pode ser algo ainda mais difícil de ser feito.

> Gostaria que considerasse o segundo princípio da termodinâmica. Gostaria que considerasse as mãos dele apertando meu pescoço. E gostaria que considerasse a ideia de falar com um jornalista.

O que eu realmente estava pedindo era *Você acredita em Superimpacto ou acredita em heróis?*

O idoso optou por defender ideais em vez do garoto que ele amara um dia, porque isso é o que heróis sempre escolhem: suas ideias e seus ideais. Ele exigiu ser entrevistado por McKinnon.

O jornalista, em seu momento de triunfo, não me concedeu a cortesia de ouvir a entrevista, se recusando categoricamente a usar o ovo de espionagem.

> Vou escrever o artigo que eu quiser.

Eu conseguia ouvi-lo rosnar naquela mensagem. McKinnon era muito mais esperto do que a maioria dos jornalistas e conseguiu identificar meus tentáculos manipuladores envolvendo a matéria.

Tentei tranquilizá-lo.

> Não estou tentando controlar a narrativa. Só quero ouvir

> Você vai ver quando for publicada

> Eu sou muito impaciente

> Você provavelmente não vai gostar

Eu mandei uma série de ameaças e palavrões para que McKinnon pensasse que eu estava furiosa quando na verdade estava rindo atrás da tela. Eu sinceramente duvidava que existisse a possibilidade de não ficar satisfeita com qualquer coisa que fosse a matéria escrita por McKinnon, partindo do pressuposto de que ele ainda tinha alguma integridade jornalística. Contanto que o desprezo por Superimpacto ainda fosse maior do que sua antipatia por mim, eu não podia pedir mais de nossa aliança.

McKinnon me deixou esperando por quarenta e oito horas depois da entrevista, até que um entregador deixou a gravação em nossa medíocre sede. Eu manuseei a gravação como se fosse um bebê, digitando desajeitadamente uma mensagem para agradecer ao jornalista enquanto voltava ao escritório para devorá-la.

> Você é a porra da Fiscal.

> Ah, o Doutor te contou, hein

> Devia ter deixado você esperando

> Você está amolecendo

> Vai se foder

Eu ri e me tranquei no escritório. Gostava muito de McKinnon.

Acelerei a gravação para pular a ladainha e o papo furado. As coisas esquentaram quando McKinnon mencionou o nome da mentora de Leviatã pela primeira vez.

— Me fale um pouco sobre Entropia — pediu o jornalista, sem urgência na voz.

Doutor Próton soltou um suspiro pesaroso e sonoro.

— Ela descobriu, não é? A Professora ou qualquer que seja o nome dela.

— Eu estudei Química no Ensino Médio. Não é o enigma mais difícil do mundo.

— Tudo bem, você também é inteligente, mesmo assim eu não preciso gostar de falar sobre isso.

— A história que todos conhecem é que a super-herói, ou a *super-heroína*, como chamávamos na época, trabalhou ao seu lado por boa parte da carreira dos dois. Quando deixaram o serviço ativo, vocês optaram por ser mentores de jovens heróis que parecessem promissores. Leviatã era pupilo dela. Embora ela estivesse envolvida no que chamamos hoje de "heroísmo cinzento", o que era motivo de desentendimento ideológico entre vocês dois, você tinha profundo respeito por ela. Tanto é que discursou na aposentadoria repentina dela e fez um tributo no velório dela seis meses depois.

— Correto — confirmou Doutor em um sussurro débil.

— O que é que não sabemos, Doutor?

Doutor emitiu um ruído evasivo. Instintivamente, eu entendi que a lacuna entre a história dele e a oficial devia ser grande; consegui ouvir naquele gemido a dificuldade dele para assimilar a história mentalmente.

— Ela estava doente? — O jornalista tentou ajudar com um empurrãozinho. — Ela foi cobaia de algum experimento? Algo deu errado?

— Muita coisa deu errado, filho. Mas não foi isso, ela não estava doente. Aquela raposa velha teria vivido muito mais do que todos nós. Sempre pensei que ela fosse feita de titânio.

— O que aconteceu? Por que ela se aposentou?

— Aposentou... — Ele se demorou ao pronunciar a palavra. — Essa não é bem a palavra que eu usaria. Ela e o pessoal do Projeto começaram a se desentender.

— Em relação à maneira como o Projeto lidava com as crianças?

— Ah, não, era muito mais do que isso. Ela ficou furiosa com o que aconteceu com o garoto dela, e não posso culpá-la. Leviatã ficou em uma espécie de crisálida, em coma, depois dos experimentos que eles... que nós... fizemos nele. Naquela época, não sabíamos se ele sobreviveria. O Projeto também ficou sabendo de algumas... mentorias extracurriculares que ela vinha fazendo com seus pupilos. Leviatã, em particular. Então, ela e o Projeto decidiram que era melhor seguirem caminhos diferentes.

– Então ela de fato se aposentou.

– Correto, mas não saiu de cena. Esse era o problema de Entropia: ela sempre foi muito inflexível, teimosa pra danar. Ela não podia simplesmente deixar Leviatã para trás, e eu entendia isso. Ela queria continuar na vigília até que ele acordasse. Se ele acordasse. Depois, ela quis continuar por perto enquanto ele se recuperava e se reconstruía. Eu teria feito a mesma coisa se o garoto fosse meu.

– Mas aparentemente não foi só isso que ela fez.

– Não. Não. Quando Leviatã melhorou... Melhor dizendo, quando ele sobreviveu e ficou claro que as mudanças eram como ele ficaria para sempre, ela continuou trabalhando com ele, treinando-o. Extraoficialmente.

– Imagino que o Projeto tenha se oposto.

– Tremendamente. Pediram que eu falasse com ela, e eu tentei, tentei mesmo, mas ela me botou pra fora e me chamou de covarde. Essa... acho que essa foi a última vez que nós falamos.

– Por que ela achava que você era covarde?

– Por ficar do lado do Projeto, segundo ela. Por continuar a trabalhar com eles depois de ficarmos cientes do que eram capazes de fazer com todas aquelas crianças. Por "escolher o bem maior em vez de fazer o bem", era o que ela costumava dizer. Eu disse que era muito engraçado da parte dela colocar dessa forma, depois de tudo o que tinha feito. Ela... ela não gostou muito de ouvir isso, e esse foi nosso fim.

– O que o Projeto fez em seguida?

– Eu não sabia que pediriam para que ele interviesse. Eu não fazia ideia, juro. Eu jamais teria permitido.

– Pedir para que quem interviesse?

– Superimpacto.

– Eles o enviaram para falar com Entropia ou algo assim?

Fez-se um silêncio longo e terrível.

– Ele me disse, depois do ocorrido, que queriam apenas dar um susto nela. Não acho que aquela mulher teria ficado com medo nem se o diabo em pessoa aparecesse diante dela. Mas, segundo o garoto, essa foi a instrução que recebeu. "Apenas dê um susto nela. Faça com que Entropia se questione se manter contato com Leviatã foi uma boa ideia."

– Eles falaram o que queriam que Superimpacto fizesse com ela? – perguntou McKinnon.

– Não sei. Eu não sei. Só descobri o que tinham feito depois.
– Depois.
– Ele. Superimpacto. Ele a trouxe para mim.
– Ele sequestrou Entropia e a levou até você?

Uma pausa. Eu conseguia ouvir um barulho esquisito, líquido: era Doutor engolindo a saliva várias vezes. Eu não podia provar, mas tinha convicção de que ele balançava a cabeça também.

– Ele me trouxe seu corpo sem vida.

Ouvi o choque de McKinnon em seu silêncio.

Doutor voltou a falar depois de um longo intervalo.

– Eu acredito de verdade que tenha sido um acidente – continuou ele. – Superimpacto não queria machucá-la, não gravemente. Havia pânico genuíno em seu rosto quando ele me contou.

Distraída, me perguntei se aquela tinha sido a última vez que Superimpacto sentira medo, medo de verdade. Eu esperava poder presenciar a próxima vez que isso acontecesse.

– Como ela morreu?
– Não é...
– Acho que é relevante, sim. O que Superimpacto fez com Entropia?
– Ele a pegou.

Doutor tentou parar ali. Seu silêncio era como um apelo.

– Continue – disse McKinnon, sem dar ouvidos.
– Ele a pegou e subiu.

Outra pausa.

– Ele a levou para cima... Muito alto. Estava saltando sobre os prédios, segundo ele. Ela estava com frio. O nariz dela sangrava.

– O que aconteceu?
– Ele deu o recado. Ela deveria interromper todo e qualquer treinamento ou contato com Leviatã, deveria sair da vida do garoto e parar de sabotar o Projeto. E deveria se aposentar de verdade. Então ele... ele...

– O que ele fez, Doutor?
– Ele a deixou cair.
– Meu Deus.
– Não foi a intenção dele, mas ela escapou. Foi por pouco.
– Jesus, Doutor.
– Eu pendurei muitos vilões no topo de prédios na minha época, e quero acreditar que foi a mesma coisa. Mas aquilo deu errado.
– Muito errado.

– Acreditamos que várias coisas aconteceram ao mesmo tempo. Antes de tudo, ela teve um ataque cardíaco. Poderia ter bastado. É um consolo estranho, mas espero que tenha bastado.

– O que mais?

– Ele tentou salvá-la. Mas ele a segurou... de um jeito ruim. Ele simplesmente não tinha controle sobre a própria força. Ele a segurou muito forte, forte demais, e...

O jornalista não pressionou Doutor quando ele parou de falar. Ambos permaneceram em silêncio. Aquela ausência de som, gravada, era angustiante. Ela se prolongou por tempo suficiente para que eu percebesse que segurava meus dois antebraços com as mãos e fincava as unhas dolorosamente na pele. Relaxei os músculos, alonguei os dedos, estralei o pescoço, tentando liberar um pouco da tensão no corpo.

– O que você fez? – perguntou McKinnon por fim.

Ouvi Doutor se mexer na cadeira, endireitando a postura.

– Eu fiz o que sempre fazia quando as coisas davam errado. Chamei minha equipe. Neutrino, Quebra-Muralhas e Frente Fria. Todos vieram. Não queria que Bomba Atômica visse o estrago. Conversamos com Superimpacto e o acalmamos. Decidimos o que diríamos para as pessoas. Sempre deve haver um grão de verdade, não importa o que você vá dizer ao público. Quando ele já estava apresentável, chamamos o pessoal do Projeto e deixamos que eles limpassem a bagunça.

– Foi você que ensinou Superimpacto a mentir – disse McKinnon.

O jornalista queria sangue.

– Todos nós mentimos para o público o tempo todo, filho.

– Prefere dizer que foi um intensivo de gestão de crise?

– Não tem ideia de como foi essa situação.

– Não, não tenho. Mas você claramente não acha que consegue continuar vivendo com o que aconteceu, ou não estaria falando comigo. Naquele vídeo, você pareceu disposto a morrer por isso.

– Não devo nada a você. Não devo nada a ninguém além de Entropia e Leviatã.

– O que deve a Leviatã?

Fez-se outro silêncio longo. Alguém se mexia. Por um momento, tive certeza de que Doutor estava prestes a interromper a entrevista, dada a raiva em sua voz. Estava disposto a ir para a forca, mas dar satisfações por seus atos ainda era uma imposição que ele mal conseguia tolerar. No entanto, depois de um bom tempo, suspirou e cedeu.

– Ela disse a Leviatã que, se algo acontecesse com ela, não seria um acidente. Ela disse que tinha sido forçada a se aposentar, que ele deveria ficar atento. Que, se ela morresse ou desaparecesse ou parasse de falar com ele, não seria por decisão própria. Disse que jamais o deixaria. E que, se isso acontecesse, seria culpa do Projeto. Então, na manhã seguinte, quando anunciaram sua morte, Leviatã partiu para a guerra. Ele ainda estava um pouco doente, mas já estava recuperando suas forças. Só que ele precisava de ajuda, ele precisava de um aliado. Então procurou o melhor amigo.

– Ele procurou Superimpacto.

– Leviatã disse a ele que algo tinha acontecido com ela, que eles precisavam enfrentar todo aquele fascismo disfarçado de heroísmo. Você deve saber. Um daqueles discursos. A oratória dele já era muito boa.

Meu coração se partiu ao imaginar Leviatã, jovem e desolado, reunindo toda a sua capacidade de monólogos ainda em desenvolvimento para tentar convencer o amigo a ajudá-lo a vingar sua mentora.

– E Superimpacto mentiu para ele – disse McKinnon.

O jornalista preencheu o silêncio com o que, para ele, parecia ser a continuação lógica da história. Um equívoco incomum em uma entrevista.

– Não – respondeu Doutor. – Superimpacto contou tudo.

McKinnon poderia ter escolhido focar em várias coisas. O artigo poderia ter servido para expor o sistema falho de alistamento de super-heróis, começando pela triagem-padrão que acontecia por volta da puberdade. Talvez explorar o fato de o Projeto ter encontrado Superimpacto antes mesmo de ele estar no Ensino Fundamental e depois tê-lo arrastado para uma briga que ele não era capaz de compreender. Ou até mesmo eviscerar o sistema que arruinou um jovem brilhante como Leviatã. Havia também a alternativa de examinar diretamente a questão da armadura de Leviatã, o que teria sido o mais difícil de encarar, mas também o que incontestavelmente teria exposto Superimpacto e seu amplo sistema de agentes como os mentirosos irresponsáveis que eram.

No entanto, em vez de começar com algo novo, McKinnon optou por chamar a atenção para algo que não era inédito para as pessoas: o vídeo de resgate. Ele deu destaque para o termo "segundo princípio da termodinâmica" e para a maneira como o rosto de Doutor se contorceu; ele analisou o peso da culpa que caiu sobre ele naquele momento, uma coisa que todos já tinham assistido diversas vezes. O mistério podre, algo alojado debaixo do tapete do discurso, colocado sob os holofotes. O que poderia fazer Doutor

Próton se sentir tão culpado a ponto de fazê-lo aceitar a própria morte como um acerto de contas?

Muito ingenuamente, eu imaginei que convencer McKinnon a trabalhar comigo outra vez e a escrever o artigo seria a parte mais difícil do processo. No entanto, depois da entrevista com Doutor, a história ganhou vida. McKinnon trabalhou até ficar exausto, até que cada palavra se tornasse uma ferida, e então apresentou o artigo triunfante.

Naturalmente, o editor rejeitou o artigo de cara.

Por um tempo, tudo pareceu prestes a desabar da maneira mais frustrante e banal imaginável. McKinnon dissera que o editor era um bunda-mole e publicava tudo o que era apresentado. Então é claro que naquele momento o editor decidiu malhar os glúteos e se recusar a publicar em seu veículo on-line uma matéria que prejudicasse as "já muito frágeis relações heroico-civis".

McKinnon insistiu, declarando sua autoridade e ameaçando pedir demissão. O editor comprou o blefe e exigiu que ele se demitisse. Quando McKinnon nos contou por mensagem, provavelmente tendo uma crise de ansiedade trancado no banheiro, mordi minha boca até sentir gosto de sangue, tentando reprimir a vontade de gritar e quebrar tudo que estava ao meu alcance imediato.

– Não consigo entender – disse Ligação Quântica, estupefata. – Eles precisam publicar o artigo. É tão importante.

– Nós somos os vilões. Ninguém quer nos ajudar – falei. Eu estava deitada na cadeira quebrada com um pano embebido em água gelada sobre meus olhos. – Imagino que vá demorar um tempo até você se acostumar.

– E quanto aos outros vilões?

– Não trabalhamos muito bem em equipe – respondi automaticamente, mas percebi que não acreditava nisso.

Ali estávamos nós, uma equipe reduzida trabalhando diretamente de um esconderijo em uma última tentativa desesperada de salvar Leviatã. Ligação Quântica estaria ao meu lado enquanto eu pudesse convencê-la de que poderia conseguir algo que ela queria; essa era uma arma extraordinária que eu ainda precisava descobrir como usar. A missão de resgate quase tinha chance de dar certo se fôssemos capazes de segurar as pontas por tempo suficiente.

– Fiscal?

Tirei o pano dos olhos e me deparei com a silhueta estranha de Vespa, pairando, preocupado, à minha porta. Seus ombros estavam desconfortáveis, tensos, e eu conseguia enxergar seus batimentos acelerados flutuando perto da superfície de sua pele.

– Pode falar? – perguntou ele.

– Sempre aqui, sempre às ordens – respondi, esfregando as têmporas.

– Bom, talvez isso soe idiota.

– Talvez, mas quero ouvir, já que vários esquemas certamente começaram com essa frase.

– Vamos pedir ajuda? Eu ouvi isso direito?

– Fico feliz pela sinceridade em admitir que você estava ouvindo atrás da porta, e, sim, estamos considerando todas as opções.

– O que acha de Casuar?

Havia expectativa em seu olhar.

Algumas ideias se movimentaram em minha cabeça; componentes se encaixando de repente.

– O que eu acho de Casuar... – repeti, saboreando as palavras.

Casuar era uma herdeira entediada que usou sua vasta poupança e os investimentos da família para financiar uma carreira como vilã. Tinha experimentado suas habilidades em algumas outras indústrias antes de encontrar sua verdadeira paixão na carreira de antagonista profissional. Ela havia fundado algumas startups de tecnologia, explorado a área de estratégia digital – e também o mercado editorial.

– Quantos veículos ela ainda tem? – perguntei, abrindo meu computador.

– Não faço ideia. Ela vendeu muitos, mas ficou com alguns.

– O conglomerado midiático dela pertencia a uma empresa chamada Paracrax. – Eu abri um sorriso. – Parece que ela sempre curtiu os que não sabem voar.

Como eu previa, a corporação dela ainda tinha algumas empresas transmídia. Uma pesquisa rápida acabou revelando um golpe de sorte beirando o ridículo: uma dessas empresas era nada mais nada menos do que a recém-ex-empresa de McKinnon.

Meu sorriso para Vespa foi tão exagerado que ele pareceu até meio constrangido.

– Você consegue entrar em contato com ela? – perguntou ele, encarando o chão.

– Sim. Eu tenho a agenda do Leviatã.

– O que vai dizer pra ela? – perguntou Ligação Quântica.

De repente eu me dei conta de como ela parecia desconfortável e um pouco amedrontada.

– Tudo, eu acho. A verdade.

– Que o Projeto e o Superimpacto forjaram a morte de Leviatã e que precisamos atrair aquele escrotinho pra fora da toca pra tentar entrar lá e resgatar o Chefe, e que por isso ela precisa dar uma carteirada em um veículo de notícias do qual ela nem se lembra que é dona pra garantir que um artigo expondo ele seja publicado – resumiu Vespa, posicionando-se às minhas costas.

Eu estava sentada com as duas pernas em cima da cadeira, já digitando.

– Tipo isso. Mas você esqueceu a parte sobre como o artigo tem a grande confissão do Doutor Próton.

– Você vai colocar isso tudo em um e-mail?

– Vou. Foda-se.

Não sei se eu realmente acreditava que Casuar leria a mensagem. Mesmo que lesse, eu dificilmente conseguia imaginá-la fazendo qualquer coisa além de caçoar do absurdo daquela situação. Porém, quando acordei no outro dia, com dor no pescoço por ter dormido de mau jeito, vestindo as roupas do dia anterior, notei que estava com a caixa de entrada lotada de mensagens de McKinnon, que tinha sido recontratado. E aparentemente recebera um aumento.

E o texto dele seria publicado no fim das contas.

Debaixo de todos os e-mails alucinados havia um com apenas duas palavras; a resposta à minha ideia de fazer o pedido absurdo à Casuar: "Boa sorte".

Greg estava de bobeira em meu escritório e bisbilhotou minha tela quando me ouviu comemorar.

– Ela acha que a gente tem chance! – disse ele, entusiasmado.

Que bonitinho. Que otimista. Espertinho, mas quase tão perspicaz quanto uma cadeira dobrável de praia.

– Ou ela acha que a gente acabou de assinar nossa sentença de morte e que vai ser interessante assistir. – Meu tom era surpreendentemente alegre, até para mim. – Fico grata de qualquer forma.

Mandei a resposta mais generosa em que consegui pensar: disse que devia um favor a ela, um favor dos grandes, caso um dia eu voltasse a estar em uma posição em que pudesse retribuir o que ela fizera. Que eu esperava viver o bastante para que ela pudesse me cobrar. Pensei que ela pudesse achar engraçado. Depois, reuni a equipe e colocamos a mão na massa.

8

MENOS DE UM DIA ANTES DA PUBLICAÇÃO DO ARTIGO DE MCKINNON, comecei uma evacuação planejada. Nossa espelunca tinha passado despercebida pelo radar do Projeto até aquele momento, mas, assim que a entrevista com Doutor ganhasse o mundo, eles usariam todos os recursos possíveis para nos encontrar. Embora eu ativamente quisesse que me encontrassem, havia muitas pessoas cujas vidas não deveriam ser arriscadas dessa vez. Os pesquisadores e especialistas em informação, minha equipe principal e alguns outros capangas que ainda não haviam sido dispensados – eu os queria longe e seguros, com novas identidades à mão caso tudo desse errado, e em algum lugar a salvo quando fosse a hora de fazer o cálculo das consequências.

Eu tinha um plano, por mais tênue que fosse. Eu o deixei marinando em minha cabeça por um tempo, e naquelas horas finais tudo se encaixou rapidamente. Todos os meus palpites e cálculos feitos em guardanapo não significariam porcaria nenhuma se no fim das contas as últimas peças não se encaixassem, e eu tinha pouco controle de como as coisas aconteceriam. Dei um peteleco nos dominós, e eles caíram; a sequência que eles formavam, embora a projeção tenha sido cuidadosamente pensada por mim, oficialmente não dependia mais da minha pessoa. E, se eu estivesse errada, Superimpacto me mataria muitíssimo em breve.

É difícil ter medo da morte quando ela é uma possibilidade imediata. É uma ideia abstrata demais, ainda que você já tenha se aproximado da experiência mais de uma vez. Eu ficava calma por longos períodos de tempo, dando ordens e trabalhando normalmente, e de repente um pânico gelado e nauseante me atingia em cheio e eu precisava me esconder no banheiro ou em uma salinha de depósito qualquer até que a crise passasse. Podia ser um pano de prato vermelho na cozinha que me fazia lembrar do uniforme de Superimpacto, ou eu batia o olho em um dos meus hematomas, agora amarelados, e de repente a lembrança das mãos dele em mim, da violência que não requeria esforço algum, de como eu não pesava nada e não significava nada para ele, caía sobre mim de uma vez como um banho ácido de memórias.

Todas as vezes, eu tentava acalmar minha ansiedade usando todas as técnicas de respiração de terapia cognitivo-comportamental que eu conhecia. Aos poucos conseguia me desatar da memória sensorial das mãos dele – mãos absurdamente fortes prontas para me desmembrar – e voltava para um estado de medo com o qual eu era capaz de lidar. Um terror que eu conseguia contornar. E, quando eu conseguia ficar de pé e respirar normalmente, voltava a fazer qualquer coisa que precisasse, e a possibilidade (muito provável) de que eu estava prestes a morrer voltava a ficar escondida nas periferias da minha mente por mais algumas horas.

Eu estava me recuperando de um desses momentos, limpando o ninho de sujeira que era meu escritório, quando Ligação Quântica veio me procurar. Ela não tinha vínculo algum conosco, por isso também não tinha muito que fazer enquanto todo mundo corria de um lado para o outro limpando o próprio DNA de superfícies ou empacotando nossos equipamentos que haviam sobrado. Eu me esforçava muito para parecer a Anna calma e esfarrapada de sempre, mas meu coração estava na boca.

– Quanto tempo falta? – perguntou ela.

Eu não levantei os olhos. Pareceu perigoso demais.

– Para irmos embora? Menos de dez horas; é melhor estarmos bem longe quando o artigo for publicado amanhã.

Esperei a pergunta sobre os assassinos de Fusão, mas ela não a fez.

– E depois?

Eu engoli em seco.

– Vamos para Dovecote. Superimpacto nunca estará tão fraco quanto agora. Sem você, sem o Doutor, com a confiança nele seriamente prejudicada... Nunca teremos uma oportunidade melhor do que essa.

– Quais são as chances?

Dei uma risada que se transformou em tosse.

– Pouquíssimas.

Ela colocou a mão no quadril e me olhou, parecendo intrigada.

– Mas não é esse o seu trabalho? Analisar a situação e tomar a melhor decisão possível?

– É – concordei. – Mas, infelizmente, todas as nossas opções são ruins. Escolhemos a melhor delas, mas isso não quer dizer nada. Se tudo der perfeitamente certo e a gente conseguir uns golpes certeiros com o laser de enxofre, talvez chegue a dez por cento.

Deixei o silêncio pairar entre nós. A verdade era que havia um buraco com formato de Ligação Quântica bem no meio dos meus planos, e, se ela não o preenchesse, a coisa toda poderia ir por água abaixo. Eu precisava que ela se aproximasse daquele buraco para que pudesse enxergá-lo por conta própria, mas não podia arrastá-la para ele de uma forma que parecesse manipuladora. Eu estava torcendo para ter sido suficiente.

– Eu podia proteger vocês.

Quase perdi o equilíbrio com a onda de alívio que senti. Apoiei a mão na mesa para me estabilizar e rezei para que o gesto parecesse de surpresa.

Quando consegui me recompor, olhei para ela, séria. Seu cabelo estava torcido e preso em um coque, e ela parecia ter roído as unhas. Seu olhar revelava cansaço e preocupação, e mesmo assim ela parecia forte o suficiente naquele momento para arrancar a cidade inteira pelas raízes.

– Você pode? – perguntei.

– Posso. Sou mais forte do que ele. Não muito, mas sou.

– Isso não fazia parte do acordo.

Ela comprimiu os lábios.

– Vamos fazer um novo acordo – sugeriu ela.

– O que você quer?

– Colocar as mãos nele.

– Agora você o odeia?

Pensei que isso poderia deixá-la irritada, mas ela levou a sério; franziu o cenho e refletiu sobre a pergunta.

– Eu odeio tudo o que fez dele o que ele é. Não sei se há ele o suficiente para odiar.

Concordei com a cabeça.

– Ele é vazio. É um apanhado de tudo o que fez dele o que ele é.

Ela inclinou a cabeça, ponderando.

– Você tem razão. – Ela assentiu uma vez com a cabeça. – Sim. Odeio ele.

Eu não conseguia pensar em uma maneira de expressar minha gratidão naquele momento, então apenas disse:

– Sabe o que é mais deplorável do que qualquer crime que eu já tenha cometido? Que você tenha ficado nas sombras de um zé-ruela de queixo quadrado quando é nítido que você é melhor do que ele de todas as maneiras imagináveis.

Seu semblante se tornou desgostoso.

— Bom, ninguém está disposto a tornar uma piranha qualquer a líder da maior equipe de super-heróis do mundo.

Era nítido que Ligação Quântica estava repetindo algo que havia sido dito para ela. Enterrei as unhas nas palmas da minha mão de maneira que ela não pudesse ver. Aquilo me deu tanta raiva que fiquei imóvel e silenciosa. Redirecionei minha raiva com cuidado e fiz uma anotação mental para encontrar quem quer que tenha sido a pessoa a dizer aquelas palavras na presença dela e, caso ainda estivesse viva, consertar esse problema.

Para ela, eu disse, abrupta:

— Bom, você é justamente o tipo de piranha que eu gostaria de ver no comando com mais frequência.

Ela riu. Foi um riso ao mesmo tempo triste e afável, como uma catarse agridoce.

— Vou encarar como elogio.

Ligação Quântica se aproximou e desabou na minha cadeira reclinável horrenda, como se aquela fosse uma noite do pijama e ela estivesse se jogando numa cama. Ela se inclinou na cadeira, alongou os ombros e se espreguiçou, esticando os braços musculosos acima do apoio de cabeça. Depois ficou olhando para o teto, distraída, e eu me permiti encará-la, encarar seus bíceps fortes e o osso saltado de sua clavícula. Por um momento, me deixei levar imaginando que éramos apenas duas pessoas sozinhas em um quarto, dividindo o mesmo espaço, sem que nada horrível estivesse acontecendo.

— Acho que não faz muita diferença pra você limpar seu nome agora, não é? — perguntei.

— Está tentando cair fora do nosso acordo?

— Nem em sonho.

— Então por que está falando isso? — perguntou ela.

— Já que você está oficialmente fora da coisa toda de heroísmo.

Ela pareceu enojada.

— Há uma diferença muito grande entre um assassino literal e um super-herói, sabia?

Eu ergui uma sobrancelha.

— Há mesmo? Para pessoas como nós?

O rosto dela se iluminou.

— Deveria haver.

Eu tinha tocado na ferida, então decidi afundar o dedo.

— É isso que você quer?

Ela jogou a cabeça para trás, refletindo.

– Acho que o sistema está falido.

– A gente concorda mais e mais a cada segundo.

Ela levantou os braços, e depois os deixou cair.

– Se você vai tentar explicar a matemática por trás da coisa outra vez, vou te poupar do trabalho – disse ela.

Eu dei de ombros.

– Mas me parece que você concorda com a ideia de que forçar uma pessoa com poderes a escolher entre ser super-herói ou ser rotulado como vilão é profundamente falha.

Ela concordou com a cabeça, talvez ressabiada com o fato de nossas opiniões estarem alinhadas.

– Então você quer tentar ser... outra coisa?

Ela desviou o olhar, parecendo ponderar alguma coisa.

– Você vai achar bobo.

– Considerando os planos que estou colocando em ação nesse exato momento, acho extremamente improvável.

Percebi a tensão em sua mandíbula.

– Alguém precisa responsabilizar todos eles. Alguém precisa fazer com que os "heróis" ajam como heróis de verdade. Deve haver uma forma de fazer com que eles estejam sob controle.

Era um doce sonho: alguém para assombrar todos os heróis e fazer com que andassem na linha. Eu podia imaginar Ligação Quântica desempenhando o papel perfeitamente, inclemente e deslumbrante.

Calculei os riscos, respirei fundo e disse:

– Eu ajudo você.

Era como se eu assistisse às palavras sendo ditas por outra pessoa.

Ela voltou o olhar para mim, de forma repentina e penetrante. Seu cabelo estava preso, mas alguns cachos estavam soltos e emolduravam o rosto. As raízes escuras estavam crescendo e contrastavam com o platinado do resto do cabelo.

– Você quer trabalhar comigo? – Embora sutil, eu podia jurar ter ouvido uma leve ênfase em "você" e "quer".

As palmas das minhas mãos começaram a suar. Eu sabia que ela era uma aliada inestimável. Alguém que não tinha medo do Projeto e alguém que eu queria ter ao meu lado. E eu gostava dela. Sentia que ela era uma amiga. E sentia que talvez pudesse ser algo mais.

– Sim. – Torci para que minha resposta soasse firme e sincera.

– Sério mesmo? – perguntou ela, pensando que eu estivesse brincando.

Levei a mão ao peito.

– Eu juro. Este é um propósito que eu apoiaria.

A sugestão de um sorriso surgiu no rosto dela.

– Parando pra pensar, no fim das contas somos excepcionalmente qualificadas para essa função, não acha?

– Acho que a gente arrasaria. – Sorri para ela, abrindo espaço em minha mente para aquele conto de fadas.

Se houvesse pessoas como ela por aí, pessoas como eu não precisariam existir.

– Eu precisaria de um nome diferente – disse ela.

– É?

– Esse não combina mais comigo.

Baixei o olhar. Eu conseguia ver todos os machucados na carne em volta de suas unhas, que ela cutucava de maneira ansiosa. Seus ombros eram fortes e robustos, seu corpo atlético e firme, mas naquele momento ela parecia notavelmente vulnerável.

– Tem algum nome em mente?

– Você não acha que é uma má ideia?

– Não. Nem um pouco. Os capangas e os parceiros dos super-heróis fazem isso o tempo todo quando mudam de time.

Ela assentiu, reflexiva.

– Acho que sempre gostei de "Decoerência".

Algo naquele nome pareceu praticamente ganhar forma física assim que saiu da boca dela, como se ela tivesse criado algo apenas com o sopro da voz. O nome se enroscou em volta dela.

Assenti, concordando.

– Parece bom. Use por um tempo pra ter certeza de que funciona antes de adotar de vez. Mas eu gosto muito.

– Acha que seu chefe permitiria que você se envolvesse comigo?

– Tenho certeza de que Leviatã entenderia a importância de uma parceria como essa – respondi.

Eu não tinha cem por cento de certeza se estava brincando ou não. Ela sorriu para mim, e eu me senti ruborizar; era a primeira vez que eu dizia o nome dele na presença dela.

Ela ficou em silêncio por um instante, me analisando, e por fim disse:

– Você está apaixonada por ele.

Meu peito de repente pareceu estar cheio de cacos de vidro. Emiti um ruído muito desagradável em vez de responder. Manipulação sutil era algo para o qual estava preparada, mas esse era um tipo de conversa completamente diferente.

Ela fez uma careta.

– Não precisamos falar disso – falou.

Engoli em seco duas vezes e tentei controlar minha boca.

– Bom, depois dessa tentativa fracassada de agir naturalmente, por que não?

– Então eu acertei.

– É mais complicado do que isso.

– Como assim?

– É mais... tipo... você não está errada.

– Fiscal, que porra isso significa?

– Significa que eu não sei!

– É a única explicação possível.

– Para o quê?

– Ah, tá bom, vamos fingir que é muito normal que as pessoas invadam prisões de segurança máxima e destruam super-heróis para agradar seus chefes.

– Eu defendo o abolicionismo penal, super-heróis são a escória na face da Terra, e os benefícios que ele oferece são sensacionais.

– Imagino que existam outros benefícios sensacionais.

– Quântica.

– Não se finja de santa. Você já pensou nisso.

– ...Eu já pensei nisso.

O silêncio se estendeu. Eu continuei a enrolar cabos e prendê-los nas fitinhas de velcro. Conseguia sentir Ligação Quântica ficando mais e mais frustrada a cada segundo. Então ela finalmente disse, exasperada:

– E então? No que está pensando?

– Bom. Seria esquisito.

– Não me diga! O que mais?

Mudei de estratégia.

– Você já falou com ele, Quântica?

Ela pareceu profundamente indignada.

– É claro que sim! Nós lutamos...

– Não. Tipo, além de uma situação em que vocês estavam tentando se matar. Ele já falou com você? – Ela abriu a boca para responder, mas não deixei. – Monólogos em terceira pessoa não contam, nem ameaças no geral.

– Ah. Então não. – Ela comprimiu os lábios e pareceu estar vasculhando a memória. – Nós nunca... não. Acho que não. Só toda aquela falação em batalha, durante resgates e coisa e tal.

Acenei com a cabeça.

– Foi o que pensei. Quando tudo isso passar, você deveria conhecê-lo.

– Hum.

A ideia claramente a deixava desconfortável, então direcionei as coisas de volta para minha própria tragédia emocional.

– Enfim. Não sei se algum de nós está apto para o tipo de relacionamento em que você está pensando.

Ela relaxou, abrindo um sorriso torto.

– Então você não está interessada em saber se ele é bom com aquelas manoplas?

– Não tem nada a ver com isso! A nível acadêmico fico curiosa, claro... mas... tipo... Como seria o amor com uma pessoa assim? Está me perguntando se quero sair pra um jantar romântico com ele, ou transar na mesa dele ou ter longas DRs sobre nossos sentimentos?

– Se essa é a sua ideia de um relacionamento...

– Olha. O que eu quero dizer é: isso é irrelevante.

– O quê?

– A natureza exata dos meus sentimentos. Eu tenho um plano e vou colocá-lo em prática. A definição precisa dos meus sentimentos não importa; o que eu faço por causa deles, sim.

Ela parecia profundamente confusa.

– Tudo bem – disse ela. – Mas, ainda que o rótulo dos seus sentimentos não importe, não gostaria de saber o que ele sente por você?

Inclinei a cabeça.

– Ele me arrancou de uma mesa cirúrgica e reconstruiu meu cérebro. Ele matou pessoas para chegar até mim. O que mais eu preciso saber?

Ela não conseguiu pensar em nada para dizer depois disso. Eu continuei a empacotar coisas. Aquela simples tarefa manual era prazerosamente anestesiante. Eu me distraí tanto apagando alguns HDs que não notei o momento em que ela se levantou e foi embora.

Quando entramos nos últimos veículos de Operações que nos restavam, perguntei a cada pessoa, individualmente, se tinha certeza de que queria participar. Alguns dos Músculos disseram que preferiam ficar com os capangas que não entravam em combate e servir de proteção enquanto iam embora em segurança. Todos os Músculos que escolheram vir conosco precisaram expressar essa decisão para mim. Mais pessoas do que eu esperava decidiram vir. Tentei pensar nisso como um motivo de orgulho, uma razão para fortalecer minha segurança, em vez de me sentir mais culpada por envolver mais pessoas, mais vidas, na aposta que estávamos fazendo.

Keller ficou furioso por eu ter perguntado se ele ia, e precisei acalmá-lo garantindo que eu estava confirmando com todo mundo. Ludmilla assentiu e concordou com um breve "Sim". Melinda disse que não confiava em mais ninguém para dirigir o carro de fuga da maneira como deveria ser dirigido. Vespa disse que funcionaria como meus olhos.

E Ligação Quântica estava parada ao meu lado. Ela já não usava seus trajes de costume; estava inteira de preto, vestindo roupas esportivas de alta performance. Era um visual mais modesto do que seu uniforme de super-herói, e muito mais intimidante. Ela enrolara as mãos com uma bandagem como se estivesse se preparando para subir em um ringue; as ataduras proporcionavam uma pressão confortável e um volume entre seus dedos, explicou ela, um resquício das aulas de artes marciais na infância. Também faziam com que fosse mais fácil controlar seus poderes. O cabelo dela estava preso, deixando em destaque as maçãs do rosto e os olhos escuros. Ela parecia mais durona, mais poderosa, mais segura.

– Eles nunca vão perdoar você por isso – falei para ela.

Ligação Quântica terminou de enfaixar as mãos e flexionou os dedos. Ela fez com que um pequeno campo de força surgisse entre suas mãos e depois o fez desaparecer com um movimento que lembrava o estalar das juntas dos dedos. Ela sustentou meu olhar.

– Não faz mal. – Ela exibiu um sorriso largo, e, de repente, consegui sentir meu rosto doer com a largura do meu próprio sorriso. – Eu também não tenho intenção de perdoar ninguém.

Molly tinha feito mais alguns aprimoramentos na minha bengala, apesar dos recursos limitados. Por mais que os sensores fossem incríveis, a faca escondida no punho era a coisa da qual eu mais gostava, de um jeito meio infantil, meio James Bond. Ros, do departamento de P&D, arranjou um pingente discreto para que eu pudesse usar no pescoço. Estava equipado com uma nanotecnologia que garantiria que, se fosse engolido, transformaria todos os meus órgãos em líquido. Não era tão dramático quanto uma cápsula de cianeto escondida nos dentes, mas teria que servir. Caso eu fracassasse, não daria a eles a chance de me dissecarem outra vez.

Eu não me despedi da minha equipe ou de Greg. Sem alarde, assisti por uma câmera enquanto Darla, Jav e os outros entravam em uma van comum com um bom motorista na direção e um Músculo no banco da frente para proteção extra. Greg olhou em volta rapidamente, franzindo as sobrancelhas, antes de acomodar seus membros desengonçados dentro da van. Vê-lo ali fez meu estômago doer. Não queria que aquela fosse a última vez que via seu rosto confuso.

Depois, Melinda apareceu e Keller se manifestou em minha escuta. Hora de ir.

Esperamos um pouco para que aqueles que iam para casa tivessem alguns minutos de vantagem, e então o restante começou a se preparar para bater de frente com a fúria de Superimpacto. Entramos no que restava da frota de veículos de Leviatã – um carro de fuga, um de vigilância e comando e alguns veículos de blindagem mínima – e iniciamos o longo e apreensivo trajeto até Dovecote. Ligação Quântica, Ludmilla, Vespa e eu fomos no carro de fuga, e Keller e o restante dos Músculos se dividiram nos outros veículos.

O plano ficava em algum lugar entre objetivo e desesperado. Estávamos indo direto para as portas de Dovecote; Keller e os Músculos tomariam um pouco de distância até que Superimpacto fosse derrotado, e então, juntos, arrombaríamos os portões. Estávamos torcendo para que houvesse danos colaterais deixados pelo confronto entre Ligação Quântica e Superimpacto para nos ajudar a destruir o local, e também para facilitar nossa entrada.

– Se por acaso conseguir atirá-lo contra uma ou duas paredes enquanto estiver nos protegendo – sugeri alegremente –, seria de grande ajuda.

– Abrir um ou quatro buracos que depois a gente consiga aumentar – acrescentou Keller do outro lado da escuta.

Ligação Quântica assentiu.

– Acho que consigo fazer isso. Ele sempre foi péssimo em evitar danos materiais.

– Mostra a porra dos PowerPoints pra ela, Fiscal – resmungou Keller.

Eu o ignorei e comecei a mexer na máquina de bebidas.

– Vamos usar todos os maus hábitos de Superimpacto contra ele. Quanto menos nós tivermos que quebrar, mais feliz eu vou ficar.

Coloquei a água para ferver e comecei a vasculhar as gavetas em busca de sachês de chá.

– Você está fazendo uma porra de um chá bem agora? – O rosto de Vespa estava tão pálido que beirava o esverdeado. Ele segurava os dois joelhos com as mãos.

Por fora, Ludmilla parecia calma, mas ela cutucava as cutículas com um canivete butterfly.

Coloquei água quente na garrafa de viagem que eu tinha encontrado em uma das gaveta debaixo dos bancos. Quando o vapor subiu, senti um aroma de bergamota e frutas cítricas e de alguma coisa levemente floral – havia flor de laranjeira naquele Earl Grey.

– Estou – respondi.

Eu me sentia um pouco atordoada. Uma sensação de rejeição de realidade tinha caído sobre mim, como se eu estivesse assistindo a mim mesma de uma certa distância.

– Estão fazendo uma festinha? – Eu podia ouvir o riso de Keller. Houve um estalo e depois uma gargalhada exagerada. – Cadê minhas torradinhas, então?

Eu também soltei uma risadinha. Provavelmente era um episódio de mania, talvez meu cérebro finalmente tivesse entregado os pontos depois de todo o estresse, mas eu não me sentia leve assim desde antes da partida de Leviatã.

– Me deixem ter um momento de paz – falei.

– Eu estou prestes a vomitar. – Vespa soava quase ofendido.

– Então não vou te oferecer um biscoitinho.

Eu tinha encontrado alguns biscoitos de gengibre. Estavam meio murchos, mas também estavam perfeitos.

Ligação Quântica aceitou e encheu a mão.

– Você é sempre assim? – perguntou ela.

Pensei por um segundo, então recitei:

– O medo acompanha a possibilidade da morte. A calma conduz sua própria certeza.

Todos me encararam.

– Ninguém via *Farscape*? Que decepção.

Eles pararam de falar comigo depois disso.

Ainda tínhamos uma hora de viagem pela frente. Do lado de fora, tomando o lugar da paisagem urbana, pedaços de terra fragilizada com o fim do outono nos cercavam; não passavam de arame farpado frouxo e pastos de solo não cultivado sob a luz da madrugada. Meu celular vibrou e olhei para a tela; o artigo de McKinnon acabara de ser publicado. Assenti para o aparelho como se ele precisasse de uma resposta e o desliguei. Eu me recostei no assento e fechei os olhos. Sabia que a equipe documentaria e registraria o fluxo de dados que direcionaria a conversa aqui e ali e, no geral, faria tudo o que estivesse ao alcance deles para que o estrago daquela publicação fosse o pior e o maior possível.

Uma hora não era tempo suficiente para que a equipe de gerenciamento de crise arranjasse uma resposta válida, mas era para que alguém tivesse que contar a Superimpacto sobre o ocorrido. Uma hora era tempo suficiente para que seu mundo encolhesse como uma uva-passa. Era suficiente para que ele ficasse à beira de um ataque de ira, um monumento imponente de fúria. Ele não teria tempo para pensar, para se recompor, para refletir. Eu queria que ele estivesse em seu ápice de descontrole e incontrolável. O que também significava que estaria excepcionalmente perigoso.

O carro em movimento quase não sacolejava; eu mal sentia a estrada. A suspensão era macia como uma nuvem. Sem barulho ou o movimento para me distrair, me tornei profundamente ciente de tudo o que acontecia dentro do meu corpo e com o meu corpo. Conseguia sentir todas as costuras das roupas, conseguia sentir a etiqueta na nuca roçando gentilmente contra a pele, a maneira como o tecido se dobrava na parte de trás dos joelhos. Eu estava ciente de todas as dores e coceirinhas sutis em pontos onde o meu corpo já havia se recuperado ou estaria para sempre se recuperando. Conseguia sentir os batimentos cardíacos em todos os pontos de pulsação; não uma agitação nervosa, mas uma cadência indômita e constante. De repente, senti uma estranha e arrebatadora ternura por meu corpo. Ele tinha enfrentado muita coisa.

Passei a mão por uma das coxas com o mesmo toque longo e reconfortante que eu usaria para acariciar um cachorro de grande porte. *Se sairmos dessa, corpo*, pensei distraída, *vou tratar você melhor. Se ficarmos por aqui, sinto muito. Você fez o melhor que podia e eu sou muito grata.*

– Fiscal?

Abri os olhos. Vespa olhava para mim. As aberturas de seus olhos estavam arregaladas, e seu rosto estava mais intenso e parecido com o de uma coruja do que o normal.

– Estamos quase lá – disse ele.

– Temos companhia – soou a voz de Keller na escuta quase ao mesmo tempo.

Bem na nossa frente, vários veículos táticos estavam parados no acostamento com o motor ligado. Conforme nos aproximamos, pude ver que o logo nos capôs e nas portas eram os mesmos aros concêntricos que Superimpacto usava no peito. Quando estávamos quase ao lado dos carros, percebi que havia um segundo logo, este gravado no metal em vez de apenas pintado, muito mais difícil de enxergar: um "P" de Projeto em uma fonte pesada e bruta.

Dois dos veículos arrancaram de repente, rápido o suficiente para sobressaltar um motorista menos experiente – Melinda apenas puxou uma golfada de ar e continuou a conduzir o carro com seu controle sereno de sempre. No entanto, não pararam na nossa frente, tampouco formaram algo parecido com uma barreira; acompanharam nossa velocidade, seguindo na frente. Um instante mais tarde, depois de ultrapassarmos o lugar onde os veículos estavam, os outros dois saíram do acostamento e seguiram atrás de nós.

Toda a calma que eu sentira antes evaporou. Todo o medo e a ansiedade que tinham dado uma trégua voltaram a atingir o meu corpo a toda velocidade. Meu peito parecia se comprimir. Tentei usar minhas técnicas de respiração o mais disfarçadamente possível.

– Uma escolta de honra – disse Keller.

– Executores – murmurou Vespa.

– Que gentileza. – Minha voz soava estranhamente distante.

– Vão tentar foder com a gente? – Eu nunca vira Ludmilla falar tanto em toda a minha vida.

Balancei a cabeça.

– Não. Querem garantir que não vamos mudar de ideia. Querem que estejamos no exato lugar onde queremos estar.

– Não estou gostando. – Os olhos de Vespa estavam atentos, na defensiva.

Todo mundo ficou em completo silêncio. Eu dizia a mim mesma para respirar; afinal, talvez não pudesse fazer isso por muito mais tempo.

– Quando chegarmos lá – eu disse –, permaneçam em seus carros. Superimpacto, Ligação Quântica e eu vamos ter uma conversinha.

Apertei o botão em meu fone.

– Você também, Keller.

– Porra nenhuma.

– Esse é o plano. Aceite. E o resto de vocês, não se mexam até que Superimpacto esteja suficientemente ocupado. Não vão lidar com ele, vão lidar com Dovecote.

Olhei fixamente para Ligação Quântica.

Ela respondeu com um aceno de cabeça firme e decidido.

– Me mantenha viva – falei.

Ela não disse nada, mas apertou os lábios. Optei por interpretar o gesto como determinação. Decidi acreditar que ela não estava se questionando naquele exato momento. Então começamos a diminuir a velocidade ao nos aproximarmos dos primeiros portões de segurança de Dovecote. De repente me peguei desejando poder ouvir o esmagar agourento de cascalho sob os pneus do carro ou sentir a diferença tátil quando no segundo seguinte deslizamos sobre asfalto uniforme. Porém, houve apenas uma sutil e aflitiva elisão e o movimento absurdamente macio do carro ao se desligar. Os veículos blindados do Projeto deram a volta e estacionaram, aguardando.

Tirei minha escuta. O peso dela, a forma como foi desenvolvida para encaixar perfeitamente no canal do meu ouvido, geralmente era reconfortante. Porém, pelos próximos minutos eu precisava estar livre de qualquer som de fundo que pudesse me distrair, qualquer um querendo minha atenção, livre da preocupação ou da insegurança de outras pessoas em relação à situação. Deixei o pequeno dispositivo pendurado na gola, preso por um fino fio.

Vespa disse alguma coisa, mas não ouvi. Ele esticou a mão e por um momento a segurei, retribuindo o aperto gelado e nodoso. Ludmilla se mexeu para me acompanhar, mas não discutiu quando neguei pela última vez. Ligação Quântica e eu nos entreolhamos. Ela era como uma estátua retirada das cinzas de Pompeia.

Nós duas saímos do carro. A porta e os dispositivos de camuflagem pareceram se fechar atrás de mim ao mesmo tempo; o carro não ficou invisível, mas todos os disjuntores de escaneamento foram ativados, fazendo com que fosse impossível identificar quem ainda estava lá dentro, independentemente do método utilizado. Foi estranho atravessar o campo de atividade, como agitar a superfície de uma piscina que voltava a ficar imóvel um segundo depois.

Levei um momento para sentir confiança nas minhas pernas. Depois, devagar, com minha bengala em mãos, me aproximei sem pressa do primeiro portão, que era apenas uma cabine rodeada por uma cerca metálica e arame farpado. Ligação Quântica me seguia de perto, pelo lado esquerdo; as mãos estavam em concha, preparadas. Eu conseguia ouvir alguma coisa vinda dos vãos de seus dedos, um som difuso e vibrante.

– Largue a arma! – Uma voz ressoou de um alto-falante cuja localização exata eu não consegui identificar.

– Que arma? – Ergui minha mão livre.

– Sua bengala. Solte-a.

– É sério?

– Pela última vez, solte...

Então, como em tantas outras vezes, tudo aconteceu ao mesmo tempo muito devagar e muito, muito rápido.

Superimpacto disparou em nossa direção como uma bala, suas pisadas bestiais arrancavam pedaços do chão conforme ele tomava impulso para correr. Ele era como um borrão; Acelerador era incrivelmente veloz e desafiava o atrito em nível atômico. Superimpacto não era assim, mas sua força sobrenatural o impelia para a frente, e, embora ele estivesse limitado pela física, sua velocidade ainda era absurda.

O golpe que ele desferiu, agravado por todo o seu ímpeto e sua cólera animalesca, não me atingiu. Em vez disso, ele girou em seu último passo e acertou Ligação Quântica.

Ela nem sequer teve tempo de emitir qualquer som. Vi seu corpo ser lançado para trás, como se atingido por uma explosão. Ela colidiu contra uma das vans do Projeto que estavam estacionadas atrás do nosso carro para impedir uma fuga. A blindagem cedeu, e foi como se o veículo virasse do avesso com um som dilacerante conforme o metal se deformava em torno do local de impacto. Em torno do corpo dela.

Uma cortina de estilhaços de vidro choveu sobre mim e caiu no chão como gotas. Foi muito semelhante à primeira vez que vi Superimpacto, quando ele explodiu janela adentro. Como daquela vez, cacos de vidro passaram voando por mim e não acertaram meu rosto por um triz. Daquela vez eram cacos compridos provenientes da vidraça; desta vez, pedacinhos quadriculados de vidro temperado.

Quando a van que havia sido arrastada pelo impacto parou, olhei para ela. Gritos abafados saíam do veículo destruído do Projeto. Uma das portas se abriu e um homem se arrastou para fora; seu rosto estava coberto de sangue.

Não havia movimento algum vindo do metal disforme onde o corpo de Ligação Quântica desaparecera.

E então Superimpacto estava diante de mim. Ele respirava violentamente, e o ar saía de seu nariz em assobios ressonantes e bizarros. Eu conseguia sentir seu cheiro. Seu suor nunca era fedorento; era sempre pura adrenalina e sal. Senti que tinha todo o tempo do mundo antes de olhar para ele.

Superimpacto sorriu quando nossos olhos se encontraram. Foi a coisa mais arrepiante que eu já tinha visto na vida, aquele sorrisinho. Não era o sorriso largo ensaiado para todas as sessões de foto. Era pequeno e retorcido, formado por músculos que praticamente haviam se atrofiado.

– Não pode me deter – disse ele sem rodeios.

Suas palavras eram certeiras como a gravidade, como a Terra dando voltas ao redor do Sol. Ele pousou uma mão no meu ombro, me segurando no lugar; não tentava me machucar, mas eu estava presa em seu aperto como um inseto espetado no peito por um alfinete.

– Eu entendo – continuou ele, a voz baixa. – Realmente entendo. Imagino que você o ame muito.

Engoli em seco. Havia uma narrativa em sua cabeça que pretendia executar nos mínimos detalhes, independentemente do que eu dissesse ou fizesse.

Deixei que ele continuasse. Dessa maneira, ganhei tempo para pensar durante os últimos momentos que eu teria em vida.

Como eu fora idiota de pensar que seria possível confrontá-lo diretamente. Mesmo com seus poderes enfraquecidos, ele era capaz de pulverizar carne humana até que se tornasse irreconhecível. Que tolice colossal acreditar que Ligação Quântica, que ele mantivera sob suas garras por praticamente doze anos, teria a menor chance em um confronto direto. Como eu pude pensar que isso terminaria de qualquer outra maneira que não na minha morte?

– As pessoas ficam egoístas quando querem morrer – continuou ele. – Elas pulam dos prédios sem pensar em quem vai vê-las esmagadas contra o asfalto. Elas entram na frente de caminhões e obrigam motoristas a atropelá-las. Elas apontam armas para policiais. Elas não pensam em quem vão ferir. Mas você...

Ele balançou a cabeça de um lado para o outro.

– Você gosta disso. Não consigo imaginar quantas pessoas você sentiu prazer em destruir.

Eu sabia a resposta. Visualizei o número em minha mente pela última vez e me resignei diante do que estava por vir.

– Só você – respondi.

Ele ergueu o punho no ar. Fechei os olhos.

Pude sentir quando ele ajeitou o corpo para me golpear, mas de repente algo pareceu dar errado. Ele perdeu o impulso, seu ímpeto se dissolveu e se dissipou. Ele emitiu um som gutural e frustrado, cambaleando.

Abri os olhos e, aos tropeços e ofegante, recuei um passo, puxando ar para meus pulmões ao perceber que estava prendendo a respiração.

Ele ainda erguia uma das mãos atrás de si, na exata posição de ataque. Porém, estava imobilizada; ele não conseguia concluir o movimento do golpe. Em vez disso, ali estava ele, paralisado desajeitadamente sob o próprio punho em um ângulo torto, puxando o braço para baixo com sua mão livre.

Senti o ar se agitar em minha nuca e uma inquietação no estômago.

Com um último grunhido frustrado, Superimpacto olhou para algum lugar atrás de mim. Pude sentir quando o ar estremeceu e se reagrupou às minhas costas, e me virei para acompanhar seu olhar.

A van destruída parecia estar se abrindo de dentro para fora. O metal retorcido pulsava e tremulava, era como ver um time lapse de uma flor desabrochando. Ligação Quântica emergiu dali, erguendo seu corpo dos escombros em um misto de magia e fúria.

Seu semblante era extraordinário. Ela era a mãe de Grendel; ela era a vingança encarnada. Se qualquer dúvida sobre sua conduta ainda pairasse assombrando sua mente, agora aquilo se tornara passado. Superimpacto tentara matá-la; um golpe direto como aquele era uma sentença de morte. Se ela não tivesse usado os próprios poderes em um reflexo, teria sido destroçada em mil pedaços.

Superimpacto rosnou e tentou puxar o braço outra vez, sem grande convicção. Então ele abaixou os ombros o máximo que pôde e deixou a cabeça pender sobre o peito, rindo.

– Eu devia ter imaginado. Como eu teria imaginado? Mas eu deveria.

Ele estava falando para si mesmo. Depois, baixando ligeiramente o volume de sua voz, disse:

– Sua vaca.

Andei de costas até ficar um pouco atrás do ombro direito de Ligação Quântica. Ela parecia distorcer o mundo ao seu redor, estar perto dela trazia uma sensação estranha e movediça, mas eu me sentia muito mais segura ali do que entre os dois. Olhei para ela, tentando me acostumar com a ideia de que estava viva. De que nós duas ainda estávamos vivas.

Minha boca parecia estar cheia de areia, e minha corrente sanguínea parecia ser um coquetel de todos os hormônios do pânico presentes no corpo humano, mas, de alguma forma, consegui dizer:

– Isso não são modos de falar com alguém superior a você.

– *Superior* – Superimpacto repetiu a palavra com repugnância.

O herói puxou o braço novamente, e dessa vez ela liberou o pequeno campo de força que segurava seu punho, permitindo que ele concluísse o movimento. Ele não esperava por aquilo, e a mudança repentina fez como que perdesse o equilíbrio, caindo no chão. Eu dei uma risada.

Ele se levantou depressa e adotou uma postura imponente e agressiva, tentando recuperar a dignidade.

– Como pôde fazer isso? – disse ele. – Como pôde trair todos os nossos ideais?

– Seus ideais não eram muitos – respondeu ela, a voz destilando ódio.

– Meu maior erro foi confiar em você. Fiz tanto por você, e é assim que retribui...

Detestei a forma como ele se dirigia a ela.

– Ah, pelo amor de Deus, cale a boca – eu disse. – Sabe muito bem que só serviu para atrasá-la.

O rosto dele se distorceu em uma careta, e ele olhou para mim.

— Me deixe fazer isso, Quântica. Me deixe aniquilá-la. Não vai consertar nada, mas podemos zerar o placar. Cada um pode seguir seu caminho como colegas em vez de inimigos.

— Você nunca me viu como uma colega – disse ela. – Duvido muito que isso mude agora.

— Então essa é sua decisão. Isso foi o que bastou para que você se voltasse para o mal, estando a um fio do abismo de todo...

— Eu não aguento esse drama todo – falei. – Deixa a gente pegar Leviatã e ir embora.

Com uma cara feia, ele avançou em nossa direção, arremessando seu corpo indestrutível contra nós como um trem-bala. Ele teria esmagado a nós duas naquele momento. Era quase um alívio vê-lo finalmente abraçando a ideia de que estava disposto a nos matar.

Ligação Quântica o deteve com um campo de força. Não foi como se ele batesse contra uma parede. Não. Foi mais parecido com um choque contra a água depois de despencar de uma grande altura. Ele agitou a superfície, mas uma viscosidade invisível o segurou. O mundo pareceu se esticar ao redor dele por uma fração de segundo, até que seu impulso se inverteu e ele foi atirado para trás.

Os dois veículos que haviam conduzido o caminho até Dovecote estavam estacionados atrás dele, em frente à entrada do portão de segurança. O corpo do herói colidiu contra os dois pesadamente, fazendo com que um deles rodopiasse até bater contra a cabine do guarda com um guincho de metal contra metal. Superimpacto atingiu o outro veículo e foi arremessado junto com ele através do portão de segurança, para dentro do pátio. Foi um paralelo bastante agradável.

A pesada cerca de segurança se partiu e cedeu como papel molhado, o metal chiando ao ser rasgado.

Aí está seu buraco, Keller, eu pensei.

A van blindada parou bem em frente ao segundo muro e ao segundo portão, este feito de concreto. O metal se dobrara ao meio e engolira Superimpacto completamente; as duas metades fechavam-se uma contra a outra, prendendo-o lá dentro. O metal havia se torcido de maneira que o local exato do impacto se parecia muito com um orifício de aço.

O veículo ficou estranhamente parado. Eu fiquei imóvel, canalizando todas as minhas energias para que ele continuasse parado para sempre. Queria que ele simplesmente tivesse morrido, como uma pessoa normal. Embora eu soubesse que era impossível, por um momento foi o que desejei.

Ligação Quântica, de maneira muito mais prática, marchou em direção à van antes que ela parasse de guinchar por completo. Saí do meu torpor e a segui, tentando colocar o comunicador na orelha outra vez.

Fui imediatamente recepcionada pelos brados de Keller, mesmo antes de encaixar a escuta na orelha.

– ...agora, precisamos avançar agora, Fiscal, deveríamos...

– Não. Continue onde está até que esse lugar fique de cabeça para baixo. Vai ficar muito mais feio antes de eu querer colocar qualquer um dos Músculos em ação.

Eu o ouvia praguejar quando Ligação Quântica parou subitamente e eu quase topei com as costas dela. Os destroços começavam a se mexer outra vez em um terrível tremor sinuoso. Os painéis de metal deformado vibraram antes de serem rasgados e Superimpacto abrisse caminho para fora, tomado por ira. Eu me perguntei quanto sangue e quantos ossos dos membros do Projeto também não estavam sendo triturados no esforço dele para se libertar. Vi suas mãos deixarem marcas de garra assustadoras no que restava da van. Ele parecia como alguma coisa que nascia, ou talvez era conjurada, ao rastejar, desengonçado, para longe do carro.

Ligação Quântica estava sobre ele antes que Superimpacto pudesse se levantar, prendendo os pés dele ao chão e fazendo com que ele se desequilibrasse violentamente para a frente. O herói teria caído de cara no chão se ela não o tivesse empurrado para trás, atirando com desdém uma bolha de força contra seu peito. Ele rosnou e avançou contra ela. Quase despreocupadamente, ela se esquivou e o prendeu no lugar com mais força, afundando seus pés e panturrilhas no concreto e deixando-o lá, submerso. Ele cuspiu obscenidades ao se desvencilhar, arrancando um grande pedaço de concreto no processo.

Eu estava empolgada vendo Ligação Quântica lutar pela primeira vez. Já havia presenciado seu apoio, defendendo seus colegas de equipe, resgatando reféns, elegantemente desviando de ataques e redirecionando o fluxo de energia das batalhas. Porém, claramente não passava disso: de um ato teatral. Eu nunca vira Ligação Quântica partindo para a ação. Em teoria, seus poderes pareciam pouco úteis para o ataque: campos de força, alteração do estado da matéria, mas, na prática, ela era capaz de usá-los de maneira sagaz para bloquear, sufocar e assolar por completo.

Ela era imprevisível porque não tentava ferir, e sim exaurir. Repetidas vezes, fazia com que a energia de Superimpacto se voltasse contra ele, desviando seus golpes de forma que, em vez de se chocar contra ela, ele era jogado para trás, cambaleando contra um muro de concreto ou voando ao chão. Ela bloqueava ou cercava golpes, fazendo com que seus membros ficassem temporariamente presos no ar. Ela afundava o corpo quase indestrutível de Superimpacto nos muros ou no chão, obrigando-o a arrancar blocos de terra ou de asfalto para se libertar.

Ainda assim, ele era extremamente perigoso. A força necessária para criar e manter os campos de força, para afundar matéria contra matéria, era imensa, e os movimentos de Ligação Quântica eram tão rápidos que eu mal conseguia acompanhá-los. Mais de uma vez ele chegou a tocá-la, e apenas se dissolvendo ela conseguira escapar de ser esmagada.

Em um dado momento, ela afundou a própria perna em um muro junto com Superimpacto; ele estava preso até a altura do peito, e, quando ela tentou recuar, se viu presa. Ligação Quântica levou um tombo feio, caindo sobre o joelho livre, que ficou ensanguentado. Nesse momento, e por um segundo, ela perdeu o controle da bolha de força circular que havia criado em torno das mãos de Superimpacto. O herói cavou o muro de concreto, tentando alcançar a perna de Quântica, tentando alcançar a carne dentro da alvenaria, e pareceu ter sido por pura sorte que ela conseguiu se afundar mais no muro a tempo de se desvencilhar dele e reemergir intacta, blindando-se enquanto Superimpacto continuava a arrancar pedaços dos muros externos de Dovecote.

Superimpacto tinha muito em comum com um diamante: era esteticamente cafona, seu calor era atribuído artificialmente pela ganância corporativa; sua relevância cultural era enormemente inflada; e ele era muito difícil de ser danificado. Eu tinha a teoria de que a única coisa realmente capaz de machucar Superimpacto era ele próprio, da mesma forma que se usava diamante para cortar diamante.

Ligação Quântica provava que minha teoria estava correta. Ela esperou até que Superimpacto estivesse penando para conseguir manter as mãos erguidas, como um lutador de boxe perto do fim do último round de uma luta pelo título. Então ela se afastou só um pouquinho, para que eu tivesse acesso a ele.

Eu abri o microfone da minha escuta para que todos em minha equipe pudessem ouvir e fui pra cima dele.

Canalizando meu tom de voz mais enojado e soberbo, falei como ele era patético, como era imprestável. Falei que seu código de conduta era medíocre e ilusório e que todos sabiam daquilo agora. Falei que ele era vazio e inútil e impotente. Nesse momento, ele recuperou a força na base do ódio. Girou o corpo, parou de tentar atacar Ligação Quântica e avançou na minha direção.

Era como provocar um animal perigoso preso a uma corrente estando a poucos centímetros de seu alcance. Eu precisava confiar que aquela corrente aguentaria o tranco e o seguraria a um centímetro do meu rosto. Era impossível não se encolher e ranger os dentes, mas consegui me manter no lugar enquanto ele se jogava contra um campo de força em vez de esmigalhar meus miolos com uma cabeçada.

Com a atenção dele voltada para mim, Ligação Quântica teve espaço para agir de verdade. Agora que não estava usando cada gota de concentração para se manter viva, podia fazer coisas ainda piores. Ela criou mais campos de força para me proteger enquanto ele se debatia de maneira impotente, esmurrando o ar sólido sem parar. Em seguida, ela projetou um campo de força menor em volta da perna de Superimpacto quando ele estava prestes a avançar. Em vez de afundá-lo no chão, ela simplesmente o segurou onde estava. Então concentrou toda a sua força e energia nos campos que cercavam a panturrilha dele. Depois de um instante, era difícil olhar diretamente para a perna; o ar que pairava em volta dela era denso e untuoso e emanava um brilho sinistro.

Ele desacelerou e interrompeu o ataque.

– O que você está fazendo? – ofegou ele.

Os braços de Superimpacto tremiam, e seu cabelo loiro estava colado na testa devido ao suor.

Ligação Quântica também tremia, concentrada; seu corpo estava tenso. Ela cerrou os dentes, e eu me dei conta de um estranho zumbido que parecia vir dos campos de força em volta da perna de Superimpacto e também de dentro da minha própria cabeça.

– Quântica?

Ele baixou as mãos por completo. Sua voz de repente se tornou suplicante, apaziguante.

Ela parecia falar sozinha, murmurando para si mesma. A cada dez palavras eu conseguia entender uma, e muito do que ela dizia pareciam xingamentos obscenos.

– Quântica?

Eu não sabia que a voz dele poderia soar tão fraca.

Aconteceu de uma vez só. Qualquer que fosse a resistência que Ligação Quântica encontrava – a força sobrenatural do corpo de Superimpacto, os limites de suas próprias habilidades, obstáculos internos –, acabou cedendo. A perna esquerda de Superimpacto teve um espasmo entre as camadas dos campos de força e então se curvou, dobrando-se contra si mesma. Carne afundou contra carne, o tendão dele apareceu, retorcido e nodoso, entrelaçado com o cálcio poroso do osso. Ela tinha se concentrado na dobra da metade da panturrilha dele, então o calcanhar de Superimpacto atravessou sua patela e os dedos do seu pé rasgaram a parte de trás de seu joelho.

Ligação Quântica liberou a tensão, ofegante, e levou uma mão à barriga. Ela encheu os pulmões de ar em duas golfadas ávidas, engasgando-se ao expirar pela boca. Instintivamente, fui em direção a ela para ajudá-la, e ela, cambaleante, gesticulou com a mão para que eu ficasse longe. A agonia de seu esforço fazia com que fosse insuportável aguentar ser tocada, percebi.

Superimpacto caíra sobre seu joelho bom, agarrado ao toco grosso e bulboso que sua perna havia se tornado. Seu uniforme estava rasgado, mas eu percebi, para meu horror, que também estava entrelaçado em meio à carne à qual havia se fundido.

– Que diabos está acontecendo aí fora, Fiscal, pelo amor de Deus! – Keller estava prestes a enlouquecer em minha escuta.

– Cale a boca.

– Quê?

– Ela fundiu a perna dele contra a própria perna. Cale a boca.

– Caramba. Minha nossa senhora.

Parei de ouvir Keller depois disso e me limitei a encarar Superimpacto. O fato de não haver sangue de alguma forma tornava a cena ainda pior. Ele tocava o próprio corpo em uma espécie de espanto distante e horrorizado, como se não conseguisse acreditar que aquele membro, envergado e irreconhecível, ainda era seu. Ele conseguira se libertar de metal e concreto porque era mais sólido, mais forte, mais resiliente do que aqueles materiais, mas não conseguia se libertar do encerramento em sua própria carne. Ele introduziu o dedo o máximo que pôde no meio da dobra, bem onde seu uniforme tinha ficado preso, e deu um puxão para explorar as possibilidades.

Foi nesse instante que ele gritou pela primeira vez. Foi um guincho sôfrego que pareceu surpreendê-lo tanto quanto me assustou. Ele dava puxões tenebrosos nos pontos em que sua carne mais estava retorcida, como se aquele fosse um equívoco que ele pudesse resolver à base da força, como quem chuta uma televisão velha teimosa. Quando ele tentou afastar as duas metades dobradas da perna, houve um barulho parecido com um estalo que fez meu estômago revirar.

– Meu Deus, não faça isso, pare – falei, baixo demais para que ele pudesse ouvir sob seus lamentos e os grunhidos que emitia com a tensão que colocava em seu corpo supostamente invulnerável.

Enquanto Superimpacto gemia de dor, Ligação Quântica se recuperava. Ela se dobrara sobre o próprio corpo por um momento. Agora, no entanto, endireitava a postura.

– Sabia que conseguia fazer isso? – perguntei.

Ligação Quântica ficou em silêncio por tanto tempo que pensei que não tivesse me ouvido. Então ela respondeu:

– É a primeira vez que fiz de propósito.

– Pergunte se ele consegue mexer os dedos dos pés – disse Keller na escuta. Precisei segurar o vômito.

– Você é nojento pra caralho.

Superimpacto emitiu um gemido engasgado ao ouvir minhas palavras, e percebi que ele deduziu que eu estivesse falando com ele. Decidi não esclarecer o erro.

Ele continuou tentando separar as duas metades da perna, primeiro com cuidado, depois com puxões vigorosos. Quando falhou outra vez, olhou em desespero para Ligação Quântica.

– Conserte – disse ele. Havia saliva escorrendo por seu queixo. – Conserte, por favor, conserte. Conserte.

Ligação Quântica olhou para mim. Seu semblante deixou claro que ela não pretendia falar com ele; se eu quisesse negociar, a decisão era minha.

– Solte-o – falei.

Superimpacto olhou de mim para Ligação Quântica, confuso. Me ocorreu que ele pudesse estar em choque.

– Se soltar Leviatã – falei lentamente –, Quântica vai consertar sua perna.

Ele filtrou a informação em meio ao pânico. Superimpacto se pôs a balançar a cabeça de um lado para o outro, de maneira desvairada.

– Não. Não. Eu venci. Nós vencemos, eu venci. Não.

Ele se esforçou para ficar em pé, equilibrando-se desajeitadamente sobre uma só perna com alguns pulinhos, como uma criança jogando amarelinha. Ele esticou os braços buscando algo para usar de apoio, mas não encontrou nada.

– Olha só, agora a gente combina – falei alegremente. – Não é legal?

Ele despencou em minha direção e caiu no chão. Foi um tombo feio, e aquilo o pegou de surpresa. Não se machucou, é claro, mas foi suficiente para atordoá-lo. Ele se levantou devagar. Em vez de ficar completamente de pé outra vez, em parte se arrastou e em parte coxeou até onde eu estava, apoiando seu peso sobre o coto da perna.

– Devolva-o e ela não vai fazer nada pior – falei.

Eu soava muito mais resoluta do que me sentia vendo-o vir até mim, rastejando repulsivamente.

– Nunca! – vociferou ele. – Nunca.

Ele tomou impulso e tentou agarrar meu tornozelo. Ele ainda estava bem longe, mas o movimento repentino me fez saltar para trás e senti um arrepio na espinha. Precisava tomar cuidado para não provocá-lo demais; ele não deixara de ser perigoso.

Ele se arremessou novamente na minha direção, e dessa vez deu de cara com um campo de força, como um cachorro que se estatela contra uma porta de vidro. Ele grunhiu, frustrado, e se afastou da barreira de moléculas superdensas. Ligação Quântica, agora recuperada o suficiente para estar no controle da situação, olhou para ele de cima.

– Como se atreve? – disse Superimpacto. – Como se atreve a fazer isso comigo?

– Mas você nem precisa dessa perna – falei em tom descontraído. – Você não sabe voar ou sei lá?

O rosto dele se contorceu em uma careta, e eu percebi os ombros de Ligação Quântica ficarem tensos.

– Não. Ele consegue saltar, mas não voar. Ele precisa de ajuda... para ficar lá em cima. – Ela exibiu um sorriso escarnecedor. – Não é mesmo?

– Puta merda.

Ele olhava para Ligação Quântica como se pudesse perfurar seu corpo com o olhar. Eu conseguia sentir a soberba. Ela conseguia voar com seus poderes, então os utilizava para ajudá-lo. Eu tinha lido inúmeros artigos que citavam o voo como um dos poderes de Superimpacto, algo que eu nunca sequer questionei. No entanto, tinha sido ela que o mantivera no ar esse tempo todo.

O olhar de Superimpacto ardia sobre Ligação Quântica, como se pudesse arrancar a capacidade de voo de seu corpo, como se pudesse desenraizá-la como um órgão pulsante e engoli-la. Ela deu um passo atrás diante do ódio escancarado, diante do terrível pensamento do que ele poderia fazer com ela se tivesse a chance.

No entanto, eu me aproximei e disse em voz baixa:

– Você nunca mais vai precisar erguê-lo. Nunca mais vai precisar movimentá-lo um centímetro que seja.

A boca dela se abriu em um sorriso.

– Ah, mas eu quero – respondeu ela.

E, ao dizer isso, ela distorceu o ar ao redor dele e o ergueu.

– Se quer voar – disse ela, erguendo-o mais alto –, deixe que eu te ajudo.

Ele se debatia, mas o campo de força que o cercava continuou firme enquanto ela o erguia no ar. Em pouco tempo, ele não passava de um ponto no céu, e ela o levou acima do prédio principal de Dovecote. Tive a impressão de ouvi-lo vociferar alguma coisa, mas estava longe demais para que suas palavras fossem compreensíveis.

Ligação Quântica suava e falava consigo mesma outra vez:

– Só mais um pouco. Só mais um pouco – murmurava ela.

Então, quando se deu por satisfeita com a posição acima da prisão, ela o soltou. A queda soou como um tijolo desabando, e quando ele se chocou contra o prédio pude sentir o impacto em meu corpo tanto quanto pude ouvir.

Keller gritava alegremente na escuta em meu ouvido:

– Isso aí, meninas, arrebentem esse filho da puta!

Ele parecia muito orgulhoso.

Imaginei que Ligação Quântica fosse erguê-lo da cratera que seu corpo tinha criado, mas em vez disso ela o arrastou para a frente. As paredes cederam antes de seu corpo, desmoronando quando ele foi puxado através de gesso e concreto e barras de aço. Ela usou o corpo praticamente indestrutível de Superimpacto como uma bola de demolição, abrindo um buraco na parede principal do prédio. Depois de terminar o serviço com as paredes, ela o jogou outra vez no pátio onde estávamos. Uma explosão de poeira e detritos o seguiu como a cauda de um cometa.

– O buraco está grande o suficiente pra você? – perguntei a Keller pela escuta.

– Adorável mesmo. Obrigado – respondeu ele.

– Podem ir. Agora. Encontrem-no.

Assim que dei a autorização, as portas das vans e do blindado finalmente se abriram. À medida que os Músculos saltavam dos veículos, eram interceptados pelos seguranças do Projeto, que repentinamente brotaram dos veículos restantes que haviam nos seguido até lá.

Superimpacto se pôs de pé com dificuldade, e blocos de terra congelados e retos de construção escorregaram por seu corpo. Ao mesmo tempo, Dovecote iniciou um processo de evacuação. Uma sirene sinistra explodiu em uma pulsação grave e ensurdecedora, e os funcionários da prisão de segurança máxima começaram a sair pelas portas de emergência, alguns até mesmo pelo buraco aberto no saguão principal. Não tinha muita gente; uma das vantagens de Dovecote era que aquela era uma prisão automatizada. Percebi que não havia pessoas usando grilhões, cercadas por campos de contenção ou sendo conduzidas por guardas; eles claramente tinham deixado todos os prisioneiros para trás.

– Keller, pode deixar a maioria desses patifes ir embora – orientei. – Mas pegue todos os cartões de identificação e chaves que conseguir encontrar.

Sob a pulsação contínua de uma arma de energia, Keller bradou:

– Estou meio ocupado, mas vou ver o que dá pra fazer.

Eu estava prestes a responder, mas Ligação Quântica agarrou meu braço e me puxou para trás do próprio corpo. Superimpacto estava tentando nos alcançar outra vez, movimentando-se em um coxear lento e inexorável. A sujeira em seu rosto e cabelo fazia com que ele tivesse uma aparência quase demoníaca; apenas as aberturas úmidas de seus olhos nos encarando eram distinguíveis.

– Se for preciso, vou usar você como uma porra de uma marreta de demolição para encontrá-lo – ameacei.

– Nunca. – Ele cuspiu muco e pó de gesso. – Sou o único que tem acesso. Pode destruir tudo. Ele vai apodrecer lá embaixo.

– Isso pode ser do jeito fácil ou do jeito difícil.

– Não pode me obrigar. Não pode me obrigar a deixar vocês entrarem.

Assim que a última palavra saiu da boca de Superimpacto, a energia entre nós oscilou. Ligação Quântica mudara de postura. Eu cruzei os braços. Ele desacelerou o passo; havia medo e confusão estampados em seu olhar. Considerando a sirene gritando às suas costas e meu olhar ameaçador combinado ao de Ligação Quântica, pareceu finalmente ter ocorrido a ele que, sim, na verdade podíamos obrigá-lo.

– Nós aceitamos o desafio – eu disse.

Um sorriso nada divertido estampava meu rosto.

Superimpacto se ergueu sobre um joelho e o coto horrendo de sua perna; seus dedos dos pés, completamente deslocados, se agitavam convulsivamente. Ele ergueu as mãos para Ligação Quântica, pela primeira vez não em ameaça, mas em súplica. As mãos estavam espalmadas, viradas para ela.

– Quântica – disse ele. – Por favor.

Deixei escapar um grunhido, repentinamente nauseada. O ar ao redor dele se tornava denso outra vez, zumbindo gravemente mesmo em meio ao alarde da sirene. Meus dentes doíam.

Ela começou pelos ombros. Ligação Quântica esticou um dos braços de Superimpacto e em seguida o dobrou, deslocando-o na articulação do ombro e levando-o horizontalmente até as costas dele, sobre as escápulas. Ali ela pressionou o braço contra a carne, uma das mãos apoiada no ombro do lado oposto, e o afundou até que ficasse completamente submerso, inclusive os dedos. O braço direito de Superimpacto estava enterrado dentro da carne de suas costas, como uma corcunda debaixo da nuca. Em seguida, ela passou para o outro braço; este foi dobrado para baixo, envolvendo o tronco e afundando na carne.

Foi algo difícil de assistir. Eu não era muito sensível a esse tipo de coisa, mas quando ela começou a alterar as feições dele precisei desviar o olhar, enojada. Acho que foi o jeito como a mandíbula dele se esticou e saltou para fora e como seu balbuciar grotesco perdeu qualquer semelhança com uma linguagem compreensível. Ainda conseguia ouvir o som pavoroso de carne e osso se deslocando, algo parecido com fios de alta tensão sendo esticados ao limite máximo seguidos de sons corporais úmidos e pegajosos.

Eu o ouvi chorando. Não consegui me divertir com aquilo.

Não teria sido tão ruim se ele fosse mais frágil; alguém sem poderes, ou até mesmo que não fosse invulnerável, teria se rasgado ao meio como papelão molhado, teria entrado em completo choque e se desintegrado. Porém, Superimpacto estava vivo durante o processo, o que deixava tudo muito pior.

Ligação Quântica só parou quando seu nariz começou a sangrar. Ela segurou a manga do moletom contra as narinas e as fechou com o dedo em pinça, respirando ofegante pela boca. Seus pulmões chiavam como se ela tivesse acabado de correr uma maratona.

No chão diante dela havia um amontoado de carne que já tivera o formato de uma pessoa. Desviei o rosto; olhar para ele por muito tempo para entender o que eu via me deixava com o estômago embrulhado.

– Não se atreva a vomitar – ameaçou ela. – Ou eu vomito junto, e tem sangue demais na minha boca.

Assenti e desviei o olhar com mais afinco, lutando contra a náusea.

Com a extinção de Superimpacto, comecei a prestar atenção no que estava acontecendo em Dovecote pela primeira vez. Os seguranças que estavam nos carros e a própria prisão estavam dando dor de cabeça para os Músculos. Embora fôssemos mais cruéis e estivéssemos preparados para sujar as mãos, eles definitivamente estavam em maior número. Eu analisava a situação enquanto Ligação Quântica controlava o sangramento de seu nariz.

– Essa situação precisa de uma boa e velha cabeça numa estaca – falei.

– Que tal um bolo de carne flutuante? – Ela gesticulou na direção de Superimpacto, que começava a emitir ruídos muito perturbadores.

– Acho que vai servir com perfeição.

Ligação Quântica prontamente ergueu a trouxa de pele no ar e a carregou até o centro do confronto, soltando-a de maneira dramática diante dos seguranças de Dovecote. Um coitado vomitou dentro da própria máscara de proteção. Depois que Keller invadiu os alto-falantes e perguntou se mais alguém tinha interesse em ser transformado em um "cu humano" (ele sempre levou jeito com palavras), todo mundo se tornou muito mais civilizado.

Quando a equipe de segurança de Dovecote recuou, consegui direcionar alguns recursos para a missão de resgate. Chamei Vespa para auxiliar nas medidas de segurança e Ludmilla para brutalidade desenfreada, além de um pequeno grupo de Músculos para fins de proteção extra e para carregar o que restava de Superimpacto. O que quer que estivéssemos prestes a encontrar, ele estaria presente; eu sabia que não conseguiríamos chegar a Leviatã sem ele.

Melinda precisou ficar no pátio, preparada para nossa fuga. Ordenei que Keller ficasse com o restante dos Músculos e cuidasse das coisas do lado de fora. Ele resmungou um pouquinho, mas sabia que eu estava certa.

– Nós damos conta – falei. E depois me corrigi: – Ela dá conta.

– Eu sei – disse ele, aborrecido, e percebi que estava se sentindo excluído.

– Além disso, preciso que você se certifique de que o andar de cima está seguro. É crucial. A última coisa da qual eu preciso é de um grupo de seguranças imbecis que ficou pra trás tentando descer por um duto de ar ou qualquer palhaçada assim no último minuto. É uma dor de cabeça desnecessária.

Ele pareceu visivelmente apaziguado.

– Podemos garantir isso.

– E outra coisa: se... quando... nós voltarmos com Leviatã em vez desse porra rala, quero uma extração limpa e isenta de problemas, sem bagunça. Preciso que você organize isso.

Ele respondeu com um aceno de cabeça.

– Cuidado lá embaixo. Traga-o de volta.

– Temos tudo sob controle – disse Ludmilla, determinada, e eu deixei escapar uma risada.

Ele sorriu e se virou em um movimento brusco, dando ordens aos Músculos. Ligação Quântica caminhava ao meu lado enquanto nos dirigíamos ao interior do prédio, pálida e exaurida, e mesmo assim exibia um sorrisinho.

– Se esses filhos da puta tivessem a mínima ideia de como a gente protege os sentimentos deles... – disse ela em voz baixa.

Ri pelo nariz, me inclinando sobre os joelhos.

– Está tudo bem, senhora? – perguntou um dos Músculos, preocupado.

– Tudo sob controle – respondi, torcendo para ter soado séria e não ter deixado transparecer que estava achando tudo engraçado.

O Músculo ergueu Superimpacto sobre os ombros e entramos no prédio de Dovecote.

O barulho estridente da sirene de evacuação foi abafado quando atravessamos o saguão principal e nos dirigimos para os andares inferiores. Ninguém queria saber se as pessoas ali embaixo poderiam ser evacuadas ou não. Ninguém arriscaria um fio de cabelo sequer para resgatar os supervilões presos nas entranhas de Dovecote. A equipe conseguia fugir depressa, o prédio inteiro entraria em lockdown e qualquer um preso ali embaixo seria deixado para morrer de fome ou sufocado. Aquilo me deixava furiosa, porque nitidamente era parte do projeto da prisão.

Chegamos ao andar onde fiquei presa durante os vários dias em que fui interrogada. Quando as portas se fecharam atrás de nós, o som do alarme cessou completamente. Aquele andar era inteiramente à prova de som; não se podia correr o risco de que alguém ouvisse o que acontecia dentro das salas de interrogatório.

Fui tomada por uma sensação estranha ao perceber o cheiro característico daquele andar, de cimento e agressão e medo. O que me pegou não foi exatamente a aparência, que tinha uma energia corporativa insossa mais presente do que eu me lembrava; era quase lúgubre. A luz era fraca, e as paredes cinza faziam com que parecêssemos estar em um hospital malcuidado. Porém, o cheiro era exatamente o mesmo, e isso me balançou.

– Este foi o último lugar onde estivemos juntos – falei para Superimpacto, esperando que ele estivesse sendo carregado perto o suficiente para me ouvir. – Não é romântico?

Não houve resposta. Não me virei para verificar se ele tinha me ouvido; àquela altura eu preferia não olhar para ele.

Falei para o Músculo que não estava carregando Superimpacto:

– Dê uma olhada em todas as salas aqui embaixo. Se mais alguém estiver preso, solte-os. – Olhei para Vespa. – Ajude-os.

Vespa e uma dupla de Músculos se afastaram e começaram a destruir todas as portas do corredor. Eu sentia que estava desassociando, cada vez mais em um estado de não realidade, como que vivendo um sonho. A sensação não era de que eu estava sendo movida por compaixão, e sim repugnância e uma profunda necessidade de acabar com tudo o que o Projeto tinha construído.

O ruído das portas se abrindo e os gritos e gemidos de alívio provocaram um som molhado vindo de Superimpacto, como um sorver pesaroso, o que me deixou satisfeita.

Saindo daquele andar, chegamos a mais um ponto de segurança antes de pararmos diante de dois elevadores imponentes e de aspecto robusto. O fato de não haver nada neles que chamasse a atenção era particularmente inquietante. Não havia identificação alguma, não havia tela de LCD para informar o andar em que a cabine estava. Também não havia um botão para chamar o elevador, apenas um painel preto de vidro de safira embutido diretamente na parede.

– Aposto cinco contos que é por biometria – eu disse.

Vespa se aproximou e tocou na lateral de uma de suas cavidades oculares.

– Biometria pela palma da mão e DNA, ao que parece.

– Quais as chances de isso estar vinculado ao saco de carne ali atrás?

– Altas o suficiente para que a gente se arrisque com quaisquer que sejam as armadilhas de segurança desse lugar.

– Será que esse elevador está cheio de gás mostarda? – perguntei.

– Não, porque não estamos lutando na Primeira Guerra Mundial. O sistema só entra em lockdown, e aí não vamos conseguir chegar a lugar algum nesse prédio sem a ajuda de equipamento de mineração.

– Embora não seja algo impossível de ser providenciado, é uma inconveniência que eu preferia não ter – falei, me virando para Ligação Quântica, tentando manter o olhar fixo nela e não na bolota chorosa que os dois Músculos vinham arrastando. – Acha que consegue soltar uma das mãos dele?

Seu rosto se concentrou como se ela estivesse fazendo uma conta complicada mentalmente.

– Acho que sim.

– Precisamos de impressões digitais intactas.

– Vou tentar.

Ela se voltou para Superimpacto, que guinchou em pânico e se debateu à medida que ela se aproximou. Eu não estava preocupada com minha reputação de durona quando me virei de costas para não ver o processo que aconteceria atrás de mim. Um ruído lacrimoso veio do herói arrasado, e um dos Músculos tossiu e segurou o vômito.

– Precisa de alguma coisa acima do cotovelo? – perguntou Ligação Quântica, sua voz trêmula com o esforço.

– Não, só a palma da mão, acho.

– OK, beleza. Uma estava quase livre. Acho que consegui.

Ouvi um estalo pavoroso e pegajoso; olhei para ver o que tinha acontecido e me arrependi imediatamente. Era como se uma mão estivesse presa em um corte de presunto cru. Disse aos dois responsáveis pelo transporte de Superimpacto para darem um tempo, e dois Músculos que não estavam prestes a vomitar assumiram seus lugares. Eles pegaram o bloco de carne e carregaram Superimpacto até as portas do elevador para posicionar a mão dele contra o painel de vidro. Aproveitei o momento para fechar os olhos e massagear o ossinho do nariz; Vespa pousou uma mão em meu ombro e apertou. Coloquei uma mão sobre seus dedos de metal; o toque gelado era reconfortante.

– Ele não quer encostar! – reclamou um dos Músculos.

Abri os olhos, relutante, e os vi tentando segurar Superimpacto, que se debatia alucinadamente.

– Como assim? *Obriguem* ele.

– Ele está fechando a mão. Ele não quer encostar. Não consigo... aaaaaaaaaaiiiiiiiiiiiiiiiiiiiii!

O Músculo gritou e soltou Superimpacto, fazendo com que seu colega também soltasse o pedregulho humano que seguravam juntos. Ele estava gritando porque dois de seus dedos haviam sido esmagados pela mão livre de Superimpacto.

– Mas que merda. Levem ele pra lá! – ordenei. Minha voz saiu mais rude do que eu pretendia. – Busquem assistência médica.

Tentei conter minha irritação. O outro Músculo entendeu que deveria levar o amigo machucado de volta para os andares de cima à procura de gaze e algum tipo de torniquete. O Músculo que estava sangrando chutou Superimpacto antes de ir embora e eu admirei o gesto, embora fosse completamente infrutífero.

A mão livre de Superimpacto tentava agarrar o ar em movimentos frenéticos. Era uma imagem absurda e ao mesmo tempo grotesca, mas, ainda que extremamente limitado como estava, Superimpacto ainda era perigoso. Ordenei que todos se afastassem dele. Largado no chão, ele parecia um bonequinho de super-herói de plástico depois de ser derretido no micro-ondas. Contive a vontade de rir e sufoquei com minha irritação uma risada histérica que estava presa em minha garganta.

– Posso criar um campo de força na palma da mão dele pra manter os dedos abertos – sugeriu Ligação Quântica. – Mas não sei se vai adiantar.

– Afunde o braço dele outra vez – eu disse.

– Mas isso vai...

— Deixe a palma dele e a parte externa dos dedos na superfície, mas afunde o resto.

Ela franziu o cenho por um momento, tentando visualizar minha sugestão, e por fim assentiu lentamente com a cabeça. Ligação Quântica abriu a mão agitada de Superimpacto, torcendo-a para trás e fazendo com que seus dedos ficassem esticados; em seguida, afundou o braço até o fim, para dentro do caroço deformado que agora era o corpo do herói, como se afundasse uma faca até o cabo. Quando ela terminou, as costas da mão de Superimpacto estavam fundidas a seu corpo, mas a palma e os dedos ainda estavam espalmados na superfície, sobre um pedaço plano de carne que talvez tivesse sido um ombro.

Os Músculos que ainda estavam lá o ergueram e seguraram a mão dele, como estava, contra o vidro. O formato de seu corpo agora era muito absurdo, e não havia por onde segurá-lo. Ao se endireitarem e mudarem de postura para tentar posicionar a mão de Superimpacto corretamente, um dos Músculos reclamou em voz alta que ele estava todo molhado. Desejei ter sido poupada dessa informação.

Depois de vários minutos muito penosos, finalmente conseguiram pressionar a mão dele contra o vidro; o elevador nos recompensou com um zunido profundo e inquietante quando a biometria foi registrada, e a cabine começou a se mover até nosso andar. Os Músculos suspiraram, aliviados, ansiosos para jogar Superimpacto no chão quando pudessem ou para arranjar uma forma melhor de segurá-lo. Ouvi um deles comentar que precisaria tomar vários banhos depois e me dei conta de como eu me sentia suja e grudenta.

As portas se abriram, revelando uma cabine de metal iluminada por uma luz clara. Não havia espelhos para amenizar a sensação de claustrofobia. O elevador havia sido projetado para conter e intimidar. Os Músculos arrastaram Superimpacto para dentro e nós os seguimos, tomando cuidado para manter o máximo possível de distância dele.

O elevador começou a se mover bem devagar. De repente um laser nos escaneou, e fui atingida por uma onda de pânico.

— Não foi possível registrar o reconhecimento facial. Por favor, vire-se em direção à porta — instruiu uma alegre voz robótica.

— Ah, fodeu — disse Vespa.

Ludmilla se aproximou de mim de maneira protetora, como se estivesse disposta a aniquilar o robô do elevador com as próprias mãos.

— Levantem ele até a altura onde a cabeça deveria estar — falei.

Os Músculos grunhiram e ergueram Superimpacto um pouco mais. Os lasers nos escanearam outra vez. O robô avisou novamente que o escaneamento havia falhado.

– Mais duas tentativas – disse o robô. – Por favor, vire-se em direção à porta.

– Mais para cima – orientou Ligação Quântica. – Ele é mais alto do que isso.

Sua voz era firme e autoritária, mas seus ombros estavam tensos.

Os Músculos gemeram e levantaram o tronco de Superimpacto – na verdade, um tronco era tudo o que ele era naquela altura; seu rosto estava aninhado no centro do peito, fundido e alongado de forma bizarra como um blêmio de *A crônica de Nuremberg*.

– Não vai funcionar, olha a porra da cara dele. – Vespa parecia estar entrando em pânico.

– Estou tentando não olhar. Merda. Merda.

O laser escaneou o elevador pela terceira vez, veloz e eficiente.

– Não foi possível registrar o reconhecimento facial – disse a voz. – Última tentativa. Gostaria de optar pelo escaneamento de retina?

– Sim, a gente gostaria, puta que pariu! – Vespa estava agitado. Ele não gostava de lugares fechados.

– Não foi possível processar sua resposta, Superimpacto.

Ligação Quântica segurava o celular de cenho franzido.

– Calem a boca! – mandou ela, arrastando o dedo pela tela furiosamente. – Um segundo. Um segundo.

Ela levou o celular ao ouvido.

– Você tá fazendo a porra de uma ligação agora ou...

Chutei Vespa para que ele calasse a boca. Ligação Quântica o fuzilava com o olhar. Gesticulei para que todos ficassem em silêncio.

– Gostaria de optar pelo escaneamento de retina? – ofereceu o robô.

O rosto de Ligação Quântica se iluminou. Ela aproximou o celular do alto falante e deu play em um vídeo. O som era metálico e distorcido, mas ainda era a voz de Superimpacto.

– Sim, eu gostaria, podemos...

Ela interrompeu o vídeo.

– Parece que você gostaria de um escaneamento de retina – falou o robô. – Está correto?

Ligação Quântica deu play no vídeo outra vez.

– ...mensagem. Sim, eu gostaria. P...

– Escaneamento de retina selecionado – confirmou o robô. – Escâner ativado.

Um painel se abriu, e uma caixa desceu do teto do elevador até a altura de alguém que teria mais ou menos um metro e noventa. Havia uma pequena lâmina de vidro no dispositivo.

– Por favor, olhe para o espelho, Superimpacto.

Ludmilla e Ligação Quântica ajudaram os Músculos a posicionar o que restava do rosto de Superimpacto exatamente na frente da abertura. Não havia muito que pudesse fazer para resistir, mas ele tentou. Ele se debatia como um peixe fora d'água.

– Por favor, olhe diretamente para o espelho Superimpacto – pediu o robô. – Não foi possível registrar o escaneamento de retina. Por favor, tente não piscar.

– Abra os olhos dele – falei. – Ele não está olhando.

– Não sei se consigo segurar as pálpebras dele abertas sem danificar alguma coisa – avisou Ligação Quântica, preocupada.

Ela suava devido ao esforço e à concentração.

– Não ligo, nenhum de nós vai morrer nessa caixa de fósforos.

Ela cerrou a mandíbula. De tudo o que havia feito com Superimpacto, aquilo nitidamente era o mais horrível para ela, o mais difícil. O herói choramingava pateticamente, e um dos Músculos desviou o olhar.

Depois de um segundo de tensão, um apito soou.

– Escaneamento de retina concluído – cantarolou o robô, alegre. – Obrigado, Superimpacto. Seguindo para a cela especial.

O suspiro coletivo de alívio foi arrebatador. Todos soltaram Superimpacto no chão, cansados de suportar seu peso, e lá ele ficou, como um caroço largado, enquanto descíamos. Ligação Quântica se virou para uma das paredes e descansou a testa contra a superfície fria do metal, parecendo derrotada. Eu me aproximei dela, que ergueu uma mão, avisando para deixá-la em paz.

– Está quase acabando – falei. – Essa deve ser a última coisa que você precisa fazer.

– Acho que não consigo…

– Não vai precisar. Já acabou. Não precisa fazer mais nada, tudo bem?

– Tudo bem.

Resisti ao impulso de tocá-la para oferecer conforto, sabendo que era a última coisa que ela desejava, e me aproximei o máximo possível das portas. Queria sair daquela caixa de metal o quanto antes.

Depois de uma distância que pareceu impossível, o elevador finalmente parou com um baque misericordioso. O ar tinha se tornado tão pesado e fedido que senti que estava prestes a sufocar. As portas se abriram calmamente, e eu escorreguei em minha pressa para sair. Não quis pensar muito no que teria deixado o chão escorregadio.

Todos cambalearam para fora do elevador praticamente chorando de alívio, como se tivéssemos ficado presos em algum lugar subterrâneo por dias e agora respirássemos ar puro pela primeira vez. O andar onde descemos não dava muitos motivos para comemoração. Mal havia espaço para todos nós; o lugar não era muito maior do que o próprio elevador. Era cinza e estéril, e o chão era de cimento encerado. Nenhuma tentativa de deixar o lugar minimamente hospitaleiro ou confortável tinha sido feita. Era nítido que aquele não era um local visitado com frequência.

O teto era baixo e havia um corredor estreito à nossa frente, tão estreito que mal cabiam duas pessoas uma do lado da outra. Os Músculos que levavam Superimpacto precisaram mudar a forma de segurá-lo e passaram a carregá-lo como a um móvel: um na frente e o outro atrás.

O corredor levava a um par de portas, com um pequeno saguão entre elas, que ao menos era mais bem iluminado do que o corredor. No saguão havia duas portas de pressão negativa, do tipo que seria encontrado em uma ala de quarentena de um hospital. Um aviso soou bruscamente e nos advertiu de que as duas outras portas não se abririam até que as primeiras estivessem vedadas, a fim de evitar que contaminantes entrassem na sala ou escapassem para o resto do prédio.

– Não cabemos todos juntos entre as portas – observou Vespa, esfregando a nuca.

– Eu fico aqui – disse Ligação Quântica, rápido até demais.

Eu me virei para ela, surpresa.

– Tem certeza?

Ela acenou com a cabeça. Estava com a pior aparência que eu vira até então, pálida e suada e com os lábios arroxeados.

– Você merece estar lá – falei para ela. – Podemos nos revezar. Esse é o seu momento também.

– Está tudo bem. – Ela se encolheu ao perceber como sua voz soava alta naquele espaço solitário.

Percebi que ela estava aterrorizada, então recuei. Era fácil me esquecer de que, para ela, Leviatã ainda era o bicho-papão. Para a maioria das pessoas, ele ainda era a coisa mais assustadora do mundo. Mesmo debaixo da terra, mesmo encarcerado, mesmo em qualquer que fosse a condição em que estaria. Ela passara toda a sua carreira como adversária dele, acreditando que ele era a encarnação de tudo a ser combatido naquele mundo.

– Sem problemas. Cuide da saída.

Ela ficou nitidamente aliviada por ter recebido uma tarefa e não precisar entrar na cela de Leviatã.

Cerrei os dentes antes de falar outra vez, ciente de que a melhor saída era me colocar em uma situação terrível.

– Acho que só é possível passar três pessoas por vez. Caso a gente precise desarmar outra porra de bomba com o peido do Superpresunto ou algo do tipo – falei para os Músculos –, um de vocês e eu vamos passar primeiro.

Os Músculos se entreolharam e então esticaram os pulsos para uma rodada de pedra, papel ou tesoura. Superimpacto estava encostado na parede como uma mala enquanto decidíamos. O perdedor (pedra) xingou e se virou para mim.

– Você consegue me ajudar a carregá-lo? Ele é pesado.

– Não sei se vou ser muito útil, mas posso ajudar você a arrastá-lo.

Prendi minha bengala em um cinto às minhas costas, projetado especialmente para carregá-la, e fiquei com as duas mãos livres. Eu estava evitando contato visual com o atual estado físico de Superimpacto, mas naquela situação não era mais possível. Os dois Músculos passaram com ele pelo primeiro par de portas, e então um deles saiu e eu tomei seu lugar. As portas se fecharam, e, a não ser por um Músculo com um topete loiro, eu estava sozinha com o inchaço disforme em que o herói se transformara.

Boa parte de seu uniforme havia rasgado, já que fora usado diversas vezes para erguê-lo, reposicioná-lo e arrastá-lo. Ainda havia farrapos de tecido, grotescamente presos entre as partes onde a carne tinha se fundido, que criavam alças eficientes que usávamos para carregá-lo. Ele era absurdamente pesado; senti uma onda de empatia profunda pelos Músculos que estavam se revezando para arrastá-lo, carregá-lo e içá-lo pelo prédio.

Apesar de ser indestrutível, sua pele ainda era morna e elástica e ainda transmitia a falsa sensação tátil de fragilidade. Fiquei angustiada ao arrastá-lo pelo cimento encerado, imaginando a pele raspando contra o chão, mas eu não conseguiria provocar um único arranhão sequer nele, nem se tentasse. Seria preciso usar as tecnologias mais avançadas de Leviatã para tirar a menor das gotas de sangue dele.

Eu odiava tocá-lo. Ele estava úmido em diversas partes e completamente molhado em outras, com suor, saliva e possivelmente urina. Eu não sabia dizer quais orifícios estavam comprimidos e como e, sinceramente, não estava disposta a olhar com mais afinco para descobrir. Felizmente as pálpebras não estavam rasgadas, só inchadas, e havia uma secreção densa e transparente saindo de seus olhos. Ele já não emitia nenhum som e mantinha os olhos fechados o máximo possível. Decidi que possivelmente tinha perdido a consciência.

Suando, negociando com o Músculo exausto para saber quem ergueria o que e quem empurraria qual parte, não me sentia triunfante. Eu me sentia cansada e enojada. Estava ansiosa para chegar logo a Leviatã e, ao mesmo tempo, secretamente amedrontada com o que iríamos encontrar, com o estado em que ele estaria. Eu me sentia esgotada, com medo, e queria que tudo acabasse.

Depois de vários minutos exaustivos conseguimos atravessá-lo até o outro lado da porta, apoiar nosso fardo no chão e esperar até que as portas fossem seladas. Eu me apoiei pesadamente na parede, pressionando meu rosto contra a parede imóvel e fria, os olhos fechados. Os outros foram muito mais rápidos para passar pelas portas de pressão negativa. Eu não me mexi até que Vespa se aproximou e me segurou pelos ombros; senti suas articulações se movendo para me dar um aperto suave. Quando não me mexi, ele imediatamente puxou minha bengala do cinto e me entregou quando me virei.

Agora havia apenas uma porta. Era parecida com a de um cofre, com um pesado mecanismo de trava giratória. A maçaneta tinha a aparência de algo que poderia ser usado para abrir um submarino antigo. Também havia um teclado e um painel que infelizmente se parecia com outro dispositivo para autenticação biométrica.

– Quer que eu tente conversar com a fechadura? – ofereceu Vespa, gentil, vasculhando os bolsos do colete em busca de um cabo que pudesse conectar à própria têmpora.

Emiti um ruído evasivo e cheguei mais perto, tentando descobrir qual seria o plano de ataque que menos teria chance de acabarmos intoxicados por gases ou mortos em uma explosão. Um sensor de proximidade se ativou, e o painel se iluminou.

– Bem-vindo, Superimpacto, estávamos esperando por você – disse o robô, solícito. Sibilei um palavrão. – O acesso simplificado ainda está ativo. Por favor, posicione-se sobre a placa de pressão para escaneamento final.

Então me dei conta de que havia uma área arredondada no chão, bem em frente à porta, que parecia ter sido embutida no concreto. Provavelmente era sensível ao peso.

– Coloquem ele ali. Bem devagar – ordenei aos Músculos. – Soltem um pouco do peso e depois o resto, como se ele estivesse pisando sobre a placa com um pé e depois com o outro.

– Vamos tentar – disse o Músculo loiro, e começou a manobrar Superimpacto com muito custo sobre o sensor de pressão.

– Acesso simplificado! – Vespa soava indignado. – Aposto que o imbecil nem sequer habilita a autenticação de dois fatores.

Decidi não chamar a atenção de Vespa para o fato de que o acesso simplificado de Superimpacto provavelmente era a única razão pela qual estávamos conseguindo completar nosso plano. Ludmilla se aproximou, como sempre preparada para o caso de as coisas darem errado. O pessimismo dela era uma das coisas mais reconfortantes do mundo, estável e constante como a maré.

– Obrigado, Superimpacto – zumbiu o robô. – Por favor, deposite uma amostra de DNA para finalizar o acesso.

Uma pequena abertura contendo um cotonete para coleta bucal surgiu no painel ao lado da porta.

– Lógico.

Com cuidado, peguei o cotonete e fui até Superimpacto, tomando a precaução de não pisar sobre a placa. Felizmente ele estava com a "cabeça" virada para cima, e o rosto emergia da placa inchada e irregular que agora era seu peito, como uma ilha vulcânica no meio do oceano.

Ele não dissera mais nada desde que Ligação Quântica afundara sua cabeça no tronco; os músculos estavam completamente deslocados, e a mandíbula estava fixa na carne. A boca dele estava aberta e os lábios pendiam para o lado, fazendo com que ele babasse. Passei uma das extremidades do cotonete na parte interna de sua bochecha e voltei até a porta.

– Levantem ele! – ordenei. – O robô precisa pensar que ele mesmo depositou o cotonete, e não vai funcionar se ele ainda estiver sobre a balança.

Os Músculos não gostaram da ideia de precisarem levantar Superimpacto de novo assim tão cedo.

– Tem certeza?

– É melhor prevenir do que remediar.

Um deles ergueu Superimpacto. Seus braços tremiam. Eu esperei um segundo antes de devolver o cotonete, que desapareceu mecanismo adentro. O computador zumbiu alegremente.

– Podem soltá-lo agora – falei, quase me esquecendo.

Fez-se um som como se uma peça de picanha tivesse sido jogada ao chão no açougue, e eu estremeci.

A porta processou as informações por um instante, e então obedientemente se abriu.

– Obrigado, Superimpacto – disse o robô, sereno.

Do outro lado da porta, a luz da sala era ofuscante. Recuei e cerrei os olhos, esperando que minha visão se ajustasse, sentindo ao mesmo tempo vontade de correr para dentro e também de que aquele momento de espera durasse para sempre.

Meu estômago se revirava de ansiedade. Estar na presença de Leviatã sempre fora uma experiência estressante, não importava quanto afeto bizarro houvesse surgido entre nós. Não havia uma maneira verdadeira de avaliar se uma força da natureza correspondia ou mesmo estava ciente do afeto alheio. As poucas semanas que passamos separados me deixaram desajeitada e desmemoriada, e de repente me vi preocupada com a possibilidade de não saber o que dizer a ele.

Eu tampouco sabia em que estado o encontraria. Sua invulnerabilidade era de grande conforto, mas Superimpacto também era supostamente invencível, e ainda assim conseguimos fazer coisas inconcebíveis com ele. O Projeto tinha muito mais recursos à disposição, e, embora Superimpacto não fosse tão inteligente ou criativo, ele certamente era páreo para nós em termos de crueldade. Estava com medo de encontrar Leviatã em pedaços. Estava com medo de encontrá-lo apenas como uma casca vazia.

Ele não cheirava como um ser humano que estava confinado – o fedor corporal de sujeira acumulada, o odor azedo da fome. O cheiro na sala era seco e tépido, parecido com folhas caídas no fim do outono iniciando o processo de decomposição depois de uma geada.

A sala estava praticamente vazia, sem nenhum móvel visível. A luz a tornava ainda mais insípida e fazia com que o espaço não parecesse real, como se houvesse o risco de que sumisse abruptamente. Uma latrina e uma pia estavam fixadas firmemente à parede e ao chão. Eu conseguia sentir um zumbido e uma vibração que suspeitava ser uma interferência de uma gaiola de Faraday.

A iluminação fez com que fosse difícil enxergá-lo na escala infravermelha, então a primeira coisa que vi enquanto meus olhos ainda se adaptavam à luz foi uma mancha ultravioleta desafiadora. Ele estava sentado encostado na parede, as pernas dobradas e os braços pousados sobre os joelhos; uma posição estrategicamente defensiva que parecia quase descaradamente casual. A cabeça estava abaixada em um ângulo cuidadosamente planejado, inclinada, atenta.

Ludmilla passou por mim e entrou na sala, posicionando-se ao lado direito dele. Ela manteve uma distância segura, pronta para ajudá-lo, mas não se mexeu para encostar em Leviatã até que ele desse permissão. Aproveitei a deixa e me aproximei, ficando diante dele.

— Está melhor do que eu imaginei que estaria — consegui dizer, sem me importar com o tremor em minha voz.

Ele não se mexeu nem respondeu por um longo momento, e senti uma onda de pânico dentro de mim. Talvez o que eu tivesse interpretado como hipervigilância fosse, na verdade, a imagem da derrota; talvez o que inicialmente tivesse parecido prudência fosse um vazio.

Por fim ele levantou o rosto de maneira quase imperceptível.

— Isso é inédito. Muito interessante.

Era óbvio que imaginava que aquela era uma tática, mais uma entre as torturas psicológicas às quais ele havia sido submetido. Não tentei convencê-lo de quem eu era, não implorei para que me reconhecesse. A melhor maneira de provar a verdade era ser firme e agir de maneira real.

— Consegue se levantar? — perguntei.

Uma reverberação passou por seu semblante, como um divertimento sombrio.

— Que pergunta gentil.

— Leviatã. Está machucado, senhor?

Senti um nó na garganta. Olhei para cima, me esforçando para não chorar, mas a luz era muito forte e meus olhos começaram a lacrimejar imediatamente, o exato oposto do que eu pretendia.

Ele ergueu o rosto de leve, provavelmente ao sentir o cheiro de água salgada em meu rosto.

— Excelente. Muito bom. Devo dizer que você se superou.

Eu me senti um pouco desnorteada, sem saber o que dizer ou fazer para ajudar. Olhei para trás em busca de apoio; os Músculos esperavam, solenes, no corredor, desnecessariamente vigiando Superimpacto. Vespa estava de pé perto da porta, desconfiado. Os olhos cerrados o máximo possível. Era nítido que as luzes ofuscantes eram terrivelmente desconfortáveis para ele, então mantinha uma distância segura da intensidade da iluminação.

Voltei a olhar para Leviatã.

— Pode ir embora quando quiser — falei calmamente. — Deixe a gente levar você pra casa.

Ele suspirou.

— A voz é muito convincente. Preciso admitir.

— Leviatã, sou eu.

— Você me deixaria ter esperanças. Isso é mais cruel do que você normalmente é. Me faria ficar de pé para passar pela porta, até mesmo permitiria que eu desse um passo para fora, apenas para que seu próximo castigo caísse sobre mim. De fato muito sagaz, mas não sagaz o suficiente.

– Ninguém vai tentar impedi-lo.

– É mesmo? Superimpacto não está bem atrás de você?

– Na verdade ele está, sim.

Naquele instante, Leviatã olhou para mim. Qualquer que fosse o roteiro em sua mente, aquilo o pegou de surpresa. Seus olhos escuros, que eu costumava pensar serem telas ou lentes, mas que agora sabia serem tão biológicos quanto minhas próprias córneas, estavam indecifráveis e enigmáticos, mas sua postura era atenta e desconfiada.

– Eu trouxe um presente pra você, Leviatã. Quer ver?

Ordenei aos Músculos que trouxessem Superimpacto. Eles o ergueram e o carregaram porta adentro, com um passo rápido e aberto que lembrava o andar de um caranguejo. Estavam próximos à exaustão, e movimentá-lo se tornava cada vez mais difícil. Eles não conseguiram pousá-lo no chão com cuidado, e em vez disso o depositaram de maneira desnecessariamente teatral aos pés de Leviatã. O herói aterrissou com um baque, fazendo um som molhado e arrastado contra o chão.

Leviatã ficou em pé. Ele estava nitidamente mais magro do que quando o vi pela última vez; a cintura tinha afinado e os ângulos do corpo estavam mais agudos, mais insectoides, devido ao que eu suspeitava ser desidratação. Os movimentos não eram predatórios, mas defensivos. Era como um animal encurralado, movimentando-se com lentidão e preparado para fincar as presas ao menor indício de ameaça. Os Músculos perceberam o perigo naquela postura e se afastaram, ofegantes com o esforço. Eles tinham cheiro de suor fresco; a coisa no chão cheirava bílis, medo e ruína.

Leviatã deu um empurrão em Superimpacto com a bota – não uma bota, mas um anexo articulado, como uma pata hidráulica de um louva-a-deus –, e o herói emitiu um ruído triste e gorgolejante. Poderia ser uma súplica ou apenas um resmungo infeliz. Leviatã olhou para mim novamente. Seus olhos agora eram maníacos, tomados por pânico. Ele chutou Superimpacto, que rolou pelo chão, ficando de bruços.

Distorcido até beirar o irreconhecível, afundado no centro do próprio peito com a boca reduzida a um orifício grotesco, havia apenas o necessário de Superimpacto para que alguém que o conhecesse, realmente o conhecesse, conseguisse distinguir suas feições. Leviatã sabia exatamente de quem era a derrota que testemunhava.

Leviatã gritou.

Eu havia me preparado para muitas possibilidades, para um riso maníaco ou completa descrença, ou até mesmo fúria. Não sabia se Leviatã ficaria grato ou enfurecido, feliz ou atormentado demais após seu confinamento para entender o que estava acontecendo. Eu me obriguei a imaginar a possibilidade de encontrá-lo inconsciente. No entanto, quando ele se abaixou e pressionou a testa contra o chão, minhas entranhas se transformaram em gelo e cinzas e eu percebi que estava completamente despreparada para lidar com a brutalidade e a imensidão do seu inegável luto.

Vespa sempre respeitou meu espaço. Era uma de suas maiores qualidades. Greg tagarelava para preencher o silêncio, ajeitando os óculos sobre o nariz, sem saber o que fazer com as mãos, sempre um pouco agitado. Keller tentava ser racional, tentava elucidar as coisas, resolver o problema. Porém, Vespa permitia que eu ficasse em silêncio por um longo tempo, pensativa, e simplesmente ficava ao meu lado. Ele tomava seu café, reflexivo, e respeitava meu tempo. E então, com precisão infalível, assim que algo finalmente se ajeitava em minha cabeça e eu estava pronta, ele me fazia uma pergunta.

Dessa vez, estávamos em meu novo escritório – meu novo escritório no complexo –, e ele contemplava os quadros que eu escolhera para as paredes, a cabeça inclinada em uma postura reflexiva, enquanto eu trabalhava. Três monitores novinhos em folha brilhavam em minha mesa, cada um exibindo feeds de diferentes redes sociais e dados variados, uma janela em cima da outra. Ainda havia um leve cheiro de tinta fresca no ar, e, mesmo que abafada pelas paredes, eu conseguia ouvir resquícios da barulheira mecânica das reformas sendo feitas em algum outro andar do nosso prédio. Por fim, ele se virou para mim como se estivesse prestes a fazer um comentário sobre o tempo e disse:

– E aí? Ele já voltou a falar com você?

Eu vinha esperando por isso. Não tirei os olhos dos monitores, fingindo que ainda dava a mínima para o que estava nas telas diante de mim.

– Ele tem me mantido informada sobre seus desejos.

As aberturas de seus olhos zumbiram.

– Isso não é um relatório corporativo. Ele está falando com você? Usando a boca, olhando para o seu rosto enquanto você está fisicamente presente na mesma sala?

Eu me encolhi.

– Não.

– Nenhuma mudança?
– Ele encaminhou um e-mail diretamente para mim.
– Dizia alguma outra coisa?
– Não.
– Então não conta.
– Não é muito, mas é alguma coisa.
– Não parece ser coisa alguma.

Um silêncio confortável se instaurou novamente. Eu não achava que Leviatã fosse usar algo impessoal como um e-mail caso quisesse falar comigo. A vibração subdural instalada diretamente no meu cérebro seria ativada no segundo em que ele tivesse qualquer interesse em minha presença ou opiniões. Desde o resgate, ela havia permanecido silenciosa.

Fiquei em pé para encher minha caneca na cafeteira, que também era nova e tocava uma musiquinha quando você selecionava quantas doses de expresso estava com vontade de tomar.

– Estou escolhendo acreditar que isto é um sinal de afeto – falei, fazendo um gesto em direção às paredes de meu lindo escritório, um dos primeiros a serem reformados na reconstrução.

Ele emitiu um ruído indignado.

– Ele literalmente não fez mais do que a obrigação.

Vespa não estava errado, mas eu não sabia como ter essa conversa.

– Você esperava que isso acontecesse? – perguntou ele.

Afundei as mãos nos bolsos, ciente de que o gesto era completamente clichê, e desejei que houvesse um cesto de lixo por perto para que eu pudesse chutar.

– Não sei.

Vespa encontrou uma poltrona nova e confortável que rangeu quando ele se acomodou.

– Acho que sabe, sim – falou ele.

– Eu imaginei... Eu esperava que ele fosse estar bem. Ou bem o suficiente. Que nós o traríamos de volta e...

– Que as coisas voltariam a ser como antes?

– Não imaginei que ele estaria tão... – Eu não terminei a frase. – Não imaginei que seria tão difícil.

– Não imaginou que ele estaria assim quando o trouxéssemos de volta?

– Caso o trouxéssemos de volta. Eu sabia que havia grandes chances de ele estar inteiro, de eles não terem conseguido...

– Como imaginou que ele seria com você? – Vespa se esforçava muito para ser gentil.

Pensei em mentir, mas não encontrei forças para tentar esconder meus sentimentos de alguém que me ensinou a ler as emoções das pessoas.

– Eu... – Deixei a palavra solta no ar. Aquilo era profundamente constrangedor. – Pensei que ele ficaria feliz.

– E que se sentiria grato.

– É.

– Você fez algo maior, e muito melhor, do que ele poderia ter imaginado. E você esperava que, de alguma forma, ele reconhecesse isso.

Engoli em seco e não respondi. Ficamos quietos por um momento, em um impasse estranho, mas não desconfortável.

– A limpeza já terminou? – perguntou ele, decidindo aliviar para o meu lado.

– Faz tempo.

Tínhamos lidado com o esconderijo logo após o resgate de Leviatã.

– Vou sentir saudade da sua cadeira horrorosa – falou.

– Foi com Deus.

– Eles usaram os nanorrobôs?

– Não, só forjaram um pequeno incêndio, talvez um pequeno pulso eletromagnético. Nossas raízes lá não eram muito profundas.

– Por que ser elegante quando se pode resolver as coisas com eficiência?

– E sair ileso – acrescentei.

– E agora, o que vai acontecer?

– Vai depender se Leviatã vai voltar a falar comigo.

– Ele vai.

– Provavelmente.

Vespa olhou para as próprias mãos, flexionando distraidamente um dedo mecânico.

– Teve notícias dela?

Senti meu estômago revirar.

– Não – respondi. – Não desde que ela desapareceu.

Pensei na última vez que vi Ligação Quântica. Não sabia que era a última vez que olhava para ela, então memorizei pouquíssimos detalhes. Quase toda a minha atenção estava voltada para Leviatã. Por um longo momento, ele ficou paralisado e não permitiu que ninguém o tocasse. Ficou em posição fetal no chão, estremecido por um pranto sonoro e angustiante. Quando me aproximei e ele recuou em nítida aversão, não tive coragem de tentar outra vez. Chorei em silêncio. Foi Ludmilla quem finalmente o conduziu para fora da sala de confinamento. Todos seguiram sem dizer uma palavra. Deixamos Superimpacto pingando no chão.

Quando passamos pela porta e seguimos em uma procissão lúgubre até o elevador, eu estava imersa em meus próprios pensamentos negativos. Se eu não tivesse levantado o olhar, talvez nem sequer tivesse tido a chance de olhar para ela: no momento em que viu Leviatã, o rosto de Ligação Quântica foi tomado por choque e pânico, e ela desapareceu no ar.

A princípio, pensei que estivesse apenas confusa por vê-lo. Leviatã continuava assustador, ainda que enfraquecido, e ela já tinha passado por muita coisa. Conforme saíamos de Dovecote, levando conosco alguns vilões recém-soltos, mas deixando que a maior parte deles seguisse o próprio caminho de volta aos respectivos covis, imaginei que ela voltaria depois que processasse o que fizera, mas nunca voltou. Meu foco estava inteiramente em tirar Leviatã dali, e, embora seu desaparecimento me preocupasse, eu estava imersa em problemas logísticos e emocionais muito mais graves.

Foi só muito mais tarde, quando Leviatã já se recuperava sob cuidados médicos e as luzes haviam sido religadas no complexo, que Darla me avisou que encontrara algo que eu precisava ver. Minha equipe estava processando alguns dados que retiramos de Dovecote quando se deparou com algo em um dos notebooks que um Músculo havia pegado antes de sairmos.

Qualquer coisa relacionada a Leviatã era separada para revisão manual, e, depois que Darla conseguiu quebrar a decodificação, me chamaram.

Era o Protocolo Leviatã. Muito do arquivo era extremamente técnico, descrevendo as especificações da cela desde o pH de qualquer líquido com o qual ele pudesse vir a entrar em contato até a grossura da camada de cimento das quais as paredes eram feitas. Descobri que estava certa sobre a gaiola de Faraday. O Protocolo até mesmo descrevia quantos lumens seriam necessários para fazer com que ele sentisse dor.

Havia uma única especificação que destoava do que sabíamos, mas que era de extrema importância:

> Leviatã não deve ser mantido vivo por mais de 48 horas após a captura sob circunstância alguma. Todo estudo e interrogatório deve ocorrer dentro dessa janela, depois da qual ele deve ser exterminado. Não serão concedidas extensões sob nenhum pretexto. Dentro desse período de 48 horas, qualquer tentativa de fuga ou de interrupção da contenção deve ser respondida com força letal. Uma vez confirmada a morte (ver Apêndices 6 e 7 para instruções sobre como pronunciar o indivíduo oficialmente morto), o estudo poderá ser continuado.

Quarenta e oito horas, não vinte e um dias.

Ligação Quântica mentira quando nos procurou; ela pensou que Leviatã já estivesse morto. Ela pensou que encontraríamos um cadáver na sala, ou não encontraríamos nada. Apenas porque não conseguiram matá-lo (o que eu descobri ser o caso em uma série de mensagens cada vez mais aterrorizadas entre funcionários de Dovecote) conseguimos resgatá-lo, em vez de simplesmente ter ido buscar seu corpo.

A mentira dela me magoou, mas a partida me destruiu. Primeiro, fiquei furiosa, esperneando em meu escritório e explodindo com qualquer um que tivesse o azar de estar no meu campo de visão. No entanto, aos poucos, um sentimento doloroso de traição tomou conta de mim. O que quer que eu estivesse sentindo, qualquer que fosse a conexão que pensei que tivéssemos, mais uma vez era um equívoco da minha parte. Quando as coisas deram errado, quando a maneira como ela me usou não funcionou como o esperado, ela sumiu. Aquilo me fez pensar em June, o que fez com que eu me sentisse ainda mais furiosa e patética.

– Espero que ela tenha conseguido o que queria – falei, soando mais cruel do que pretendia.

– Você conseguiu o que queria – lembrou Vespa.

Desviei o rosto do olhar dele, infeliz com o número de perguntas que aquela afirmação levantava. Aquilo também fez com que eu olhasse para minha própria hipocrisia: eu mentira descaradamente para Ligação Quântica, e com frequência. Eu a manipulei e a coloquei em perigo real para conseguir o que eu queria. Ela fez a mesma coisa comigo por vingança (pelo assassinato de Fusão, talvez; certamente contra Superimpacto no fim), e era injusto culpá-la.

Não que estar consciente desse fato tenha me impedido de culpá-la mesmo assim. Não conseguia me conformar com o fato de que ela teria permitido que eu simplesmente encontrasse Leviatã morto, ou que nem sequer o encontrasse. Eu sentia ódio ao pensar na expressão de medo absoluto em seu rosto, ainda que tenha sido breve. Ela só tinha me ajudado porque acreditava que ele nunca mais veria a luz do dia, porque acreditava que ele já estivesse reduzido a pó.

– *Você* conseguiu o que queria? – Vespa repetiu, ainda me encarando.

Eu o deixara esperando por uma resposta por tempo demais.

Passei a língua pelos dentes e engoli a saliva. Não conseguia mais evitar o pensamento: e se Leviatã nunca superasse o fato de que não tinha conseguido escapar sozinho e de que precisara ser resgatado? E se nunca superasse o fato de que a ex-namorada do seu arqui-inimigo havia derrotado seu grande rival em vez dele? E se ele não conseguisse processar a ideia de que Superimpacto talvez nunca mais se recuperasse e nunca mais voltasse a ser uma ameaça? E se os sentimentos de vulnerabilidade e insuficiência que sentia se transformassem em um novo tipo de ódio, um ódio por mim?

– O que eu queria ingenuamente envolvia Leviatã falando comigo – respondi baixinho.

E muito mais do que isso, pensei, mas não disse em voz alta. Olhei pela janela – meu novo escritório tinha uma janela –, para o pátio em ruínas. Ainda havia várias crateras no chão causadas pela luta. Alguns pombos piolhentos desfilavam por ali, bicando o asfalto entre folhas secas e bitucas de cigarro. O pátio em breve seria reconstruído. Eu não conseguia suportar a ideia de que talvez já não fosse bem-vinda ali.

Pensei em Jav, Darla e Tamara (que havíamos recontratado imediatamente) trabalhando em silêncio na ampla sala que compartilhavam ao lado da minha. Senti uma pontada de ternura por todos, trabalhando tanto para fazer os cálculos, para estimar os danos e ajudar a equilibrá-los. Ainda que eu nunca fosse perdoada e não pudesse ficar, torci para que eles pudessem continuar sem mim, para que pudessem continuar conduzindo nossa pequena fábrica de desastres.

– Se ele não falar com você logo e conceder todos os seus desejos e caprichos para o resto da sua vida, então, francamente, ele é muito menos inteligente do que todos nós pensávamos – disse Vespa.

Ele era intenso e indômito. Senti uma pontada de ternura por ele também.

– Na pior das hipóteses – respondi –, você escreve uma carta de recomendação pra mim.

Não sei se Leviatã estava à espreita e ouviu aquela conversa, servindo como incentivo para que ele voltasse a falar comigo. Pode ter sido uma simples coincidência. No entanto, no dia seguinte, minha cabeça finalmente vibrou com seu chamado.

Fiz o que qualquer um fazia quando chamado por Leviatã: fui até ele. Foi o passeio de elevador mais longo de toda a minha vida. Sempre fiquei ansiosa na presença dele, como qualquer pessoa com um senso de autopreservação ficaria, mas dessa vez a sensação era paralisante. Meu coração batia na garganta, e eu sentia um aperto tão grande no peito que não sabia se conseguiria encontrá-lo. Apesar do zunido urgente em minha cabeça, fiquei parada do lado de fora da porta por mais tempo do que deveria, tentando reunir coragem.

Finalmente entrei. As portas gigantescas se abriram com leveza para que eu passasse. O cheiro daquela sala, seu som ambiente, a vibração que eu sentia em todo o meu corpo me atingiram com uma onda de familiaridade tão dolorosa que quase perdi a compostura. Eu tinha sentido saudade. Sentira muita saudade daquele escritório terrível, esquisito e amplo. E a saudade finalmente dava uma trégua – ainda que apenas por um momento.

A primeira coisa que vi foram os ocelos. Eles brilhavam como criaturas bioluminescentes da zona abissal do oceano, radiantes em seus ombros. Ele estava sentado de costas para mim, concentrado em alguma coisa; aproveitei a oportunidade para me recompor e então me aproximei.

Quando senti que estava pronta, falei:

– Está com uma aparência boa, senhor.

Ele se levantou da cadeira, e seus membros longos e angulares se esticaram. Ainda estava mais magro do que antes, mas se recuperava do período de confinamento. Conforme se mexia, parecia resplandecer. Eu observava cada um de seus traços e articulações e assimilava toda a sua autenticidade e beleza; já não havia nada oculto para causar dúvidas.

– Muito gentil, vindo de alguém que sabe o que está vendo – disse ele baixinho.

Pela primeira vez, me ocorreu que ele pudesse sentir vergonha que alguém soubesse.

– Eu sempre soube exatamente quem eu estava vendo.

Aquilo o pegou desprevenido; passou por seu semblante como faróis iluminando uma janela. Ele disfarçou a surpresa, virando-se para ativar uma das enormes telas atrás da mesa. Em seguida, veio até mim e parou ao meu lado. Ouvi o estalar de suas articulações e senti o calor estranho que ele emanava. As sensações que causava eram tão familiares que eu poderia ter me inclinado na direção dele. A cada momento em que estava vivo e inteiro, uma tensão que eu nem sabia que estava sentindo se dissipava.

– Tive muito tempo para pensar, Fiscal.

Ele tocou no tablet, e uma única imagem apareceu na tela diante de nós.

– Eu tive muito tempo para refletir. Pensei repetidas vezes em suas conquistas e em tudo o que você teria feito se tivesse tido a chance. – Ele pausou, e eu engoli a saliva. – Hora de analisar as consequências.

Ele segurou meu ombro e me virou de frente para ele. O pesar extremo que eu tinha visto já não estava lá. Em vez disso, um luto profundo e consciente estampava seu rosto.

– Não importa quais sejam meus sentimentos sobre o assunto... – começou ele. Havia oceanos naquelas palavras. – Precisei deixá-los de lado. E, quando o fiz, quando pude permitir a ascensão de meu raciocínio, enxerguei seus planos como se pela primeira vez.

– Obrig...

– Quando deixei de me ater a cada parafuso e cada engrenagem, consegui enxergar a vasta máquina como um todo.

Qualquer que fosse a genialidade que ele via em mim, não estava interessado no que eu tinha a dizer.

– Você provou que funciona. Você deu ao mundo, deu a mim, evidência suficiente de que, quando as peças se encaixam, um herói pode cair. Um rei pode cair. Não importa quão absoluto possa parecer seu poder, eu posso derrubá-lo. Os dados são claros.

– Eu sabia que funcionaria – falei baixinho.

Eu ainda ansiava pela glória que nunca veio, pelas partes do meu plano que nunca consegui colocar em prática.

Ele sabia o que eu estava pensando, como sempre soube.

– Não entrarei mais em seu caminho, Fiscal.

Concordar com ele pareceu perigoso, mas assenti e fechei os olhos. Aquele era seu pedido de desculpas. Era um curativo muito pequeno sobre uma ferida muito grande, mas eu conseguia enxergar quão penoso era para Leviatã oferecê-lo. Eu mesma precisaria encontrar uma forma de impedir que a ferida infeccionasse.

– A estratégia é clara – disse ele com um gesto em direção à tela onde o enorme logo do Projeto erguia-se diante de nós. – Devemos avaliar a possibilidade de expandi-la.

A grandeza da proposta foi um choque. Em vez de abordar herói atrás de herói, destruindo-os um por um, ele queria enfrentar o Projeto. Ele arrastou a mão sobre a tela do tablet e outro logo apareceu: Relações Super-Heroicas. Conforme movia os dedos, mais imagens surgiam: agências governamentais envolvidas com a seleção, a transformação, o controle, o monitoramento e a mobilização de heróis. Todas as partes do processo, todas as partes do Projeto. Ele queria destruir tudo.

Tudo.

– Será expandida – disse ele a si mesmo, tão baixo que eu quase não ouvi. – Estou certo disso.

Minha boca se abriu, em choque. Eu queria gritar com ele, arremessar minha bengala contra a parede do outro lado do escritório. Eu não imaginava algo assim. Pensei que, se derrubássemos Superimpacto, teoricamente significaria que poderíamos derrubar qualquer um. Para Leviatã, significava que poderíamos derrubar todo mundo.

Ainda estamos nos reerguendo!, exclamei em pensamento. Isso poderia causar muitos estragos; mesmo que os números estivessem do nosso lado, já estávamos encharcados de sangue. *Pense no custo*, eu queria gritar. Olhe só o que nos custou.

Porém, não foi o que eu disse.

Olhei para a tela e senti a engrenagem em meu cérebro sendo ativada e colocada em funcionamento. Aproximei minha mão da dele, mas não cheguei a tocá-lo.

– Vou fazer os cálculos.

AGRADECIMENTOS

Sou incrivelmente sortuda. Sei que é uma coisa que as pessoas dizem sempre quando estão fazendo discursos ou falando sobre suas adoráveis esposas e seus filhos ou sei lá, mas estou falando de uma forma diferente. Sou sortuda como uma barata é sortuda: irritantemente resistente, e, se você vir uma delas, significa que há um exército escondido em uma parede em algum lugar. Percebo que acabei de chamar meus amigos, colegas e pessoas que amo de baratas, o que proporciona uma noção da minha habilidade de falar sobre sentimentos, mas o que estou tentando dizer é que estou rodeada por uma comunidade inteira de gênios hilários, e eu nunca teria conseguido fazer nada sem eles.

Obrigada a Ron Eckel, meu agente, que depositou uma quantidade inacreditável de fé em mim quando eu era apenas uma freelancer alegremente fazendo inimigos na internet. Ele e a equipe da agência CookeMcDermid tomaram conta de mim, e ainda fico pasma ao pensar nesse carinho. Ele agiu como meu campeão desde o começo, e ter alguém pronto para lutar comigo da forma como ele esteve é inestimável.

Obrigada ao meu editor, David Pomerico, que entendeu o que eu estava tentando fazer e imediatamente se tornou um aliado crucial. Graças aos seus comentários, e porque ele acreditou, este livro ficou drasticamente melhor, e sou profundamente grata pela confiança que ele depositou em mim.

Obrigada à minha equipe na HarperCollins. Pegar um manuscrito e transformá-lo em um livro ainda parece como um ato de magia real para mim. Tive sorte o bastante para trabalhar com uma equipe de feiticeiros de verdade, e fico profundamente grata por toda a competência, entusiasmo e gentileza.

Obrigada ao professor Ilan Noy, cujo trabalho ao medir o impacto de desastres naturais foi absurdamente impactante para mim (e para a Fiscal), e que graciosamente permitiu que eu citasse seu artigo no livro.

Obrigada a todos que leram os primeiros rascunhos de *Hench* e ofereceram comentários inestimáveis, críticas e encorajamentos – especialmente Jonathan Ball, Nicolas Carrier, Izzie Colpitts-Campbell, J. Dymphna Coy, Heather Cromarty, Chris Dart, Trista Devries, Stacey May Fowles, Haritha Gnanaratna, Christopher Gramlich (que me ensinou sobre transfusões de sangue), Ryan Hughes, Rachel Kahn (que desenhou Anna pela primeira vez), Max Lander, Jennifer Ouellette, Erin Rodgers, William Neil Scott, Mariko Tamaki, Audra Williams e Jennie Worden. Todos são meu séquito de torcedores há literalmente anos, e seu apoio, amor e amizade significam o mundo para mim.

Obrigada ao Cecil Street Irregulars: Madeline Ashby, Jill Lum, David Nickle, Michael Skeet, Hugh Spencer e Alan Weiss, e às falecidas Sara Simmons e Helen Rykens. Sua orientação e sua contribuição desde os rascunhos iniciais foram essenciais, e poder usar do seu talento e de sua sabedoria coletiva foi uma experiência transformadora.

Obrigada a todos os meus amigos, que me mantiveram inteira e trouxeram muita alegria à minha existência neste inferno maldito que é a Terra. Todas as vezes que fiz um de vocês rir, um demoniozinho ganhou asas. Se você acha que reconhece uma descrição elogiosa de si mesmo neste livro, você provavelmente está correto. Se reconhece uma descrição pouco lisonjeira, você *definitivamente* está correto.

Obrigada aos meus pais, Harry e Margaret (que são infinitamente orgulhosos de tudo o que eu faço), e a meu irmão, Michael, e minha cunhada, Kacy (que são os humanos mais incríveis e gentis do que qualquer ser humano tem o direito de ser).

Acima de tudo, obrigada a meu parceiro, Jairus Khan – sem seu apoio, este livro jamais teria sido terminado. Ele desenvolveu contadores de palavras personalizados, planilhas matemáticas de prevenção de desastres, me ajudou com todos os furos e problemas de enredo e acreditou em mim, inexorável e inabalavelmente. Não há nenhuma parte deste livro, assim como não há nenhuma parte da minha vida, que não ficou melhor por sua presença. Eu me sentia sortuda por estar viva; agora me sinto sortuda porque ele me ama.

Esta obra foi composta em Adobe Caslon Pro, Almaq
e Agenda e impressa em papel Pólen Natural 70 g/m²
pela Gráfica e Editora Rettec.